우주복 있음, 출장 가능

우주복 있음, 출장 가능

Have Space Suit — Will Travel

로버트 A. 하인라인 장편소설 | 최세진 옮김

아작

일러두기

모든 주석은 옮긴이의 것입니다.

해리와 바바라 스타인에게

차례

제1부

1

이것 봐. 나한테는 우주복이 있어.

이게 어떻게 된 일이냐면 말이지….

"아빠, 달에 가고 싶어요." 내가 말했다.

"그러렴." 아빠는 대답하고 다시 책으로 눈을 돌렸다. 그 책은 제롬 K. 제롬의 《보트 위의 세 남자》였는데, 아빠는 이미 그 책을 달달 외우고 있을 터였다.

"아빠, 제발요! 저 진지해요."

아빠가 이번엔 책장 사이에 손가락을 끼우고 책을 닫은 뒤 부드럽게 말했다. "내가 그러라고 했잖니."

"네…. 근데 어떻게요?"

"응?" 아빠가 살짝 놀란 얼굴로 나를 쳐다봤다. "그거야 네가 해결할 문제지, 클리퍼드."

아빠는 늘 이런 식이었다. 자전거를 사고 싶다고 했을 때도 아빠는 쳐다보지도 않고 이렇게 말했다. "그렇게 해." 그래서 나는 자전거를 살 돈을 가지러 주방에 있는 돈 바구니로 갔다. 하지만 바구니엔 11달러 43센트밖에 없었다. 그래서 잔디를 수천 킬로미터는 깎은 뒤에야 자전거를 살 수 있었다. 아빠에게 더는 말하지 않았다. 바구니에 돈이 없을 때는 그 어디에도 없을 것이기 때문이었다. 아빠는 은행과 성가신 거래를 하지 않았다. 그저 돈 바구니뿐이었다. 돈 바구니 옆에 '엉클 샘'이라고 적힌 바구니가 하나 더 있는데, 아빠는 1년에 한 번씩 그 바구니에 담긴 내용물을 묶어서 정부에 우편으로 보냈다. 그 때문에 국세청이 꽤 골치를 썩였다. 그러다 국세청에서 아빠를 타이르려고 직원을 보낸 적이 있었다.

처음에 그 사람은 아빠에게 따지더니, 곧 애원하기 시작했다. "러셀 박사님, 저희도 박사님의 경력은 알고 있습니다. 하지만 선생님도 적절한 방식으로 기록하셔야 합니다."

"기록은 합니다." 아빠가 세무원에게 말했다. "여기에 하고 있소." 아빠가 이마를 손가락으로 두드렸다.

"법에 따르면 글로 쓰인 기록을 제출해야 합니다."

"다시 보시오." 아빠가 세무원에게 충고했다. "법에는 읽고 쓸 줄 알아야 한다는 요구사항 같은 건 없소. 커피 더 드시겠소?"

세무원이 아빠에게 수표나 우편환으로 내달라고 설득하려 했다. 아빠가 1달러 지폐에 있는 작은 글씨를 읽었다. "공적이고 사적인 모든 부채를 지급할 수 있는 법정 통화."

이번 출장에서 뭐라도 얻어 가려 간절하게 매달리던 그 사람은 그러면 '직업'란에 '첩보원'이라고는 제발 쓰지 말아달라고 사정했다.

"왜요?"

"네? 박사님은 첩보원이 아니시잖아요. 그거 때문에 사람들이 당황해요."

"FBI에 확인해봤소?"

"네? 아니요."

"아마 FBI에 물어도 답변은 안 해줄 겁니다. 그래도 선생은 매우 예의 바른 분이시니 내가 앞으로는 '실직한 첩보원'이라고 쓰기로 하지요. 그러면 되겠소?"

세무원은 서류가방조차 잊어먹고 갈 뻔했다. 아빠는 어떤 경우에도 당황하지 않았다. 아빠의 모든 말은 진심이었으며, 다른 사람과 타협하지 않았고, 마지못해 져주는 일도 없었다. 그러므로 내게 달에 가도 좋지만, 그 방법은 알아서 찾으라는 아빠의 말은 진심이었다. 나는 내일이라도 떠날 수 있다. 우주선의 선실에 몰래 숨어들어 갈 수 있다면 말이다.

아빠가 생각에 잠긴 얼굴로 덧붙였다. "킵, 달에 가는 방법은 여러 가지가 있을 거야. 그러니까 전부 확인해보는 게 좋아. 마침 내가 읽고 있는 책에 이런 구절이 나오는구나. 주인공들이 파인애플 깡통을 따려고 하는데 해리스가 깡통따개를 런던에 놔두고 왔어. 그래서 이들은 여러 가지 방법을 시도해보지." 아빠가 큰 소리로 그 부분을 읽기 시작해서 난 슬그머니 빠져나왔다. 난 그 구절을 5백 번도 넘게 들었다. 뭐, 적어도 3백 번은 될 거다.

나는 헛간에 있는 내 작업실로 가서 달에 갈 방법을 생각했다. 우선 콜로라도 스프링스에 있는 공군사관학교에 가는 방법이 있다. 만일 내가 입학할 수 있다면, 만일 내가 졸업할 수 있다면, 만일 내가 연방 우주군에 선발될 수 있다면, 어쩌면 언젠가 달기지나 최소한 위성통신소에는 배치될 기회가 주어질 수도 있다. 다른 방법은 공학을 공부해서 제트 추진 관련 직업을 갖는 것이다. 그리고 달에 보내줄 자리까지 오르기 위해 발악을 하면 된다. 로켓 공학은 물론이고 전자공학부터 저온학, 야금학, 도예, 공기 조절까지 온갖 종류의 공학자들 수십 명, 아니어쩌면 수백 명이 달에 갔으며 지금도 달기지에서 일하고 있다.

오, 예! 공학자 백만 명 중에서 한 줌도 안 되는 이들이 달에 뽑혀 갔다. 제기랄, 나는 우체국 일자리에 뽑히기도 힘들 것이다.

아니면 의학박사나 법률가, 지질학자, 도구 제작자가 되어 달에서 두툼한 월급을 받을 수도 있다. 다른 사람 말고 나를 뽑아주기만 한다면 말이다. 나는 월급에 관해서는 관심이 없지만, 자신의 전문분야에서 최고가 되려면 대체 어떻게 해야 하는 것인지 정말 궁금하다.

그리고 아주 간단한 방법도 있다. 손수레에 가득히 돈을 싣고 가서 달에 가는 표를 사면 된다.

이건 내게 절대로 불가능한 방법이다. 나한테는 당장 87센트

뿐이었다. 덕분에 나는 차분히 이 문제에 대해 생각해보게 됐다. 학교에 있는 남자아이 중 절반이 우주로 가고 싶다고 공공연히 말했고, 그 기회가 얼마나 희박한지 아는 나머지 절반은 관심이 없는 척했으며, 지구를 떠날 이유가 없다는 찌질이 녀석들은 한 줌도 되지 않았다. 하지만 막상 이야기를 나눠보면 달에 가겠다고 마음을 굳게 먹은 친구는 소수였다. 나도 '아메리칸 익스프레스'와 '토마스 쿡 앤 선'에서 관광 여행 사업을 발표하기 전까지는 이렇게 안달복달하지 않았다.

치과에서 이를 치료하려고 기다리다가 〈내셔널지오그래픽〉에서 그 광고를 봤다. 그 뒤 나는 완전히 다른 사람이 되었다.

부자들이 길에 돈을 깔고 쉽게 간다는 생각을 하니 도저히 참을 수 없었다. 나는 가야만 했다. 하지만 나는 절대로 그 돈을 낼 수 없었다. 적어도 당시엔 전혀 가능성이 없었기 때문에 더 생각해봤자 소용이 없었다. 그렇다면 달에 가려면 어떻게 해야 할까?

자기가 사는 지역, 혹은 국가에서 가장 똑똑해서 최고의 자리에 오른, 가난하지만 성실한 아이들에 대한 이야기를 들어봤을 것이다. 하지만 그건 나랑은 상관없는 이야기였다. 나는 졸업반에서 상위 25퍼센트 안에 들어가지만, 센터빌 고등학교에서 그 정도 성적으로는 MIT의 장학금을 받을 수 없다. 나는 사실을 이야기하고 있다. 우리 학교가 명문 고등학교는 아니다. 사실 이 학교에 다니는 건 아주 즐겁다. 센터빌 고등학교는 농구 리그에서 우승했으며 스퀘어 댄스팀은 주대회에서 2등을 했고, 우리는 수요일마다 체육관에서 아주 즐거운 댄스파티를 연다. 학교에는 애교심이 넘쳐흘렀다.

하지만 공부는 많이 하지 않는다.

우리 학교 핸리 교장 선생님은 삼각함수보다 '인생의 준비'를 더 강조했다. 그런 학교 방침은 인생을 준비하는 데에는 도움이 될지 몰라도 캘리포니아 공과대학을 준비하는 데에는 별로 도움이 되지 않았다.

이게 나 스스로 깨달은 사실은 아니었다. 1학년 사회 모둠 수업 시간에 '가족생활'에 대해 만든 질문지를 집으로 가져온 적이 있었다. 그 질문 중 하나는 이랬다. "가족회의는 어떻게 구성되어 있는가?"

저녁 시간에 내가 물었다. "아빠, 우리 가족회의는 어떻게 구성되어 있나요?"

엄마가 말했다. "킵, 아빠 방해하지 마라."

아빠가 말했다. "응? 그거 이리 줘봐."

아빠는 질문지를 읽어보더니 내 교과서를 가져오라고 했다. 나는 교과서를 학교에 놔두고 왔는데, 아빠는 가서 가져오라고 했다. 다행히 학교에서는 가을 축제의 공개 예행연습이 진행 중이어서 교문이 열려 있었다. 아빠가 내게 무언가를 지시하는 경우는 드물었지만, 한번 내린 지시에 대해서는 반드시 결과를 내놔야 했다. 나는 그 학기에 즐겁게 지내고 있었다. 사회, 상업 수학, 응용 영어(그 수업에는 '표어 짓기'를 했는데 재미있었다), 수공예(우리는 축제를 위한 무대를 만들었다), 그리고 체육 시간에는 농구 연습을 했다. 나는 선발팀에 들어가기엔 키가 작았지만, 믿음 직한 후보 선수는 최고 학년이 되었을 때 대표팀의 문장을 받을 수 있었다. 내 학교생활은 대체로 괜찮은 편이었다.

아빠는 그날 밤 내 교과서를 다 읽었다. 아빠는 글을 아주 빨리 읽는다. 나는 사회 시간에 우리 가족은 형식에 얽매이지 않는 민주주의 체제라고 발표했는데 그럭저럭 넘어갔다. 수업 시간에는 가족회의 의장을 돌아가면서 해야 할지 아니면 투표로 뽑아야 할지, 함께 사는 조부모에게 회원자격이 있는지 토론했다. 우리는 '조부모는 가족회의의 일원이지만 의장은 될 수 없다'고 결론 내렸다. 그리고 이상적인 가족회의 조직을 위한 규약의 초안을 만들 위원회를 결성했다. 우리는 그 규약을 모둠 수업의 결과물로 가족들에게 제시할 계획이었다.

그 뒤 며칠간 아빠가 학교에 자주 나타나서 걱정됐다. 부모가 지나치게 활동적일 경우에는 항상 뭔가 안 좋은 일이 일어나기 마련이다.

그리고 그다음 주 토요일 저녁 아빠가 나를 서재로 불렀다. 아빠는 책상 위에 교과서를 쌓아놓고 미국 포크댄스부터 생명과학까지 센터빌 고등학교의 교과과정표를 펼쳐놓았다. 내 수업에 표시가 되어 있었는데, 그 학기만이 아니라 내가 교과상담 교사와 함께 논의해서 계획했던 1학년과, 다가올 3년의 교과과정에도 표시되어 있었다.

아빠가 점잖은 메뚜기 같은 얼굴로 나를 쳐다보며 부드럽게 말했다. "킵, 대학에 갈 거니?"

"네? 당연하죠, 아빠!"

"뭘 가지고?"

나는 머뭇거렸다. 나도 대학에 가려면 돈이 든다는 사실을 알고 있었다. 지폐가 돈 바구니에서 바닥까지 넘쳐흐를 때도 있었지만, 대부분은 바구니 안에 든 돈을 세는 데에 별로 시간이 걸리지 않았다. "음, 장학금을 받거나 아르바이트로 돈을 벌 수 있을 거예요."

아빠가 고개를 끄덕였다. "그렇겠지…. 네가 그러고 싶다면 말이다. 돈에 겁을 먹지만 않으면 돈 문제는 언제나 해결할 수 있어. 하지만 내가 '뭘 가지고'라고 물었던 건 이것에 대한 이야기야." 아빠가 자신의 머리를 톡톡 쳤다.

나는 그 모습을 그저 물끄러미 쳐다보며 말했다. "글쎄요, 고등학교를 졸업하잖아요. 아빠, 그러면 대학에 갈 수 있어요."

"그렇겠지. 주립대학이나 주립 농과대학, 그것도 아니면 주에 있는 이런저런 평범한 대학에 갈 수 있겠지. 그런데 킵, 그 대학들에서도 신입생 중에 40퍼센트가 낙제하는 거 알고 있니?"

"전 낙제 안 당해요!"

"그럴 수도 있겠지. 그래도 네가 공학이나 과학, 의예과처럼 만만치 않은 학과에서 공부와 씨름해야 하는 상황이 되면 낙제당할 거야. 다시 말해서, 이런 식으로 준비하면 넌 낙제할 거라는 말이야." 아빠가 교과과정표를 흔들었다.

난 충격을 받았다. "그런데, 아빠, 센터빌은 훌륭한 학교잖아요." 예비 학부모회 당시 학교에서 해줬던 이야기들이 떠올랐다. "센터빌 고등학교는 심리학자들의 검증을 받은 최신의 과학적 이론을 따라 운영되며….."

아빠가 내 말을 잘랐다. "현대적인 교육학에 따라 고도로 훈련된 교직원들의 월급도 최고로 많지. 센터빌의 학습 계획은 아이들을 민주적인 사회생활에 순응하도록 이끌고, 우리의 복잡한 현대 문화 속에서 성인이 되었을 때 중요하고 의미 있는 시련에 맞설 수 있도록 해주지. 미안하지만 킵, 핸리 교장 선생님하고 쭉 이야기를 나눴어. 핸리 선생님은 성실한 사람이지. 그리고 이런 고귀한 목적을 이루기 위해 캘리포니아와 뉴욕을 제외하고 어떤 주보다 많은 돈을 학생들에게 쏟아붓고 있어."

"글쎄… 그런데 뭐가 문젠가요?"

"현수 분사가 뭐지?"

난 대답을 못 했다. 아빠가 계속 말했다. "밴 뷰런은 재선에서 왜 떨어졌지? 87의 세제곱근을 구하려면 어떻게 해야 하지?"

밴 뷰런은 미국의 예전 대통령이었다, 내가 기억하는 건 그게 다였다. 하지만 다른 질문에는 대답할 수 있었다. "제곱근을 구하려면 교과서 뒤에 있는 표를 보면 돼요."

아빠가 한숨을 뱉었다. "킵, 그 표는 대천사가 하늘에서 내려다줬을 것 같니?" 아빠가 슬픈 얼굴로 고개를 가로저었다. "이건 네 문제가 아니라 내 잘못이다. 몇 년 전에 네 공부를 살펴봤어야 했어. 하지만 네가 독서를 좋아하고 셈이 빠르고 손재주가 좋아서, 난 네가 제대로 교육을 받고 있는 줄 알았어."

"아니라고 생각하세요?"

"애야, 넌 제대로 교육을 받고 있는 게 아니야. 센터빌 고등학교는 즐거운 곳이고, 잘 갖춰졌고, 매끄럽게 운영되고, 아름답게 유지되는 건 맞아. '폭력 교실'도 아니지, 아니고말고! 내생각에 너희는 이 학교를 아주 좋아할 거야. 당연히 그렇겠지. 하지만 이건!" 아빠가 화난 얼굴로 교과과정표를 내리쳤다. "헛소리야! 애들 장난이야! 덜떨어진 애들 교정 수업밖에 안 돼!"

나는 뭐라 대꾸할 말이 없었다. 아빠는 자리에 앉아 골똘히 생각에 잠겨 있다가 마침내 다시 입을 열었다. "법률에 따르면 너는 열여덟 살이 되거나 고등학교를 졸업할 때까지 학교에 가야 해."

"네, 아버지."

"이 학교에 다니는 건 시간 낭비야. 가장 힘든 교과과정을 골라도 너한테는 준비운동 거리도 안 돼. 하지만 이 학교를 그만두면 너를 멀리 보내야 해."

내가 말했다. "그러면 돈이 많이 들지 않나요?"

아빠는 내 질문을 무시했다. "난 기숙학교를 좋아하지 않아. 십 대는 가족과 함께 지내야 해. 물론 너를 동부에 있는 힘든 예비학교에 보내면 스탠퍼드나 예일 같은 일류 대학에 입학시킬수도 있겠지만, 네가 잘못된 가치관을 받아들일 수 있어. 돈이나 사회적 지위, 고급 양복에 대한 미친 생각들 말이야. 난 거기서 배웠던 그런 미친 생각들을 떨쳐내느라 오랜 시간이 걸렸어. 너희 엄마와 내가 작은 마을에서 네가 어린 시절을 보내도록 한 것도 그런 이유 때문이야. 그러니 넌 계속 센터빌 고등학교에 다니도록 해."

나는 안심했다.

"그럼에도 불구하고, 넌 대학에 가고 싶다는 거지? 넌 전문가
가 될래, 아니면 쉽게 학점 따는 대학에 들어가서 더 정교한 방
법으로 월계수 향초 만드는 방법을 배울래? 킵, 네 인생은 네 거
야. 네가 하고 싶은 대로 해. 하지만 네가 좋은 대학에 가서 뭔가
중요한 공부를 해보고 싶다면, 앞으로 3년 동안 네가 어떻게 시
간을 보내는 게 최선일지 생각해봐야 해."

"아니, 이런. 아빠, 저야 당연히 좋은…."

"충분히 생각해봐. 그러고 나서 다시 보자. 잘 자라."

나는 일주일 동안 충분히 생각했다. 그러자 아빠가 옳았다는
생각이 들기 시작했다. '가족생활'에 대한 우리의 모둠 수업은
아무짝에도 쓸모가 없었다. 아이들이 가족을 운영하는 문제에
대해 뭘 알겠는가? 결혼도 하지 않고 아이도 없는 핀즐리 선생
님은 어떻고? 우리 반은 모든 아이에게 각자의 방을 줘야 하며
'돈을 다루는 방법을 가르치기 위해' 용돈을 줘야 한다고 만장일
치로 결정했다. 참 좋은 이야기다…. 하지만 방 다섯 개짜리 집
에서 아홉 명의 아이들을 키우는 퀸란 가족은 어떡하나? 바보
짓은 그만두자.

상업 수학은 바보짓은 아니지만, 시간 낭비였다. 나는 첫 주
에 그 책을 다 읽어버려서 그 뒤로는 지루하기 짝이 없었다.

나는 아빠의 지시에 따라 대수학과 스페인어, 일반 과학, 영
어 문법과 작문으로 시간표를 바꿨다. 수업을 따라잡는 건 그리

힘들지 않았다. 이 과목들이 조금 느슨한 탓도 있었다. 그런데도 나는 뭔가 배우기 시작했다. 아빠는 내게 책 무더기를 던지면서 이렇게 말했다. "클리퍼드, 네가 덩치만 커다란 유치원생이 아니라면 이런 것들을 공부해야 해. 이 책들에 들어 있는 내용을 완전히 소화하면 대입자격시험에 합격할 수 있을 거야. 어쩌면 말이다."

그 뒤 아빠는 나를 내버려뒀다. 선택은 내게 달렸다는 아빠의 말은 진심이었다. 나는 진창에 빠진 기분이 들었다. 아빠가 준 책들은 어려웠다. 학교에서 배우던 애들 장난감 같은 책들과는 달랐다. 독학으로 라틴어를 배우는 게 쉽다고 생각하는 사람이라면 한번 시도해보시라.

나는 낙담해서 거의 포기할 뻔했다가 부아가 치밀어 올라서 더 파고들었다. 시간이 지나자 라틴어를 공부하면 스페인어가 쉬워진다는 사실을 알게 됐다. 그 반대도 마찬가지였다. 에르난데스 스페인어 선생님은 내가 라틴어를 공부하고 있다는 사실을 알게 된 뒤 개인 교습을 해주기 시작했다. 난 독학으로 고대 로마 시인 베르길리우스만 공부한 게 아니라, 스페인어도 멕시코 사람처럼 말할 수 있는 수준이 되기 위해 공부했다.

우리 학교에서 가르쳐주는 수학은 대수학과 평면기하학이 전부였다. 그래서 나는 독학으로 고급 대수학과 입체기하학, 삼각법을 공부했다. 대입자격시험에 통과할 만한 수준에서 멈췄어야 했겠지만, 수학은 땅콩보다 중독성이 강했다. 해석기하학은 이게 어디로 가고 있는 건지 알기 전까지는 뒤죽박죽 암호를 보는 기분이지만, 대수학을 이해하게 되는 순간 갑자기 눈앞이 트이면서 책의 끝까지 달려가게 된다. 놀랍지 아니한가!

나는 미적분학에도 도전했다. 그리고 전자공학에 관심이 가기 시작하자 벡터 분석을 배워야 했다. 학교에서 가르쳐주는 과학은 '일반 과학'밖에 없었는데, 그 수업 역시 너무나 일반적인 지식뿐이라서 일요일판 신문 부록 수준에 불과했다. 화학과 물리학을 읽기 시작하면 책에 나오는 걸 직접 해보고 싶어지기 마련이다. 우리 집에선 헛간이 내 차지였다. 그 헛간에 화학 실험실과 암실, 전자공학 작업대, 그리고 한동안 아마추어 무선 통신소도 차렸다. 내가 창문을 날려버리고 헛간에 불을 내자(그저 작은 불이었다) 엄마는 불안해했지만, 아빠는 그렇지 않았다. 아빠는 목조 건물에서는 폭발물을 제조하지 않는 게 좋겠다는 의견만 넌지시 말했다.

나는 3학년 때 대입자격시험을 쳐서 합격했다.

✳

내가 아빠에게 달에 가고 싶다고 말한 건 그해 3월이었다. 달 여행 광고 때문에 결정적으로 자극받은 생각이긴 했지만, 나는 연방 우주군이 달기지를 건설한다고 발표했던 날부터 우주에 넋을 잃고 있었다. 어쩌면 그전부터인지도 모른다. 아빠에게 내 결심을 이야기한 건 아빠라면 방법을 알 수 있을지도 모른다는 생각이 들었기 때문이다. 지금까지 봤듯이, 아빠는 한번 결심하면 항상 그 방법을 찾아내고 만다.

내가 어렸을 때 우리 집은 이사를 여러 번 했었다. 워싱턴과 뉴욕, 로스앤젤레스, 그리고 어딘지 알지도 못하는 곳을 떠돌았다. 주로 장기 투숙자를 위한 아파트식 호텔이었다. 아빠는 항상 비행기를 타고 어딘가로 출장을 떠났고, 아빠가 돌아오면 늘 방문객이 찾아왔다. 나는 그다지 자주 아빠를 볼 수 없었다. 그러다 센터빌에 이사한 후로 아빠는 항상 집에 있으면서 책에 코를 박고 있거나 책상에 앉아 일했다. 아빠를 만나고 싶은 사람은 집으로 찾아와야 했다. 한번은 돈 바구니가 비었을 때 아빠가 엄마에게 이렇게 말한 적이 있었다. "로열티가 올 거야." 나는 한 번도 왕을 본 적이 없었기 때문에(난 당시 여덟 살이었다), 그날 온종일 집안을 서성거렸다. 하지만 막상 방문객이 왔을 때는 그 사람이 왕관을 쓰고 있지 않아서 실망했다. 다음 날 돈 바구니에 돈이 들어 있었기 때문에 나는 그 사람이 위장하고 와서(당시 나는 《절름발이 어린 왕자》를 읽고 있었다) 아빠에게 금주머니를 건네줬다고 결론 내렸다. 그 뒤 1년도 더 지나서야 로열티가 왕족이라는 뜻 외에도 특허나 책, 주식에서 들어온 돈, 혹은 삶의 고귀함을 의미하기도 한다는 사실을 알게 됐다. 그런데 그 방문객은 왕이 아니었지만, 자기의 의지대로 아빠를 조종할 수 있다고 생각했던 모양이었다.

"러셀 박사님, 워싱턴 날씨가 극악하다는 건 저도 인정합니다. 하지만 박사님께는 에어컨이 설치된 사무실이 주어질 겁니다."

"당연히 시계도 있겠죠. 비서도 있을 테고. 방음도 되겠죠."

"박사님이 원하시는 대로 해드리겠습니다."

"장관님, 그런데 중요한 점은 제가 그런 것들을 원하지 않는다는 사실입니다. 저희 집에는 시계가 없습니다. 달력도 없지요. 제가 수입이 많을 때는 궤양도 비례해서 커졌었는데, 이제 수입은 적지만 궤양이 사라져버렸습니다. 전 여기서 지내겠습니다."

"그 일에는 박사님이 필요합니다."

"저에게는 그 일이 필요 없습니다. 고기 좀 더 드시죠."

아빠가 달에 가고 싶어 하는 건 아니었으므로 문제는 고스란히 내 몫이었다. 나는 지금까지 모았던 대학 편람들을 꺼내서 공과대학에 대한 목록을 만들기 시작했다. 나는 어떻게 학비를 낼지, 심지어 식비를 어떻게 마련할지에 대해서는 전혀 떠오르는 생각이 없었다. 평판 높고 까다로운 대학교에서 나를 받도록 하는 게 우선이었다.

그런 대학에 못 들어가게 되면 공군에 입대해서 임명을 받도록 노력해봐야 한다. 그것도 놓치면, 전기공학 분야의 전문 사병으로 입대할 수도 있다. 달기지에서는 레이더와 천체 기술을 사용했다. 이게 안 되면 저런 방법으로 나는 갈 것이다.

다음 날 아침 식사 시간에 아빠는 〈뉴욕 타임스〉에 얼굴을 묻고 있었고, 엄마는 〈헤럴드 트리뷴〉을 읽고 있었다. 나는 〈센터빌 클라리온〉을 집어 들었지만, 그 신문의 수준은 살라미 소시지나 포장하면 적당할 정도였다. 아빠가 신문지 너머로 나를 쳐다봤다. "클리퍼드, 여기에 네 전문 분야가 실렸다."

"네?"

"툴툴대지 마. 그건 노인들에게나 허용되는 꼴사나운 짓이야.

이거 읽어봐." 아빠가 신문을 내게 건넸다.

그건 비누 광고였다.

지겨운 구식 수법인, 엄청나게 훌륭한 상품이 걸린 대회 발표 광고였다. 천 개의 상품을 백 등까지 준다는 이야기였는데, 그 백 명은 1년 동안 쓸 수 있는 스카이웨이 비누를 받게 된다.

그때 내가 콘플레이크를 무릎에 쏟았다. 1등 상품이….

'여행 경비를 전액 지원하는 달 여행!!!'

광고에는 느낌표가 세 개였지만, 내게는 열 개도 넘는 느낌표가 붙어 있는 것 같았고, 폭약이 작렬하며 하늘의 합창 소리가 들려왔다.

대회는 이 문장을 스물다섯 단어 이내로 완성하면 되는 것이었다. "나는 스카이웨이 비누를 사용한다. 왜냐하면…." 그리고 비누 포장지나 적정한 사본에 써서 보내면 된다.

'아메리칸 엑스프레스와 토마스 쿡 앤 선의 합작'과 '미국 공군의 협조를 받았다'는 이야기가 더 있었고, 그 외 2등 아래의 상품에 대한 설명이 있었다. 하지만 우유와 축축한 시리얼이 바지를 적시고 있을 때 내게 보이는 거라곤 이것뿐이었다.

'달 여행!!!'

2

처음에 나는 하늘을 찌를 정도로 흥분했다가… 곧 그 까마득한 높이에서 추락하며 의기소침해졌다. 나는 무슨 대회에 나가서 이겨본 적이 없었다. 모든 상자에 상품이 들어 있는 '크랙커 잭'을 하나 사더라도, 내가 산 과자엔 꼭 상품이 빠져 있었다. 나는 동전의 앞뒤를 맞추는 놀이에서 그나마 조금씩 나아지기 시작하던 중이었다. 내가 한 번이라도….

"그만해." 아빠가 말했다.

나는 입을 닫았다.

"운 같은 건 존재하지 않아. 확률적인 우주에 대처하기에 적절하거나 부적절한 준비가 존재할 뿐이야. 이 대회에 참가하고 싶니?"

"당연하죠!"

"그 대답을 긍정으로 받아들이마. 아주 좋았어. 체계적으로 노력을 기울여봐."

나는 그렇게 했고, 아빠가 도움을 주었다. 아빠는 그저 고기를 한 점 더 권하는 수준 이상이었다. 다만 아빠는 내가 대회에만 파묻히지 않도록 주의시켰다. 학교를 마치고 나면 여러 대학에 입학원서를 보내고 아르바이트를 계속했다. 학기 내내 차튼 씨의 약국에서 아르바이트를 했다. 나는 약국에서 주로 청량음료를 판매했지만 약학에 대해서도 배웠다. 차튼 씨가 워낙 조심스러운 분이라 내게는 포장된 물품 외에는 일절 만지지 못하게 했지만, 그래도 의약품과 학명, 그리고 다양한 항생제가 어디에 쓰이는지, 왜 조심해야 하는지 배웠다. 약학은 유기화학과 생화학으로 이어졌다. 차튼 씨는 내게 월커와 보이드, 아시모프가 쓴 《생화학과 인간의 신진대사》를 빌려줬다. 생화학을 읽어보니 핵물리학조차 단순해 보일 지경이었지만, 곧 이해되기 시작했다.

차튼 씨는 가족 없이 혼자 사는 노인으로 약학이 그에겐 삶의 전부였다. 그는 언젠가 때가 되면 다른 사람, 즉 약학 학위를 따고 그 직업에 헌신적인 젊은 친구가 약국을 물려받아야 한다는 이야기를 넌지시 하곤 했다. 차튼 씨는 그런 사람이 있다면 학교를 마칠 수 있도록 자신이 도와줄 수 있을 거라는 이야기도 했다. 혹시 차튼 씨가 내게 언젠가 달기지에 있는 의무실을 운영할수도 있을 거라고 말해줬더라면 그 미끼를 덜컥 물었을 것이다. 나는 차튼 씨에게 우주, 그리고 내게 기회를 줄 수도 있는 공학에 완전히 푹 빠져 있다고 이야기해줬다.

차튼 씨는 비웃지 않았다. 그는 아마도 내가 신중하게 선택했겠지만, 인간이 어딜 가든, 달이든 화성이든 혹은 머나먼 별에 가더라도 약사와 약국은 따라갈 수밖에 없다는 사실을 잊지 말라고 했다. 그러더니 스트럭홀드와 하버, 스태프 등이 쓴 우주 의학에 대한 책들을 꺼내줬다. "킵, 나도 한때 그런 꿈을 가졌던 적이 있었어." 그가 조용히 말했다. "하지만 이제는 너무 늦었지."

차튼 씨는 약 외에는 거의 관심이 없었지만, 그 약국에서는 자전거 타이어부터 가정용 파마 도구까지 온갖 걸 다 팔았다.

당연히 비누도 팔았다.

약국에서 스카이웨이 비누는 지독하게 안 팔렸다. 센터빌은 새로운 상표에 대해 보수적인 동네였다. 틀림없이 자기 스스로 비누를 만들어 쓰는 사람도 있을 것이다. 하지만 그날 나는 일하러 가서 차튼 씨에게 그 대회에 관해 이야기할 수밖에 없었다. 차튼 씨는 먼지를 뒤집어쓴 박스 두 개를 꺼내서 계산대 위에 올렸다. 그리고 스프링필드에 있는 도매상에 전화했다.

차튼 씨는 정말로 내게 잘해주려 했다. 그는 스카이웨이 비누의 가격을 거의 원가 수준으로 낮춰서 팔아치웠다. 그리고 웬만하면 손님이 약국에서 나가기 전에 포장지를 받아뒀다. 나는 음료수대마다 스카이웨이 비누를 피라미드처럼 쌓아놓고, 콜라를 팔 때마다 스카이웨이에 대해 애정 넘치는 찬양을 늘어놨다. 다른 비누보다 깨끗하게 씻기고, 비타민이 가득하며, 비누 거품이 풍부하고, 구성 요소들도 훌륭할 뿐 아니라, 천국에 갈 가능성까지 높여준다는 이야기를 늘어놨지만, 수정 헌법 5조에 따라 불리한 증언은 거부했다. 아, 난 정말 뻔뻔했다! 비누를 사지 않고 약국에서 나간 사람이 있다면, 그 사람은 귀가 어둡거나 발이 빠른 사람이었다.

비누를 사고도 포장지를 내게 건네주지 않고 약국을 나갈 수 있는 사람이 있다면, 그 사람은 마법사가 틀림없었다. 어른에게는 포장지를 달라고 했고, 아이들에게는 어쩔 수 없는 경우 포장지 하나당 1센트씩 주었다. 그리고 아이들이 마을에서 포장지를 모아오면 열두 개당 10센트를 주고 덤으로 아이스크림도 줬다. 대회의 규칙에 따르면 참가자가 스카이웨이 비누 포장지와 적정한 복사물에 쓰기만 하면 아무리 많이 제출해도 상관없었다.

나는 포장지를 사진으로 찍은 뒤 대량으로 복사할까도 생각했지만, 아빠는 그러지 말라고 충고했다. "킵, 대회 규칙에는 어긋나지 않지만, 내가 아는 한 비열한 인간을 환영하는 잔치는 없어."

그래서 나는 비누 포장지에 표어를 적어 발송했다.

"나는 스카이웨이 비누를 사용한다. 왜냐하면…."

— 아주 깨끗한 느낌을 주니까.

— 간선도로(highway)든 샛길(byway)이든,
  스카이웨이(Skyway) 같은 비누는 없으니까!

— 품질이 하늘을 찌르니까.

— 은하수만큼 순수하니까.

— 우주만큼 순수하니까.

— 비 온 뒤 하늘 같은 청량감을 주니까.

그리고 꿈에서 비누맛이 느껴질 때까지 끝도 없이 그 일을 반복했다. 내가 만든 표어만 보낸 건 아니었다. 아빠도 표어를 생각해냈고, 엄마도 만들었으며, 차튼 씨도 만들었다. 나는 공책을 들고 다니며 학교에서도 적고, 일하면서도 적고, 한밤중에도 적었다. 그러다 어느 날 저녁, 내가 집에 돌아오자 아빠가 색인 카드를 만들어줬다. 그 뒤로는 표어가 중복되지 않도록 알파벳 순서대로 정리했다. 마지막 날까지 하루에 백 장씩은 보낼 테니 잘된 일이었다. 포장지를 사느라 쓴 돈은 말할 것도 없고 우편 발송 비용이 늘어갔다.

우리 동네에는 나 외에도 그 대회에 참가한 아이들이 있었고, 어른들도 몇 명 참여하는 것 같았지만, 나처럼 대량 생산 체계를 구축한 사람은 없었다. 나는 10시에 아르바이트를 마치면 그 날 모은 포장지와 작성한 표어들을 들고 집으로 서둘러 가서 엄마와 아빠가 만든 표어들까지 챙긴 후, 고무도장으로 포장지의 안쪽 면에 '나는 스카이웨이 비누를 사용한다. 왜냐하면…'과 내 이름과 주소를 찍었다. 내가 타자를 치는 동안 아빠가 색인 카드를 채웠다. 그리고 매일 아침 나는 학교로 가는 길에 포장지 꾸러미를 발송했다.

난 놀림을 받았다. 하지만 나를 가장 많이 놀리는 어른들이 오히려 포장지를 가장 빨리 내주곤 했다.

에이스 퀴글이라는 바보만 예외였다. 난 에이스를 어른으로 취급하지 않았다. 녀석은 나이만 많고 미숙한 문제아였다. 모든 마을에는 적어도 한 명의 '에이스'가 있을 것이다. 녀석은 센터빌 고등학교의 졸업장을 타지 못했다. '같은 나이의 학생들이 함께 지내도록 해야 한다'는 핸리 교장 선생님의 신념 때문에 낙제한 뒤 쫓겨났다. 내가 기억하는 한 에이스 녀석은 늘 중심가를 이슬렁거리고 다녔는데, 가끔 일하긴 했지만 대개는 빈둥거리며 놀았다.

녀석은 '재치'에 일가견이 있었다. 어느 날 녀석이 가게에 나타나서 2달러어치 시간과 공간을 차지하고는 35센트짜리 몰트 우유를 사 먹었다. 나는 젠킨스 할머니에게 비누를 10여 개 사도록 설득한 뒤 포장지를 받던 중이었다. 할머니가 떠난 직후 에이스가 계산대 위에 있던 비누를 하나 집어 들더니 말했다. "이걸 파는 모양이지. 우주군 사관생도?"

"응. 그래. 어딜 가도 이렇게 싸게 사기는 힘들 거야."

"겨우 비누 팔아서 달에 가고 싶은가 보죠, 선장님? 아니, 제독님이라고 불러드려야 하나? 낄낄, 낄낄낄!" 녀석이 꼭 만화 영화에 나오는 것처럼 웃었다.

"노력 중이야." 나는 점잖게 답했다. "몇 개 사는 건 어때?"

"이거 좋은 비누 맞아?"

"그렇고말고."

"글쎄, 내가 써봐야 알지. 너를 돕는 셈 치고 하나 사지, 뭐."

녀석에게 비누를 팔 생각을 하다니, 무모했다. 하지만 그 포장지가 1등을 할지도 모르는 일이었다. "좋지. 에이스, 정말 고마워." 녀석은 내게 돈을 건넸다. 그리고 비누를 주머니 안에 넣고 약국에서 나가려는 참이었다. "잠깐만. 에이스, 그 포장지, 줄래?"

에이스가 멈췄다. "아, 그래." 녀석이 비누를 꺼내서 벗기더니 포장지를 들었다. "이게 갖고 싶다는 거지?"

"응. 에이스, 고마워."

"그렇다면 내가 이걸 제대로 사용하는 방법을 보여주지." 녀석은 담배 판매대로 손을 뻗어서 라이터를 집더니 포장지에 불을 붙이고 다시 그 불로 담배에 불을 붙였다. 불이 손가락에 거의 닿을 때까지 태우다가 떨어뜨린 후 발로 밟았다.

차튼 씨가 조제실 유리창을 통해 그 모습을 지켜봤다.

에이스가 씩 웃었다. "우주군 사관생도, 괜찮지?"

나는 아이스크림 숟갈을 움켜쥐었지만 이렇게 대답했다. "아주 좋아. 에이스, 네 비누 여기 있어."

차튼 씨가 밖으로 나와 말했다. "킵, 내가 음료수 판매기를 맡으마. 꾸러미 좀 배달해주렴."

내가 놓친 포장지는 아마 그거 하나였을 것이다. 대회는 5월 1일에 끝났는데, 아빠와 차튼 씨가 창고에 남은 비누를 모조리 구입해서 치워버리기로 했다. 내가 그 포장지들에 표어 쓰는 일을 마쳤을 때는 밤 11시가 다 된 시간이었다. 그래서 자정 전에 우편물의 소인을 받기 위해 차튼 씨가 스프링필드까지 차로 태워다줬다.

나는 5,782개의 표어를 보냈다. 센터빌 지역을 박박 긁은 게 아닐까 싶었다.

＊

대회 결과는 7월 4일 발표될 예정이었다. 나는 결과를 기다리
는 9주 동안 팔꿈치까지 다 씹어 먹을 정도로 손톱을 물어뜯었
다. 아, 다른 일들도 있었다. 그사이 고등학교를 졸업했고, 부모
님이 내게 시계를 선물해줬다. 그리고 우리는 핸리 교장 선생님
앞으로 줄지어 걸어가서 졸업장을 받았다. 비록 아빠가 내게 그
학교에서는 거의 배울 게 없다고 닦달하긴 했었지만, 그래도 졸
업을 할 때는 좋았다. 그전까지 학교는 이 짐승 같은 학생들을
붙잡아두기 위해 '땡땡이의 날'과 우호의 날, 졸업생 무도회, 연
극 발표회, 학년 연합 소풍 등 온갖 행사를 계속했다. 차튼 씨는
내가 요구하기만 하면 언제라도 일찍 보내줬지만, 나는 마음이
내키지 않아서 자주 그러지는 않았다. 아무튼 나는 계속 좌불안
석이었다. 그해 초반에 사귀던 일레인 맥머티라는 여자애가 있
었는데, 그 애는 남자아이들과 옷에 관해 이야기하고 싶어 했지
만, 나는 우주와 공학에 관해 이야기하고 싶어 했기 때문에, 결
국 그 애가 나를 방출시켰다.

졸업 후 나는 차튼 씨네 약국에서 온종일 일했다. 여전히 대
학에 갈 방법은 막막했지만, 그 문제에 대해서는 생각하지 않았
다. 나는 그저 선데이 아이스크림 통이나 씻으면서 7월 4일까지
숨죽이고 기다렸다.

대회 결과는 저녁 8시에 텔레비전으로 발표될 계획이었다.
우리도 텔레비전이 있긴 했다. 흑백에 2D 평면 화면이긴 했지

만 말이다. 나는 그 텔레비전을 내 손으로 직접 만든 이후로 흥미를 잃어버려서 수개월간 켜본 적이 없었다. 나는 텔레비전을 꺼내서 거실에 설치하고 화면을 시험했다. 두어 시간 동안 화면을 조정한 뒤 남는 시간 내내 손톱을 씹으며 보냈다. 도저히 저녁을 먹을 수가 없었다. 그리고 7시 30분부터 텔레비전 앞에 앉아 코미디 프로그램은 보지 않고 색인 카드를 뒤적거렸다. 아빠가 와서 나를 날카로운 눈으로 쳐다보더니 말했다. "마음 굳게 먹어, 킵. 내가 다시 상기시켜주자면, 네가 당첨될 가능성은 거의 없어."

내가 마른침을 꿀꺽 삼켰다. "알아요, 아빠."

"하지만 멀리 보면 이런 건 별일 아니야. 간절히 원하는 사람은 자신이 원하는 걸 갖게 되어 있어. 난 언젠가 네가 달에 어떻게든 가리라고 믿어."

"네, 아빠. 전 이 행사가 빨리 끝나기만 바라고 있어요."

"그럴 거야. 이리 오지, 여보?"

"금방 갈게." 엄마가 다가와서 내 손을 토닥이고 자리에 앉았다.

아빠가 편하게 자리를 잡았다. "꼭 선거일 개표 방송 보는 기분이네."

엄마가 말했다. "여보, 난 당신이 더 이상 선거에 몰두하지 않아서 좋아."

"아, 왜 이래, 여보. 선거운동할 때마다 재미있다고 그랬었잖아."

엄마가 콧방귀를 끼었다.

코미디 프로그램이 지나가고 나자, 담배들이 나와서 캉캉 춤을 추더니 코로넷 담배에는 발암물질이 없다며 우리를 안심시키고 담뱃갑으로 뛰어들었다. 진짜 담배 맛이 나는 안전하고도 안전한 흡연. 프로그램이 지역 방송국으로 넘어갔다. 우리는 '센터 철물점'의 끔찍한 광고를 봐야 했다. 나는 손등에 난 잔털들을 잡아 뜯기 시작했다.

화면에 비누 거품이 가득 찼다. 사중창단이 스카이웨이 프로그램 시간이라는 노래를 불렀다. 마치 우리가 그 사실을 모르고 있다는 듯이 말이다. 그때 화면이 꺼지고 소리가 끊어졌다. 나는 위장이 거꾸로 올라오는 걸 억지로 눌러 삼켰다.

화면에 글씨가 반짝거렸다. "방송망 문제입니다. 텔레비전을 조정하지 마세요."

나는 소리를 빽 질렀다. "아, 이게 뭐하자는 거야! 이러는 게 어디 있어!"

아빠가 말했다. "클리퍼드, 그만 좀 해!"

나는 입을 다물었다. 엄마가 말했다. "이런, 아직 어린애잖아, 여보."

아빠가 말했다. "이 녀석이 무슨 애야. 이제 다 컸어. 킵, 겨우 이런 일에 당황해서 야단법석을 떨면 어떻게 차분한 눈으로 총살 집행부대를 마주 볼래?"

내가 웅얼거렸다. 아빠가 말했다. "크게 말해." 나는 총살부대 같은 걸 마주 볼 계획은 전혀 없다고 대답했다.

"너도 언젠가는 마주 봐야 할지도 몰라. 이게 좋은 훈련이 되겠네. 스프링필드 채널로 돌려봐. 이리저리 돌려봐."

아빠 말대로 해봤지만, 눈 내리는 화면과 자루 안에 고양이 두 마리를 넣어놨을 때 들릴 법한 소리만 나왔다. 나는 다시 지역방송으로 돌렸다.

"…공군 브라이스 길모어 장군이 오늘 밤의 초대 손님입니다. 길모어 장군은 이 프로그램이 끝난 뒤 현재까지 공개되지 않은 달기지 사진과, 아직 초기 상태지만 빠르게 성장하고 있는 작은 달도시의 영상을 보여주고 저희에게 설명해줄 예정입니다. 대회의 당첨자를 발표하자마자 우주군의 협조를 받아 달기지에 연결할 계획입니다…."

나는 숨을 깊게 들이쉬면서 심장 박동을 가라앉히려고 애썼다. 농구에서 동점 상황에 자유투를 던져야 할 때 차분하게 가라앉히는 방법이다. 사회자는 빠른 말로 내빈들을 소개하고 대회의 규칙을 설명했다. 그리고 비현실적으로 잘생기고 예쁜 남녀가 나와서 왜 자기가 스카이웨이 비누를 쓰는지 상대방에게 설명했다. 차라리 내가 쓴 표어들이 더 나았다.

마침내 발표를 시작했다. 소녀 아홉 명이 줄지어 나왔는데, 각각의 소녀들은 커다란 종이를 머리 위에 들고 있었다. 사회자가 경외심이 가득한 목소리로 말했다. "자, 이제… 이제… 무료 달 여행을 받을 스카이웨이 표어는!"

나는 숨을 쉴 수 없었다.

소녀들이 노래했다. "나는 스카이웨이 비누를 좋아한다. 왜

냐하면….” 그리고 머리 위로 들고 있던 종이를 순서대로 하나씩 뒤집었다. “하… 늘… 만… 큼… 순… 수… 하… 니… 까!”

나는 색인 카드를 만지작거렸다. 그 표어가 기억이 나는 것 같긴 했지만, 표어를 5천 개나 만든 상황이라 확신할 수 없었다. 그때 표어를 찾았다. 그리고 소녀들이 들고 있는 종이와 비교하며 확인했다.

“아빠! 엄마! 당첨됐어요. 제가 당첨됐어요!”

3

"킵, 조용히 해!" 아빠가 매섭게 말했다. "그만 좀 하라고!"

엄마가 말했다. "이런, 여보!"

사회자의 말소리가 들렸다. "…행운의 당첨자인 지니어 도너휴 씨가 나오셨습니다. 몬태나주의 그레이트 폴스에서 오신 도너휴 씨입니다!"

팡파르와 함께 땅딸막한 여성이 뒤뚱거리며 나왔다. 나는 TV에 나온 표어를 다시 읽었다. 내 손에 들고 있는 카드와 여전히 일치했다. 내가 말했다. "아빠, 어떻게 된 거죠? 저건 제 표어에요."

"네가 사회자 말을 안 들었잖아."

"저 사람들이 속인 거예요!"

"조용히 하고 들어."

"…저희가 앞서 설명해드렸듯이, 참가자의 표어가 중복될 경우 소인이 빠른 표어에 우선권이 있습니다. 소인 날짜가 같은 경우에는 대회 사무실에 먼저 도착한 순으로 결정되었습니다. 대회에서 당첨된 표어는 열한 명의 참가자가 제출했습니다. 그 열한 분에게는 모두 으뜸상이 주어질 예정입니다. 오늘 밤에는 그중에서 이 표어를 먼저 제출한 여섯 명의 최우수상 수상자들을 여기 모셨습니다. 이분들은 달로 여행을 간 뒤 위성통신소에서 주말을 보내고 제트기를 타고 세계를 돌아서 남극까지 날아간 후…."

"소인 때문에 졌어. 소인 때문에!"

"…모든 당첨자를 오늘 밤에 이 자리에 모시지 못해서 죄송하게 생각합니다. 여기 못 오신 분들에게는 놀랄 만한 선물이 갈 겁니다." 사회자가 손목시계를 쳐다봤다. "곧 있으면, 전국의 1천 가정에, 바로 지금입니다. 스카이웨이의 충실한 벗들이 행운의 문에 행운의 노크가…."

그때 우리 집 문을 노크하는 소리가 들렸다.

나는 발이 엉켜서 넘어졌다. 아빠가 문을 열어줬다. 문 앞에는 세 남자와 거대한 나무상자가 있고, 웨스턴 유니언 사의 택배 배달부가 스카이웨이 비누 노래를 부르고 있었다. "클리퍼드 러셀 씨가 이 집에 계시나요?"

아빠가 대답했다. "네."

"여기에 서명해주시겠습니까?"

"이게 뭡니까?"

"상자에는 '이쪽이 위쪽'이라고 밖에는 안 쓰여 있습니다. 어디에 놓아드릴까요?"

아빠가 수령증을 건네줘서 내가 서명했다. 아빠가 말했다. "상자를 거실에 놔주시겠습니까?"

그들은 상자를 거실로 옮겨주고 떠났다. 내가 망치와 니퍼를 가져왔다. 상자는 꼭 관처럼 생겼다. 내가 나중에 관으로 써도 될 것 같았다.

내가 상자의 위쪽을 열었다. 양탄자 위에 포장용 충전재를 잔뜩 쏟았다. 충전재 사이로 드디어 상품이 보이기 시작했다.

상품은 우주복이었다.

요즘 나오는 우주복에 비하자면 조금 볼품없었다. 10등부터 100등까지의 상품은 모두 우주복이었는데, 스카이웨이 비누가 잉여물자로 구매한 우주복은 모두 낡은 모델이었다. 그래도 '요크'의 공기 순환장치가 달려 있고, '제너럴 일렉트릭'이 보조 장비를 만들고, '굳이어'가 제작한 진품이었다. 사용설명서와 유지관리 일지가 첨부되어 있었다. 이 우주복은 2호 위성통신소에 투입되어 8백 시간 이상을 일했던 기록을 가지고 있었다.

나는 기분이 좀 나아졌다. 이 우주복은 가짜도 아니고 장난감도 아니다. 나는 우주에 나가보지 못했지만, 이 우주복은 나가봤다. 하지만 언젠가는 나도 나갈 테다! 이 우주복 이용방법을 익혀서 언젠가 달의 적나라한 얼굴 위에 이 우주복을 입고 설 테다.

아빠가 말했다. "이걸 네 작업실로 옮기는 게 낫겠구나. 그렇지, 킵?"

엄마가 말했다. "너무 서두르지 마, 여보. 클리퍼드, 우주복 입어보고 싶지 않니?

나는 당연히 입어보고 싶었다. 아빠와 나는 상자를 헛간으로 옮겨서 풀어보기로 합의를 봤다. 우리가 다시 거실로 돌아왔을 때 〈클라리온〉의 기자가 사진기자와 함께 와 있었다. 신문사는 나보다 먼저 내가 당첨되리라는 사실을 알고 있었다는 이야기였다. 이건 뭔가 옳지 않은 것 같았다.

기자가 사진을 찍고 싶다고 해서 그러라고 했다.

나는 낑낑대며 우주복을 껴입었다. 상체 부분은 상대적으로 꽉 끼었다. 사진기자가 말했다. "얘야, 잠깐만. 난 라이트 필드 공군기지에서 군인들이 우주복을 입는 모습을 본 적이 있어. 조언 좀 해줘도 될까?"

"네? 아니요, 아니, 그게 아니라, 해주세요."

"에스키모가 카약에 올라탈 때처럼 미끄러져 들어가야 해. 그리고 오른쪽 팔을 살살 움직여서…."

그렇게 하니 훨씬 쉬웠다. 어깨가 거의 탈구될 뻔했지만, 몸체 앞쪽의 개스킷을 넓게 벌리고 안으로 들어가서 자리를 잡았다. 우주복의 치수를 조정하는 끈이 있긴 했지만, 그것까지 만지지는 않았다. 기자는 나를 우주복 안에 쑤셔 넣고는 개스킷을 채웠다. 그리고 나를 도와 일으킨 뒤 헬멧을 달았다.

그 우주복에는 공기통이 달리지 않았으므로, 나는 기자가 사진을 세 장 찍는 동안 그 안에 있는 공기로 살아야 했다. 그때 나는 이 우주복이 실제로 임무 수행을 했다는 사실을 깨달았다. 우주복에서는 더러운 양말 냄새가 났다. 나는 기쁜 맘으로 헬멧을 벗었다.

그와 동시에, 우주복을 입고 있으니 기분이 좋아졌다. 우주 비행사가 된 것 같았다.

기자들이 떠난 뒤 우리는 거실에 우주복을 놔두고 잠자리에 들었다.

한밤중에 나는 살금살금 계단을 내려가서 우주복을 다시 입어봤다.

다음 날 아침, 나는 일을 나가기 전에 우주복을 작업실로 옮겼다.

차튼 씨는 싹싹한 사람이었다. 그는 내게 시간이 될 때 우주복을 한번 보고 싶다고 이야기했다. 모든 사람이 그 소식을 알게 됐다. 〈클라리온〉의 1면에 파이스피크산의 등산과 휴일에 있었던 재난 기사와 함께 내 사진이 실렸기 때문이다. 기사는 장난스럽게 쓰였지만 나는 신경 쓰지 않았다. 내가 당첨되리라고는 꿈도 꾸지 않았었다. 하지만 내게는 진품 우주복이 있다. 내 친구들은 누구도 갖지 못한 것이다.

그날 오후 스카이웨이 비누에서 속달로 보낸 편지를 아빠가 내게 건네줬다. 편지에는 우주복에 대한 소유권 표시와 우주복의 압력 정보, 일련번호, 그리고 이전에 미국 공군 소속이었다는 내용이 동봉되어 있었다. 편지는 축하와 감사의 인사로 시작했지만, 마지막 단락에는 다른 의미가 담겨 있었다.

스카이웨이 비누는 여러분이 상품을 즉시 이용하지 못할 수도 있다는 사실을 알고 있습니다. 그러므로 규칙 4(a) 단락에서 말씀드렸듯이, 스카이웨이는 우주복을 5백 달러의 상금과 교환할 기회를 드리고자 합니다. 여러분에게 드리는 이 특권을 이용하기 위해서는 9월 15일 당일이나 그전까지 우주복을 택배로 오하이오주 애크런에 있는 굿이어 주식회사의 특수설비부 물자회수팀 앞으로 보내주셔야 합니다.

스카이웨이 비누는, 저희가 여러분과 함께해서 기뻤던 만큼 여러분도 저희 대회를 즐기셨길 바랍니다. 그리고 해당 지역 방송국에서 진행될 스카이웨이 축제에 입고 참여하실 때까지는 여러분이 상품을 갖고 계시길 바랍니다. 이 축제에 참여하시면 50달러를 출연료로 드립니다. 여러분의 지역 방송국 담당자가 연락할 겁니다. 꼭 참가하시길 바랍니다.

하늘만큼 순수한 비누 스카이웨이가 여러분의 행운을 빕니다.

편지를 아빠에게 건네줬다. 아빠는 편지를 읽고 다시 내게 돌려줬다.

내가 말했다. "그렇게 하는 게 좋을 것 같아요."

아빠가 말했다. "나쁠 건 없지. 텔레비전에 출연한다고 얼굴에 흉터가 생기는 건 아니니까."

"아, 그거요. 그렇죠. 그것도 거저 주는 돈이니까. 근데 제 이야기는, 우주복을 진짜로 되팔아야 할 것 같다는 뜻이었어요." 나에겐 돈이 필요하니까 기뻐해야 했다. 내게 우주복은 돼지에게 파이프오르간만큼이나 필요가 없으니까. 하지만 기쁘지 않았다. 내 평생 처음으로 5백 달러를 가져보는 건데도 말이다.

"애야, '진짜로 뭔가를 해야 한다'는 말은 항상 의심해보는 게 좋아. 네가 그러려는 동기를 분석해봐."

"하지만 5백 달러면 거의 한 학기 수업료잖아요."

"이건 그거랑 아무 상관 없어. 네가 원하는 게 뭔지 찾아서 그걸 해. 네가 원하지 않는 일을 너 자신에게 강요하지 마. 다시 생각해봐." 아빠는 그렇게 말하고 자리를 떠났다.

다리를 건너기도 전에 그 다리를 불태워버리는 건 바보 같다는 생각이 들었다. 설령 우주복을 되파는 게 현명한 일이라고 할지라도 9월 중순까지는 내 소유였다. 그때쯤 되면 우주복에 질리게 될지도 모를 일이었다.

하지만 나는 전혀 질리지 않았다. 우주복은 놀라운 장치로 모든 게 소형화된 작은 우주선이었다. 내 우주복에는 크롬으로 도금된 헬멧과 실리콘으로 만든 몸체에 결합한 어깨주름, 석면, 유리섬유가 있었다. 겉면은 관절을 제외하고는 모두 딱딱했다. 관절 부위도 똑같이 딱딱한 물질이긴 했지만, '일정한 부피'를 유지했다. 무릎을 꿇으면 슬개골 위의 주름이 배열되며 부풀어 오르고, 부풀어 오른 만큼 무릎 뒤의 관절 부위는 압착됐다. 관절이 이런 식으로 움직이지 않으면 사람은 관절을 구부릴 수 없다. 수 톤에 이를 수도 있는 내부 압력 때문에 그 안에 들어 있는 사람은 동상처럼 딱딱하게 굳어서 움직이지 못하게 된다. 이런 부피 보정 부위는 알루미늄 합금 갑판으로 덮였다. 심지어 손가락

45

관절에도 작은 알루미늄 합금 갑판들이 있었다.

또, 공구를 걸 수 있는 고리들이 달린 묵직한 유리섬유 벨트가 있었다. 그리고 우주복의 높이와 너비를 조정할 수 있는 끈들이 달렸다. 현재는 비어 있지만, 공기통을 넣기 위한 배낭이 있었고, 우주복 안팎으로 배터리 같은 것들을 넣는 용도의 지퍼 달린 주머니들이 있었다.

헬멧은 뒤로도 젖혀졌는데, 어깨주름에 연결된 턱받이에 결합했다. 몸체 앞쪽은 두 개의 개스킷이 달린 지퍼로 열렸다. 그 부분이 내가 우주복에 꿈틀거리며 들어갈 때 사용하는 문이었다. 헬멧을 채우고 지퍼를 닫으면 내부의 공기압력만으로는 우주복이 열리지 않았다.

어깨주름과 헬멧 위에 스위치들이 탑재되었다. 헬멧은 거대했다. 헬멧에는 물통과 알약 분배기 여섯 개가 양쪽에 달렸고, 턱의 오른쪽에 있는 판에는 무전기 '수신'과 '발신' 스위치가 달렸으며, 왼쪽에는 공기의 흐름을 증가시키거나 감소시키는 스위치가 있었다. 안면부는 자동으로 편광되었고, 마이크와 이어폰이 있었으며, 무전기 회로가 머리 뒤쪽에 불룩하게 솟아 있었고, 계기판이 머리 위로 둥그렇게 아치를 이뤘다. 그 계기판의 숫자는 거꾸로 표시되었는데, 헬멧 내부에 있는 이마 앞의 거울에 반사되기 때문이었다. 거울은 눈에서 30센티미터 정도 떨어져 있었다.

안면부의 렌즈 혹은 유리창 위에는 헤드라이트가 두 개 달려 있었다. 헬멧 꼭대기에는 안테나가 두 개 달렸는데, 하나는 대못처럼 생겨서 사방으로 전파를 뿌리는 용도이고, 다른 하나는 총처럼 극초단파를 직선으로 발사하는 나팔형 안테나였다. 나팔형 안테나는 수신국을 바라보며 조준해야 하는데, 나팔처럼 개방된 입구 외에는 모두 갑판으로 둘러싸였다.

이야기로만 들으면 여자들의 핸드백 속처럼 여러 물건이 복잡하게 바글거릴 것 같겠지만, 이 모든 것들은 훌륭하게 잘 배치되어 있었다. 안면부 렌즈를 통해 밖을 볼 때는 머리에 아무것도 닿지 않지만, 머리를 살짝 들어 올리면 이마 위로 반사된 계기판을 볼 수 있고, 머리를 숙여서 돌리면 턱에 있는 제어장치를 작동시킬 수 있고, 아예 고개를 돌리면 물이나 알약을 먹을 수 있다. 나머지 부분은 스펀지 고무로 덮여 있어서 어떤 일이 생기더라도 머리가 헬멧에 부딪히는 일을 막아준다.

내 우주복은 멋진 자동차 같고, 헬멧은 스위스 시계 같았다.

하지만 공기통이 없었다. 그리고 무전 장비도 안테나 외에는 없었다. 레이더 탐지기와 비상용 레이더 표적장치도 없었다. 안팎에 달린 주머니도 비었고, 벨트에도 아무런 공구가 달리지 않았다. 설명서에는 꼭 있어야 한다고 나와 있었다. 이 우주복은 해체된 자동차 같았다.

나는 이 우주복이 제대로 작동되게 하겠다고 결심했다.

먼저 나는 우주복의 체육관 탈의실 냄새를 없애려고 클로록스 세제로 박박 문질러 닦았다. 그리고 공기 순환장치에 대한 작업을 시작했다.

설명서가 들어 있어서 다행이었다. 내가 우주복에 대해 알고 있다고 생각했던 사실들은 대부분 잘못된 착각이었다.

사람은 하루에 산소를 약 1.4킬로그램 정도 소비한다. 여기서 킬로그램은 질량을 의미한다. 1제곱센티미터당 킬로그램의 압력을 이야기하는 게 아니다. 우주에서는 무게가 나가지 않고 달에서는 1.4킬로그램도 0.23킬로그램밖에 나가지 않으니, 한 달 분의 산소를 들고 다닐 수 있으리라고 생각할지도 모르겠다. 글쎄, 우주 정거장이나 우주선 혹은 잠수부라면 그래도 된다. 그들은 공기를 소다석회에 통과시켜 이산화탄소를 흡수하고 다시 호흡할 수 있으니까. 하지만 우주복에서는 그럴 수 없다.

심지어 오늘날까지도 사람들이 '우주의 지독한 추위'를 이야기하는 경우가 있다. 하지만 우주는 진공이다. 진공이 차갑다면 어떻게 진공 보온병으로 뜨거운 커피를 계속 뜨겁게 유지될 수 있겠는가? 진공에는 아무것도 없다. 진공은 온도가 없으며 열도 전달되지 않는다. 그냥 단열 상태이다.

우리가 먹는 음식 중 4분의 3은 열로 전환된다. 엄청난 열이다. 하루 치의 열이면 20킬로그램이 넘는 얼음을 녹일 수 있다. 터무니없는 이야기처럼 들릴 것이다. 그렇지 않나? 하지만 난로의 맹렬하게 타오르는 불을 쬐고 있을 때조차 사람들은 몸을 식히고 있는 것이다. 겨울에 방의 온도를 체온보다 15도 정도 낮게 유지하는 것도 몸을 식히기 위해서이다. 사람들은 난로의 온도조절장치를 켤 때도 몸을 식히기에 적당한 온도를 고른다. 몸이 너무 많은 열을 만들어내므로 그 열을 없애야 한다. 차 엔진을 식혀야 하는 상황과 똑같다.

물론 너무 빨리 식힌다면, 예를 들어 영하 17도의 바람이 불면 몸이 얼게 된다. 하지만 우주복에서 일반적으로 해결해야 하는 문제는 사람이 바닷가재처럼 익어버리지 않도록 막는 것이다. 사방을 진공으로 둘러싸면 열을 없애는 게 정말 어렵기 때문이다.

복사로 약간의 열이 빠져나가긴 하지만 그것으로는 충분하지 않다. 태양 빛을 받고 있다면 오히려 열이 더 올라간다. 우주선들이 거울처럼 광택을 내는 이유가 이 때문이다.

그렇다면 어떻게 해야 할까?

그래도 얼음을 20킬로그램씩 들고 다닐 수는 없다. 지구에서와 같은 방법으로 열을 없애면 된다. 대류와 증발 말이다. 몸통을 따라 공기를 순환시켜서 땀을 증발시키면 몸을 식힐 수 있다. 언젠가는 우주복에서도 우주선처럼 공기를 재순환시켜서 사용하는 방법을 알아내겠지만, 오늘날에는 사용한 공기를 우주복에서 배출시켜 땀과 이산화탄소와 여분의 열을 내보낼 수밖에 없는데, 대부분의 산소가 바로 그런 과정에서 소모된다.

다른 문제도 있다. 우리의 몸은 제곱센티미터당 1킬로그램중의 압력으로 누르는 공기로 둘러싸여 있다. 이 공기에는 제곱센티미터당 0.2킬로그램중의 산소 압력이 포함되어 있다. 우리의 폐는 공기 전체의 압력이 절반 이하로 떨어져도 동작하긴 하지만, 산소의 압력이 3분의 2 이하로 떨어지면 안데스 산맥의 고지대에 사는 원주민들만이 편안하게 숨을 쉴 수 있을 것이다. 3분의 1 이하로 떨어지면 한계가 닥친다. 압력이 그 이하로 떨어지면 산소를 핏속으로 밀어넣을 수 없다. 이는 에베레스트산 정상의 압력과 비슷하다.

대부분 사람은 산소의 압력이 이 수준까지 떨어지기 훨씬 전부터 저산소증으로 고통받는다. 그러니 산소의 압력을 최소한 3분의 2 수준으로 맞추는 게 낫다. 그리고 불활성 기체를 산소와 섞어야 한다. 순수한 산소는 기도를 손상할 수 있으며, 술에 취한 사람처럼 만들고, 심하면 끔찍한 경련을 일으킬 수도 있다. 하지만 질소를 사용하면 안 된다. 질소는 우리가 평생 들이마시는 기체이긴 하지만, 기압이 떨어지면 혈액 속의 질소가 거품을 발생시켜서 혈관을 막는다. 이는 '잠수병'을 일으켜 몸에 심각한 손상을 주게 된다. 그래서 그런 현상을 일으키지 않는 헬륨을 사용한다. 헬륨을 쓰면 목소리가 꽥꽥거리겠지만 누가 신경 쓰겠나?

산소가 적으면 죽을 수 있고, 산소가 너무 많으면 중독된다. 질소 때문에 손상을 입을 수 있고, 이산화탄소에 빠져 죽거나 중독될 수 있으며, 그것도 아니면 탈수되거나 죽을 때까지 과열될 수 있다. 우주복 설명서를 다 읽고 나자, 우주복 안에서는 말할 것도 없고, 어디에서든 도대체 인간이 어떻게 생존할 수 있는지 이해가 되지 않았다.

하지만 내 앞에 있는 이 우주복은 텅 빈 우주에서 수백 시간 동안 사람을 보호했던 녀석이다.

그런 위험들은 이렇게 물리치면 된다. 등에 강철로 만든 통들을 짊어진다. 통에는 150기압의 공기(산소와 헬륨)가 들어 있다. 이는 제곱센티미터당 약 155킬로그램중의 압력이다. 이 공기를 감압 밸브를 통해 제곱센티미터당 10.5킬로그램중의 압력으로 낮추고, 다시 다른 감압 밸브를 통과시켜서, 헬멧 안의 압력을 필요에 따라 제곱센티미터당 0.2에서 0.35킬로그램중으로 유지한다. 이 중 제곱센티미터당 0.14킬로그램중은 산소다. 그리고 목을 따라 실리콘고무로 만든 깃을 두르고, 그 깃에 아주 작은 구멍을 내서 우주복 안의 몸통 부분으로 공기를 통하게 한다. 몸통 부분은 헬멧보다 압력을 약간 더 낮게 유지한다. 그러면 관절을 구부릴 때 드는 힘을 줄일 수 있다. 하지만 여전히 공기의 흐름은 빠르므로 증발과 냉각을 진행할 수 있다. 그리고 손목과 발목에 배기 밸브를 하나씩 붙인다. 이 밸브로는 기체뿐 아니라 물도 빠져나갈 수 있어야 한다. 안 그러면 땀이 발목 깊이로 차오를지도 모른다.

공기통은 크고 꼴사나우며, 하나당 약 27킬로그램이나 나간다. 그리고 그렇게 엄청나게 높은 압력으로 집어넣어도 고작 2.5킬로그램 정도의 공기밖에 넣지 못한다. 이건 한 달은커녕 겨우 몇 시간 분량의 공급량밖에 되지 않았다. 내 우주복에 본래 달려 있던 공기통은 8시간용이었다. 그 시간 동안은 안전하다. 모든 게 제대로 작동하기만 한다면 말이다. 빠르게 과열되더라도 죽지 않고 이산화탄소가 많아도 버틸 수 있으므로, 그 시간을 더 연장할 수도 있다. 하지만 산소가 떨어지면 7분 이내에 사망한다. 다시 처음으로 돌아가서 이야기하자면, 공기통에는 우리를 살리는 산소가 들어 있다.

산소가 충분한지 확실하게 확인하기 위해(코로 냄새를 맡아서는 알 수 없다) 귀에 작은 광전 소자를 고정해서 혈색을 관찰하도록 해야 한다. 혈액이 얼마나 붉은지 관찰하면 혈액 속에 흐르는 산소의 양을 알 수 있다. 이 광자 소자를 검류계에 연결한다. 검류계의 바늘이 위험 수치를 나타내기 시작하면, 기도를 시작할 시간이다.

나는 일을 쉬는 날 스프링필드로 가서 우주복의 호스 부속품들을 샀다. 그리고 용접공장으로 가서 75센티미터 중고 강철통 두 개를 샀는데, 압력 시험을 해야 한다고 우기는 바람에 미움을 받았다. 버스를 타고 집으로 오다가 프링즈 정비소에 내려서 50기압의 공기를 샀다. 스프링필드 공항에 가면 더 높은 고압의 공기 혹은 산소나 헬륨을 살 수도 있지만, 아직은 필요가 없었다.

집에 와서는 우주복을 잠그고 안을 비운 뒤 자전거용 펌프를 이용해서 절대 압력 2기압, 즉 상대 압력 1기압까지 공기를 넣었다. 이는 우주에 나갔을 때의 상태와 비교하면 거의 네 배의 시험용 부하를 준 셈이었다. 그런 후 나는 공기통과 씨름했다. 공기통을 거울처럼 반짝거리게 만들어야 했다. 태양에서 열을 흡수하게 해서는 안 되기 때문이다. 나는 겉면을 벗겨낸 뒤 박박 긁고 쇠솔로 문지르고 가죽으로 닦아 광을 내서 니켈을 도금할 준비를 했다.

다음 날 아침에 확인해보니 '기계인간 오스카'는 벗어놓은 내복처럼 흐느적거렸다.

이 낡은 우주복이 완전히 밀폐되지 않았던 것이다. 헬륨 밀폐는 진짜 골치 아픈 문제였다. 그냥 공기도 힘들지만, 헬륨 분자는 너무 작고 활동적이라서 일반적인 고무 정도는 그냥 빠져나갔다. 그래도 나는 이 일을 제대로 해내고 싶었다. 집에서 작동하는 정도가 아니라 우주에 나가도 충분한 수준으로 만들고 싶었다. 개스킷이 너덜너덜했다. 개스킷에서 알아채기 힘든 수준으로 천천히 공기가 새고 있었던 것이다.

나는 새 실리콘고무 개스킷과 덧대는 데에 쓸 합성물, 그리고 굿이어 사에서 만든 직물을 구해야 했다. 조그마한 동네 철물점에서는 그런 물건을 취급하지 않았다. 그래서 내가 원하는 물건과 이유를 설명하는 편지를 썼더니, 굿이어 사에서는 돈을 요구하지도 않고 물건과 더불어 정성스럽게 만든 매뉴얼의 복사지를 함께 보내줬다.

여전히 쉽지 않았다. 하지만 마침내 오스카에 순수한 헬륨을 절대 압력 2기압으로 가득 채우는 날이 왔다.

오스카는 헬륨을 채우고 일주일이 지난 뒤에도 6겹 타이어만큼 단단했다.

그리고 그날 나는 오스카를 입고 탑재한 공기통만을 이용해서 호흡했다. 헬멧을 쓰지 않은 상태로는 그전에도 자주 입었다. 오스카를 입은 상태로 작업실에서 일도 하고, 우주복의 장갑 때문에 거북스러운 상태로 공구들을 다뤄보고, 키와 부피를 적절하게 조정하기도 했다. 새로 산 스케이트를 길들이는 것과 비슷했다. 시간이 지나자 우주복을 입고 있다는 사실조차 거의 인식하지 않는 상태가 됐다. 한번은 우주복을 입은 채로 저녁 식사를 하러 간 적도 있다. 아빠는 아무 말도 하지 않았고, 엄마는 외교관처럼 공손한 태도를 유지했다. 나는 냅킨을 집어 들다가 실수했다는 사실을 깨달았다.

이제 안에 넣어 두었던 헬륨을 공중으로 날려 보내고, 충전된 공기통을 탑재한 뒤 우주복을 입었다. 그리고 헬멧을 채우고 안전 고리들을 잠갔다.

공기가 살랑거리며 부드럽게 헬멧으로 들어왔다. 공기의 흐름은 오르락내리락하는 내 가슴에 의해 통제되는 조절 밸브를 통해 들어온다. 공기 흐름의 속도는 턱에 있는 조절장치로 빠르거나 느리게 재조정할 수 있다. 그렇게 해봤다. 나는 거울에 반사된 계기판을 보면서 밸브를 조정해서 우주복 내부를 절대 압력 1.3기압까지 올렸다. 이는 내 주변의 대기압보다 0.3기압 높은 상태로, 우주에 나가지 않고도 우주에서의 조건과 흡사하게 만든 것이었다.

나는 우주복이 부풀어 오르는 것을 느낄 수 있었다. 우주복의 관절들이 더 이상 느슨하거나 헐렁하게 느껴지지 않았다. 공기 순환을 대기압보다 0.3기압 높게 유지한 상태에서 움직이다가 쓰러질 뻔하기도 했지만, 간신히 작업대를 움켜잡고 버텼다.

공기통을 메고 우주복을 입은 상태에서 내 몸무게는 벗고 있을 때보다 두 배가 더 나갔다. 게다가 우주복의 관절들이 일정한 부피를 유지하더라도 압력을 받는 상태라서 자유롭게 움직여지지 않았다. 허리까지 올라오는 묵직한 낚시용 장화를 신고, 오버코트를 입고, 권투장갑을 끼고, 머리에는 양동이를 뒤집어쓰고, 시멘트 두 포대를 어깨 위에 묶어보면, 지구의 중력에서 우주복이 어떻게 느껴지는지 알 수 있을 것이다.

하지만 10분이 지나자 몸을 꽤 잘 다룰 수 있게 됐다. 그리고 30분이 지나자 평생 이 우주복을 입고 지낸 것 같은 느낌이 들었다. 무게가 분산되어 그리 무겁지 않았다. 그리고 달에서는 전체 무게도 그리 많이 나가지 않을 것이다. 관절들은 힘을 더 들여서 사용하는 데에 익숙해지니 괜찮아졌다. 사실 내겐 수영을 배우는 게 더 힘들었다.

그날은 지독하게 더운 날이었다. 나는 밖으로 나가 태양을 바라봤다. 자동 편광기가 눈부신 빛을 누그러뜨려서 태양을 똑바로 바라볼 수 있었다. 내가 고개를 돌리자 편광이 사라지며 주위가 깨끗하게 보였다.

나는 계속 시원한 상태를 유지했다. 준단열팽창으로 식혀진 (설명서에 그렇게 나와 있었다) 공기는 머리를 식히고 우주복을 통과해서 흐르며 몸의 열을 씻어낸 뒤 배출 밸브를 통해 사용한 공기를 내보냈다. 설명서에 따르면 발열소자는 거의 작동되는 법이 없었다. 대개는 열을 없애는 게 문제이기 때문이다. 나는 드라이아이스를 구해서 온도조절장치와 난방장치를 시험해보기로 했다.

나는 생각할 수 있는 모든 실험을 해봤다. 우리 집 뒤쪽으로는 개울이 흐르고 그 너머는 목초지가 있었다. 나는 개울물 속으로 철벅철벅 걸어 들어갔다가 발을 헛디뎌 넘어졌다. 우주복을 입은 상태에서는 내 발이 어디를 딛고 있는지 볼 수 없다는

게 가장 불편했다. 넘어진 뒤 잠시 그대로 누워 있었는데, 반쯤
둥둥 떴지만 대체로 물에 잠겨 있었다. 나는 물에 젖지 않았다.
덥지도 않고 춥지도 않았다. 헬멧 위로 물결이 어른거려도 호흡
은 아주 편안했다.

개울둑을 힘겹게 기어 올라가다가 다시 넘어져서 바위에 헬
멧을 세게 박았지만, 손상을 입지 않았다. 오스카는 그 정도 위
험은 감수할 수 있도록 만들어졌다. 나는 무릎으로 땅을 짚고 일
어서서 목초지를 가로질렀다. 울퉁불퉁한 땅 때문에 비트적거
리긴 했지만 넘어지지는 않았다. 건초더미를 쌓아놓은 게 있어
서 온몸이 파묻힐 때까지 파고 들어갔다.

시원하고 신선한 공기…. 전혀 불편하지 않고 땀도 나지 않
았다.

3시간 후 나는 우주복을 벗었다. 우주복에는 비행사들의 비
행복처럼 안팎의 기압차를 낮춰주는 압력 경감 장치가 있지만,
나는 아직 설치하지 않았으므로 우주복 안의 공기가 다 사라지
기 전에 빠져나왔다. 그리고 내가 만든 우주복 걸이에 걸고 어깨
주름을 토닥이며 말했다. "오스카, 넌 아무 문제 없어. 너와 난
동료야. 함께 세상을 돌아다니자." 나는 5백 달러가 아니라 5천
달러와 오스카를 바꾸자고 해도 비웃어줬을 것이다.

✳

오스카가 압력 시험을 받는 동안, 나는 오스카의 전기와 전자
장비들에 공을 들였다. 레이더 표적과 탐지기는 신경 쓰지 않았

다. 레이더 표적은 유치할 정도로 단순하고, 탐지기는 지독하게 비쌌다. 하지만 우주 작전본부 주파수대역을 들을 수 있는 무전기는 꼭 갖고 싶었다. 오스카에 달린 안테나들이 그 파장에만 맞춰져 있었기 때문이다. 일반적인 휴대용 무전기를 만들어서 바깥 부분에 걸어둘 수도 있겠지만, 내가 잘못된 주파수를 착각할 수도 있고, 그 장비로는 진공상태를 견디지 못할 게 틀림없었다. 압력과 온도, 습도의 변화는 전자회로에 황당한 일을 일으키곤 한다. 그래서 무전기는 헬멧 안에 장착되어야 한다.

설명서에 회로도가 나와 있어서 바빠졌다. 음성회로와 변조 회로는 문제가 없었다. 배터리로 작동하는 트랜지스터 회로는 나도 충분히 작게 만들 수 있었다. 하지만 극초단파 부분이 문제였다. 이건 마치 머리가 두 개 달린 송아지 같았다. 각각 송신기와 수신기가 달려 있는데, 극초단파를 직선으로 발사하는 나팔형 안테나를 위해서는 1센티미터 파장, 사방으로 전파를 뿌리는 대못형 안테나를 위해서는 3옥타브 낮은 8센티미터 파장을 만들어내면서, 서로 충돌하지 말아야 하고 하나의 수정(水晶)으로 둘 다를 통제해야 했다. 그래야 더 많은 신호를 사방으로 내보낼 수 있으며, 나팔에서 전파를 내뿜을 때 조준을 더 잘할 수 있기 때문이었다. 또한 이것은 안테나를 바꾸는 장치만 스위치로 조종해야 한다는 의미였다. 가변 주파수 진동자의 출력이 수신기를 조정하는 수정 주파수에 추가되었다. 종이에 그려진 회로는 단순했다.

하지만 극초단파 회로는 전혀 쉽지 않았다. 정밀한 기계 가

공이 필요했다. 연장이 살짝 미끄러지기만 해도 저항을 엉망으로 만들어버릴 수 있고, 정확하게 계산된 파장의 동조를 망가뜨릴 수도 있었다.

뭐, 그래도 나는 시도해봤다. 정밀한 인공 수정은 떨이로 파는 가게에서 싸게 샀고, 트랜지스터와 다른 부품은 내 무전기에서 뜯어냈다. 나는 야단법석을 떨며 몇 번을 시도한 뒤에야 겨우 마쳤다. 내가 할 수 있는 건 다 했다. 그런데 이 괘씸한 녀석이 헬멧에 맞지 않았다.

난 정신적인 승리에 만족하기로 했다. 나로서는 이보다 더 잘 만들 수 없었다.

결국, 하나 샀다. 수정을 샀던 가게에서 정밀하게 만들어 파는, 플라스틱 케이스 안에 넣은 녀석으로 구입했다. 우주복에 맞춰서 나왔던 제품이었는데, 이 무전기도 오래된 탓에 터무니없이 낮은 가격에 팔아서 나는 그저 환호성을 지를 수밖에 없었다. 그때 나는 영혼을 걸었다. 이 우주복을 작동하게 하리라.

나머지 전기 장치에서 어려운 점이 있다면 모든 게 '고장 대비'거나 '고장 금지'여야 한다는 사실이었다. 우주복을 입은 사람은 뭔가 잘못되었을 때 가까운 정비소로 들어갈 수 없다. 우주선의 모든 장비는 계속 작동이 되어야만 한다. 그러지 못하면 우주 비행사는 살아 있는 사람에서 통계 숫자로 바뀌어버리고 만다. 헬멧에 헤드라이트가 두 개 달린 것도 그 때문이다. 하나가 망가지면 다른 게 작동한다. 머리 위의 계기판을 비추는 꼬마전 등조차 두 개가 달렸다. 나는 쉽고 빠른 길로 가지 않았다. 모든 이중회로는 나도 이중으로 유지했으며, 언제라도 자동 전환 장치가 작동할 수 있는지 확인하기 위해 시험했다.

차튼 씨는 맥아당과 포도당, 아미노산 보충제, 비타민, 각성제 덱세드린, 멀미약 드라마민, 아스피린, 항생제, 항히스타민, 진통제 코데인 등 사람이 죽을지도 모르는 위기 상황을 벗어나는 데 도움을 줄 수 있는 거의 모든 약품을 설명서의 목록에 넣어야 한다고 주장했다. 차튼 씨가 케네디 박사에게 처방전을 받아줘서, 법을 위반하지 않고도 오스카에 약품을 채워 넣을 수 있었다.

내가 일을 다 마쳤을 때 오스카는 2호 위성통신소에 있었을 때처럼 근사한 모습이 되었다. 제이크 빅스비가 고물차를 개조한 자동차로 만드는 걸 도와줬을 때보다 훨씬 재미있는 시간이었다.

하지만 여름이 끝나가고 있었다. 이제 백일몽에서 깨어날 시간이었다. 나는 여전히 어느 대학으로 갈지, 어떻게 해야 다닐 수 있을지, 아니 다닐 수나 있을지 답을 찾지 못한 상태였다. 돈을 모으긴 했지만, 턱없이 모자랐다. 우편 요금과 비누 포장지에 돈을 약간 쓰긴 했어도, 그건 텔레비전에 15분 출연해서 그보다 더 많이 돌려받았다. 그리고 3월부터 다른 데는 돈을 한 푼도 쓰지 않았다. 너무 바빴기 때문이다. 오스카에 쓴 돈은 놀라울 정도로 적었다. 오스카를 수리하는 데 들어간 건 대부분 땀과 드라이버였다. 10달러를 벌면 그중에 7달러는 돈 바구니에 넣었다.

하지만 그것으로는 충분하지 않았다.

대학을 한 학기라도 다니기 위해서는 오스카를 팔 수밖에 없다는 우울한 현실을 깨달았다. 하지만 그다음 학기는 어떻게 다니지? 전형적인 미국 소년 '조 밸리언트'는 항상 캠퍼스에 단돈 50센트와 따뜻한 마음만 가지고 나타나지만, 마지막 장에서 해적단이 되어 은행에 돈이 가득해진다. 그러나 그건 만화책 속의 이야기이고, 난 조 밸리언트가 아니다. 그렇게 될 가능성은 눈곱만큼도 없었다. 학비를 못 내서 크리스마스 즈음에 중퇴해야 할 상황이라면 대학에 들어가는 게 이치에 맞는 일일까? 차라리 한 해 더 집에서 지내며 곡괭이와 삽과 친해지는 게 낫지 않을까?

나한테 선택권이 있었던가? 내가 확실하게 갈 수 있는 대학은 주립대학뿐이었다. 그런데 주립대학은 교수들의 해고 사태로 논란이 있었고, 대학 인가를 박탈당할 거라는 소문이 돌았다. 학위를 받기 위해 몇 년간 갖은 애를 다 쓴 뒤에 대학이 인가를 취소당하는 바람에 졸업장이 아무 소용 없게 된다면 얼마나 웃기겠는가?

주립대학은 그 난리가 나기 전에도 공학 분야에서는 'B급' 학교에 불과했다.

그날 나는 렌슬러 폴리테크닉 대학과 캘리포니아 공과대학에서 불합격 통지를 받았다. 하나는 인쇄된 통지서 양식이었고, 다른 하나는 자격을 갖춘 모든 지원자를 다 받아들일 수는 없어서 유감이라는 정중한 편지가 들어 있었다.

사소한 일들 때문에 더 화가 났다. 텔레비전에 출연해서 얻은 거라곤 50달러밖에 없었다. 방송국 스튜디오에서 우주복을 입고 있으니 바보처럼 보였는데, 사회자가 그 모습을 우스갯거리로 이용했다. 헬멧을 두드리며 아직 거기 있느냐고 내게 물었다. 퍽이나 재미있었다. 그는 우주복으로 뭘 하고 싶으냐고 묻더니, 대답하려고 순간 내 마이크를 꺼버리고 우주 해적과 비행접시에 대한 헛소리가 담긴 녹음소리를 끼워 넣었다. 우리 동네 사람의 절반은 진짜로 그게 내 목소리라고 생각했다.

에이스 퀴글만 얼굴을 내밀지 않았어도 어렵지 않게 잊어버리고 살아갈 수 있었을 것이다. 녀석은 여름 내내 모습을 보이지 않았다. 아마도 교도소에 있었을 것이다. 그런데 그 프로그램이 방송된 다음 날, 녀석이 음료수대 앞에 자리를 잡고 앉아 나를 꼬나보며 큰 소리로 중얼거렸다. "그러니까 말이야, 네가 그 유명한 해적에다가 텔레비전 스타라는 거지?"

내가 말했다. "에이스, 뭐 먹을래?"

"이크! 제가 사인 좀 받아도 될깝쇼? 제가 살아 있는 진짜 우주해적을 만난 건 처음이라서요!"

"주문이나 해, 에이스. 아니면 다른 사람에게 자리를 내주든가."

"제독님, 초코 몰트로 주세요. 비누는 빼고 주십쇼."

에이스는 얼굴을 내밀 때마다 자신의 '재치'를 계속 선보였다. 끔찍하게 더운 여름이었기 때문에 화가 쉽게 치밀어 올랐다. 노동절 연휴 직전의 금요일, 약국의 에어컨이 고장 났는데 수리공을 부를 수 없었다. 그래서 나는 3시간 동안이나 그걸 고치느라 두 번째로 좋아하는 바지를 더럽히고 완전히 땀에 푹 절었다. 음료수대 뒤에 앉아 빨리 집에 가서 목욕이나 했으면 좋겠다는 생각을 하고 있을 때, 에이스가 거들먹거리며 약국으로 들어와 큰 소리로 인사를 건넸다. "이런, 혜성 제독, 우주의 골칫거리 아니신가! 제독님, 광선총은 어떡하셨어? 학교를 마친 후에 은하계 황제가 교실에 남겨서 벌거벗은 괴물과 사귀게 할까 봐 겁은 안 나시나? 낄낄, 낄낄낄!"

음료수 판매기 앞에 있던 여자애 둘이 키득거렸다.

"그만 좀 해, 에이스." 나는 짜증 나는 투로 말했다. "안 그래도 더운 날이잖아."

"그래서 네가 고무로 만든 속옷을 안 입었구나?"

여자애들이 다시 키득거렸다.

에이스가 능글능글 웃더니 계속 떠들어댔다. "애송아, 그 광대옷 있잖아, 일할 때도 그거 입지그래? 그리고 〈클라리온〉에 광고를 내봐. '우주복 있음, 출장 가능.' 낄낄, 낄낄낄! 아니면 허수아비로 취업할 수도 있겠다."

여자애들이 웃음을 터뜨렸다. 나는 열을 셌다. 다시 스페인어로 열을 셌다. 그리고 다시 라틴어로. 그런 뒤 딱딱한 말투로 말했다. "뭘 살 건지나 말해."

"평소 먹던 거로 줘. 서둘러, 화성에서 데이트 약속이 있단 말이야."

계산대 뒤에 있던 차튼 씨가 나와서 자리에 앉더니 내게 라인 쿨러를 한 잔 만들어달라고 했다. 그래서 차튼 씨가 달라는 것부터 먼저 챙겨줬다. 계속 주절대던 '재치'가 멈췄다. 그게 에이스의 목숨을 살렸다.

잠시 후 약국 안에 사장님과 나만 남았다. 차튼 씨가 조용히 말했다. "킵, 생명을 존중하라고 해서 자연의 명백한 실수까지 존중할 필요는 없어."

"네?"

"에이스의 주문은 받지 마. 난 그 녀석한테 장사할 생각 없다."

"아, 전 신경 안 써요. 위험한 놈은 아니에요."

"그런 녀석들이 얼마나 위험해질 수 있겠니? 낄낄대는 멍청이나 머릿속이 비어 있는 하찮은 녀석 때문에 문명이 얼마나 더 후퇴하겠니? 집에 가라. 내일 아침에 일찍 출발하고 싶을 거야."

나는 긴 노동절 휴일 동안 제이크 빅스비의 부모님에게서 포레스트 호수로 초대받았다. 나는 그곳에 가고 싶었다. 이 열기로부터 도망치고 싶었을 뿐만 아니라 제이크와 여러 문제에 대해 차근차근 이야기를 나누고 싶었기 때문이다. "이런, 사장님을 혼자 내버려두고 도망가면 안 될 것 같아요."

"연휴 동안 마을이 텅 빌 거야. 그래서 음료수 판매는 안 할까 해. 마음껏 즐겨라. 이번 여름은 조금 힘들었잖니, 킵."

그 말을 바로 들을까 싶기도 했지만, 약국 문을 닫을 때까지 있다가 청소를 했다. 그리고 곰곰이 생각에 잠긴 채 집까지 걸었다.

잔치는 끝났다. 이제 장난감을 치울 때가 됐다. 심지어 동네 얼간이도 내가 우주복을 가지고 있어야 할 합리적인 이유가 없다는 사실을 안다. 에이스가 뭐라고 생각하든 상관없긴 하지만…. 아무튼 내게 우주복은 아무 쓸모가 없고, 대신 돈이 필요했다. 설령 스탠퍼드와 MIT와 카네기 대학이나 다른 대학에서 나를 떨어뜨리더라도, 이제 나는 새 학기를 시작할 것이다. 주립대학이 최고의 대학은 아니지만 나도 최고는 아니다. 그리고 지금껏 나는 학교보다는 오히려 학생들에게 더 많이 배웠었다.

엄마는 잠자리에 들었고, 아빠는 책을 읽는 중이었다. 나는 안녕히 주무시라고 인사한 뒤 헛간으로 갔다. 오스카에 내가 설치한 장비들을 뜯어내고, 본래 있던 포장지에 넣은 후, 주소를 붙이고, 아침에 택배 회사에 전화해서 가져가도록 할 참이었다. 내가 포레스트 호수에서 돌아오기 전에 오스카는 가버릴 것이다. 빠르고 깔끔하게.

오스카는 우주복 걸이에 걸려 있었는데, 마치 씩 웃으며 내게 인사를 건네는 것 같았다. 물론, 말도 안 된다. 나는 오스카에게 다가가서 어깨를 쓰다듬었다. "이봐, 점잖은 친구. 넌 그동안 진짜 좋은 친구였어. 너를 알게 되어 기뻤어. 달에서 만나자."

하지만 오스카는 달로 가지 않을 것이다. 오스카는 오하이오 주의 아크론에 있는 '물자회수팀'으로 간다. 그들은 오스카에게서 사용할 수 있는 부품들을 떼어내고 나머지는 쓰레기 더미에 던져버릴 것이다.

입이 바짝 말랐다.

[괜찮아, 친구.] 오스카가 말했다.

이거 봤어? 내 멍청한 머리가 이렇다니까! 오스카는 진짜로 말을 하지 못한다. 내 상상력이 제멋대로 자랄 때까지 너무 오래 내버려둔 모양이었다. 그래서 나는 오스카를 쓰다듬던 손을 거두고 나무상자를 끌고 왔다. 그리고 오스카의 공기통을 제거하기 위해 벨드에 걸어둔 렌치를 집어 들었다.

난 중단했다.

공기통 두 개가 모두 채워져 있었다. 하나는 산소, 다른 하나에는 산소와 헬륨. 나는 이렇게 하려고 돈을 썼다. 딱 한 번이라도 우주비행사처럼 공기를 섞어보고 싶었기 때문이다.

배터리도 새것이고 충전도 잘 되어 있었다.

"오스카." 내가 조용히 말했다. "마지막으로 함께 산책하는 건 어때?"

[좋지!]

나는 실제처럼 모든 걸 챙겼다. 물통에는 물을 넣고, 약물 분배기도 채웠다. 응급조치용 도구도 안에 넣고, 바깥 주머니 안의 진공 밀폐도 이중으로 채웠다(부디 밀폐가 되기만 바랐다). 모든 공구를 벨트에 달고, 무중력 상태에서 공구들이 멀리 떠내려가지 않도록 모든 끈을 단단히 맸다. 모든 게 갖춰졌다.

그때 나는 연방통신위원회가 알아채면 혼낼지도 모르는 무전 회로를 켰다. 그 무선 회로 장치는 오스카에게 맞는 무전기를 달아주기 위해 갖은 애를 쓰다가 만든 무선 중계기였는데, 오스카의 수신 상태를 시험하고 지향성 안테나의 조준을 점검할 수 있는 장치로 변경해두었다. 그 장치의 안테나는 반향 회로로 연결해놔서, 내가 오스카에서 송신을 하면 이 장치가 수신한 뒤 다시 내게 송신하게 되어 있었다. 1950년대에 나온 구식 웹코 녹음기에서 뜯어낸 부품으로 조립했다.

그리고 나는 오스카 속으로 기어들어가서 잠갔다. "단단히 잠겼어?"

[단단해!]

나는 머리 위로 거울에 반사된 계기판을 슬쩍 살펴보고 혈색의 정보를 읽은 뒤 오스카가 축 처지기 직전까지 공기의 압력을 낮췄다. 거의 해수면의 대기압에 가까운 상태였으므로 저산소증의 위험이 없었다. 산소를 너무 많이 소비하지 않기 위한 요령이었다.

우리가 막 출발하려던 찰나 뭔가 떠올랐다. "오스카, 잠깐만." 나는 아침에 일찍 일어나 호수로 가는 첫 버스를 탈 것이라는 이야기를 부모님께 메모로 남겼다. 이제는 우주복을 입고도 글을 쓸 수 있다. 심지어 바늘에 실을 꿸 수도 있을 것이다. 메모를 부엌문 아래에 끼워두었다.

그리고 우리는 개울을 건너 목초지로 들어갔다. 나는 개울을 건널 때 넘어지지 않았다. 이제는 오스카에 익숙해져서 염소처럼 재빠르게 발을 잘 디딜 수 있었다.

목초지로 나온 뒤 무전기를 켜고 말했다. "여기는 풍뎅이, 피위* 호출. 피위 나와라."

몇 초 후 녹음된 내 목소리가 되돌아왔다. "여기는 풍뎅이, 피위 호출. 피위 나와라."

나는 나팔형 안테나로 바꾼 뒤 다시 시도했다. 어두워서 조준

---

* 꼬맹이, 난쟁이라는 뜻

이 쉽지는 않았지만 문제없었다. 그 뒤 나는 목초지를 가로지르면서 대못형 안테나로 다시 바꿔서 피위를 계속 호출했다. 그리고 금성에서 기지와 계속 연락을 유지해야 하는 흉내를 내며 놀았다. 여긴 아직 탐사를 못 한 지역인 데다, 금성에서는 대기 호흡이 불가능했으므로 기지와 연락이 끊기면 안 된다. 모든 게 완벽하게 작동했다. 설령 여기가 진짜 금성이라고 해도 나는 아무런 문제가 없었을 것이다.

그때 불빛 두 개가 남쪽 하늘을 가로질렀다. 나는 비행기나 헬리콥터일 거라고 짐작했다. 시골뜨기라면 '비행접시'라고 신고하기 딱 좋게 생겼다. 계속 그 불빛들을 쳐다보다가 나지막한 언덕 뒤로 이동했다. 아마도 언덕 때문에 수신 상태가 안 좋아질 수도 있겠지만 그래도 피위를 호출했다. 피위의 무전만 반송되어 와서 나는 입을 닫았다. 내가 말하는 것만 그대로 메아리치는 바보 같은 회로와 계속 이야기하는 건 멍청한 짓이었기 때문이다.

그때 목소리가 들렸다. "피위가 풍뎅이에게! 대답하라!"

처음에는 내가 감시당하고 있었으며 이제 곤란한 상황에 빠졌다는 생각이 들었다가, 곧 어떤 아마추어 무선사가 내 무전을 우연히 들었을 거라고 결론 내렸다. "여기는 풍뎅이, 수신했다. 누구인가?"

시험용 장비가 내 말을 그대로 다시 내게 송신했다.

그때 새로운 목소리가 날카로운 소리로 말했다. "여기는 피위! 나를 그쪽으로 유도해줘!"

이건 말도 안 되는 상황이었다. 하지만 나는 어느새 이렇게 말하고 있었다. "풍뎅이가 피위에게, 지향성 전파를 1센티미터 파장으로 옮겨라. 그리고 계속 이야기하라. 계속!" 나는 나팔형 안테나로 바꿨다.

"풍뎅이, 수신 잘 받았다. 그쪽에서 내 위치를 잡아라. 하나, 둘, 셋, 넷, 다섯, 여섯, 일곱…."

"당신은 내 남쪽에 있다. 약 40도쯤이다. 당신은 누구인가?"

틀림없이 아까 그 두 개의 불빛 중 하나였다. 그럴 수밖에 없었다.

하지만 내게는 그걸 생각해볼 틈이 없었다. 우주선이 내 머리 위로 내려앉기 직전이었다.

제 2 부

4

나는 '우주선'이라고 했지 '로켓선'이라고 하지 않았다. 우주
선에서는 쉭 소리 외에는 어떤 소음도 들리지 않았고, 제트 분사
불꽃도 보이지 않았다. 우주선은 조용하고, 부드럽게 날아와 착
륙했다.

나는 우주선에 납작하게 깔리지 않게 피하느라 너무 바빠서
세밀한 부분까지 걱정할 겨를이 없었다. 지구의 중력에서 우주
복은 운동복이 결코 아니다. 그나마 내가 지금껏 연습했던 게 다
행이었다. 우주선은 조금 전까지 내가 있던 바로 그 장소에 내
려앉아서 나보다 훨씬 넓게 목초지를 차지했다. 검은색의 커다
란 우주선이었다.

그 우주선의 문이 막 열릴 때 다른 우주선도 쉭 소리를 내며
내려앉았다. 문을 통해 빛이 쏟아져 나왔다. 두 생물체가 튀어

나오더니 달리기 시작했다. 하나는 고양이처럼 움직였고, 다른 하나는 우주복 때문에 불편한지 엉성하고 느리게 움직였다. 우주복을 입은 생물체는 진짜로 우스꽝스러웠다. 키는 1.5미터가 채 안 되었으며, 사람 크기의 생강 쿠키처럼 보였다.

우주복의 가장 큰 문제는 시야가 좁다는 것이다. 나는 두 생물을 동시에 보느라 두 번째 착륙한 우주선이 열린 걸 보지 못했다. 첫 번째 생물이 자리에 멈춰서 뒤에 따라오는 우주복 입은 생물을 기다리다가 갑자기 쓰러졌다. 헐떡이는 소리만 들렸다. "이아흐!" 그리고 철퍼덕.

그게 고통의 비명이라는 걸 쉽게 알 수 있었다. 나는 그 생물이 쓰러진 곳까지 쿵쿵거리며 종종걸음으로 다가가서 몸을 구부리고 뭐가 잘못된 건지 살펴보려 했다. 헬멧을 숙여서 헤드라이트의 불빛으로 땅을 비췄다.

커다란 눈이 툭 불거진 괴물이었다….

이건 편견이었지만, 내게 처음 든 생각은 그랬다. 난 이 상황이 믿기지 않았다. 내 몸이라도 꼬집어보고 싶었지만, 우주복을 입은 상태에서는 그다지 실용적인 방법이 아니었다.

편견이 없는 마음으로(내 마음은 그렇지 않았지만) 보면, 이 괴물이 오히려 예쁘다고 생각했을 것이다. 괴물은 작았다. 내 크기의 절반도 되지 않았고 곡선이 우아했다. 여성의 곡선이 아니라 표범의 곡선에 더 가까웠다. 표범처럼 생긴 건 아니었지만 말이다. 이 생물의 모습을 묘사하기는 쉽지 않았다. 내가 아는 어떤 생물의 유형과도 달랐기 때문이다. 이건 말이 안 됐다.

그래도 그 생물이 아프다는 사실은 알 수 있었다. 겁에 질린 토끼처럼 몸을 바들바들 떨고 있었다. 커다란 눈은 뜨고 있었지만 마치 눈꺼풀이 덮여 있는 것처럼 희뿌옇고 흐리멍덩했다. 생물의 입은….

내가 본 건 거기까지였다. 공기통 사이의 틈새로 뭔가가 내 척추를 때렸다.

✳

나는 맨바닥에 누운 상태에서 깨어났는데 천장이 눈에 들어왔다. 잠시 후에야 무슨 일이 일어났었는지 떠올랐다. 하지만 그 기억이 너무도 어처구니없이 우스꽝스러워서 그 기억을 머릿속에서 떨쳐냈다. 오스카를 입고 산책을 했는데… 우주선이 착륙하더니… 눈이 툭 튀어나온….

나는 오스카가 사라졌다는 사실을 깨닫고 벌떡 일어나 앉았다. 경쾌한 목소리가 들렸다. "안녕?"

나는 고개를 획 돌렸다. 열 살쯤 된 아이가 벽에 기댄 채 바닥에 앉아 있었다. 그 남자애는, 아니 내가 잘못 봤다. 봉제인형을 끌어안고 다니는 남자애는 별로 없다. 이 아이는 아직 성별 특성이 두드러지지 않은 나이인 데다 셔츠와 반바지에 더러운 테니스화를 신고 머리가 짧아서, 봉제인형 외에는 판단의 근거로 삼을 만한 게 별로 없었다.

"안녕." 내가 대답했다. "우리가 여기서 대체 뭘 하고 있는 거야?"

"난 생존하는 중이야. 하지만 네가 뭘 하고 있는지는 나도 모르겠어."

"뭐라고?"

"생존 몰라? 꼼짝 않고 앉아서 숨만 쉬면서 힘을 아끼고 있어. 놈들이 우리를 가둬버리는 바람에 지금 당장은 그거 말고 달리 할 수 있는 게 없거든."

나는 주변을 둘러봤다. 방은 너비가 약 3미터고, 벽으로 사방이 둘러싸여 있었지만, 전체적으로는 한쪽이 넓고 반대쪽이 좁은 쐐기 모양이었다. 그리고 우리 말고는 아무것도 없었다. 문은 보이지 않았다. 우리가 갇힌 게 아니라고 하더라도 갇힌 거나 다름없었다. "누가 우리를 가뒀는데?"

"그놈들이야. 우주 해적. 그리고 그놈이랑."

"우주 해적이라고? 바보 같은 소리 하지 마!"

그 애가 어깨를 으쓱했다. "뭐, 난 걔들을 그렇게 불러. 그래도 살고 싶으면 그놈들을 바보라고 생각하지 않는 게 좋을 거야. 네가 '풍뎅이'야?"

"응? 너야말로 풍뎅이 같은 소리나 하고 있잖아. 우주 해적이라니, 아이고, 맙소사!" 나는 당황하고 몹시 혼란스러웠지만, 이런 헛소리는 도움이 되지 않았다. 오스카는 어디에 있을까? 그리고 여기는 대체 어디지?

"아니, 말고, 그냥 풍뎅이가 아니라 무선 호출부호 '풍뎅이' 말이야. 너도 눈치챘겠지만, 내가 '피위'야."

난 혼잣말을 중얼거렸다. 킵, 이봐 친구, 가장 가까운 병원까지 어기적어기적 걸어가서 자수해. 자기 손으로 직접 선을 연결해서 만든 무선 시험용 장비가 인형을 손에 든 빼빼 마른 여자애로 보이기 시작하면 확실히 미친 거잖아. 냉찜질과 진정제가 처방되고 흥분하지 말라는 진단을 받게 될 거야. 뇌 속의 퓨즈가 다 타버린 상태니까 말이야.

"네가 '피위'라고?"

"그게 내 호출부호야. 그 무전을 듣고 안심이 됐었어. '여기는 풍뎅이, 피위 호출'이라는 소리가 들려서, 난 아빠가 내가 어디에 있는지 알아낸 뒤에 사람들에게 알려서 착륙을 도와주라고 한 줄 알았거든. 하지만 네가 '풍뎅이'가 아니라면 이게 무슨 이야긴지 모를 거야. 넌 누구야?"

"잠깐만, 내가 '풍뎅이'야. 아니, 그게 내가 사용했던 호출부호라는 이야기야. 하지만 내 이름은 클리퍼드 러셀이야. 보통 '킵' 으로 불러."

"반가워, 킵." 그 애가 정중하게 말했다.

"반가워, 피위. 음, 근데 넌 남자야, 여자야?"

피위의 인상이 확 구겨졌다. "그 말을 후회하게 만들어주겠어. 내가 어려 보이는 건 알지만, 사실 난 열한 살이야. 곧 열두 살이 돼. 그러니까 그런 무례한 소리는 앞으로 꿈도 꾸지 마. 5년 내로 난 진짜 끝내주게 섹시한 아가씨가 될 거야. 그때 가서 나한테 춤추자고 졸라대지 마."

그 말을 듣자마자 차라리 주방의 앉은뱅이 의자랑 춤을 추고 말겠다는 생각이 들었지만, 입으로 내뱉지는 않았다. 괜히 쓸데

없는 말싸움을 하고 싶지 않았다. "미안해, 피위. 내가 아직 어리병병해서 그래. 네 말은 그러니까, 네가 첫 번째 우주선에 타고 있었다는 거지?"

다시 여자애가 발끈했다. "그냥 타고 있던 게 아니라, 내가 그 우주선을 조종했다니까!"

난 아무래도 밤마다 진정제를 먹고, 오랜 기간 정신분석을 받아야 할 것 같다. 겨우 이 나이에 말이다. "네가 우주선을… 조종했다고?"

"설마 엄마생물이 조종했을 거라고 생각하는 건 아니지? 엄마생물은 놈들의 조종간에 맞지 않아. 엄마생물은 내 옆에 쭈그리고 앉아서 조종법을 가르쳐줬어. 그게 쉬울 거 같아? 아빠의 도움을 받으며 경비행기 말고는 조종해본 적도 없고, 착륙이라곤한 번도 해보지 않은 상태에서 우주선을 조종한다고 생각해봐. 그래도 난 정말 잘했어! 게다가 네 착륙 지시도 엉망이었잖아. 놈들이 엄마생물에게 무슨 짓을 했을까?"

"엄… 뭐?"

"몰라? 아, 이런!"

"잠깐만, 피위. 우리 다시 말을 맞춰보자. 나는 '풍뎅이' 맞아. 그리고 너한테 위치를 알려줬어. 그게 쉬울 거 같으면, 어디서 오는지도 모르는 목소리에 대고 긴급 착륙 지시를 내려준다고 생각해봐. 아무튼 우주선이 착륙하더니 바로 그 뒤로 다른 우주선도 착륙했어. 그리고 첫 번째 우주선의 문이 열리고 우주복을 입은 녀석이 튀어나오더니…."

"그게 나야."

"뭔가 다른 게 튀어나오고….”

"그게 엄마생물이야."

"얼마 가지도 못하고 비명을 지르면서 철퍼덕 쓰러졌어. 그래서 내가 뭐가 문제인지 살피러 갔을 때 뭔가가 나를 때렸어. 그다음에 내가 아는 거라곤 네가 '안녕'이라고 인사했다는 게 다야." 나는 이 여자애를 포함해서 이 모든 상황이 허리에 깁스를 한 채 병원에 누워서 진통제로 맞은 모르핀에 취해서 꾸는 꿈속의 일일지도 모른다는 이야기를 이 여자애한테 해도 좋을지 망설였다.

피위는 생각에 잠긴 얼굴로 고개를 끄덕였다. "우주 해적들이 약한 출력으로 쐈을 거야. 안 그랬으면 넌 여기에 있지도 못해. 젠장, 놈들이 널 잡은 거야. 나도 잡았고. 그러니까 틀림없이 엄마생물도 잡았을 거야. 아, 이런! 제발 그놈들이 엄마생물을 괴롭히지 않으면 좋겠는데."

"그 생물은 죽어가는 거 같았어."

"죽어가는 것처럼 보였을 뿐이야." 피위가 내 말을 정정했다. "네 생각은 그냥 가정이잖아. 난 그 가정이 의심스러워. 엄마생물을 죽이는 건 거의 불가능해. 그리고 우주 해적은 엄마생물이 탈출하는 걸 도저히 막을 수 없는 상황이 아니라면 죽이지 않았을 거야. 살려둘 필요가 있거든."

"왜? 그리고 너는 왜 그 생물을 '엄마생물'이라고 불러?"

"하나씩 물어봐. 그녀는 엄마생물이야. 왜냐하면… 음, 그러니까, 왜냐하면 엄마생물이니까. 그게 다야. 너도 만나보면 알게 될 거야. 그리고 놈들이 엄마생물을 죽이지 않았을 거라고 생각하는 이유는, 그녀가 시체보다는 인질로 잡고 있을 때 훨씬 가치가 있기 때문이야. 같은 이유로 나도 살려두는 거고. 물론 나보다는 엄마생물이 어마어마하게 가치가 높긴 하지. 내가 필요없어지면 그놈들은 눈도 깜빡이지 않고 없애버릴걸. 너도 마찬가지야. 하지만 네가 봤을 때 엄마생물이 살아 있었다면, 그녀가 다시 잡혀 왔을 거라고 생각하는 게 논리적이야. 어쩌면 바로 옆방에 있을지도 몰라. 그렇게 생각하니까 기분이 훨씬 낫네."

그 이야기를 들어도 나는 전혀 기분이 나아지지 않았다. "알았어. 그런데 여긴 어디야?"

피위가 미키마우스가 그려진 손목시계를 슬쩍 보더니 인상을 찌푸리며 말했다. "대략 달까지 반쯤 왔겠네."

"뭐라고?"

"물론, 나도 몰라. 그렇더라도 가장 가까운 자기네 기지로 돌아가고 있다고 보는 게 합리적일 것 같아. 거기가 엄마생물과 내가 도망쳐 나온 곳이거든."

"우리가 지금 그 우주선에 타고 있다는 말이야?"

"내가 훔쳤던 우주선이나 다른 우주선 중 하나일 거야. 그럼 여기가 어디라고 생각했어, 킵? 우주선이 아니라면 네가 어디에 있을 것 같아?"

"정신병원."

피위가 놀란 표정으로 눈을 똥그랗게 뜨더니 방긋 웃었다.

"킵, 설마 현실 감각이 그 정도로 없는 건 아니겠지?"

"난 지금 뭐가 뭔지 도통 모르겠어. 우주 해적에다 엄마생물까지."

피위가 인상을 쓰더니 엄지손가락을 깨물었다. "내 생각에도 혼란스러울 것 같긴 해. 그래도 네 눈과 귀를 믿어봐. 내 현실 감각은 아주 탁월해. 장담할 수 있어. 난 천재니까." 피위는 과장된 말투가 아니라 평범한 사실을 전달한다는 투로 그 소리를 했다. 비록 팔에 봉제인형을 끌어안고 삐삐 마른 여자애가 한 말이긴 했지만, 나는 어쩐지 그 말을 믿고 싶었다.

하지만 저 여자애를 천재라고 믿어봐도 도움이 될 것 같지는 않았다.

피위가 계속 말했다. "우주 해적은… 음…. 뭐, 네가 부르고 싶은 대로 불러. 아무튼, 그놈들은 해적질을 하고, 우주를 무대로 활동해. 그걸 너라면 뭐라고 하겠어. 엄마생물에 대해서는… 나중에 만나보면 알 거야."

"엄마생물은 이 야단법석에서 뭘 하고 있는데?"

"글쎄, 그게 좀 복잡해. 엄마생물이 나보다 쉽게 설명을 해줄 거야. 엄마생물은 우주 경찰이야. 그래서 놈들을 쫓고 있었는데…."

"경찰?"

"또 내가 의미를 제대로 전달하지 못한 것 같아서 유감이야. 엄마생물은 우리가 '경찰'을 어떤 의미로 사용하는지 알아. 엄마생물도 경찰의 의미를 알고 나서는 약간 당황했던 것 같기도

해. 그렇지만 악당들을 잡으러 다니는 사람을 뭐라고 할래? 경찰 아니야?"

"그래, 경찰이겠지."

"그래서 나도 그렇게 이야기하는 거야." 피위가 다시 손목시계를 봤다. "하지만 지금 당장은 꽉 붙잡는 게 좋을 거 같아. 몇 분 내로 중간 지점에 도착하게 될 텐데… 바닥에 몸을 묶더라도 뒤집힐 때 어지러울 거야."

나도 우주선의 뒤집기에 대해 읽어본 적이 있지만, 이론적으로나 가능한 비행술이었다. 그 비행술을 사용할 수 있는 우주선이 만들어졌다는 이야기는 아직 들어본 적이 없었다. 사실 여기가 정말로 우주선인지도 잘 모르겠다. 바닥은 콘크리트처럼 단단하고 전혀 움직임이 없었다. "붙잡을 게 전혀 안 보여."

"붙잡을 게 별로 없어서 나도 걱정이야. 하지만 가장 좁은 부분에 앉아서 양쪽에서 서로를 밀면 미끄러지면서 돌아다니지 않고 버틸 수 있을 거 같아. 그래도 서두르자. 내 시계가 늦을 수도 있거든." 피위가 말했다.

우리는 마주 보고 있는 벽들의 거리가 1.5미터 정도로 좁아지는 구석 부분으로 가서, 바닥에 앉은 뒤 마주 보고 서로 발로 밀었다. 우리는 산악 등반가들이 바위틈에서 조금씩 올라갈 때처럼 단단하게 고정됐다. 나는 양말을 신은 발로 피위의 테니스화를 밀었다. 내가 아는 한, 내 신발은 집에 있는 작업대 위에 있었다. 혹시 녀석들이 오스카를 목초지 위에 내버렸다면 아빠가 오스카를 발견할지도 모르겠다는 생각이 들었다.

"킵, 더 세게 밀어봐. 그리고 양손으로 벽을 힘껏 받쳐."

나는 그 말대로 했다. "피위, 해적이 언제 우주선을 뒤집을지 넌 어떻게 알아?"

"난 한 번도 정신을 잃지 않았어. 놈들이 그냥 다리를 잡아채서 안으로 끌고 왔거든. 그래서 우리가 언제 출발했는지 알아. 달이 놈들의 목적지이고, 아마 맞을 거야, 중력가속도 1g로 가속 비행 중이라고 가정하면, 내 계산이 그리 많이 틀리지는 않을 거야. 내 몸무게는 지구에서랑 별로 다르게 느껴지지 않아. 넌 어때?"

나는 잠시 생각했다. "내 생각에도 그런 것 같아."

"그렇다면 맞겠네. 내 중력 감각은 달에서 지내느라 왜곡되었을 수도 있지만 넌 아닐 테니까 맞을 거야. 그런 가정들이 맞는다면, 지구에서 달까지는 정확히 3시간 30분 정도 걸리니까…." 피위가 자기 시계를 봤다. "달에 도착하는 시간은 아침 9시 30분이고, 뒤집히는 시간은 7시 45분. 지금 곧 뒤집힐 거야."

"시간이 그렇게 많이 지났어?" 나는 내 손목시계를 봤다. "내 시계는 새벽 1시 45분이야."

"그건 네가 사는 지역의 시간이잖아. 내 시계는 달의 표준시에 맞춰져 있단 말이야. 아, 아! 이제 뒤집힌다!"

바닥이 기울어지며 비스듬하게 되더니 롤러코스터처럼 갑자기 휙 뒤집혔다. 내 반고리관이 삼바 춤을 췄다. 바닥이 안정되자 격렬한 현기증도 멎었다.

"괜찮아?" 피위가 물었다.

나는 간신히 눈의 초점을 맞췄다. "어, 그런 거 같아. 공중제비를 한 바퀴 반 돌아서 물이 말라버린 수영장으로 다이빙하는 기분이었어."

"이 조종사는 내가 시도했던 것보다 훨씬 빠르게 뒤집네. 네 눈이 풀리고 나면 괜찮을 거야. 아무튼, 이제는 확실해졌어. 우리는 달로 가는 중이야. 1시간 45분 후에 달에 도착할 거야."

나는 아직도 이 상황을 믿을 수 없었다. "피위? 도대체 어떤 종류의 우주선이 달까지 가는 내내 중력가속도 1g로 가속할 수 있지? 이놈들이 이 기술을 비밀리에 개발했나? 그런데 아무튼 넌 달에서 뭘 하고 있었던 거야? 그리고 왜 우주선을 훔쳤어?"

피위가 한숨을 뱉더니 자기 인형을 보며 말했다. "퐁파두르 부인, 킵은 궁금한 게 많은 소년인가 봐. 세 가지 질문에 어떻게 한마디로 답을 해주지? 이건 비행접시야. 그리고…."

"비행접시? 네 이야기는 더 들을 필요가 없을 거 같다."

"남의 말을 자르는 건 무례한 짓이야. 비행접시도 네가 부르고 싶은 대로 불러. 그 이름이 공식적인 용어는 아니니까. 사실 이 우주선은 접시라기보다는 호밀빵처럼 생겼어. 편구형 회전타원체 말이야. 그게 어떤 모양이냐면…."

"나도 편구형 회전타원체가 뭔지는 알아." 내가 퉁명스럽게 말했다. 나는 너무 많은 일이 한꺼번에 일어나서 지치고 혼란스러운 상황이었다. 고장이 난 에어컨을 고치다가 괜찮은 바지 한 벌이 망가진 일부터 시작해서, 에이스 녀석은 말할 필요도 없었다. 이 조그만 여자애가 진짜로 천재라면 잘난 척을 하지 않는 미덕 정도는 갖춰야 하는 게 아닐까 하는 생각이 들기 시작했다.

"그렇게 딱딱거릴 필요는 없잖아." 피위가 나무라듯이 말했다. "나도 사람들이 기상관측용 풍선부터 가로등까지 온갖 물건들을 '비행접시'라고 착각한다는 사실을 알아. 하지만 이건 깊이 생각하고 내린 결론이야. 오컴의 면도날 이론에 의해, 그건⋯."

"누구의 면도날?"

"오컴의 면도날. 가정이 적을수록 좋다는 이론이지. 논리학에 대해서는 전혀 몰라?"

"그다지."

"음⋯. 내 생각에는 '비행접시 목격담' 중 5퍼센트 정도는 실제로 이런 우주선을 본 게 아닐까 싶어. 그게 말이 돼. 그리고 내가 달에서 뭘 하고 있었느냐면⋯." 피위가 말을 멈추더니 씩 웃었다. "내가 실은 만만치 않은 말썽꾸러기거든."

난 그 말에 수긍했다.

"오래전 우리 아빠가 어린아이였을 때 헤이든 천문대에서 달 여행 예약을 받았던 적이 있었대. 최근에 진행됐던 바보 같은 비누 대회처럼 그냥 홍보용 장난이었어. 그런데 아빠가 그 목록에 이름을 올렸던 거지. 그런데 오랜 세월이 지나고 난 뒤 천문대가 진짜로 사람들을 달에 보내주기로 한 거야. 헤이든 천문대 사람들은 그 목록을 아메리칸 엑스프레스에 넘겨줬는데, 아메리칸 엑스프레스에서는 주거지가 확인된 응모자들에게 우선권이 있다고 통지했어."

"그래서 너희 아버지가 너를 달에 데리고 간 거야?"

"아, 이런, 아니야! 아빠가 지원서를 썼던 건 어렸을 때잖아. 아빠는 지금 첨단 연구 분야에서 거물이거든, 그래서 달나라 여행처럼 즐거운 일에 시간을 쏠 수 없어. 그리고 엄마는 돈을 주면서 가라고 해도 안 갈 사람이야. 그래서 내가 가겠다고 했지. 아빠는 '안 돼!'라고 하셨고, 엄마는 '어머나, 안 돼!'라고 하셨지만, 뭐, 내가 갔지. 나는 마음만 먹으면 아주 끔찍한 말썽꾸러기가 될 수 있거든." 피위가 자랑스럽게 말했다. "내가 그 분야에 꽤 재능이 있어. 아빠는 나보고 도덕관념이 없는 꼬마 철면피랬어."

"음, 네 생각에도 너희 아빠 말이 맞는 것 같아?"

"그럼, 맞고말고. 엄마는 완전히 포기한다며 나한테 두 손 들었지만, 아빠는 나를 이해해줘. 아무튼, 내가 2주 동안 완전 고약하고 못되게 굴었더니 결국 아빠가 포기했어. '제발 조용히 살고 싶으니까, 애 좀 보내줘! 뭐, 어쩌면 애한테 들었던 보험금을 받게 될지도 모르겠네.' 그래서 내가 가게 됐어."

"으음…. 그래도 네가 왜 여기에 있는지는 아직도 모르겠다."

"아, 그거. 나는 달에서도 가지 말라는 데를 뒤지며 돌아다니고, 하지 말라는 짓을 하고 있었어. 난 항상 잘 싸돌아다니는 편이야. 그러면 배울 게 아주 많거든. 그러다 해적에게 잡혔어. 놈들은 본래 아빠를 잡을 생각이었지만, 나와 아빠를 교환할 수 있을지도 모르겠다는 희망을 품었던 거지. 하지만 난 그런 일이 일어나도록 내버려둘 수 없었기 때문에 도망쳤던 거야."

내가 중얼거렸다. "집사가 범인이라는 이야기네."

"뭐라고?"

"네 이야기가 대부분의 추리소설 마지막 장처럼 허점투성이라는 뜻이야."

"아, 하지만 알고 보면 진짜 간단한 이야기야. 아, 아! 다시 시작된다!"

일어난 일이라곤 불빛이 흰색에서 파란색으로 바뀐 것뿐이었다. 그 방에는 전등이 없고 천장 전체에서 빛이 났다. 우리는 그때까지도 바닥에 누워 있던 상태였다. 나는 자리에서 일어나려 했지만 몸이 일으켜지지 않았다.

크로스컨트리 경기를 막 마친 뒤처럼 체력이 고갈되어서 숨 쉬는 일 외에는 아무것도 못 할 것 같은 느낌이었다. 파란색 불빛이 사람을 이렇게 만들 수는 없었다. 기껏해야 4천3백에서 5천1백 옹스트롬 파장의 빛일 뿐이며, 햇빛에도 그런 파장의 빛은 들어 있기 때문이다. 하지만 저들이 파란색 불빛으로 뭘 어떻게 했는지는 몰라도 우리를 물에 푹 젖은 실처럼 흐느적거리게 만들었다.

피위가 간신히 입을 열어 내게 뭔가 말했다. "놈들이… 오면… 저항하지 마… 그리고… 무엇보다…."

파란색 불빛이 흰색으로 바뀌더니 좁은 쪽의 벽이 옆으로 열리기 시작했다.

피위가 겁을 먹은 표정으로 힘을 짜서 말했다. "무엇보다… 그놈한테는… 대들지 마."

두 사람이 들어와서 피위를 옆으로 밀어내고, 내 손목과 발목을 각각 묶더니 다른 줄로 두 팔뚝의 한가운데를 묶었다. 나는 묶인 줄에서 빠져나오려고 했지만, 아직도 우표에 침을 바를 힘조차 없는 상태였기 때문에 몸을 비틀 수조차 없었다. 나는 놈들의 머리를 들이받으려 했지만, 나비가 역기를 들 수 있기를 기대하는 게 차라리 나을 것 같았다.

놈들이 나를 끌고 나갔다. 나는 저항을 시작했다. "이봐, 나를 어디로 데려가는 거야? 너희 지금 무슨 짓을 하고 있는지 알아? 내가 다 신고할 거야. 내가⋯."

"닥쳐." 한 명이 말했다. 그는 쉰 살은 넘어 보이는 늙다리 말라깽이로 키가 작았다. 게다가 전혀 웃지 않는 사람 같았다. 다른 쪽은 뚱뚱하고 그보다 젊었는데, 입은 심술이 난 어린아이처럼 삐쭉 내밀고 있었고, 아래턱에 보조개가 있었다. 걱정거리만 없다면 언제라도 웃을 것 같은 사람이었지만, 지금은 심란한 표정이었다.

"팀, 이러면 우리한테 문제가 될 수도 있어요. 이 녀석을 우주로 날려버리는 게 나을 것 같아요. 둘 다 날려버리는 게 좋겠네요. 그리고 사고였다고 보고하면 돼요. 이 녀석들이 빠져나와서 에어로크로 도망치려고 했다고 이야기하면 되잖아요. 그는 전혀 모를⋯."

"닥쳐." 팀이 무감한 목소리로 답하더니 덧붙였다. "그한테 엉겨보겠다는 거야? 너야말로 우주 맛 좀 볼래?"

"그래도⋯."

"닥쳐."

녀석들이 나를 끌고 굽어진 복도를 지나 안쪽에 있는 방으로 들어가더니, 나를 바닥에 내동댕이쳤다.

나는 고개를 들었지만, 이 방이 조종실이라는 사실을 깨닫는데는 시간이 걸렸다. 어떤 인간도 조종실을 이런 식으로 설계하지는 않았을 테니, 인간이 만든 게 아니라고 해도 놀랄 일은 아니었다. 그때 그가 눈에 들어왔다.

피위는 내게 경고할 필요가 없었다. 저놈에게 대항하고 싶다는 생각 자체가 떠오르지 않았다.

작은 늙은이는 거칠고 위험하며 뚱뚱한 놈은 야비하고 잔인하지만, 저놈에 비하면 두 사람은 아기 천사나 마찬가지였다. 아까 내게 근력이 있었다면 그 두 녀석과는 놈들이 좋아하는 방식으로도 싸울 수 있었을 것이다. 난 지금껏 아예 승산이 없는 상황만 아니라면 어떤 인간도 그다지 두려워하지 않았다.

하지만 '그놈'은 달랐다.

그가 인간이 아니라는 사실 때문에 내가 겁을 먹은 건 아니었다. 코끼리는 인간이 아니지만 아주 착한 동물이다. 그는 코끼리보다는 인간의 구조와 더 비슷했다. 하지만 그런 사실은 내게 전혀 도움이 되지 않았다. 그는 똑바로 서서 한 발은 뒤로, 한 발은 앞으로 내밀고 있었다. 키도 1.5미터를 넘지 않았지만 역시 도움이 되지 않았다. 그는 인간이 말을 복종시키듯 우리를 복종시켰다. 상체의 몸통 길이는 나와 비슷했다. 키가 작은 건 땅딸막한 다리 때문이었는데, 원반처럼 생긴 발이(누가 봐도 그걸 발이라고 할 것이다) 불쑥 삐져나와 있었다. 발은 움직일 때마다 쩍쩍 달라붙는 소리가 났다. 가만히 서 있을 때는 꼬리 혹은 세 번째 다리가 튀어나와 세 다리로 서는 모양이 됐다. 앉을 필요가 없을 것 같긴 했지만, 나는 과연 그가 앉을 수는 있을지 의문이 들었다.

그는 다리가 짧아도 느리지 않았다. 마치 공격할 때의 뱀처럼 순식간에 움직였다. 인간보다 나은 신경 체계와 더 효율적인 근육을 가진 걸까, 아니면 그저 태어난 행성의 중력이 높았던 걸까?

그의 팔들은 인간보다 관절이 훨씬 많아서 뱀처럼 움직였다. 팔은 두 쌍이었는데, 한 쌍은 허리로 짐작되는 곳에 달렸고, 한 쌍은 머리 아래에 달려 있었다. 어깨는 없었다. 덩굴손 같은 그의 손가락은 계속 꿈틀거려서 몇 개나 되는지 도저히 셀 수 없었다. 허리에 있는 팔의 아랫부분과 윗부분에 걸친 벨트 외에는 아무것도 입지 않았는데, 돈이나 열쇠 같은 것들을 휴대하고 다니는 벨트처럼 생겼다. 피부는 자줏빛이 도는 갈색으로, 기름기가 번들거리는 느낌이 났다.

그가 어떤 종족인지는 모르겠지만, 적어도 엄마생물과 같은 종족은 아니었다.

그에게서는 달달한 사향 냄새가 희미하게 났다. 물론 더운 날 사람들이 모여 있으면 그보다 더 심한 악취가 날 테지만, 그 냄새를 슬쩍이라도 다시 맡으면 나는 온몸에 소름이 돋고 겁에 질려서 혀가 굳어버릴 것이다.

한 번에 이렇게 세밀한 부분까지 눈에 들어온 건 아니었다. 처음에 눈에 띈 건 그의 얼굴이었다. 그걸 '얼굴'이라고 부를 수 있다면 말이다. 내가 지금까지 얼굴을 묘사하지 않은 것은, 그 모습을 생각만 해도 온몸이 떨릴 정도로 무서웠기 때문이다. 하지만 이제 묘사하겠다. 혹시 그런 녀석을 보게 되거든 최대한 빨리 총으로 쏴버려라. 그놈이 당신의 뼈를 젤리로 만들어버리기 전에.

코는 없었다. 그는 산소 호흡을 했지만, 공기가 어디로 들어갔다가 나오는지 알 수 없었다. 그가 말을 하는 거로 볼 때 입으로 어느 정도 드나드는 것 같기는 했다. 입은 두 번째로 그악스러운 부분이었다. 인간의 위턱과 아래턱이 있는 부위에 부리들이 달려서 아래와 옆쪽으로 열렸는데, 세 방향으로 불규칙하게 벌어졌다. 작은 이빨들이 보였지만 혀는 보이지 않았다. 대신 지렁이처럼 생긴 긴 섬모들이 입의 테두리를 따라 돋아 있었는데 쉬지 않고 꿈틀거렸다.

조금 전에 그의 입이 '두 번째로 그악스러운 부분'이라고 했는데, 그의 눈 때문이었다. 큰 눈이 불룩 튀어나와서 뿔로 이루어진 돌출 부분으로 둘러싸여 있었는데, 머리 앞쪽에 달린 두 개의 눈은 사이가 넓었다.

그 눈들이 사방을 꼼꼼히 살폈다. 눈은 위와 아래, 앞과 뒤로 오가며 레이더처럼 사방을 주시했다. 그는 나를 한 번도 응시하지 않았지만, 항상 나를 보고 있었다.

그가 몸을 돌렸을 때 뒤에 달린 세 번째 눈이 보였다. 레이더 경보체계처럼 온 사방을 동시에 훑어보는 모양이었다.

어떤 종류의 두뇌가 사방에서 일어나는 모든 사항을 동시에 집어넣을 수 있을까? 설령 어떤 식으로든 데이터 형태로 주어진다고 해도 인간의 두뇌가 그걸 해낼 수 있을지 의문이다. 그의 머리에는 그렇게 커다란 두뇌를 집어넣을 공간이 없을 것 같았다. 어쩌면 그의 두뇌는 머리에 없을 수도 있다. 그 문제에 대해 생각을 해보면, 인간은 두뇌를 너무 노출된 위치에 달고 다닌다. 그보다는 더 나은 방법이 있었을 것이다.

하지만 그에게 두뇌가 있는 건 틀림없었다. 그는 나를 딱정벌레처럼 꼼짝 못 하게 만들고 자신이 원하는 걸 쥐어짰다. 굳이 나를 세뇌할 필요도 없었다. 그가 물으면 난 대답했다. 그게 끝도 없이 계속됐다. 몇 시간 정도가 아니라 며칠 동안 진행된 느낌이었다. 그는 영어가 서툴렀지만 이해할 수 있는 수준이었다. 순음(脣音)을 모두 비슷하게 발음해서 'B'와 'P'와 'V'가 똑같이 들렸다. 그의 후두음은 거칠었고, 치음은 혀를 쯧쯧 차는 소리 같았다. 그래도 나는 그의 말을 대체로 이해할 수 있었다. 내가 이해하지 못하더라도 그는 위협하거나 괴롭히지 않았다. 그저 했던 말을 다시 반복해서 시도할 뿐이었다. 그의 말투에는 전혀 감정이 실려 있지 않았다.

그는 내가 누구이며, 무엇을 하는 사람인지, 그리고 내가 알고 있는 사실 중에 자신의 흥미를 끄는 사항들을 다 알아낼 때까지 계속 질문했다. 내가 어쩌다 그곳에 있게 되었으며, 나를 붙잡았을 때 왜 그런 옷을 입고 있었는지도 물었다. 그가 내 대답에 만족했는지 아닌지는 알 수 없었다.

그는 '음료수 판매원'의 뜻을 이해하는 데 곤란을 겪었고, 스카이웨이 비누 표어 대회에 관해 설명을 들을 때는 그런 대회가 왜 열린 건지 이해하지 못하는 것 같았다. 그러나 나도 내가 모르는 일들이 아주 많다는 사실을 깨닫게 됐다. 지구에는 얼마나 많은 생물이 살며, 한 해에 얼마나 많은 단백질을 생산하는지 같은 문제들 말이다.

끝도 없는 시간이 지난 후, 원하는 사실을 모두 알게 되자 그가 말했다. "이거 치워." 앞잡이들이 그때까지 기다리고 있었다. 뚱뚱한 녀석이 숨을 죽이고 말했다. "우주로 날려버릴까요?"

그는 나를 죽이든 말든 별로 상관없다는 몸짓을 했다. "아니야. 무식하고 미숙하지만, 나중에 쓸모가 있을지 몰라. 다시 감옥에 집어넣어."

"알겠습니다. 두목."

녀석들이 나를 끌고 나갔다. 복도에서 뚱뚱한 녀석이 말했다. "다리를 풀어주고 걸어가게 하죠."

늙은이가 말했다. "닥쳐."

피위는 입구 바로 앞에 있었지만 움직이지 않았다. 그래서 나는 그 애가 다시 파란색 불빛에 취한 모양이라고 짐작했다. 놈들을 피위를 넘어가서 나를 털썩 집어 던졌다. 늙은이가 목을 쳐서 나를 기절시켰다. 내가 깨어났을 때 놈들은 없었고, 나는 풀려나 있었으며, 피위가 내 옆에 앉아 있었다. 피위가 걱정스러운 말투로 물었다.

"정말 최악이지?"

"어, 응." 나는 진저리를 쳤다. "90년은 늙은 것 같아."

"그놈을 똑바로 바라보지만 않으면 좀 괜찮아. 특히 놈의 눈

말이야. 잠깐 쉬어. 그럼 나아질 거야." 피위가 손목시계를 쳐다 봤다. "45분만 있으면 착륙할 텐데, 그전까지는 괜찮아질 거야."

"어?" 나는 몸을 일으켜 앉았다. "내가 거기에 있던 게 겨우 1시간이었어?"

"1시간이 약간 못 됐어. 그래도 영원처럼 느껴지지. 나도 알아."

"쥐어짠 오렌지가 된 기분이었어." 뭔가가 떠올라서 내가 인 상을 썼다. "피위, 난 놈들이 나를 데리러 왔을 때 별로 겁이 나 지 않았어. 난 우릴 풀어주고 이런 짓을 한 걸 해명하라고 요구 할 작정이었어. 그런데 그놈한테는 뭔가 물어볼 엄두조차 안 나 더라. 한마디도."

"앞으로도 그럴 거야. 나도 시도해봤었어. 근데 온몸의 힘이 쫙 빠진 기분만 들 거야. 마치 뱀 앞에 선 토끼처럼."

"맞아."

"내가 왜 도망갈 기회만 노렸는지 알겠어? 아까 내 이야길 안 믿었잖아. 이제는 믿겠어?"

"어, 응. 믿어."

"고마워. 난 다른 사람들이 무슨 생각을 하는지 잘 안다고 자 부해왔는데, 실은 전혀 아니었어. 아빠를 빨리 만나서 이야기해 줘야 해…. 아빠는 내가 아무리 미친 소리를 하더라도 믿어주는 세상에서 유일한 사람이거든."

"알았어. 무슨 이야긴지 알 거 같아. 그런데 어쩌다가 센터빌 로 오게 됐던 거야?"

"센터빌?

"우리 동네 이름이야. 거기에서 '풍뎅이'가 '피위'를 호출했지."

"아, 거기에 가려던 건 아니었어. 난 뉴저지주에 착륙하려고 했어. 가능하면 프린스턴으로 가려고 했거든. 아빠를 찾아야 했으니까."

"그렇다면 목표를 잘못 맞췄네."

"너는 더 잘할 수 있을 것 같아? 잘 될 수도 있었는데, 내 팔이 흔들렸어. 우주선은 비행이 어렵지 않았어. 가고 싶은 곳을 지정하고 누르기만 하면 되거든. 로켓 우주선처럼 복잡하지 않아. 그리고 내겐 옆에서 가르쳐주는 엄마생물도 있었잖아. 그런데 대기권으로 천천히 내려가며 지구의 자전에 맞춰 보정을 해야 했는데 내가 그 방법을 잘 몰랐어. 너무 서쪽으로 왔다는 사실을 알게 됐을 때는 놈들이 나를 쫓고 있어서 어떻게 해야 할지 몰라서…. 그리고 그때 네가 우주 작전본부 주파수로 송신한 걸 듣고는 이제 모든 게 잘 될 거라고 생각했지. 그래서 거기로 가게 된 거야." 피위가 양 손바닥을 펼치며 말했다. "킵, 미안해."

"아무튼 넌 착륙했잖아. 비행기에서 걸어 나갈 수만 있으면 훌륭한 착륙이랬어."

"그래도 이런 일에 얽히게 만들어서 미안해."

"으음…. 그건 걱정하지 마. 누군가는 얽힐 수밖에 없는 상황이었던 것 같은데, 뭐. 피위…, 그런데 그놈은 대체 뭘 하려는 거야?

"'그놈들' 말이지?"

"웅? 나머지 두 녀석은 쓸데없는 사람들이잖아. 문제는 그놈

하나 아니야?"

"난 삐삐 마른 팀과 뚱뚱이 조크를 이야기하는 게 아니야. 그녀석들이야 그냥 나쁜 놈들일 뿐이잖아. 난 '그놈들'을 말하는 거야. 그놈하고 같은 종류의 놈들."

난 머리가 맑은 상태가 아니었다. 세 번이나 쓰러졌고, 밤잠을 못 잔 데다, 혼란스러운 일들이 내 인생을 다 합친 것보다 더 많이 일어났기 때문이었다. 피위가 지적할 때까지 나는 그와 같은 존재가 하나 이상일 거라는 생각을 하지 못했다. 하나만으로도 이미 충분하고도 남는데 말이다.

하지만 하나가 있다면, 수천이 있을 것이다. 어쩌면 수백만이나 수십억일지도 모른다. 속이 뒤틀리고 어딘가에 숨고 싶어졌다. "다른 놈들을 본 적이 있어?"

"아니. 그놈밖에 못 봤어. 하지만 엄마생물이 이야기해줬어."

"으악! 피위… 그놈들이 무슨 짓을 꾸미고 있는 거야?"

"대충 짐작이 되지 않아? 놈들은 지구로 옮겨오려는 거야."

나는 입을 벌린 상태로 목덜미가 뻣뻣해졌다. "어떻게?"

"나도 몰라."

"넌 그놈들이 우리를 죽여버리고 지구를 차지할 거라고 생각해?"

피위가 대답을 망설였다. "그 정도면 괜찮은 편이지."

"음… 우리를 노예로 만들까?"

"이제야 머리가 조금씩 돌아가기 시작하는 모양이네. 킵, 내 생각엔 놈들이 우리를 고기로 먹을 거 같아."

내가 마른침을 꿀꺽 삼켰다. "넌 어린 여자애가 진짜 엄청난 생각을 해내는구나."

"나라고 이런 생각이 재미있을 거 같아? 그래서 내가 아빠한테 말해야 한다고 했던 거야."

더 이상의 말은 필요 없을 것 같았다. 그건 인간에게 아주 오래된 공포였다. 아빠가 본인이 어렸을 때 일어났던, 화성인의 침공을 다룬 라디오 방송 이야기를 해준 적이 있었다.* 순전히 지어난 이야기였을 뿐인데도 사람들은 바보처럼 겁을 집어먹었다. 하지만 요즘 사람들은 그런 이야기를 믿지 않는다. 달에 가고 화성과 금성을 돌아본 뒤로, 사람들은 어디에서도 생명체를 발견할 수 없을 거라고 믿는 것 같았다.

그런데 바로 그런 일이 지금 우리의 눈앞에서 일어나고 있었다. "피위, 이놈들은 화성인이야? 아니면 금성인?"

피위가 고개를 저었다. "가까운 데에서 온 건 아니야. 엄마생물이 나한테 설명해주려고 했는데 서로의 대화를 이해하는 게 쉽지 않았어."

"태양계 안에 있는 행성이야?"

"그게 어려운 부분이야. 그렇기도 하고 아니기도 해."

"그럴 수는 없어."

"엄마생물에게 직접 물어봐."

---

* 1938년 오손 웰즈 감독이 만든 《우주 전쟁》 라디오 드라마 이야기다. 화성인의 침공을 다룬 라디오 드라마를 당시 시민들이 뉴스 보도로 착각해서 커다란 소동이 일어났었다.

"그럴게." 내가 주저하며 말했다. 그러다 불쑥 다시 말했다. "놈들이 어디서 왔든 상관없어. 우리가 놈들을 쏴버리면 돼…. 그놈들을 쳐다보지만 않는다면 말이야."

"오, 나도 제발 그랬으면 좋겠다."

"다시 짚어보자. 넌 이게 비행접시랬어…. 진짜 비행접시를 목격한 사람들 이야기를 생각해봐. 기상관측용 풍선 말고 말이야. 정말로 비행접시를 본 사람들이 있다면, 놈들은 우리를 오랫동안 관찰해왔다는 의미야. 그런데 아주 형편없이 끔찍하게 생긴 놈들이긴 하지만, 아직 놈들은 확신을 못 내리고 있는 거지. 그렇지 않다면 우리가 동물 떼를 사냥할 때처럼 일시에 지구로 내려왔을 거야. 하지만 아직 그러지 않고 있어. 그건 우리가 아직 모르고 있지만, 우리에겐 놈들을 죽일 수 있는 능력이 있다는 뜻이야. 우리는 그 방법을 제대로 찾기만 하면 돼."

피위가 열심히 고개를 주억거렸다. "나도 그랬으면 좋겠어. 우리 아빠가 그 방법을 찾을 수 있을지도 몰라. 하지만…." 피위가 인상을 찌푸렸다. "우리는 놈들에 대해서 아는 게 별로 없어…. 아빠는 항상 내게 자료가 불충분할 때는 쉽게 결론 내리지 말라고 경고했거든. '피위, 굴 한 마리로 스튜를 너무 많이 만들지 마라.' 아빠는 항상 그렇게 이야기했어."

"그렇긴 하지만 난 우리 생각이 틀리지 않았다고 장담할 수 있어. 그건 그렇고, 너희 아빠는 어떤 분이야? 그리고 네 이름은 뭐니?"

"아, 아빠는 레이스펠트 교수야. 내 이름은 패트리시아 와

이넌트 레이스펠트. 이름이 좀 이상하지? 그냥 피위라고 불러.”

“레이스펠트 교수라…. 어떤 분야를 가르치셔?”

“어? 몰랐어? 아빠가 노벨상 탔었는데, 모른단 말이야? 전혀?”

“난 그냥 촌놈이야. 피위, 네가 이해해.”

“그렇겠지. 아빠는 가르치지 않아. 생각을 하시지. 아빠는 어떤 사람보다 탁월하게 생각할 줄 알아…. 아마도 나만 빼고. 아빠는 지식을 통합해주는 사람이야. 다른 사람들은 모두 각자의 전문분야가 있지만, 아빠는 모든 걸 다 이해하고 각각 떨어져 있는 분야를 하나로 통합해주지.”

아마 그렇겠지. 하지만 난 그 이름을 처음 들었다. 괜찮은 생각처럼 들렸지만… 엄청나게 똑똑한 사람만이 그런 일을 할 수 있을 것이다. 내가 읽는 속도보다 빠르게 책을 써대는 사람들 말이다. 레이스펠트 교수는 틀림없이 머리가 세 개는 달렸을 것이다. 아니면 다섯 개나.

“나중에 아빠를 만나보면 알 거야.” 피위가 한마디 덧붙이더니 손목시계를 봤다. “킵, 아까처럼 꽉 붙잡고 있는 게 낫겠어. 몇 분 내로 착륙할 거야…. 그놈은 승객이 얼마나 흔들리는지는 관심 없어.”

그래서 우리는 다시 좁은 구석으로 가서 서로 밀면서 기다렸다. 잠시 후 우주선이 마구 흔들리고 바닥이 기울어졌다. 약간의 충격이 있고 나서 흔들림이 멈췄다. 그리고 갑자기 몸이 가볍게 느껴졌다. 피위가 다리를 짚고 일어섰다. “자, 달에 도착했다.”

5

어렸을 때 나는 달에 처음으로 발을 딛는 우주비행사 흉내를
내며 놀았다. 그러다 곧 공상을 그만두고, 실제로 가고야 말겠다
는 생각이 들었다. 하지만 신발 상자에 갇힌 생쥐처럼 바깥도 보
지 못하는 감옥에 갇혀서 달에 오게 되리라고는 상상도 못 했다.

내가 달에 왔다는 증거는 내 몸무게밖에 없었다. 높은 중력
은 원심력을 이용해서 어디에서나 만들어낼 수 있지만, 낮은 중
력은 다른 문제였다. 지구에서 낮은 중력을 맛보는 건 다이빙대
에서 뛰어내리거나, 낙하산이 펴지기 직전까지의 자유낙하, 혹
은 비행기가 곡예비행을 할 때 겨우 만들어낼 수 있는 몇 초에
불과하다.

낮은 중력이 계속 유지된다면, 거기가 어디인지는 몰라도 아
무튼 지구는 절대로 아니다. 글쎄, 내가 화성에 있는 건 아닐 테

니 달에 있는 게 틀림없었다.

달에서 내 몸무게는 11킬로그램을 약간 넘을 것이다. 지금 느낌이 그랬다. 잔디밭을 걸어도 풀잎을 꺾지 않고 걸어갈 수 있을 것처럼 가볍게 느껴졌다.

몇 분 동안 나는 '그놈'에 대해서도 잊고 우리가 곤란한 상황이라는 사실도 잊어버린 채, 그저 기뻐 날뛰었다. 방을 발끝으로 걸어 다니면서 그 느낌에 놀라고, 살짝 뛰었다가 천장에 머리를 박은 뒤 천천히, 천천히, 천천히 바닥에 내려오는 느낌을 즐겼다. 피위는 자리에 앉아서 어깨를 으쓱하더니 슬쩍 미소를 지었다. 성가시다는 듯 거만한 미소였다. 겨우 나보다 2주 더 달에서 지내봤을 뿐인 '달 관광객 선배' 주제에 말이다.

낮은 중력은 사람을 당혹스럽게 만든다. 발에 바닥의 마찰력이 거의 느껴지지 않아서 자꾸 미끄러졌다. 지구에 익숙한 근육과 반사작용을 내가 머리로만 알고 있던 사실에 적응시켜야 했다. 무게는 작아져도 질량과 관성은 그대로 유지된다. 방향을 바꾸려면, 걷고 있을 때조차도 육상 트랙을 달릴 때처럼 움직일 방향으로 몸을 기울여야 한다. 그렇게 하더라도 마찰력이 없으므로(미끄러운 바닥에서 양말을 신는 것과 마찬가지다), 여지없이 미끄러진다.

넘어지더라도 지구의 6분의 1밖에 안 되는 중력이라 별로 아프지 않았지만, 피위가 그 모습을 보고 낄낄댔다. 나는 자리에 앉아서 말했다. "계속 웃어, 잘난척쟁이. 넌 가능하겠지, 테니스화를 신었으니까."

"미안해. 그래도 바보 같은 걸 어떡해. 슬로모션처럼 움직이면서 허공을 붙잡으려고 버둥대잖아."

"그러시겠지. 픽이나 재미있겠다."

"미안하다고 사과했잖아. 내 신발 빌려줄까?"

난 피위와 내 발을 비교해보고는 콧방귀를 뀌었다. "이런, 고마워 죽겠네!"

"그래도…. 신발 뒤꿈치나 뭐 그런 데를 자르면 되잖아. 어떻게 되든 난 상관없어. 킵, 네 신발은 어쨌어?"

"어, 대략 40만 킬로미터 정도 떨어진 곳에 뒀어. 우리가 달에 온 게 맞는다면 말이야."

"아, 그렇구나. 여기서는 신발이 별로 필요 없을 거야."

"그래." 나는 입술을 깨물고 '여기'에 대해 생각했다. 중력 놀이에 흥미가 떨어졌다. "피위? 이제 우리 어떻게 해야 할까?"

"뭘 어떻게 해?"

"그놈 말이야."

"할 거 없어. 우리가 뭘 할 수 있겠어?"

"그러면 뭘 하지?"

"자."

"응?"

"자라고. '흐트러진 걱정의 실타래를 풀어서 정리해주는 잠', '지친 자연의 달콤한 회복자, 온화한 잠이여', '모든 인간의 생각을 덮어주는 망토, 잠을 발명한 자에게 축복 있으라.'"*

"잘난 척 그만하고, 말이 되는 소리를 해!"

"내가 말이 되는 소리를 하고 있잖아. 지금 우리는 어항 속의 금붕어만큼이나 무력한 존재야. 우리는 그저 살아남으려 버둥대는 수밖에 없어. 그리고 생존의 첫 번째 원칙은 불가능한 일 때문에 속 태우지 말고 가능한 일에 집중하라는 거야. 나는 지금 배고프고, 목마르고, 불편하고, 아주 아주 피곤해… 그래서 이 상황에 내가 할 수 있는 건 자는 일뿐이야. 그러니까 네가 부디 조용히 해주신다면, 난 잘 거야."

"무슨 말인지 알겠어. 그래도 그렇게 쏘아붙일 필요까지는 없잖아."

"미안해. 난 피곤해지면 성질이 더러워지거든. 그리고 아빠 말로는 내가 아침 식사 전에 특히 지독하게 군댔어." 피위가 작게 몸을 말더니 지저분한 봉제인형을 품에 안았다. "잘 자, 킵."

"잘 자, 피위."

내가 뭔가 생각이 떠올라서 입을 막 열었는데… 피위는 그새 잠들어 있었다. 새근거리는 피위의 얼굴이 부드러웠다. 긴장하거나 잘난 척하는 모습은 더 이상 보이지 않았다. 윗입술을 아기처럼 삐죽 내밀고 있었는데, 꼭 얼굴이 지저분한 아기 천사 같았다. 내게는 우는 모습을 전혀 보이지 않았지만, 울어서 말라붙은 눈물 자국이 보였다.

나는 혼잣말을 했다. 킵, 터무니없는 일을 떠맡았구나. 이건 길 잃은 강아지나 고양이를 집에 데려온 것보다 훨씬 지독한 상

---

* 순서대로, 셰익스피어의 희곡《맥베스》, 에드워드 영의 시〈밤의 생각〉, 미겔 데 세르반테스의 소설《돈키호테》중 일부이다.

황이야.

하지만 난 어떤 어려움이 있더라도 최선을 다해 피위를 돌봐야 한다.

그래, 난 목숨을 걸고 끝까지 최선을 다할 것이다. 나는 지금껏 나 자신을 돌보는 일조차 그다지 관심이 없었으니 잘될지는 모르겠지만 말이다.

나는 하품을 했다. 곧 또 하품이 나왔다. 지금으로선 새우 한 마리가 나보다 더 이성적으로 사고할 수 있을 것 같았다. 나는 그 어느 때보다 피곤했으며 배고프고 목마르고 불편했다. 문을 쾅쾅 두드려서 팀과 조크의 관심을 끌어볼까 하는 생각도 잠깐 들었지만, 그러면 피위가 깨어날 것이다. 그리고 '그놈'에게 대드는 게 될 테지.

그래서 나는 거실의 양탄자 위에 누워서 낮잠을 잘 때처럼 모로 누웠다. 그러다 달에서는 딱딱한 바닥에서 잘 때도 굳이 일부러 특정한 자세를 취할 필요가 없다는 사실을 깨달았다. 6분의 1 중력에서는 딱딱한 바닥도 이 세상의 어떤 매트리스보다 부드러웠다. 안데르센 동화에 나오는 까다로운 공주도 불평하지 않을 수준이었다.

그러고는 바로 곯아떨어졌다.

지금까지 내가 봤던 스페이스 오페라 중 가장 거칠었다. 드래건과 아크투루스 별의 소녀들, 번쩍거리는 우주 갑옷을 입은 기사가 가득하고, 아서왕의 궁정과 바숨*의 사해 바닥을 오가는 스페이스 오페라였다. 나는 이 스페이스 오페라가 그럭저럭 마음에 들었지만, 아나운서는 신경 쓰였다. 아나운서는 에이스 퀴글의 목소리에 '그놈'의 얼굴을 달고 있었다. 아나운서는 TV 화면 밖으로 고개를 내밀고 사방을 힐끗거리며 벌레처럼 생긴 섬모를 꿈틀거렸다. "베오울프가 드래건을 정복할까요? 트리스탄이 이졸데에게 돌아갈까요? 피위가 인형을 찾게 될까요? 내일 저녁에 채널을 고정해주세요. 프로그램을 기다리는 동안 일어나서 이웃 약사에게 달려가서 스카이웨이의 갑옷 쾌속 광택제를 사세요. 갑옷을 잘 닦을수록 용감하고 흠잡을 데 없는 기사가 된답니다. 일어나!" 아나운서가 TV 화면 밖으로 뱀처럼 구불거리는 팔을 내밀더니 내 어깨를 움켜잡았다.

나는 잠에서 깼다.

"일어나." 피위가 내 어깨를 흔들며 말하고 있었다. "킵, 제발 일어나."

"내버려둬!"

"넌 악몽을 꾼 거야."

아크투루스 공주가 흐릿하게 보였다.

"대체 왜 이러는 거야. 왜 깨우고 그래. 나한테 자라 그랬잖아."

"넌 몇 시간 동안 잤어. 이제 우리가 할 수 있는 일이 있을 것 같아."

"아침 식사?"

피위가 콧방귀를 뀌었다. "탈출을 시도해봐야겠어."

---

*   에드거 라이스 버로스의 고전 SF 《화성의 공주》에 나오는 지명

내가 앉으려고 벌떡 일어났더니 바닥에서 튀어 올랐다가 다시 내려왔다. "뭐! 어떻게?"

"정확히는 나도 모르겠어. 그런데 놈들이 우리만 남겨두고 우주선 밖으로 나간 것 같아. 그게 확실하다면 이보다 좋은 기회를 다시 만나긴 힘들 거야."

"그놈들이 나갔다고? 왜 그렇게 생각해?"

"소리를 들어봐. 집중해서 들어봐."

나는 귀를 기울였다. 내 심장 뛰는 소리가 들렸다. 그리고 피위의 숨소리가 들리더니 이윽고 피위의 심장 뛰는 소리까지 들을 수 있었다. 동굴 속에 들어온 것처럼 이렇게 조용한 상태는 처음이었다.

나는 칼을 빼서 이빨 사이에 물고 벽에 끝을 대보았다. 그렇게 하면 뼈로 전달되는 진동을 느낄 수 있다. 전혀 진동이 없었다. 바닥과 다른 쪽 벽에도 대보았지만 역시 아무것도 없었다. 우주선은 완전한 침묵 속에 잠겨 있었다. 진동도 없고, 쿵쿵거리는 발소리도 없었다. 소리로는 들리지 않지만, 몸으로 느낄 수 있는 진동조차 없었다. "피위, 네 말이 맞아."

"난 환기 장치가 멈췄을 때 눈치챘어."

내가 코를 쿵쿵거리며 말했다. "공기가 떨어지고 있다는 이야기야?"

"금세 그러지는 않을 거야. 아무튼, 저쪽에 있는 조그만 구멍에서 나오던 공기가 멈췄어. 넌 못 알아챘었지만, 난 공기 흐름이 멈췄을 때 뭔가가 달라졌다는 걸 느꼈어."

나는 곰곰이 생각하며 말했다. "난 이 상황에서 뭘 어떻게 해야 할지 모르겠어. 우리는 여전히 갇혀 있잖아."

"과연 그럴까?"

칼날로 벽을 그어봤다. 벽은 금속도 아니고 플라스틱도 아니었지만, 칼자국이 나지 않았다. 몽테크리스토 백작이라면 구멍을 팔 수 있을지 몰라도, 그에겐 우리보다 시간이 훨씬 넉넉했다. "무슨 말이야?"

"놈들이 문을 여닫을 때마다 딸가닥하는 소리가 들렸어. 그래서 너를 끌고 갈 때 풍선껌을 뭉쳐서 벽과 문이 만나는 부분에 놈들이 알아채기 힘든 높이로 끼워뒀어."

"껌이 있었어?"

"응. 목이 마를 때 껌을 씹으면 도움이 되거든. 난…."

"남은 거 있어?" 내가 간절하게 물었다. 모든 게 불편한 상황이었지만 갈증이 제일 심했다. 이렇게 심한 갈증은 처음이었다.

피위가 심란한 얼굴로 대답했다. "어떡하지, 남은 게 없어. 내가 진짜 목마를 때 쓰려고 씹던 껌을 허리띠에 붙여놓은 게 있긴 한데…." 피위가 인상을 찌푸렸다. "그래도 네가 원하면 줄게. 난 괜찮아."

"아, 고마워, 피위. 아주 고맙지만, 사양할게."

피위가 모욕을 당한 표정을 지으며 말했다. "러셀 씨, 나한테는 전염병이 전혀 없거든요. 난 그저 도와…."

"으응. 그래, 알아." 내가 허겁지겁 말했다. "당연히 그렇겠지. 그래도…."

"지금은 비상 상황이잖아. 이게 비위생적이라고 해봤자 여자애하고 키스하는 정도밖에 안 돼. 하긴 넌 평생 키스도 못 해봤겠지!"

"최근엔 못 했지." 내가 얼버무렸다. "하지만 내가 원하는 건 깨끗하고 시원한 물이야. 그게 없다면 탁하고 미지근한 물이라도 좋아. 그건 그렇고, 문짝에 껌을 붙여놨다고 했잖아. 그걸로 뭘 하려던 거야?"

"아, 그거. 아까 내가 문이 닫힐 때 딸가닥 소리가 났댔잖아. 아빠는 진퇴양난에 빠진 상태에서는 상황을 살짝만 변화시켜도 도움이 된댔어. 그런 뒤에 다시 그 문제를 검토해보는 거지. 난 풍선껌으로 약간의 변화를 만들어보려던 거야."

"그래서?"

"놈들이 너를 다시 데려온 뒤 문이 닫힐 때 딸가닥 소리가 안 들렸어."

"뭐? 그러면 몇 시간 전에 네가 놈들의 잠금장치를 속였단 말이야? 그런데도 나한테는 이야기 안 해줬다는 거지?"

"그렇지."

"제기랄, 너 엉덩이 한 대 맞자."

"나라면 그런 짓을 별로 권하고 싶지 않아." 피위가 싸늘하게 말했다. "난 물어뜯어버릴 테니까."

난 피위의 말을 믿었다. 물어뜯기만이 아니라 할퀴고, 아마 다른 짓도 서슴지 않고 할 것이다. 결코 재미있는 일은 아니었다. 내가 화제의 방향을 조금 바꿨다. "피위, 그런데 왜 나한테는 이야기 안 해줬어?"

"네가 탈출을 시도할까 봐 걱정됐어."

"어? 당연히 그러지!"

"당연히 그랬겠지. 하지만 나는 저 문이 닫힌 채로 두고 싶었어…. 그놈이 우주선에 타고 있는 한은."

피위가 진짜로 천재일지도 모르겠다는 생각이 들었다. 적어도 나랑 비교하면 말이다. "무슨 말인지 알겠어. 좋아, 그럼 문을 열 수 있을지 한번 볼까?" 나는 문을 이리저리 살폈다. 피위가 손을 뻗을 수 있는 높이 정도에 껌딱지가 있었다. 하지만 껌이 짓이겨진 상태로 볼 때, 껌딱지는 문이 미끄러져 들어가는 문틀의 홈을 더럽히는 정도에 불과했던 모양이다. 문짝과 문틀 사이에 틈이 벌어진 부분은 없었다.

난 잭나이프에서 큰 칼날을 꺼내서 칼끝을 문짝과 문틀 사이로 집어넣었다. 문이 오른쪽으로 2밀리미터쯤 움직였을 때 칼날이 부러졌다.

나는 부러지고 남은 칼날을 접어서 손잡이에 집어넣었다. "좋은 생각 있어?"

"문짝에 손바닥을 대고 밀어보면 어떨까?"

"좋았어." 나는 손을 윗옷에 문질러서 땀을 닦았다. "자…, 살살 해. 손바닥이 미끄러지지 않을 정도로만 밀면 돼."

문짝이 오른쪽으로 3센티미터 정도 움직이더니 꼼짝도 안 했다.

하지만 바닥부터 천장까지 머리카락 굵기의 틈이 보였다.

이번에는 큰 칼날의 남은 부분까지 부러졌다. 틈은 더 벌어지지 않았다. 피위가 말했다. "아, 젠장!"

"여기서 포기하면 안 돼." 나는 뒤쪽으로 물러났다가 문을 향해 뛰었다.

문을 '향해' 뛰긴 했지만 문'까지' 뛰지는 못했다. 발이 미끄러졌다. 나는 슬라이딩 자세로 드러누운 채 머리부터 느긋하게 문에 닿았다. 피위는 웃지 않았다.

나는 몸을 일으켜 세워서 문의 반대편 벽으로 갔다. 그리고 한 발을 벽을 차며 수영 출발 자세로 달려나갔다.

넘어지기 전까지 최대한 문을 향해 달렸다. 별로 세게 부딪히지는 못했지만, 문이 출렁하는 게 느껴졌다. 문은 살짝 밀렸다가 다시 되돌아왔다.

"킵, 잠깐만." 피위가 말했다. "양말을 벗어. 내가 뒤에서 밀어줄게. 내 테니스화는 안 미끄럽거든."

피위의 말이 옳았다. 달에서는 고무 밑창 달린 신발이 없을 때는 차라리 맨발이 낫다. 우리는 반대편 벽으로 갔다. 피위가 뒤에서 내 허리 부분을 손으로 짚었다. "하나…, 둘…, 셋…, 가!" 우리는 하마처럼 우아하게 앞으로 나아갔다. 난 어깨가 아팠지만, 문짝이 밀려나면서 바닥 부분은 약 10센티미터 정도 벌어지고 위로 갈수록 좁아지는 틈이 생겼다.

나는 문틀에 걸려서 피부가 벗겨지고 셔츠가 찢어졌지만 어린 여자애 앞이라서 욕설을 자제했다. 그래도 그 틈을 더 크게 벌렸다. 머리를 내밀 수 있을 정도로 넓어졌을 때, 나는 바닥에 납작 엎드려서 밖으로 고개를 내밀었다. 아무도 눈에 띄지 않았다. 그렇게 시끄럽게 했는데도 보이지 않는 걸 보면 예상대로 우주선 밖으로 나간 모양이었다. 우리를 풀어줬다가 쫓으며 놀려먹으려고 작정한 게 아니라면 말이다. 놈들이 장난을 치는 거라면 결코 놈들의 손아귀에서 빠져나가지 못할 것이다. 특히 그 놈한테서는.

피위가 몸을 꿈틀대면서 그 틈으로 빠져나가기 시작했다. 나는 피위를 뒤로 당겼다. "이 개구쟁이야! 내가 먼저 갈게." 문짝을 두 번 더 밀어내자 내가 빠져나갈 수 있을 정도로 넓어졌다. 나는 잭나이프의 작은 칼날을 빼서 피위에게 건네줬다. "전사여, 이걸로 자신을 보호하시게."

"너나 가져."

"난 필요 없어. 뒷골목에서 내 별명이 '두 주먹의 학살자'야." 허풍을 떨긴 했지만, 이 애를 걱정시킬 필요가 있을까? 소녀를 구하는 용감하고 흠잡을 데 없는 기사의 가격이 폭락한 지는 오래됐다.

나는 팔꿈치와 무릎을 짚고 빠져나온 뒤 일어나 주위를 둘러봤다. "자, 나와." 내가 조용하게 말했다.

피위가 나오다 말고 갑자기 되돌아갔다. 그러더니 그 지저분한 인형을 끌어안고 나타났다. "하마터면 퐁파두르 부인을 잊어먹을 뻔했어." 피위가 숨을 죽이며 말했다.

난 비웃지 않았다.

피위가 방어적으로 말했다. "뭐, 난 퐁파두르 부인이 있어야 밤에 잘 수 있어. 나한테 유일한 신경성 습관이야. 아빠는 나이가 들면 괜찮아질 거랬어."

"그래, 그래."

"그러니까 그렇게 잘난 척하는 눈으로 쳐다보지 마! 이건 페티시즘도 아니고 원시적인 애니미즘도 아니야. 그냥 일종의 조건반사일 뿐이야. 나도 이게 그저 인형일 뿐이라는 사실을 잘 알아. '감정적 허위'가 뭔지도 알아…. 아주 아주 오래전부터 안다고!"

"피위, 들어봐." 내가 진지한 말투로 말했다. "네가 어떻게 자는지는 나도 관심 없어. 나는 주로 머리를 망치로 때려. 하지만 잡담은 그만하자. 혹시 이 우주선의 구조에 대해서 아니?"

피위가 주위를 둘러봤다. "이건 나를 추적했던 우주선 같아. 그래도 내가 조종했던 우주선과 똑같아 보여."

"좋았어. 그럼 조종실로 갈까?"

"응?"

"한번 또 날려봐야지. 이거 조종할 수 있지?"

"으응… 할 수 있겠지. 응, 할 수 있어."

"그럼, 가자." 나는 놈들이 나를 끌고 갔던 방향으로 출발했다.

"하지만 지난번에는 엄마생물이 옆에서 방법을 알려줬어! 엄마생물부터 찾자."

내가 제자리에 우뚝 멈췄다. "이륙은 할 줄 알아?"

"글쎄… 응."

"엄마생물은 이륙해서 일단 우주로 나간 다음에 찾아보자. 엄마생물이 이 우주선에 있다면 찾을 수 있을 거야. 하지만 이 우주선에 없다면 우리가 할 수 있는 일은 없어."

"그렇지…. 알았어. 그 이야기가 마음에 들지는 않지만, 무슨 말인지는 알겠어." 피위가 나를 따라왔다. "킵? 중력가속도는 어느 정도까지 견딜 수 있어?"

"응? 난 전혀 모르겠는데, 왜?"

"이 우주선은 지난번에 내가 도망칠 때보다 훨씬 빠르게 날아갈 수 있거든. 느리게 날아간 게 실수였어."

"네 실수는 뉴저지로 향했다는 거야."

"하지만 아빠를 찾아야 했단 말이야!"

"그래, 그렇지. 물론 그렇게 될 거야. 하지만 넌 달기지로 재빨리 달아나서 연방 우주군을 찾았어야 해. 이게 장난감 총싸움은 아니잖아. 그러니까 우리에겐 도움이 필요해. 혹시 우리가 어디 있는지 알겠니?"

"으음…. 알 것 같아. 우리를 자기네 기지로 다시 데리고 왔을 거야. 하늘을 보면 알 수 있어."

"좋았어. 네가 여기서 어느 쪽으로 가야 달기지가 있는지 알아내면 그쪽으로 가는 거야. 알아내지 못하면, 뭐, 뉴저지를 향해 최대 속도로 가는 거지."

조종실은 닫혀 있었는데 여는 방법을 알 수 없었다. 피위는 문이 열릴 거라고 말하며, 내 손가락은 들어가지 않는 작은 구멍 속으로 자기의 조그만 손가락을 집어넣었다. 그러더니 내게 문이 잠겼다고 말했다. 그래서 나는 주위를 둘러봤다.

복도에 걸려 있던 쇠막대를 발견했다. 막대는 1.5미터 정도

됐는데, 한쪽 끝은 뾰족하고 다른 쪽 끝에는 네 손으로 잡는 손잡이 같은 게 달려 있었다. 이게 정확히 뭔지는 모르겠지만, 그 괴물의 화재진압용 도끼일 것 같았다. 아무튼 쇠지레로 쓰기에 적당했다.

나는 3분 만에 문을 산산조각 내고 안으로 들어갔다.

조종실로 들어가자마자 소름이 쫙 끼쳤다. 그놈이 나를 달달 볶았던 장소였기 때문이었다. 나는 겁먹은 티를 드러내지 않으려 애썼다. 그가 나타나면 이 쇠지레로 그 소름 끼치는 눈들의 가운데를 내리칠 작정이었다. 나는 조종실을 둘러봤는데, 그 방을 제대로 본 건 처음이었다. 조종실 가운데에는 문어를 위한 세발자전거나 아주 예쁜 커피메이커처럼 생긴 물건으로 둘러싸인 둥우리 같은 게 있었다. 피위가 어느 버튼을 눌러야 하는지 알고 있어서 다행이었다. "우주선 밖은 어떻게 봐?"

"이렇게 하면 돼." 피위가 둥우리로 몸을 비집고 들어가서 어떤 구멍 안에 손가락을 집어넣었는데, 난 그때까지 그런 구멍이 거기에 있는 줄도 몰랐다.

조종실의 천장은 플라네타리움처럼 반구형으로 생겼다. 천장의 빛이 켜지자 그 전체가 말 그대로 플라네타리움으로 변했다. 나는 숨이 멎었다.

우리가 딛고 있는 바닥은 일종의 플랫폼으로 바뀌었는데, 마치 우리가 밖에서 10미터 정도 공중에 떠 있는 것처럼 보였다. 머리 위로 수천 개의 별이 빛났다. 그리고 그 까만 '하늘'의 정면에 보름달보다 열 배는 크고 사랑스럽고 아름다운 초록색의 지구가 있었다!

피위가 내 팔꿈치를 툭 쳤다. "킵, 정신 차려."

나는 목이 멘 소리로 대답했다. "피위, 네 영혼에는 시적 감성이라는 게 전혀 없니?"

"당연히 나도 있어. 아주 풍부해. 하지만 지금은 그럴 시간이 없잖아. 여기가 어딘지 알겠어. 내가 출발했던 그 장소로 돌아온 거야. 놈들의 기지. 저기 길게 삐죽삐죽한 그늘이 있는 바위들 보여? 저 바위 중 일부는 우주선이야. 위장한 거지. 왼쪽에 꼭대기가 안장처럼 생긴 산등성이 보여? 좀 더 왼쪽, 거의 정서쪽 방향 말이야. 그쪽에 톰보 기지가 있어. 약 60킬로미터 정도 떨어져 있어. 320킬로미터 정도 더 가면 달기지가 있고, 달도시는 그 너머야."

"얼마나 걸릴까?"

"320킬로미터, 약 4백 킬로미터 정도라…. 달에서 우주선으로 이동해본 적은 없지만, 아마 몇 분 걸리지 않을 거야."

"가자! 곧 놈들이 돌아올지도 몰라."

"그래, 킵." 피위가 그 갈까마귀의 둥우리처럼 생긴 자리로 기어들어가서 부채꼴 모양의 계기판 위로 몸을 숙였다.

피위가 고개를 쳐들었다. 하얗게 질린 얼굴이었는데, 아주 약간은 수줍어하는 것 같기도 했다. "킵…, 못 갈 것 같아. 미안해."

내가 버럭 소리를 질렀다. "뭐라고! 뭐가 문제야? 조종하는 방법을 잊어버렸어?"

"아니. '두뇌'가 없어졌어."

"뭐가 없어졌다고?"

"'두뇌' 말이야. 여기에 있는 구멍에 딱 맞는 호두만 한 크기의 작고 검은 장치야." 피위가 구멍을 가리켰다. "지난번에는 엄마생물이 어찌어찌 두뇌를 훔친 덕분에 도망칠 수 있었어. 그때 우리는 지금처럼 텅 빈 우주선에 갇혀 있었는데, 엄마생물이 두뇌를 구해 와서 도망쳤어." 피위는 넋이 나간 듯 암담한 얼굴이었다. "그놈이 조종실에 두뇌를 놔둘 리 없다는 사실을 알았어야 해. 아마 난 알았을 거야. 그런데 인정하기 싫었겠지. 미안해."

"음…. 피위, 그렇게 쉽게 포기하지 마. 내가 그 구멍에 맞는 걸 구할 수 있을지도 모르잖아."

"자동차의 배선을 대충 연결하듯이?" 피위가 고개를 저었다. "킵, 이건 그렇게 간단한 문제가 아니야. 자동차의 발전기 자리에 나무 모형을 집어넣는다고 자동차가 움직이겠어? 그게 어떤 기능을 하는지는 정확히 모르지만, '두뇌'라고 부르는 이유는 아주 복잡한 장치이기 때문이야."

"그래도…." 난 입을 다물었다. 보르네오섬에 사는 원시 부족 사람에게 점화 플러그만 빠진 새 차를 준다면 그 차를 움직이게 할 수 있을까? 내 쓸쓸한 목소리가 조종실 안에 울렸다. "피위, 그렇다면 이제 뭘 하면 좋을까? 좋은 생각 있어? 제안할 게 없으면 나한테 에어로크를 보여줘. 난 이걸 가져가서…." 나는 쇠지레를 흔들었다. "놈들이 들어오는 족족 박살을 내버려야지."

"난 어떡해야 할지 모르겠어." 피위가 솔직하게 인정했다. "엄마생물을 찾고 싶어. 혹시 이 우주선에 갇혀 있다면, 엄마생물은 뭘 해야 할지 알 거야."

"알았어. 그래도 그 전에 에어로크부터 보여줘. 네가 엄마생물을 찾는 동안 나는 에어로크를 지킬게." 나는 절망적인 분노가 치솟아 올랐다. 어떻게 해야 이 상황에서 빠져나갈 수 있을지 전혀 길이 보이지 않았다. 나는 우리가 빠져나가지 못할 거라는 사실을 차츰 받아들이기 시작했다. 하지만 내겐 아직 갚아줄 빚이 있었다. 사람들을 괴롭히는 게 절대 안전하지 않은 짓이라는 사실을 그놈에게 가르쳐줘야 한다. 나는 척추가 젤리처럼 흐물흐물해지기 전에 놈에게 한 방 먹일 수 있을 것이다. 자신 있다. 보기만 해도 재수 없는 그 머리통을 아작 내버릴 것이다.

놈의 눈만 쳐다보지 않으면 된다.

피위가 주저하며 말했다. "한 가지가 더 떠올랐어⋯."

"뭔데?"

"내가 널 놔두고 도망친다고 생각할까 봐 이야기하기가 좀 그래."

"바보처럼 굴지 마. 좋은 생각이 있으면 털어놔."

"그래⋯. 저쪽으로 60킬로미터 정도 가면 톰보 기지가 있다 그랬잖아. 이 우주선에 내 우주복이 있다면⋯."

난 알라모 요새를 지키던 보위 대령이 된 기분에서 빠르게 벗어났다.[*] 이 게임은 보너스 단계로 나가고 있는 건지도 모른다.

---

[*] 1835년 당시 멕시코 영토였던 텍사스가 독립 전쟁을 치르던 중 알라모 요새는 13일간 멕시코군에게 포위되어 전멸됐다. 제임스 보위 대령은 당시 알라모 요새 사령관이다.

"우리가 걸어가면 되겠구나!"

피위가 고개를 가로저었다. "안 돼, 킵. 그래서 내가 말하길 주저했던 거야. 나는 걸어갈 수 있어…. 내 우주복만 찾으면. 하지만 넌 몸을 아무리 쑤셔 넣어도 내 우주복을 입을 수는 없어."

"난 네 우주복 필요 없어." 나는 안달이 나서 말했다.

"킵, 킵! 여긴 달이야. 기억해? 공기가 없단 말이야."

"응, 알아. 당연하지! 넌 내가 바보인 줄 알아? 놈들이 네 우주복을 넣어놨으면, 내 우주복도 그 옆에 놔뒀을 거야. 그러니까…."

"너도 우주복이 있었어?" 피위가 믿기지 않는다는 투로 말했다.

그다음에 이어진 우리의 대화는 너무 복잡해서 여기에 적을 수 없지만, 내게 진짜로 우주복이 있으며, 12시간 전에 40만 킬로미터 떨어진 곳에서 놈들이 나를 붙잡았을 당시 내가 우주 작전본부의 주파수대를 이용한 것도 내가 그 우주복을 입고 있었기 때문이라는 사실을 피위가 마침내 받아들였다.

"흩어져서 찾아보자!" 내가 말했다. "아니다. 먼저 에어로크를 보여줘. 그 후에 넌 찾으러 가."

"알았어."

피위가 나를 에어로크로 데려갔다. 에어로크는 우리가 갇혀있던 감방이랑 비슷하게 생겼는데, 더 작고 압력 부하를 견딜 수 있게 내부문이 하나 더 달려 있었다. 에어로크는 잠겨 있지 않았다. 우리는 조심스럽게 문을 열었다. 에어로크 안에는 아무도 없었다. 우주선 외부로 나가는 문은 닫혀 있었는데, 만일 외부문이 열린 상태였다면 내부문은 열리지 않았을 것이다. 내가 말했다. "벌레머리가 철두철미한 놈이라면 우리를 가둬놓았더라도 에어로크의 외부문을 열어놓고 갔을 거야. 그러면… 잠깐만! 내부문을 열어둔 채로 고정시키는 걸쇠 같은 거 있어?"

"모르겠어."

"확인해보자." 간단하게 생긴 걸쇠가 있었다. 하지만 밖에서 버튼을 눌러 걸쇠를 풀 수 없게 하려고 내 칼로 걸쇠를 고정했다. "에어로크가 이거 하나뿐인 게 확실해?"

"내가 탔던 우주선에는 하나밖에 없었어. 이것도 틀림없이 그럴 거야."

"이제 눈 크게 뜨고 함께 찾아보자. 이 에어로크로는 아무도 못 들어와. 아무리 그놈이 노련하더라도 에어로크를 못 열면 안으로는 못 들어와."

"그런데 그놈이 어떻게든 외부문을 열면 어떡해?" 피위가 초조하게 말했다. "공기가 빠져나가서 우리는 풍선처럼 부풀어서 펑 터져버릴 거야."

나는 피위를 쳐다보며 씩 웃었다. "우리가 누구야? 천재잖아. 그놈은 문을 열려고 하겠지만, 열지 못할 거야. 공기가 20톤, 아니 25톤의 압력으로 문을 누르고 있잖아. 네가 아까 이야기했듯이 여긴 달이야. 바깥에는 공기가 없어. 기억나?"

"아." 피위가 겸연쩍은 표정을 지었다.

그래서 우리는 수색을 시작했다. 쇠지레로 문들을 여는 일은 나름대로 재미가 있었다. 벌레머리는 나를 좋아하지 않을 것이다. 우리가 처음 찾은 건 홀쭉이 팀과 뚱땡이 조크가 사는 냄새나는 작은 방이었다. 그 문은 잠겨 있지 않았다. 안타까운 일이었다. 그 방을 살펴보니 그 패거리에 대해 많은 사실을 알 수 있었다. 놈들은 더러운 도덕성만큼이나 고약한 습관을 지닌 돼지들이었다. 그 방을 보니 녀석들은 일반적인 죄수는 아니었다. 방은 인간의 몸에 맞춰서 수리된 상태였다. 벌레머리와 놈들의 관계는, 그 관계가 뭐였든 간에, 오래되어 왔으며 앞으로도 지속할 거라는 의미였다. 우주복 걸이는 두 개 비어 있었고, 군용 잉여물자 업체에서 파는 통조림이 수십 개 쌓여 있었다. 그중 최고는 식수와 화장실이 있다는 사실이었다. 그리고 우리 우주복을 발견하기만 하면 황금이나 유향보다 더 가치 있을 법한 물건도 있었다. 산소-헬륨이 가득 찬 공기통 두 개가 있었다.

나는 물을 마시고 피위를 위해 음식이 든 통조림을 깡통따개로 열어줬다. 우리는 《보트 위의 세 남자》가 파인애플 깡통 때문에 겪었던 곤란을 겪지 않았다. 나는 피위에게 요기나 하라고 말하고, 그 방을 더 뒤졌다. 그러고는 쇠지레로 여기저기 쑤시고 다녔다. 가득 찬 공기통을 보자 우리 우주복을 찾아서 나가야 한다는 생각에 엉덩이가 간질거렸다. 나가야 한다! 벌레머리가 돌아오기 전에.

나는 바다코끼리와 목수*가 굴을 따는 속도로 10여 개의 문을

* 루이스 캐럴의 동화 《바다코끼리와 목수》의 주인공들

118

박살내고, 온갖 물건들을 찾아냈다. 그중에는 벌레머리 종족의 숙소인 게 확실한 방도 있었다. 나는 그 방을 살펴보려 머뭇거리지 않았다. 그런 일은 우주군이 할 것이다. 나는 그저 그 안에 우주복이 있는지만 간단히 확인했다.

그리고 찾았다! 우리가 갇혀 있던 바로 옆 칸에 있었다.

나는 오스카를 보자 너무 기뻐서 입맞춤이라도 할 수 있을 것 같았다. 내가 소리 질렀다. "안녕, 친구! 다시 보게 돼서 정말 기뻐!" 그리고 피위에게 달려갔다. 나는 발이 다시 엉켰지만, 신경 쓰지 않았다.

내가 뛰어들자 피위가 고개를 들고 말했다. "너를 찾으러 갈 참이었어."

"찾았어! 찾아냈어!"

"엄마생물을 찾았어?" 피위가 기대에 찬 목소리로 말했다.

"어? 아니, 아니야! 우주복 말이야. 우리 우주복! 가자!"

"아." 피위가 실망한 표정을 지어서 내가 마음에 상처를 받았다. "잘됐네…. 근데 먼저 엄마생물을 찾아야 해."

내 인내력의 한계가 느껴졌다. 우리에게 죽음보다 처참한 운명(이건 비유가 아니다)에서 탈출할 기회가 찾아왔다. 아주 희박하긴 했지만, 이건 진짜 기회였다. 그런데 이 여자애는 눈이 툭 불거진 괴물이나 찾겠단다. 인간을 찾겠다는 이야기라면, 심지어 입 냄새가 지독한 낯선 사람이라 할지라도 난 찾아 나섰을 것이다. 개나 고양이를 찾겠다고 해도, 주저하긴 하겠지만 찾으러 갔을 것이다.

하지만 눈이 툭 불거진 괴물이라니, 그게 나한테 무슨 의미가 있나? 그게 나한테 한 짓거리라고는 내가 일찍이 경험해보지 못했던 최악의 상황으로 끌어들였다는 것밖에 없었다.

나는 피위를 졸도시켜서 우주복에 쑤셔 넣을까도 생각해봤다. "너 미쳤니? 우린 지금 당장 여기서 나가야 해!"

"엄마생물을 찾기 전에는 못 나가."

"너 정말 미쳤구나. 우리는 엄마생물이 이 우주선에 있는지 없는지도 몰라…. 게다가 설령 찾는다고 하더라도 데려갈 수 없어."

"아, 그래도 데려갈 거야!"

"어떻게? 여긴 달이야. 잊어먹었니? 공기가 없다고. 엄마생물에게 맞는 우주복 있어?"

"그래도…." 피위가 한풀 꺾였다. 하지만 오래가지는 않았다. 피위는 통조림을 무릎 사이에 끼고 바닥에 앉아 있었는데, 갑자기 벌떡 일어서는 바람에 몸이 살짝 위로 튀어 올랐다. "넌 네가 하고 싶은 대로 해. 난 여기서 엄마생물을 찾을 거야." 피위가 내게 음식 깡통을 내밀었다.

함께 살아남기 위해선 무력을 사용할 수도 있었겠지만, 나는 아주 어렸을 때부터 여자는 절대로 때리지 말라고 배웠다. 내가 상식과 훈육 사이에서 헤매는 사이, 기회와 피위가 빠져나갔다. 나는 어쩌지 못하고 툴툴거리는 수밖에 없었다.

그때 견디기 힘들 정도로 매력적인 냄새가 느껴졌다. 내가 들고 있는 깡통에서 나는 냄새였다. 깡통에는 삶은 구두 가죽 같은 음식이랑 회색의 고깃국물 그리고 아주 맛있는 냄새가 담겨 있었다.

피위가 이미 절반을 먹었다. 나는 피위가 찾아놓은 물건들을 보면서 나머지를 먹었다. 나일론 밧줄 똬리가 있어서 공기통과 함께 놔뒀다. 오스카에도 15미터짜리 밧줄이 벨트에 있긴 했지만, 그건 임시로 달아놓은 싸구려 빨랫줄이었다. 내가 찾던 탐사용 망치도 있었다. 그리고 헤드라이트에 쓸 수 있는 배터리도 두 개 찾았다.

그 외에는 정부가 발간한 달의 물리적 특성에 관한 예비 보고서인 우라늄 현황에 대한 소책자와 유타주에서 발급되고 갱신 기간이 지난 '티모시 존슨'의 운전면허증 정도가 흥미를 끌었다. 난 홀쭉이 늙다리의 비열한 얼굴을 알아볼 수 있었다. 소책자는 흥미로웠지만, 여분의 짐을 챙길 여유가 없었다.

그 방 안의 주요한 가구는 침대 두 개였는데, 인간의 체형에 맞춘 인체공학 의자처럼 굴곡이 진 침대에는 깔개가 두툼했다. 이 우주선이 급가속할 때 팀과 조크가 이 침대에 눕는 모양이었다.

나는 손가락으로 통조림의 국물까지 싹싹 긁어먹은 뒤에 마지막 남은 부분을 들이켜고 손을 씻었다. 그 둘이 목이 말라 죽든 말든 상관없었으므로 물을 아낌없이 썼다. 그리고 약탈한 물건들을 챙겨서 우주복이 있던 방으로 향했다.

가던 길에 피위와 부딪혔다. 쇠지레를 들고 있던 피위가 들뜬 얼굴로 말했다. "내가 엄마생물을 찾았어!"

"어디서?"

"이쪽으로 와! 나는 힘이 없어서 못 열었어."

나는 물건들을 우주복과 함께 놔두고 피위를 따라갔다. 내가 부수며 돌아다녔던 지역보다 훨씬 먼 복도에 있는 문 앞에 피위가 멈춰 섰다. "이 안에 있어!"

나는 문을 쳐다보다가 귀를 대봤다. "왜 그렇게 생각해?"

"나는 알아! 열어!"

나는 어깨를 으쓱하고 쇠지레로 문을 뜯었다. 문짝이 우지끈 부서졌다. 그리고 그게 거기에 있었다.

그 생물은 감방 한가운데에 몸을 웅크리고 있었다.

난 그게 전날 밤에 목초지에서 본 그 생물이 맞는지 알 수 없었다. 당시 불빛이 희미했던 데다 주변의 상황이 전혀 달랐고, 내가 하던 조사가 갑자기 끝나버렸기 때문이다. 하지만 피위는 한 치의 의심도 하지 않았다. 피위가 기쁨의 소리를 지르며 공중을 날더니, 둘은 고양이 새끼들이 싸움 놀이를 하듯이 끌어안고 뒹굴었다.

피위는 말인지 비명인지 모를 소리를 지르며 기뻐했다. 엄마생물도 마찬가지였는데, 영어는 아니었다. 엄마생물이 영어로 말해도 나는 그다지 놀라지 않았을 것이다. 벌레머리도 영어를 했고, 피위도 엄마생물이 자기한테 이런저런 말을 했다고 했으니까. 하지만 엄마생물은 영어로 말하지 않았다.

어떤 때는 아름다운 선율을 노래하지만, 하느님께 즐거운 소음을 올려 보내는 흉내지빠귀의 소리를 들어본 적이 있는가? 엄마생물의 말소리는 끝도 없이 변하는 흉내지빠귀의 노랫소리에 가장 가까웠다.

마침내 그 둘이 다소 잠잠해졌을 때 피위가 말했다. "아, 엄마 생물, 너무 기뻐요!"

그 생물이 피위에게 노래하자, 피위가 대답했다. "아, 이런. 내가 좀 무례했네. 엄마생물, 이쪽은 내 친애하는 친구 킵이에요."

엄마생물이 내게 노래했다.

그러자, 난 이해가 됐다.

그녀가 내게 한 말은 이랬다. 「킵, 만나게 돼서 반가워.」 분명 말로 하지는 않았는데, 영어처럼 이해가 됐다. 내가 오스카와 대화를 나누거나, 피위가 퐁파두르 부인과 대화를 나누는 것처럼 반쯤은 장난인 자기기만도 아니었다. 오스카와 이야기를 나눌 때는 내가 양쪽의 역할을 했다. 즉, 내 의식이 잠재의식과 이야기를 나누는 것과 비슷하다. 하지만 엄마생물과의 대화는 달랐다.

엄마생물이 내게 노래하자 그냥 이해가 됐다.

나는 깜짝 놀랐지만, 이 상황을 그냥 받아들였다. 무지개를 볼 때마다 광학 법칙을 따지지는 않는 것처럼 말이다. 무지개는 그저 하늘에 떠 있는 것이다.

엄마생물이 내게 말하고 있다는 사실을 알지 못할 정도로 내가 바보는 아니었다. 엄마생물이 말할 때마다 쉽게 이해가 됐다.

엄마생물이 피위에게만 말할 때는 그저 새의 노랫소리처럼 들렸지만, 내게 말할 때는 이해가 됐다.

텔레파시라고 할 수도 있겠지만, 초능력 연구로 유명한 듀크 대학에서 주장하는 것과는 달랐다. 나는 엄마생물의 마음을 읽을 수 없었고, 엄마생물도 내 생각을 읽는 것 같지는 않았다. 우리는 대화를 나눴을 뿐이었다.

하지만 깜짝 놀라서 얼떨떨해 있다가 잊고 있던 예절이 뒤늦게 떠올랐다. 엄마가 귀부인 친구들에게 나를 소개할 때처럼 하고 싶었다. 그래서 나는 고개를 숙이고 말했다. "저희가 당신을 찾을 수 있었다니, 저로서는 몹시 기쁩니다, 엄마생물."

간단한 인사였지만 솔직한 진실이었다. 왜 피위가 고집을 피우면서 엄마생물을 찾느라 다시 사로잡힐 위험까지 감수했었는지 이해가 됐다. 설명이 필요 없이 보자마자 알 수 있었다. 그녀는 '엄마생물'이라고 불릴 만한 존재였다.

피위는 물건이나 생물에 이름을 붙이는 버릇이 있었지만, 내가 보기에 항상 적절한 이름을 붙이는 건 아니었다. 그러나 '엄마생물'이라는 이름에 대해서는 나도 전혀 문제를 제기하지 않았다. 엄마생물은 엄마생물이었다. 왜냐하면 엄마생물이니까. 그 옆에 있으면 행복감과 안전함과 따스함이 느껴졌다. 무릎을 다쳤을 때 집에 소리를 치면 엄마생물이 나와서 뽀뽀해주고 살균 소독제를 발라줘서 모든 게 괜찮아질 것 같은 그런 느낌 말이다. 간호사나 선생님도 때로는 그런 느낌을 줄 때가 있었다…. 그러나 슬프게도 모든 엄마가 그런 느낌을 주는 건 아니다.

하지만 엄마생물에게서는 그 느낌이 너무 강해서 심지어 벌레 머리에 대한 걱정조차 사라졌다. 그녀만 함께 있으면 모든 게 괜찮아질 것 같았다. 나도 머릿속으로는 엄마생물도 우리만큼 약하다는 사실을 알고 있었다. 나는 놈들이 엄마생물을 쓰러뜨리는 장면을 봤기 때문이다. 그녀는 나보다 작았고 힘도 약했으며, 피위처럼 우주선을 조종할 수도 없었지만, 그런 건 상관없었다.

나는 엄마생물의 품 안으로 기어들고 싶었다. 그러기엔 엄마생물이 너무 작고 무릎도 없었지만, 나는 언제라도 그녀를 기쁘게 부둥켜안았을 것이다.

지금까지 아빠에 대해서 많은 이야기를 했지만, 엄마가 아빠보다 덜 중요해서 그런 건 아니었다. 엄마는 그저 다른 존재였다. 아빠는 적극적이고 엄마는 수동적이었다. 아빠는 말이 많았지만, 엄마는 그렇지 않았다. 하지만 엄마가 돌아가시면 아빠는 뿌리 뽑힌 나무처럼 시들어갈 것이다. 우리의 세상을 만드는 사람은 엄마였다.

엄마생물은 엄마만이 줄 수 있었던 그런 효과를 내게 일으켰다. 집에서 멀리 떨어진 곳에서 꼭 필요할 때에 엄마생물은 기대치 않게 내게 그런 느낌을 줬다.

피위가 흥분해서 말했다. "이제 갈 수 있어. 킵. 빨리 가자!"

엄마생물이 노래했다.

「애들아, 어딜 가게?」

"톰보 기지로 가요, 엄마생물. 그 사람들이 우릴 도와줄 거예요."

엄마생물이 눈을 깜빡였는데, 얼굴에 고요한 슬픔이 배어 있었다. 그녀의 눈은 커다랗고 부드럽고 인정이 가득했다. 여우원숭이와 아주 비슷하게 생겼지만 영장류는 아니었다. 엄마생물은 우리와 결이 달랐다. 외계인이니까. 하지만 그녀에게는 그렇게 환상적인 눈과 음악을 쏟아부어 사람을 무방비 상태로 만드는 입이 있었다. 엄마생물은 피위보다 덩치가 작았으며 손가락도 더 가냘팠다. 여섯 개의 손가락은 우리의 엄지손가락처럼 각기 다른 손가락과 마주 댈 수 있었다. 몸체는 잠시도 같은 형태를 유지하고 있지 않아서 묘사하기가 쉽지 않지만, 그녀에게 어울렸다.

엄마생물은 옷을 입지 않았지만 발가벗은 상태는 아니었다. 그녀는 부드럽고 매끈한 모피로 덮여 있었는데, 친칠라 모피처럼 윤기가 흐르고 고왔다. 처음에는 아무것도 걸치고 있지 않은 줄 알았는데, 모서리마다 이중나선이 새겨진 반짝거리는 삼각형 모양의 장신구를 달고 있다는 사실을 나중에 알게 됐다. 그 장신구를 어떤 식으로 몸에 붙이고 있는지는 알 수 없었다.

이 모든 게 처음 보자마자 한눈에 들어오지는 않았다. 그 순간 엄마생물의 눈에서 한 무더기의 슬픔이 내가 느끼고 있던 행복감 속으로 쏟아져 들어왔다.

엄마생물에게도 준비된 기적은 없었다.

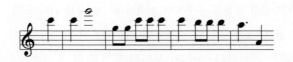

「우주선을 어떻게 띄울까? 그들이 이번에는 최대한 조심하며 나를 감시했단다.」

피위가 열정적으로 우주복에 관해 설명했다. 그사이 나는 그저 멍하니 바보처럼 서 있었다. 피위에게 무력을 써서 말을 듣게 할까 말까 망설이던 상황은, 이제 도저히 풀 수 없는 딜레마로 바뀌었다. 나는 피위를 버리고 갈 수 없었지만, 엄마생물은 그보다 더 버려둘 수 없었다…. 하지만 우리에겐 우주복이 두 벌 뿐이었다.

엄마생물에게 우리와 같은 종류의 우주복을 입힐 수 있을지 몰라도, 마치 뱀에게 롤러스케이트를 달아놓은 모습 같을 것이다.

엄마생물은 부드러운 소리로 자신의 진공 장비가 파괴되었다고 지적했다. (엄마생물의 노래는 그만 옮길 생각이다. 아무튼 내가 그 노래의 음을 정확히 기억하지 못하니 말이다.)

그러자 논쟁이 시작됐다. 이상한 다툼이었다. 엄마생물은 점잖고 사랑스럽고 이성적이었으며 아주 단호했다. 반면에 피위는 눈물범벅이 되어 성질 못된 꼬마 여자애들처럼 울화를 터뜨렸다. 나는 그 옆에 처량하게 서서 끼어들 엄두도 내지 못했다.

엄마생물은 상황이 이해되자 즉시 그 상황을 분석해서 납득할 만한 대답을 내놨다. 그녀는 갈 수 있는 방법이 없으므로

(그리고 설령 자신의 우주복이 있었더라도 그렇게 멀리까지는 걸어갈 수 없으므로), 유일하게 가능한 해결책은 우리 둘만 지금 즉시 떠나라는 것이었다. 우리가 무사히 도착한 뒤 혹시 가능하다면 벌레머리와 부하들이 위험하다는 사실을 사람들에게 알리라고 했다. 그리고 그녀도 구할 수 있으면… 좋겠지만, 반드시 해야 하는 일은 아니랬다.

피위는 엄마생물이 가지 못한다면 자기도 꼼짝 안 하겠다면서, 엄마생물을 놔두고 떠나야 하는 계획에 대해서는 어떤 이야기도 철저히, 단호하게, 전적으로 듣지 않으려 했다. "킵! 네가 가서 도움을 청해! 빨리! 나는 여기 있을래."

내가 피위를 노려봤다. "피위, 내가 그러지 못한다는 거 너도 알잖아."

"그렇게 해야 해. 넌 할 거야! 넌 해야 돼. 그러지 않으면, 나는… 나는 너랑 다시는 이야기 안 할 거야!"

"만일 내가 너를 두고 떠나면, 나는 다시는 나 자신과 이야기를 하지 않게 될 거야. 자, 피위, 그건 말도 안 돼. 넌 가야 해…."

"안 가!"

"아, 잠깐 입 좀 다물어봐. 네가 가. 내가 남아서 곤봉을 들고 문을 지킬게. 네가 군대를 끌고 올 때까지 놈들을 막을 수 있을 거야. 하지만 서둘러야 한다고 이야기해줘!"

"나는…." 피위가 말을 멈췄다. 그리고 아주 침착하면서도 동시에 완전히 당황한 얼굴이었다. 그리고 엄마생물에게 몸을 날리더니 흐느껴 울었다. "이제 나를 사랑하지 않는 거죠!"

그런 모습은 피위의 논리적인 이성이 완전히 무너져 내린 상태라는 걸 보여줬다. 엄마생물이 피위에게 부드럽게 노래했다. 그동안 나는 우리의 마지막 기회가 말다툼하는 사이에 사라져버릴 것 같아서 안절부절못하고 서 있었다. 벌레머리가 곧 돌아올 것이다. 그를 우주선에서 다시 만나면 내가 최후의 한 방을 날리길 바랐지만, 오히려 그가 나의 허를 찌를 가능성이 더 컸다. 어느 쪽이든, 우리는 탈출하지 못할 것이다.

이윽고 내가 입을 열었다. "우리 모두 함께 가자."

피위가 울음을 멈추고 놀란 눈으로 바라봤다. "그렇게 못한다는 거 잘 알잖아."

엄마생물이 노래했다. 「킵, 어떻게?」

"음, 내가 보여줄게. 피위, 일어서봐." 우리는 우주복이 있는 방으로 갔다. 피위는 퐁파두르 부인을 챙기고 엄마생물을 부축했다. 일지에 따르면 오스카를 처음 입었던 작업자인 라르스 에크룬트는 90킬로그램은 족히 나갔을 것이다. 내가 오스카를 입으려면 불룩하게 튀어나오는 걸 방지하기 위해 끈을 바짝 조여야 했다. 나는 공기가 샐까 봐 걱정돼서 오스카의 크기를 내 몸에 맞춰 수선할 생각은 하지 않았다. 그래서 팔과 다리의 길이는 맞았지만, 둘레 치수는 너무 컸다.

그러므로 오스카에는 나와 엄마생물이 둘 다 들어갈 공간이 충분했다.

내가 설명을 하자 피위가 눈을 번쩍 떴다. 엄마생물은 노래로 질문하더니 찬성했다. 엄마생물을 등에 업고 우주복을 채운 후

끈을 단단히 죄면 그녀는 절대로 떨어지지 않을 것이다.

"좋았어. 피위, 우주복에 들어가." 피위가 우주복을 입는 동안 나는 감방에 벗어뒀던 양말을 가지러 갔다. 양말을 가지고 돌아와서 피위 헬멧의 안면부 렌즈를 통해 뒤통수에 달린 계기판을 읽었다. "너한테 공기를 더 넣어야겠다. 반밖에 안 남았어."

뜻밖의 장애가 있었다. 악당들에게서 훔친 예비 공기통은 내 것처럼 나사를 돌려서 끼우는 방식이었다. 하지만 피위의 공기통은 플러그처럼 철커덕 끼우는 방식이었다. 공기통을 교체할 때 빠르게 처리해주지 않으면 공황상태에 빠질 수도 있는, 감독과 보호가 필요한 관광객용 공기통이었던 것이다. 하지만 그런 형태는 전문적인 작업에는 맞지 않았다. 내 작업실이었다면 20분 내로 연결부의 개조작업을 마쳤겠지만, 여기에는 쓸 만한 도구가 없었다. 하긴, 여기가 지구였더라면 피위에게도 여분의 공기가 충분했을 것이다.

내가 이들을 남겨놓고 빠르고 힘차게 달려가서 도움을 요청하는 게 차라리 나을지도 모르겠다는 생각이 처음으로 들었다. 하지만 그 이야기를 하지는 않았다. 피위는 놈들에게 붙잡히느니 차라리 가는 길에 죽는 걸 선택할 것이다. 그건 나도 마찬가지다.

"피위." 내가 천천히 말했다. "너한테 공기가 별로 없어. 60킬로미터를 가기엔 모자라." 피위의 계기판에는 압력만이 아니라 남은 시간도 표시됐는데, 5시간이 채 남지 않은 상태였다. 피위가 말처럼 빠르게 달릴 수 있을까? 아무리 달의 중력이더라도 그럴 수 있을 것 같지 않았다.

피위가 나를 침착하게 바라봤다. "그건 다 큰 성인을 기준으로 했을 때의 계산이야. 난 작잖아. 공기를 그렇게 많이 쓰지 않아."

"음…. 그래 그러면 필요 이상으로 빨리 소비하지 마."

"그럴게. 가자."

내가 피위의 헬멧의 개스킷을 잠그기 위해 다가가자 피위가 막았다. "잠시만!"

"무슨 일이야?"

"퐁파두르 부인! 그녀를 내게 줘. 내 발 옆에 있어."

나는 그 우스꽝스러운 인형을 집어서 피위에게 줬다. "부인은 공기를 얼마나 쓸 거 같아?"

피위의 볼에 보조개가 쏙 들어갔다. "내가 부인에게 숨 쉬지 말라고 이야기해둘게." 피위가 인형을 셔츠 안에 쑤셔 넣은 뒤 내가 헬멧의 개스킷을 잠가줬다. 내가 열린 우주복 안으로 들어가자, 엄마생물이 용기를 돋우는 노래를 하면서 내 등을 타고 올라와서 꼭 끌어안았다. 그녀의 느낌이 좋았다. 나는 이 둘을 안전하게 지키기 위해서라면 백 킬로미터라도 걸어갈 수 있을 것 같았다.

우주복을 입는 일은 상당히 성가셨다. 먼저 끈을 다 풀고 난 뒤 엄마생물에 맞춰서 다시 조여야 했지만, 피위와 나는 둘 다 맨손이 아니었다. 그래도 우리는 이럭저럭 해냈다.

나는 빨랫줄로 여분의 공기통을 묶고 목둘레에 감았다. 공기통과 오스카의 무게, 엄마생물의 무게까지 더해지면서 6분의 1인 달의 중력에서 나는 약 22킬로그램 정도 나갈 것이다. 처음으로 발걸음이 안정되게 느껴졌다.

나는 에어로크 걸쇠에 두었던 내 칼을 다시 꺼내 오스카의 벨트에 넣었다. 그 옆에 우주선에서 찾은 나일론 밧줄과 탐사용 망치가 있었다. 우리는 에어로크 안에 들어가서 내부문을 닫았다. 나는 에어로크의 공기를 바깥으로 내보내는 방법을 몰랐지만 피위가 알았다. 공기가 피시식 빠져나가기 시작했다.

"엄마생물, 괜찮아요?"

「응. 괜찮아, 킵.」그녀가 안심시키며 나를 끌어안았다.

"피위가 풍뎅이에게." 무전 소리가 들렸다. "무전기 점검. 알파, 브라보, 코카, 델타, 에코, 폭스트롯⋯."

"풍뎅이가 피위에게. 잘 들린다. 골프, 호텔, 인디아, 줄리엣, 킬로⋯."

"잘 들려, 킵."

"이상."

"킵, 압력에 신경 써. 지금 너무 빠르게 부풀어 오르고 있어." 나는 계기판을 보면서 턱으로 밸브를 쳤다. 그와 동시에 어린 여자애한테 얼간이 취급할 기회를 줬다는 생각에 나 자신에게 화가 났다. 하지만 피위는 전에도 우주복을 사용해봤다. 나는 겨우 흉내나 내는 수준이었지만 말이다.

잘난 체하며 거들먹거리고 있을 시간이 없었다. "피위, 네가 아는 정보를 모두 알려줘. 나는 초보잖아."

"그럴게."

외부문이 조용히 튀어나오더니 안쪽으로 열렸다. 황량하고 밝은 달의 평원을 내다보았다. 어렸을 때 달여행 놀이를 하던 때가 떠올랐다. 그러자 센터빌이 그리워져 돌아가고 싶었다. 그때 피위가 헬멧을 내 헬멧에 대고 물었다. "누구 보여?"

"아니."

"운 좋게도 다른 우주선들이 있는 반대편에 이 문이 달렸네. 킵, 내 말 잘 들어. 지평선을 넘어가기 전까지는 절박한 응급상황이 아니면 무전기를 사용하지 마. 놈들이 우리 전파를 들을 거야. 그건 확실해. 저쪽에 안장처럼 생긴 산 보여? 집중해서 잘 봐!"

"응." 나는 사실 지구를 보고 있었다. 지구는 조종실에서 영상으로 봤을 때도 아름다웠지만, 나는 깨닫지 못했었다. 지구는 손을 뻗으면 닿을 듯한 거리에 있었다…. 그러나 지금 당장 집으로 돌아가기에는 너무 멀었다. 여러분은 우리의 행성이 얼마나 아름다운지 모를 것이다. 지구 밖으로 나와 쳐다보기 전까지는 말이다. 지구는 허리에는 구름을 걸치고, 극지에는 하늘거리는 봄날의 모자를 멋있게 쓰고 있었다. "응. 안장 모양 봤어."

"저 산으로 갈 거야. 거기에 가면 골짜기가 보여. 팀과 조크가 나를 무한궤도차에 태워서 그 길로 넘어왔거든. 차가 지나간 자국을 찾으면 쉽게 갈 수 있을 거야. 하지만 그 전에 바로 그 산 왼쪽에 있는 저 언덕 쪽으로 가야 해. 그래야 이 우주선이 다른 우주선들의 시야를 가려주는 동안 우리가 놈들의 시야에서 벗어날 수 있을 거야."

땅바닥까지는 4미터 정도 높이로 보였지만 나는 뛰어내릴 준비를 했다. 이런 중력에서는 그 정도는 아무것도 아니니까. 피위는 밧줄을 타고 내려가라고 우겼다. "틀림없이 바닥에 엎어질 거야. 킵, 이 피위 아줌마 말을 들어. 아직 달의 중력에 익숙해지지 않았잖아. 처음 자전거를 배울 때랑 비슷할 거야."

피위가 나일론 밧줄을 에어로크의 옆에 둘러서 단단히 붙잡아주는 동안, 나와 엄마생물이 내려갔다. 그 뒤 피위는 아무 문제 없이 뛰어내렸다. 내가 밧줄을 감기 시작하자 피위가 말렸다. 그리고 한쪽 끝을 자신의 벨트에 묶더니 자기 헬멧을 내 헬멧에 대고 말했다. "내가 먼저 갈게. 내가 너무 빠르게 가거나 도움이 필요하면 밧줄을 당겨. 나는 네가 안 보이잖아."

"넵. 알겠습니다. 선장님!"

"킵, 놀리지 마. 심각하단 말이야."

"놀린 거 아니야. 피위, 네가 지휘관이야."

"가자. 뒤돌아보지 마. 돌아봤자 도움도 안 되고 넘어지기만 할 거야. 난 저 언덕으로 갈 거야."

6

이 기묘하고 비현실적인 경험을 즐길 수 있었다면 좋았겠지만, 나는 얼어붙은 강을 건너 도망가던 엘리자*처럼 도망치느라 정신이 없었다. 그리고 발뒤꿈치에 부딪히는 충격이 사냥개 블러드하운드에게 물어뜯기는 것보다 더 지독했다. 난 뒤를 돌아보고 싶었지만, 발의 중심을 잡느라 바빴다. 발을 내려다볼 수가 없어서 앞쪽만 바라보면서 발을 놓을 자리를 찾아야 했다. 그리고 통나무 굴리기 시합에 참여한 벌목꾼처럼 끊임없이 움직여야 했다. 바위 위에 고운 모래나 먼지가 쌓여 있긴 했지만, 표면이 거칠었기 때문에 미끄러지지는 않았다. 그리고 22킬로그램 정도의 무게는 걸음걸이에 충분했다. 하지만 '중량'은 6분의

* 소설 《톰 아저씨의 오두막집》에 나오는 흑인 노예

1로 줄어들더라도 132킬로그램의 '질량'은 조금도 줄어들지 않았다. 이 질량이 평생 몸에 익힌 반사적인 습관을 자극했다. 살짝 방향을 틀기 위해서는 이동할 방향으로 몸을 많이 기울이면서 뒤로 몸을 젖히고 천천히 속도를 줄여야 했다. 그리고 속도를 낼 때는 몸을 앞으로 숙여야 했다.

힘의 변화와 방향을 그림으로 그리는 건 쉽지만, 직접 몸으로 실행하는 건 완전히 다른 문제였다. 아기는 어느 정도 걸려야 걸음마를 배울까? 지금 막 태어난 달의 아기는 눈을 반쯤 가리고 자신이 낼 수 있는 최대한의 속도로 강행군하면서 걸음마를 배우고 있었다.

그래서 내게는 이 놀라움에 대해 깊이 생각해볼 겨를이 없었다.

피위는 빠른 속도로 이동하며 끊임없이 앞으로 나아갔다. 나를 묶은 줄이 팽팽해질 때마다 나는 속도를 더 높이려 안간힘을 쓰며 넘어지지 않으려 애썼다.

엄마생물이 등에서 지저귀었다. 「킵, 괜찮니? 불안해하는 것 같아서.」

"난… 괜찮아요! 엄마… 생물은… 어때요?"

「난 아주 편안해. 애야, 너무 무리하지 마.」

"알았어요!"

오스카는 자기 역할을 잘했다. 나는 격렬한 활동과 쨍쨍 내리쬐는 태양 때문에 땀이 나기 시작했지만, 계기판의 혈색을 점검하면서 공기가 모자란다는 표시가 나오기 전까지는 턱으로 밸브를 치지 않았다. 시스템은 완벽하게 작동했다. 그리고 1.3킬로그램의 공기압력에도 관절은 이상 없이 잘 움직였다. 목초지에서 여러 시간 연습한 보람이 있었다. 지금은 오로지 바위들과 바퀴자국에만 온 신경을 집중했다. 우리는 20분쯤 지난 뒤 낮은 언덕에 도착했다. 언덕의 땅은 단단했고 피위가 갑자기 방향을 트는 바람에 나는 놀라서 넘어질 뻔했다.

피위가 속도를 늦추더니 협곡 쪽으로 기어 올라갔다. 몇 분 후 피위가 멈췄다. 내가 피위에게 다가가자 피위가 헬멧을 가져다 댔다. "괜찮아?"

"응. 괜찮아."

"엄마생물, 내 소리 들려요?"

「응, 애야.」

"불편하지는 않아요? 호흡은 괜찮아요?"

「응. 아주 좋아. 우리 킵이 아주 잘 돌봐주고 있단다.」

"좋았어요. 평소처럼 하면 돼요. 알았죠?"

「그럴게. 애야.」 어떻게 했는지 몰라도 그녀는 새소리 사이로 너그러운 웃음소리를 집어넣었다.

"호흡 이야기가 나와서 말인데." 내가 피위에게 말했다. "네 공기 상태 좀 점검하자." 나는 피위 헬멧 안을 들여다보려 했다.

피위가 몸을 뒤로 빼더니 다시 헬멧을 가져다 댔다. "난 괜찮아!"

"너야 그렇게 말하겠지." 나는 피위의 헬멧을 두 손으로 붙잡았지만, 우리를 둘러싼 태양 빛 때문에 계기판이 잘 보이지 않아서, 우물 속을 쳐다볼 때처럼 간신히 봤다. "계기판에 다 나와. 허풍 치지 마."

"참견하지 마!"

나는 피위를 돌려서 공기통의 압력계를 읽었다. 하나는 0이고, 다른 하나는 거의 가득했다.

나는 헬멧을 대고 말했다. "피위." 천천히 말했다. "우리가 지금까지 몇 킬로미터 정도 왔지?"

"약 5킬로미터 정도. 왜?"

"그렇다면 50킬로미터 넘게 남은 거지?"

"적게 잡아도 55킬로미터 정도 남았지. 괜히 안달하지 마. 한 개가 빈 거는 나도 알아. 우리가 멈추기 전에 가득 찬 공기통으로 바꿨어."

"공기통 하나로 55킬로미터를 가기는 힘들어."

"아니야. 갈 거야…. 가야 하니까."

"이것 봐, 우리한테는 공기가 많아. 이걸 너한테 넘겨줄 방법을 찾아볼게." 내 벨트에 어떤 장비들이 있는지, 그 외에 내가 가진 건 뭐가 있는지 생각하며 머리를 굴렸다.

"킵, 여분의 공기통을 내 우주복에 끼울 수 없다는 건 너도 알잖아. 그러니까 그만 닥쳐!"

「얘들아, 뭐가 문제야? 왜 싸우고 그러니?」

"싸우는 거 아니에요, 엄마생물. 킵이 쓸데없는 걱정을 해서 그래요."

「자, 애들아….」

내가 말했다. "피위. 네 우주복에 이 공기통을 끼우지 못하는
건 맞아…. 그래도 난 네 공기통을 충전할 방법을 찾아낼 거야."

"어떻게?"

"내가 어떻게든 해볼게. 빈 통으로 시도해볼 거야. 그게 잘
안 되더라도 더는 잘못된 일은 없을 테니까. 그게 되면 우린 성
공하는 거고."

"얼마나 걸릴 것 같아?"

"운이 좋으면 10분 정도. 운이 없으면 30분."

"안 돼." 피위가 단호하게 말했다.

"피위. 바보처럼…."

"내가 왜 바보야! 산에 도착하기 전까지는 안전하지 않아. 거
기까지는 갈 수 있잖아. 접시 위에 돌아다니는 벌레 신세에서 벗
어나면 쉬면서 빈 통을 충전할 수 있을 거야."

말이 되는 소리였다. "그러자."

"좀 더 빨리 갈 수 있겠어? 놈들이 찾아 나서기 전에 산까지만
가면 우리를 절대로 못 찾을 거야. 안 그러면…."

"더 빨리 갈 수 있어. 이 성가신 공기통들만 없으면 딱 좋겠
는데."

"아." 피위가 머뭇거렸다. "하나는 버릴까?"

"응? 오, 아니야. 안 돼! 공기통 때문에 균형이 안 맞는 게 문
제야. 수십 번 넘게 넘어질 뻔했어. 피위, 공기통이 흔들거리지
않게 다시 묶어줄래?"

"아, 그래."

나는 여분의 공기통들을 목에 둘러서 앞으로 내렸다. 그리 영리한 방법은 아니었지만, 시간이 급했다. 피위가 공기통들을 꽉 묶었다. 내 공기통과 엄마생물은 뒤에 있고, 여분의 공기통들은 앞쪽에 두게 됐다. 아마 엄마생물은 특별 할인판매 기간에 백화점에 갔을 때처럼 옴짝달싹 못 하고 틈새에 끼어 있을 것이다. 피위는 빨랫줄을 내 벨트 사이로 내렸다가 어깨에 둘러줬다. 피위가 헬멧을 가져다 댔다. "이렇게 하면 괜찮을 거야."

"맞매듭으로 묶었어?"

피위가 헬멧을 떼더니, 잠시 후에 다시 돌아왔다. "킵, 넌 참 귀찮은 사람이야." 피위가 작은 목소리로 구시렁거렸다. "그래도 아무튼 이젠 맞매듭으로 묶었어."

"잘했어. 거치적거리지 않게 줄의 끝을 내 벨트에 끼워줘. 묶으면 바로 출발하자. 넌 괜찮아?"

"으응." 피위가 느리게 대답했다. "내 벨트에 붙여놓은 껌을 씹을 수 있으면 좋겠다는 생각을 하고 있었어. 다시 아까처럼 피곤하고 목이 너무 말라."

"물 좀 마셔. 너무 많이는 말고."

"킵! 그 농담 별로 재미없어."

내가 피위를 노려보며 말했다. "피위, 네 우주복에는 물이 전혀 없어?"

"뭐? 무슨 바보 같은 소리야!"

내 입이 쩍 벌어졌다. "그런데, 피위." 내가 힘없이 말했다. "왜 출발하기 전에 물을 채우지 않은 거야?"

"도대체 무슨 소리야? 네 우주복에는 물통이 있어?"

나는 대답을 할 수 없었다. 피위의 우주복은 관광객용이었다. 광고에서는 '고대의 모습을 간직한 달의 비길 데 없이 웅장한 풍경 속의 산책'이라고 했다. 당연히 안내자가 동행하는 산책은 한 번에 30분을 넘지 않았으므로 그들은 물통을 달지 않았다. 관광객이 물을 마시다가 질식하거나 물의 주입관을 물어뜯어서 헬멧을 반쯤 물에 잠기게 할지도 몰랐기 때문이다. 게다가 물통을 달지 않는 게 비용도 적게 들었다.

나는 피위의 싸구려 장비에 또 어떤 결함이 더 있을지 걱정되기 시작했다. 지금 피위의 생명은 거기에 달렸다. "미안해." 내가 한풀 꺾인 목소리로 말했다. "너한테 물을 줄 방법을 고민해볼게."

"과연 그럴 수 있을까? 거기에 도착하기 전에 갈증 때문에 죽지는 않을 거야. 그러니까 걱정하지 마. 난 괜찮아. 그저 풍선껌을 씹고 싶었을 뿐이야. 갈까?"

"어…. 그래."

언덕은 바닥이 아주 딱딱해서 조심스럽게 걸어야 했지만, 용암이 커다랗게 쌓인 정도에 불과해서 금세 넘어갔다. 언덕 너머의 평원은 지평선까지 쭉 뻗어서 캔자스 서부의 평야보다 더 편평해 보였다. 평원 너머로 지평선 부근에 산들이 불쑥 튀어나와 있었는데, 태양 빛에 반사된 산들이 검은 하늘을 배경으로 만들어낸 윤곽선은 마치 마분지를 잘라놓은 것 같았다. 나는 지평선까지 거리가 어느 정도일지 계산해보려 했다. 약 1천7백 킬로미터의 반지름과 180센티미터의 눈높이…. 암산으로는 힘들었다.
내 계산자가 있었더라면 가능했을 것이다. 하지만 대단히 가까
워서 2킬로미터도 채 안 되는 거리로 보였다.

피위는 나를 기다리며 속도를 늦추더니 헬멧을 가져다 댔다.
"킵, 괜찮아? 엄마생물은?"

"응. 괜찮아."

「애야, 난 괜찮아.」

"킵, 놈들이 나를 끌고 갈 때 저 골짜기에서 북동쪽으로 8도
꺾인 길로 갔어. 놈들이 말싸움하는 소리를 들으면서 놈들이 들
고 있는 지도를 슬쩍 훔쳐봤거든. 그러니까 우리는 8도 남서쪽
으로 돌아가야 해. 이 언덕까지 달려온 건 계산에 넣지 않았지
만, 그 골짜기를 찾는 데는 별로 문제없을 거야. 알았지?"

"훌륭해!" 나는 감동했다. "피위, 전생에 인디언 정찰병이었
던 거 아니야?"

"흥! 지도는 아무나 읽을 수 있어." 피위가 기분 좋은 목소리
로 말했다. "나침반을 확인해야겠어. 지구가 몇 도에 있어?"

나는 조용히 혼잣말했다. "오스카, 실망이야. 피위한테 물이
없다고 악담을 했는데, 넌 나침반이 없다니 말이야."

오스카가 항의했다. [이봐, 친구. 억울해! 2호 위성통신소에
서 나침반이 왜 필요하겠어? 나한테 달에 갈 거라고 이야기해
준 사람은 아무도 없었단 말이야.] 내가 말했다. "피위, 이 우
주복은 위성통신소 작업용이야. 우주에서 나침반을 어디에 쓰
겠니? 나한테 달에 갈 거라고 이야기해준 사람은 아무도 없었

단 말이야."

"그래도…. 징징대느라 여기서 멈출 수는 없어. 넌 지구를 보면서 방향을 잡을 수 있을 거야."

"내가 네 나침반을 이용하면 안 돼?"

"바보 같은 소리 하지 마. 내 헬멧 안에 설치되어 있단 말이야. 잠깐만 기다려…." 피위가 지구 방향을 바라보며 앞뒤로 헬멧을 움직였다. 그러더니 헬멧을 다시 가져다 댔다. "지구는 정북서쪽에 있어…. 53도 왼쪽으로 가면 될 거야. 잘 살펴봐둬. 달에서 보이는 지구 너비가 2도라는 건 알지?"

"그건 네가 태어나기 전부터 알았어."

"그러시겠지. 함께 달리기 시합을 하려면 먼저 출발하도록 배려해줘야 하는 사람도 있는 법이니까."

"잘난 척하지 마!"

"네가 먼저 무례하게 굴었잖아!"

"하지만… 미안해, 피위. 싸움은 나중에 하자. 처음 두 번 정도는 먼저 물어뜯을 수 있도록 해줄게."

"난 그런 거 필요 없어! 내가 얼마나 험악한지 아직 맛을 못 봐서…."

"오죽하시겠어."

「얘들아! 얘들아!」

"미안해. 피위."

"나도 미안해. 신경이 곤두서서 그래. 빨리 가고 싶어."

"나도 그래. 경로를 계산해볼게." 나는 지구를 척도로 삼아서 각도를 계산했다. 그 장소를 눈으로 찍어놓고, 다시 90도에서 비율을 계산해서 53도의 지점을 다시 잡아봤다. 그 결과가 일치하지 않아서, 별들을 몇 개 찍어서 도움을 받으려고 했다. 흔히 달에서는 하늘에 태양이 떠 있어도 별을 볼 수 있다고 한다. 뭐, 볼 수는 있지만 쉽지 않았다. 나는 태양을 등지고 4분의 3 정도가 밝게 빛나는 지구를 쳐다봤는데, 달의 지면도 눈부시게 빛을 반사했다. 그러자 자동편광기가 빛을 차단했고, 별빛까지 차단됐다.

그래서 나는 대충 어림잡아서 한 장소를 찍었다. "피위? 왼쪽이 턱처럼 튀어나오고 봉우리가 뾰족한 산 보여? 저쪽으로 가야할 것 같아. 아주 가깝네."

"내가 확인해볼게." 피위가 나침반으로 확인하더니 헬멧을 댔다. "킵, 잘했어. 오른쪽으로 3도만 더 움직이면 맞아."

난 우쭐한 기분이 들었다. "자, 그럼 갈까?"

"그래. 저 골짜기를 통과한 뒤에 정서 방향으로 가면 톰보 기지야."

산까지는 약 16킬로미터 정도였다. 우리는 금세 도착했다. 달에서는 지면이 편평하고 몸의 중심만 잃지 않으면 빠르게 이동할 수 있다. 피위가 점점 속도를 높여서 우리는 거의 날아가기 직전이었다. 타조가 달릴 때처럼 낮고 길게 성큼성큼 걷는 방법은 느리게 걷기보다 쉽고 빨랐다. 일단 공중으로 도약한 뒤 바위나 구멍 같은 곳에 떨어져서 넘어질 위험만 피하면 됐다. 하지만 그렇게 빨리 달리면 내 마음대로 발을 디딜 장소를 고를 수 없었기 때문에 위험했다. 넘어지는 건 별로 두렵지 않았다. 오스카가 그 정도는 충분히 감당해주리라 확신했다. 하지만 만일 등부터 떨어진다면? 아마 엄마생물이 젤리처럼 찌부러질 것이다.

피위도 걱정됐다. 관광객용 싸구려 우주복은 오스카보다 훨씬 약했다. 폭발적 감압에 대해 읽어보기는 했지만, 내 눈으로 목격하고 싶지는 않았다. 특히 어린 여자애에게 그런 일이 일어나는 건 절대로 보고 싶지 않았다. 이제는 무전을 하더라도 벌레머리의 감시로부터 안전하겠지만 피위에게 무전을 할 배짱은 없었다. 하지만 내가 줄을 당기면 피위는 넘어지고 말 것이다.

오르막에 접어들자 피위가 속도를 늦췄다. 이윽고 우리는 걷다가 돌무더기가 쌓인 비탈을 기어 올라갔다. 난 넘어졌지만 손으로 짚고 벌떡 일어났다. 6분의 1 중력은 위험성만큼이나 이점도 있었다. 꼭대기에 도착하자 피위가 바위 틈새로 우리를 이끌었다. 피위가 멈춰 서더니 헬멧을 댔다. "안에 누구 있어요? 둘 다 괜찮아?"

「애야, 괜찮아.」

"나도 괜찮아." 내가 말했다. "약간 숨이 차긴 하지만." 절제된 표현이긴 했지만 피위가 해낼 수 있다면 나도 해낼 수 있다.

"잠깐 쉬자." 피위가 대답했다. "여기서부터는 안심해도 돼. 툭 터진 곳에서 최대한 빨리 벗어나고 싶었어. 이제 절대로 우리를 못 찾을 거야."

피위 말이 맞았다. 벌레머리의 우주선이 날아다니며 우리를 찾을 수도 있었다. 우주선 안에서 위쪽만큼 아래쪽도 내려다볼 수 있다면 말이다. 하지만 그건 조종하기 나름이었다. 아무튼 이제는 우리에게 좀 더 유리한 상황이 됐다. "이제 네 빈 공기통을 채울 시간이야."

"그래."

내가 너무 서두른 건 아니었다. 가득 차 있던 피위의 공기통이 3분의 1 넘게 줄어들어서 거의 반밖에 남지 않은 상황이었다. 그 상태로는 톰보 기지까지 갈 수 없었다. 간단한 산수였다. 그래서 나는 행운을 빌며 일을 시작했다. "피위, 이 매듭 좀 풀어줄래?"

피위가 더듬더듬 매듭을 푸는 동안 나는 물을 마시기 시작하다가 멈칫했다. 부끄러움이 몰려왔다. 지금 피위는 침을 모으려고 혀를 씹고 있을 것이다. 그런데 이 애한테 물을 건네줄 방법이 전혀 떠오르지 않았다. 내 물통은 헬멧 안에 있어서 나와 엄마생물이 살아 있는 상태에서는 꺼낼 방법이 없었다.

내가 살아남아 공학자가 된다면 이 문제를 반드시 고칠 것이다!

하지만 피위가 물을 못 마신다고 해서 나까지 마시지 않는 건 바보짓이라고 결론 내렸다. 우리 모두의 생존은 내가 가능한 한 최고의 상태를 유지하는 데에 달렸다. 그래서 나는 물을 마시고, 맥아유 세 알과 소금 한 알을 먹은 뒤 물을 한 모금 더 마셨다. 내겐 상당히 힘이 됐지만 피위가 눈치채지 않았길 바랐다. 피위는 빨랫줄을 푸느라 바빴다. 아무튼, 헬멧 안은 밖에서 거의 보이지 않았다.

나는 피위의 빈 공기통을 떼어낸 뒤, 우주복 바깥의 정지 밸브가 잘 닫혔는지부터 확인했다. 헬멧으로 들어가는 공기 호스는 본래 한 방향으로만 흐르는 밸브가 달려 있어야 했지만, 난 피위의 우주복을 더 이상 신뢰하지 않았다. 공기가 가득 찬 여분의 공기통 옆에 빈 통을 내려놓고 쳐다봤다. 그리고 일어나서 헬멧을 가져다 댔다. "피위, 내 등의 왼쪽에 있는 공기통을 떼어줘."

"왜?"

"지금 누가 이 일의 책임자지?" 공기통을 떼는 이유를 말해줄 수도 있었지만, 피위가 반론을 제기할까 봐 걱정됐다. 내 등의 왼쪽에 있는 공기통에는 순수한 산소가 들어 있었다. 오른쪽에는 산소-헬륨 혼합 공기가 들었는데, 어젯밤에 센터빌에서 시시덕거리며 노는 동안 잠깐 사용한 거라서 꽉 찬 상태였다. 피위에게 가득 충전된 공기통을 줄 수 없다면, 반쯤 충전된 순수한 산소를 주는 것이 차선이었다.

피위가 입을 다물고 내 공기통을 떼어냈다.

나는 연결 고리가 맞지 않는 공기통 사이에 공기를 이동시키려고 시도하는 중이었다. 이 작업을 정밀하게 진행하는 건 불가능했다. 도구들은 40만 킬로미터 떨어진 내 작업실에 있었다. 저 너머의 톰보 기지에 가도 있겠지만, 마찬가지로 도움이 되지 못한다. 하지만 내겐 접착테이프가 있었다.

오스카의 설명서에는 비상 약품 상자 두 개가 필요하다고 적혀 있었지만, 나는 그 상자 안에 뭐가 들어 있는지 알 수 없었다. 설명서에는 미국 공군의 식별번호만 나와 있었다. 나는 외부 활동용 응급세트 중에 어떤 게 유용할지 짐작도 되지 않았다. 모르핀이 시급하게 필요한 사람에게 우주복을 뚫고 찔러 넣어서 주사를 놓을 수 있을 정도로 날카로운 피하주사기 바늘 같은 게 필요할지도 몰랐다. 하지만 나는 뭐가 필요한지 알 수 없었기 때문에 우주복 안팎으로 붕대와 거즈, 외과용 반창고를 챙겼었다.

나는 그 반창고에 사활을 걸었다.

우선 연결 부위가 맞지 않는 호스들의 끝 부분을 마주 대고 이음매에 붕대를 찢어서 감았다. 이음매에 끈적거리는 물질을 묻히고 싶지 않았다. 자칫하면 우주복에 연결했을 때 문제를 일으킬 수도 있었다. 그런 뒤에 이음매에 반창고를 단단하게 감았다. 이음매와 그 주변을 반창고로 정성을 들여 감았는데, 각 관을 약 10센티미터씩 반창고로 둘렀다. 잠깐은 반창고가 압력을 견딜 수 있겠지만, 연결 부위를 잡아당기는 공기압력의 힘은 여전히 강할 것이다. 나는 시작하자마자 첫 충격에 반창고가 찢기는 꼴을 보고 싶지는 않아서 반창고 한 롤을 전부 다 사용했다.

나는 피위에게 손짓으로 헬멧을 대라고 했다. "내가 꽉 찬 공기통을 열거야. 빈 통은 밸브를 열어놨어. 내가 이쪽 공기통의 밸브를 닫기 시작하면 너는 그쪽을 닫아. 최대한 빨리! 알았지?"

"네가 닫으면 나도 최대한 빨리 닫으라는 거지. 알았어."

"준비. 밸브 위에 손을 올려봐." 나는 한 손으로 연결 부위의 반창고 더미를 움켜쥐고 최대한 힘을 주었다. 그리고 다른 손은 밸브에 올렸다. 연결 부위가 찢어지면 내 손도 찢어질 것이다. 하지만 이 아슬아슬한 곡예가 실패하면 조그만 피위는 오래 살지 못한다. 그래서 나는 최대한 힘을 모아 연결 부위를 단단히 붙잡았다.

양쪽의 계기판을 살펴보면서 밸브를 아주 조금 열었다. 호스가 흔들거렸다. 빈 통의 계기판 바늘이 살짝 흔들거렸다. 나는 밸브를 활짝 열었다.

한쪽의 바늘은 왼쪽으로 움직이고, 다른 쪽은 오른쪽으로 움직였다. 바늘이 '절반 충전'에 금세 도달했다. "지금!" 나는 피위에게 들리지도 않을 소리를 지르고는 밸브를 잠그기 시작했다.

그리고 임시변통으로 붙여놓은 연결 부위가 손에서 빠져나가는 게 느껴졌다.

호스가 내 주먹을 비집고 빠져나갔지만, 공기는 아주 소량밖에 잃지 않았다. 나는 이미 단단하게 닫힌 밸브를 꽉 닫으려고 끙끙대고 있었다. 피위도 밸브를 닫았다. 두 통의 계기판에는 절반에서 약간 모자라는 양이 표시되었다. 피위를 위한 공기였다.

나는 한숨을 내뱉었다. 그제야 지금껏 숨을 참고 있었다는 사실을 깨달았다.

피위가 자기 헬멧을 내 헬멧에 가져다 대더니 아주 정중한 말투로 말했다. "고마워, 킵."

"차튼 약국의 서비스였습니다, 아가씨. 팁은 안 주셔도 됩니다. 이 난장판을 치우고 나면 나한테 공기통을 다시 묶어줘. 그리고 출발하자."

"이제 여분의 공기통 하나만 들고 가면 되잖아."

"아니야, 피위. 공기가 다 빠져나가 쉭쉭거리는 소리만 남을 때까지 이 묘기를 대여섯 번은 더 해야 할 거야." 혹은 반창고가 다 떨어질 때까지, 라고 혼잣말로 덧붙였다. 내가 먼저 해야 할 일은 반창고를 롤에 되감는 것이었다. 그게 쉬울 거 같거든 장갑을 끼고 바짝 마른 접착테이프를 최대한 빠른 속도로 감아보라.

연결 호스를 떼어내고 확인해보니까, 붕대를 감았는데도 연결 부위에 끈적이는 물질이 묻어 있었다. 하지만 딱딱하게 말라서 피위의 끼워 넣는 형태의 이음매에서 쉽게 떼어낼 수 있었다. 나는 나사처럼 돌려 넣는 이음매는 걱정하지 않았다. 그걸 다시 내 우주복에 연결할 일은 없을 것이라 생각했기 때문이다. 재충전된 피위의 공기통을 우주복에 연결하고, 이게 순수한 산소라는 사실을 경고했다. "압력을 낮추고 양쪽 통에서 동시에 공기를 공급받아. 지금 네 혈색은 어때?"

"지금껏 일부러 압력을 낮추고 있었어."

"바보야! 쓰러지고 싶어? 턱으로 밸브 열어! 정상 범위로 맞춰!"

우리는 훔쳤던 예비 공기통 하나를 내 등에 끼우고 다른 예비 공기통과 산소통을 내 앞쪽에 묶은 뒤 길을 나섰다.

지구의 산은 예측이 가능하지만, 달의 산은 그렇지 않았다. 물에 의한 풍화작용을 전혀 겪지 않았기 때문이다. 밧줄이 없이는 내려가기 힘들 정도로 가파른 구멍이 나타나더니, 구멍 바로 뒤에는 우리가 과연 올라갈 수 있을까 싶은 암벽이 나타났다. 나는 등산용 쐐기 피톤과 로프 고정용 고리가 있었고, 우주복만 없다면 로키 산맥도 그리 어렵지 않게 넘을 만했다. 하지만 지금의 우리 상황은 달랐다. 피위가 어쩔 수 없이 발길을 돌렸다. 돌무더기가 쌓인 비탈은 올라올 때보다 내려갈 때 더 위험했다. 나는 손과 무릎을 짚고 위를 올라다 보는 자세로 아래로 내려갔다.

피위는 위에서 밧줄을 꼭 쥐고 있었다. 본래는 내가 피위를 위해 밧줄을 잡아주려고 했다. 나는 영웅이 되고 싶었다. 우린 격렬하게 말싸움을 했다. "아, 덩치 큰 남자의 용감한 멍청이 타령 좀 그만해, 킵! 넌 공기통이 네 개나 되잖아. 게다가 엄마생물까지 데리고 있어. 넌 엄청 무거운 상태지만 나는 산양처럼 산을 탈 수 있단 말이야."

난 입을 다물었다.

아래에 내려왔을 때 피위가 헬멧을 댔다. "킵." 피위가 걱정스러운 목소리로 말했다. "이제 어떡해야 할지 모르겠어."

"왜? 뭔가 문젠데?"

"무한궤도차와 정면으로 만나는 걸 피하고 싶어서 무한궤도차가 왔던 길의 약간 남쪽으로 계속 왔거든. 그런데 그 길 말고는 다른 길이 없을 것 같다는 생각이 들기 시작했어."

"네가 처음부터 이야기해줬으면 좋았을 텐데…."

"난 놈들이 우리를 발견하지 못하게 하려고 그런 거야! 놈들은 무한궤도차가 왔던 길을 가장 먼저 찾아볼 테니까."

"음…. 알았어." 나는 고개를 들어 우리를 가로막은 산맥을 올려다봤다. 사진에서 보면 달의 산들은 높고 날카롭고 거칠어 보인다. 우주복의 안면부 렌즈를 통해 본 산들은 올라가는 게 전혀 불가능해 보였다.

나는 다시 헬멧을 댔다. "다른 길을 찾을 수 있을지도 모르지. 우리에게 시간과 공기와 탐사 도구들만 충분하다면 말이야. 우리는 무한궤도차가 지나갔던 경로를 이용할 수밖에 없어. 어느 쪽으로 가야 해?"

"약간 북쪽으로 가면… 될 거야."

우리는 낮은 산들을 따라 북쪽으로 가보려 했지만 느리고 힘들었다. 결국 우리는 평원으로 다시 나올 수밖에 없었다. 덕분에 뛰어갈 수 있게 됐지만 그만큼 붙잡힐 가능성도 컸다. 우리는 걸었다. 성큼성큼 걸어가되 뛰지는 않았다. 무한궤도차가 지나간 자국을 놓치지 않기 위해서였다. 나는 발걸음을 세다가 1천 걸음이 되었을 때 줄을 당겼다. 피위가 자리에 서서, 우리는 헬멧을 댔다. "약 8백 미터 정도 왔을 거야. 그 길이 얼마나 멀 것 같아? 우리가 벌써 지나쳤을 가능성도 있을까?"

피위가 산을 올려다봤다. "모르겠어." 피위가 솔직히 시인했다. "모든 게 다르게 보여."

"우리가 길을 잃은 거야?"

"음…. 이쪽이 틀림없이 맞는데, 지금 너무 멀리 와서…. 돌아갈까?"

"피위, 난 동네 우체국이 어디에 있는지도 모르는 사람이야."

"그러면 이제 어떡하지?"

"더 가도 그 골짜기가 나타나지 않을 거라는 확신이 들 때까지는 계속 가는 게 좋을 것 같아. 너는 길을 찾아, 나는 무한궤도차량의 자국을 찾을게. 그러다가 네가 너무 멀리 온 것 같으면 돌아가는 거야. 우리는 토끼의 냄새를 찾으려는 사냥개처럼 여기저기 찔끔거리며 돌아다닐 여유가 없어."

"알았어."

내가 2천 걸음을 세어서 1천6백 미터를 더 왔을 때 피위가 걸음을 멈췄다. "킵? 더 가도 없을 거야. 산이 점점 더 높고 커지고 있어."

"확실해? 잘 생각해봐. 너무 빨리 포기하는 것보다는 차라리 8킬로미터를 더 가는 게 나아."

피위가 망설였다. 우리가 헬멧을 대고 있는 동안 피위는 안면부 렌즈 쪽으로 얼굴을 가까이 붙이곤 했는데, 피위가 인상을 쓰는 모습이 보였다. 마침내 피위가 입을 열었다. "앞쪽은 아니야, 킵."

"결정 났네. 뒤로 돌아, 앞으로 가자! '덤벼라, 맥더프. 먼저 중단하자고 소리치는 자는 저주받으리라!'"

"《리어왕》이네."

"《맥베스》야. 내기할래?"

무한궤도가 지나간 자국은 겨우 8백 미터 뒤에 있었다. 내가 못 보고 지나쳤던 것이다. 맨바위에 난 자국이 먼지로 얇게 덮여 있었다. 처음에 그 자국을 지나갔을 때는 태양이 내 어깨 위에 있어서 자국이 거의 보이지 않았을 텐데, 돌아갈 때도 하마터면 놓칠 뻔했다. 그 자국은 평원에서 곧장 산속으로 이어졌다.

＊

무한궤도의 자국을 따라가지 않았다면 그 산을 결코 넘지 못했을 것이다. 피위는 어린아이 특유의 낙천성이 있었다. 그 길은 도로라기보다는 무한궤도가 달린 차량 같은 운송수단만 오갈 수 있는 오솔길이었다. 이 길을 개척한 누군가가 커다란 폭탄을 설치하고 뒤로 물러서서 산이 우르르 무너져 내리는 걸 기다리지 않았다면 무한궤도차조차도 다니지 못할 길이었다. 팀과 조크가 산양이나 다닐 법한 이 길을 깎아내지는 않았을 것이다. 그렇게 열심히 일할 녀석들은 아니었다. 아마도 탐사대가 했을 것이다. 피위와 내가 다른 새 길을 찾아 나섰다면 아직도 거기에서 헤매다가 시체가 되어 미래 세대의 관광객들을 위한 유적으로 남았겠지.

하지만 차량이 갈 수 있는 길이라면 사람도 올라갈 수 있다. 물론 가벼운 소풍길은 아니었다. 헐거운 바위를 조심하고 발을 디딜 곳을 찾으면서 터덕터덕 터덜터덜 오르고 또 올랐다. 때로는 밧줄을 붙잡고 올라가야 했다. 그런데도 대체로 몹시 지루한 길이었다.

절반쯤 충전했던 산소를 피위가 다 사용했을 때, 우리는 멈춰서 다시 공기를 반씩 나눴다. 이번에는 피위에게 4분의 1밖에 줄 수 없었다. 아킬레스와 거북이의 경주 같았다. 나는 남은 공기의 절반을 피위에게 무한히 줄 수 있었다. 반창고만 버텨준다면 말이다. 반창고의 상태는 엉망이었지만 압력이 처음의 절반밖에 안 되었기 때문에 괜찮았다. 나도 밸브를 닫을 때까지 그럭저럭 호스를 붙잡고 버틸 수 있었다.

내게는 상대적으로 아주 쉬운 길이었다고 이야기해야만 할 것 같다. 나한테는 물과 음식, 알약, 각성제가 있었다. 그래서 기진맥진해질 때마다 각성제에서 에너지를 빌려 썼다. 불쌍한 피위에게는 공기와 불굴의 용기 외에는 아무것도 없었다.

피위에게는 심지어 내게 있는 냉각기능조차 없었다. 피위는 한쪽이 순수한 산소라서, 공기 중에 산소의 비율이 높았으므로 혈색을 유지하기 위해 공기를 일부러 많이 흐르게 할 필요가 없었기 때문이다. 나는 피위에게 필요한 양보다 공기를 많이 사용하지 말라고 경고했다. 피위는 호흡을 위해 공기를 아껴야 했으므로 냉각을 위해 공기를 사용할 여유가 없었다.

"킵, 나도 알아." 피위가 뿌루퉁하게 대답했다. "지금 계기판의 빨간등이 오락가락해. 내가 바보인 줄 알아?"

"난 네가 죽지 않기를 바랄 뿐이야."

"알았어. 그래도 나를 어린애 취급하지 마. 네가 걸어갈 수 있으면 나도 할 수 있어."

"당연히 그러시겠지!"

엄마생물은 항상 괜찮다고 했다. 그녀는 내가 가진 공기로 호흡이 가능했다(아주 적은 양만 썼다). 하지만 나는 엄마생물에게 어떤 게 힘들지 전혀 모른다. 사람을 온종일 거꾸로 매달아 놓으면 죽고 말겠지만, 박쥐는 아주 편안하게 쉴 수 있다. 엄마생물에 비하면 박쥐는 우리에게 친척이라고 할 수 있는데도 그렇게 다르다.

산을 오르는 동안 나는 엄마생물과 이야기를 나눴다. 내용은 상관이 없었다. 엄마생물의 노래는 내게 힘을 북돋워주는 효과가 있었다. 가련한 피위에게는 이런 편안함도 없었다. 피위는 우리가 멈춰서 헬멧을 댈 때만 엄마생물의 노래를 들을 수 있었다.

우리는 아직 무전기를 사용하지 않았다. 산속에 들어와 있는 상태에서도 여전히 놈들의 관심을 끌까 봐 두려웠다.

우리는 다시 멈췄다. 나는 피위에게 8분의 1을 충전해줬다. 반창고는 그 뒤 아주 엉망이 됐다. 다시 제 역할을 할 수 있을지 걱정스러웠다. "피위, 내가 이 공기통을 들고 가고, 넌 산소-헬륨 공기통을 쓰면 어떨까? 그럼 네 힘을 아낄 수 있을 거야."

"난 괜찮아."

"그래도 짐이 가벼워지면 공기를 그렇게 빨리 소비하지 않을 거야."

"네 팔도 자유롭게 움직일 수 있어야지. 넘어지면 어떡할래?"

"피위, 난 공기통을 손으로 들고 가지 않을 거야. 내 오른쪽 등에 있는 공기통이 비었어. 그걸 버리면 돼. 네가 공기통을 교체해주기만 하면 지금처럼 네 개만 메고 다닐 수 있어. 균형 문제는 전혀 없어."

"그렇겠네. 내가 도와줄게. 그래도 두 개를 메고 갈래. 킵, 솔직히 말해서 무게는 별거 아니야. 하지만 산소-헬륨 공기통을 다 쓰고 나면 네가 다음에 충전해주는 동안 난 뭐로 숨을 쉬어?"

나는 다음에도 충전할 수 있을지 자신이 없다는 이야기를 하고 싶지 않았다. 그게 아무리 적은 양이라고 할지라도 말이다. "알았어, 피위."

피위가 내 공기통을 교체해줬다. 우리는 아래쪽의 깜깜한 구덩이 속으로 빈 통을 던져버리고 등산을 계속했다. 얼마나 더 높이 올라가야 할지, 얼마나 오래 더 가야 할지 몰랐다. 며칠은 가야 할 것처럼 보였다. 하지만 그러긴 힘들 것이다. 공기가 그렇게 많지 않았다. 골짜기를 따라 한 걸음, 또 한 걸음 오르다 보니 적어도 2.5킬로미터 정도는 온 것 같았다. 높이는 짐작하기 힘들었다. 하지만 내가 높이를 아는 산들이 보이는 것 같았다. 곧 톰보 기지의 동쪽이 보일 것이다.

아무리 6분의 1의 중력이라고 해도 만만치 않은 등산이었다.

얼마나 더 가야 할지, 얼마나 시간이 더 걸릴지 몰랐기 때문에, 끝이 없는 등산처럼 느껴졌다. 우리는 둘 다 시계를 갖고 있었지만, 우주복 안에 차고 있어서 볼 수 없었다. 헬멧에 시계가 달려 있으면 좋을 텐데. 지구의 모습을 살펴보면 그리니치 표준시를 알 수도 있겠지만, 우리가 산속 깊이 들어와 있어서 지구가 보이지 않았다. 하긴 난 우주선에서 출발했던 시각도 제대로 몰랐다.

우주복에 또 필요한 건 백미러이다. 그리고 턱에 창문을 달면 어디에 발을 내디딜지 볼 수 있을 것이다. 하지만 백미러와 턱의 창 중에 하나를 골라야 한다면, 나는 백미러를 선택하겠다. 우주복을 입은 상태에서는 몸 전체를 돌리지 않고는 뒤를 볼 수가 없다. 나는 매 순간 놈들이 우리를 따라오고 있는지 보고 싶었지만, 그럴 여력이 없었다. 이 악몽 같은 도보 여행 내내 놈들이 바로 뒤에 쫓아오고 있으며 벌레머리가 곧 내 어깨를 붙잡을 거라는 공상에 시달렸다. 그리고 진공 상태에서는 들을 수도 없는 놈들의 발소리에 귀를 곤두세웠다.

혹시 여러분이 우주복을 사게 되거든 반드시 백미러를 설치하라. 벌레머리가 여러분의 뒤를 쫓아갈 일은 없겠지만, 아무리 친한 친구라도 뒤에서 몰래 살금살금 다가오면 상당히 당황스러운 법이다. 그리고 달에 올 일이 있거든 햇빛가리개를 챙겨라. 오스카도 제 역할을 잘하고 있고 공기순환장치도 잘 작동됐지만, 좀처럼 누그러지지 않는 태양은 여러분이 생각하는 것보다 훨씬 더 뜨겁다. 나는 피위가 사용하는 것 이상으로 공기를 냉각용으로 사용할 엄두가 나지 않았다.

너무 더웠다. 계속 더운 상태가 유지되자 땀이 비 오듯 흘러내리고 온몸이 간질거렸지만 긁을 수 없었다. 땀이 눈으로 흘러들어 쓰라렸다. 아마 피위는 반숙이 되었을 것이다. 오솔길이 깊은 골짜기로 들어가서, 빛이라곤 멀리 있는 암벽에서 반사된 빛밖에 없어서 헤드램프를 켜야 할 정도로 어두운 곳에서도, 난 여전히 더웠다. 그러다 다시 햇빛에 적나라하게 노출된 곳으로 돌아오면 참을 수 없을 정도로 더웠다. 지금으로선 1시간 후에 호흡을 못 하게 되더라도 당장 시원하게 식히고 싶다는 욕구가 더 중요하게 느껴졌다.

만일 나 혼자였더라면 냉각용으로 공기를 써버리고 죽었을지도 모른다. 하지만 피위는 나보다 훨씬 더 끔찍한 상황이었다. 피위가 견딜 수 있다면 나도 견뎌야 했다.

달에 있는 인간의 주거지와 그리 멀지 않은 곳에서 어쩌다 이렇게 헤매게 되었는지 이해가 되지 않았다. 그리고 톰보 기지에서 겨우 60킬로미터 떨어진 곳에 섬뜩한 괴물들이 어떻게 기지를 숨겨둘 수 있었는지 더욱 이해가 되지 않았다. 하지만 내겐 그 문제에 관해 생각해볼 시간이 충분했고, 주위의 달의 모습을 보게 되자 이해가 됐다.

달에 비하면 북극은 사람들이 바글거리는 번화가나 마찬가지다. 달은 아시아 전체 면적과 맞먹지만, 센터빌보다 사람이 적었다. 앞으로 1세기 동안은 벌레머리의 기지가 있는 평원까지 탐험할 사람이 없을 것이다. 설령 위장하지 않더라도 거길 지나다니는 로켓 우주선은 전혀 눈치채지 못할 것이다. 우주복을 입은 인간은 절대로 거기까지 가지 않을 테니까. 무한궤도차를 탄 사람이 이 골짜기를 지나서 그 주변까지 가더라도 놈들의 기지를 우연히 발견하게 될 확률은 아주 낮았다. 혹시 달의 지도를 제작하는 위성이 놈들의 기지를 여러 차례 촬영할 경우, 런던에 있는 어떤 기술자가 두 사진 사이의 아주 작은 차이점을 발견할 수 있을지도 모르겠다. 오랜 시간이 지난 후에는 누군가가 확인해볼 수도 있다. 모든 게 새롭고 항상 긴급한 일이 쏟아지는 전초 기지에 다른 더 시급한 일이 없으면 말이다.

레이더 관측에 대해 말하자면, 내가 태어나기 전부터 이해가 되지 않는 레이더 관측 결과가 이미 잔뜩 쌓여 있었다.

벌레머리는 댈러스 바로 옆에 있는 포트워스처럼 톰보 기지 가까이 자리를 잡고 앉아서, 집 아래에 터를 잡은 구렁이처럼 아늑하고 편안하게 지낼 수 있었다. 달의 면적은 너무도 넓은데 사람은 충분하지 않았다.

믿기 힘들 정도로 넓디넓은 달에서… 우리에게 주어진 세계는 거칠고 눈부신 절벽들과 어두운 그림자와 까만 하늘, 그리고 끝도 없이 한 발, 한 발 내딛는 일밖에 없었다.

하지만 마침내 오르막보다 내리막이 더 자주 나타나기 시작하더니, 우리가 완전히 지쳤을 무렵에 굽이를 돌자 뜨겁고 밝은 평원이 눈 아래로 펼쳐졌다. 엄청나게 멀리 있는 산들이 눈에 들어왔다. 그 산들은 3백 미터쯤 되는 이 높이에서 봐도 지평선 너머에 간신히 걸려 있었다. 그 평원을 내려다보면서도 너무 피곤해서 승리의 쾌감이 느껴지지 않았다. 나는 지구를 바라보면서 톰보 기지가 있는 정서쪽이 어느 방향인지 가늠해보려 했다.

피위가 헬멧을 댔다. "킵, 저쪽 봐."

"어디?" 피위가 손으로 가리킨 방향을 보니 은색의 돔이 반짝이는 게 얼핏 보였다.

엄마생물이 내 등 뒤에서 떨리는 목소리로 노래했다. 「애들아, 그게 뭔데?」

"톰보 기지예요, 엄마생물."

엄마생물은 우리가 훌륭한 아이들이며, 해낼 줄 알았다는 확신을 말없이 전했다.

기지까지는 15킬로미터 정도 남았을 것이다. 하지만 거리를 비교할 수 있는 게 아무것도 없고, 기묘한 지평선 때문에 정확한 거리는 판단하기 힘들었다. 게다가 나는 저 돔의 크기가 얼마나 되는지조차 몰랐다. "피위, 무전을 시도해볼까?"

피위가 고개를 돌려 뒤를 쳐다봤다. 나도 따라서 돌아봤다. 우리가 아는 한에는 근처에 우리뿐이었다. "위험을 감수해보자."

"주파수는 어떻게 돼?"

"지난번하고 같아. 우주 작전본부용 주파수일 거야."

그래서 내가 시도해봤다. "톰보 기지. 나와라, 톰보 기지. 수신되는가?"

피위가 시도했다. 나는 무전기로 가능한 주파수를 오르락내리락하며 귀를 기울였지만, 운이 따르지 않았다.

나는 나팔형 안테나로 스위치를 돌려서 돔의 반짝이는 빛을 향해 조준하고 다시 시도했다. 대답이 없었다.

"시간 낭비야, 피위. 다시 열심히 가보자."

피위가 천천히 몸을 돌렸다. 아이의 실망이 내게도 느껴졌다. 실은 나도 기대감에 설레었었다. 나는 피위를 따라잡아 헬멧을 가져다 댔다. "피위, 포기하지 마. 그 사람들이 우리의 무전을 온종일 기다리며 듣고 있을 리는 없잖아. 이제 기지를 봤으니까 곧 도착할 거야."

"나도 알아." 피위가 풀이 죽은 목소리로 말했다.

아래로 내려가기 시작하자 톰보 기지가 시야에서 사라졌다. 우리가 몸을 돌리거나 굽이를 돌아서가 아니라, 지평선 너머로 넘어간 것이었다. 나는 조금이라도 희망이 보일 때마다 계속 무선을 호출했지만, 이내 호흡과 배터리를 아끼기 위해 그만둬야 했다.

우리가 산 외곽의 비탈을 반쯤 내려왔을 때 피위가 속도를 늦추더니 멈췄다. 그리고 땅에 털썩 주저앉아 가만히 있었다.

나는 서둘러 달려갔다. "피위!"

"킵." 피위가 희미한 소리로 답했다. "네가 가서 사람들을 데려올 수 있겠어? 이제 어디로 가는지 알잖아. 난 여기서 기다릴게. 부탁해, 킵."

"피위!" 내가 빽 소리를 질렀다. "일어나! 계속 움직여야 해."

"모… 못 하겠어!" 피위가 울기 시작했다. "너무 목말라…. 다리도…." 피위가 의식을 잃었다.

"피위!" 피위의 어깨를 흔들었다. "여기서 주저앉으면 안 돼! 엄마생물! 피위한테 말해줘요!"

피위의 눈꺼풀이 파르르 떨렸다. "계속 이야기해요, 엄마생물!" 나는 피위를 뒤집고 작업을 시작했다. 저산소증은 버튼을 슬쩍 누르는 잠깐 사이에도 닥칠 수 있다. 위험한지 판단하기 위해 피위의 혈색을 나타내는 표지를 볼 필요도 없었다. 공기통의 계기판만으로도 충분했다. 산소통은 텅 비었고 산소-헬륨통도 거의 빈 상태였다. 나는 피위 우주복의 배출 밸브를 잠그고, 우주복 바깥에 달린 밸브를 이용해서 피위의 턱에 있는 밸브를 최대한 열어서 산소-헬륨통에 남아 있는 공기를 우주복 안으로 넣었다. 우주복이 부풀어 오르기 시작했다. 밸브를 살짝 잠가서 속도를 늦추고 배출 밸브 하나를 아주 조금 열었다. 곧 밸브를 완전히 잠그고 빈 통을 떼어냈다.

그러다 어처구니없는 문제에 부딪혔다.

피위가 내 공기통을 너무 잘 묶어놨던 것이다. 매듭에 손이 닿지 않았다! 왼쪽 손으로는 매듭이 만져졌지만, 앞에 매단 공기통이 방해되어서 오른손은 근처에도 못 갔다. 그리고 한 손으로는 매듭을 풀 수 없었다.

나는 공황상태에 빠지지 않으려 애썼다. 그렇지! 내겐 칼이 있었다! 고리가 달린 낡은 보이스카우트 칼. 하지만 오스카의 벨트에 있는 지도용 갈고리가 커서 억지로 끼워 넣었어야 했다. 나는 고리가 부서질 때까지 칼을 비틀어서 빼냈다.

그런데 작은 칼날을 열 수 없었다. 우주복의 장갑에는 엄지손톱이 달리지 않았기 때문이다.

나는 혼잣말을 했다. 킵, 유난 떨지 마. 쉬운 일이야. 칼날을 꺼내기만 하면 돼. 그리고 무조건 꺼내야 해…. 피위가 질식당하고 있잖아.

나는 주변을 둘러보며 엄지손톱을 대신할 수 있을 만한 날카롭고 가늘게 쪼개진 돌을 찾았다. 그러다 내 벨트를 다시 확인했다.

탐사용 망치가 있었다. 한쪽에 달린 끝이 칼날을 꺼낼 수 있을 정도로 날카로웠다. 마침내 빨랫줄을 끊었다.

아직도 걸림돌이 있었다. 나는 등에 메고 있는 공기통을 몹시 떼어내고 싶었다. 아까 빈 통을 버리고 마지막 남은 신선한 공기통을 등에 멨을 때, 나는 그 공기통으로만 호흡하고 반쯤 충전된 다른 통을 아꼈다. 그 공기통을 아낀 건 만일의 사태가 일어났을 경우 피위에게 나눠주기 위한 것이었다. 지금이 바로 그때였다. 피위는 공기가 떨어졌고, 내 공기통 하나는 거의 비었지만 다른 하나는 절반이 차 있었다. 그리고 순수한 산소가 8분의 1 정도 담긴 공기통도 있었다(내 생각에 그 정도 남았을 때가 공기를 마지막으로 나눌 수 있는 한계치였다). 나는 등에 반쯤 남은 산소-헬륨 공기통에서 4분의 1을 넘겨줘서 피위를 깜짝 놀라게 할 작정이었다. 그렇게 하면 더 오래 버틸 수 있고, 냉각까지 가능할 수도 있었다. 진짜 기사도다운 계획이라고 생각했었다. 하지만 나는 채 2초도 지나기 전에 그 계획을 포기했다.

등에서 공기통을 뗄 수가 없잖아!

내가 집에서 임의로 만든 공기통들을 달기 위해 배낭을 변형하지 않았더라면 할 수도 있었다. 사용설명서에는 이렇게 나와 있었다. '반대편 팔을 어깨너머로 넘겨서 공기통과 헬멧의 밸브를 잠근 뒤 걸쇠를 풀고….' 내 배낭에는 걸쇠가 없었다. 내가 배낭을 변형하면서 걸쇠를 끈으로 바꿨기 때문이다. 하지만 그렇지 않더라도 우주복을 입은 상태에서 어깨너머로 손을 넘겨서 뭐라도 할 수 있을지 의심스러웠다. 그 설명서를 쓴 사람은 틀림없이 책상물림일 것이다. 어쩌면 조건이 좋은 상태에서 시험해 봤을지도 모르겠다. 만일 우주복을 입은 상태에서 진짜로 그걸 해냈다면, 그 사람은 양쪽 어깨를 자유자재로 탈구시킬 수 있는 괴물일 것이다. 나는 우주통신소 작업자들이, 피위와 나처럼 서로 공기통을 달아주거나, 정거장 안으로 들어가 우주복의 공기를 뺀 다음에 그 작업을 했을 거라는 데에, 산소가 가득 찬 공기통 하나를 걸 수 있다.

내가 살아남아서 만일 기회가 주어진다면 우주복의 구조를 바꿀 것이다. 우주복에서 필수적인 장비는 모두 앞에 달려 있어야 한다. 밸브, 걸쇠뿐만 아니라 등 뒤에 달린 뭔가에 영향을 미칠 수 있는 물건이라고 할지라도 모조리. 우리는 눈이 사방에 달리고 팔이 이리저리 구불거리는 벌레머리와 다르다. 우리 인간은 앞에서 일하는 구조로 생겼다. 우주복을 입고 있으면 그 사실이 세 배는 더 중요해진다.

그리고 턱 부분에 창을 달아야 내가 하는 일을 볼 수 있다! 책상에 앉아서 생각할 때는 그럴듯해 보여도, 막상 현장에 나가면 완전히 엉망진창일 때가 있는 법이다.

하지만 한탄하며 보낼 시간이 없었다. 내게는 산소가 8분의 1 들어 있는 공기통이 있다. 나는 그 공기통을 부여잡았다.

이미 여러 차례 혹사당한 가련한 반창고는 완전히 엉망이었다. 이번에는 붕대를 사용하지 않았다. 이 반창고가 붙기만 해도 행복할 지경이었다. 나는 반창고를 얇은 금박처럼 조심스럽게 다루며 단단하게 붙이려고 노력했다. 피위의 배출 밸브를 완전히 닫으려다가 멈칫했다. 피위의 우주복이 푹 꺼져 보였기 때문이다. 나는 손을 덜덜 떨며 일을 마무리했다.

반대편 공기통의 밸브를 닫아줄 피위가 없는 상태였다. 나는 뒤죽박죽이 된 연결부위를 한 손으로 거머쥐고 피위의 빈 공기통 밸브를 다른 손으로 열었다. 그리고 빠르게 몸을 돌려서 산소통을 활짝 열었다. 연결부위를 잡고 있는 손이 요란하게 흔들렸다. 나는 피위의 공기통 밸브를 움켜쥐고 계기판을 쳐다봤다.

두 계기판의 바늘이 제각각 움직였다. 바늘의 움직임이 서서

히 느려지자 나는 피위의 공기통을 잠그기 시작했다. 그때 반창
고가 터졌다.

나는 재빨리 밸브를 잠갔다. 피위의 공기통에서는 산소가 별
로 새지 않았다. 하지만 공급용 공기통에 남아 있던 산소는 다
새버렸다. 나는 계속 걱정이 되어서 안달복달했다. 반창고 조각
을 벗겨내서 연결 부위를 깨끗하게 만들었다. 그리고 소량이 재
충전된 공기통을 피위 우주복의 등에 달고 밸브를 열었다.

피위의 우주복이 팽창되기 시작했다. 나는 배출 밸브 하나를
살짝 열고 헬멧을 가져다 댔다. "피위! 피위! 내 소리 들려? 일어
나, 얘야! 엄마생물! 쟤 좀 깨워요!"

"피위!"

"응, 킵?"

"일어나! 일어서, 대장! 일어나! 얘야, 제발 일어나."

"어? 내 헬멧을 좀 벗겨줘…. 숨을 쉴 수가 없어."

"아니야. 쉴 수 있어. 턱으로 스위치를 켜. 느껴봐, 맡봐. 신
선한 공기야!"

피위가 힘없이 밸브를 열려고 낑낑댔다. 나는 외부에서 피위
의 밸브를 열어서 빠르고 강한 공기를 주입했다. "아!"

"그렇지? 너한테는 공기가 있어. 공기가 아주 많아. 이제 일
어나."

"아, 부탁이야. 여기에 잠시 누워 있게 해줘."

"안 돼! 넌 심술궂고 비열하고 버르장머리 없는 꼬마 녀석이 잖아. 네가 일어나지 않으면 아무도 너를 사랑하지 않을 거야. 엄마생물도 너를 사랑하지 않을 거야. 엄마생물! 말해줘요!"

「일어나라, 딸아!」

피위가 일어나려 애썼다. 나도 일어서려는 피위를 도와줬다. 피위는 떨면서 내게 매달렸고 나는 넘어지지 않게 붙잡았다. "엄마생물?" 피위가 희미한 목소리로 말했다. "해냈어요…. 아직 날 사랑하죠?"

「그렇고말고, 아가!」

"어지러워…. 못… 걷겠어."

"피위, 넌 걸을 필요 없어." 나는 피위를 부드럽게 팔로 안아 들었다. "넌 전혀 걷지 않아도 돼." 피위는 무게가 거의 나가지 않았다.

✳

산기슭에서 내려오자 오솔길은 사라졌지만, 정서쪽으로 이어진 무한궤도차의 자국은 흙먼지 사이로 또렷하게 보였다. 나는 혈색을 표시하는 바늘이 위험 부분에 달랑달랑할 때까지 공기의 흐름을 바짝 조였다. 그러다 '위험'으로 넘어갈 때만 턱에 있는 밸브를 툭 쳐서 열었다. 이 표지판을 설계한 사람은 자동차의 휘발유 계기판과 마찬가지로 여유를 조금 남겨놨을 게 틀림없다. 피위에게는 혈색 표지판에서 눈을 떼지 말라고 경고하면서 위험의 경계 지점에 바늘을 위치해놓으라고 말해두었다. 피위는 그러겠다고 다짐했고, 나는 계속 반복해서 이야기했다. 나는 공기 순환 장치를 피위의 헬멧에 대고 이야기를 나눴다.

나는 발걸음을 세다가 8백 미터마다 피위에게 톰보 기지를 호출해보라고 했다. 기지는 지평선 너머에 있었지만 멀리까지 관할하기 위해 안테나를 높이 달아놨을 수도 있었다.

엄마생물도 피위가 다시 정신을 잃지 않게 하려고 이런저런 이야기를 계속했다. 엄마생물이 대신 이야기를 해주는 덕에 난 힘을 아낄 수 있었다. 우리 모두에게 좋은 일이었다.

잠시 후에 혈색 표지판의 바늘이 빨간 칸으로 넘어갔다. 나는 밸브를 턱으로 치고 기다렸다. 아무 일도 일어나지 않았다. 나는 밸브를 다시 쳤다. 그러자 표지판 바늘이 서서히 하얀 칸으로 움직였다. "피위, 공기 공급은 어때?"

"좋아. 킵, 괜찮아."

✳

오스카가 내게 소리를 질렀다. 나는 눈을 껌뻑거리고 서 있다가 내 그림자가 사라졌다는 사실을 깨달았다. 내 그림자는 무한궤도 자국을 향해 비스듬히 있었는데, 자국은 그대로였지만 내 그림자가 사라졌다. 나는 당황해서 주위를 둘러보며 그림자를 찾았다. 그림자는 내 뒤에 있었다.

이 빌어먹을 자식이 숨어 있었던 것이다. 장난하냐!

[그거 재미있겠다!] 오스카가 말했다.

"오스카, 여긴 더워."

[여긴 시원할 것 같아? 그림자에서 눈을 떼지 마, 무한궤도 자국도 놓치지 마.]

"알았어. 알았다고! 달달 볶지 마!" 나는 그림자를 또다시 놓치지 않겠다고 다짐했다. 놀고 싶다는 말이지, 응?

"이 안에는 빌어먹을 공기가 너무 적어, 오스카."

[얕게 숨을 쉬어, 친구. 우린 할 수 있어.]

"난 지금 양말을 입에 물고 있는 기분이야."

[그러면 셔츠를 입에 물어.]

"방금 우주선이 지나갔나?"

[내가 어떻게 알겠어? 넌 눈이 달렸지만 난 아니야.]

"잘난 체하지 마. 난 장난칠 기분 아니야."

＊

나는 피위를 무릎 위에 올리고 바닥에 주저앉았다. 그러자 오스카가 소리를 질러댔다. 엄마생물도 소리를 질렀다.

[일어나, 이 덩치만 큰 유인원아! 일어서, 힘을 내.]

「킵, 얘야, 일어나! 이제 조금만 가면 돼.」

"잠깐만 숨 좀 돌릴게요."

[알았어, 이제 충분히 쉬었잖아. 톰보 기지를 호출해봐.]

내가 말했다. "피위, 톰보 기지 호출해."

피위가 대답하지 않았다. 나는 겁이 나서 정신이 번쩍 들었다. "톰보 기지… 나와라! 나와라!" 나는 무릎을 짚고 일어섰다.

"톰보 기지, 내 말이 들리는가? 도와줘요! 도와줘요!"

목소리가 들렸다. "수신했다."

"도와줘요! 제발! 어린 여자애가 죽어가고 있어요! 도와줘요!"

갑자기 내 눈앞에 그게 불쑥 나타났다. 번쩍거리는 거대한 돔과 높은 탑들, 전파 망원경, 커다란 천체 촬영 카메라. 나는 그쪽으로 비틀거리며 걸어갔다. "메이데이!"

엄청나게 큰 에어로크가 열리더니 무한궤도차가 내게 다가왔다. 그리고 내 무전기로 목소리가 들려왔다. "우리가 가고 있음. 그 자리에 그대로 있을 것. 이상."

무한궤도차가 가까이 와서 멈췄다. 한 남자가 밖으로 나와 다가오더니 헬멧을 댔다. 내가 헐떡거리며 말했다. "애를 안으로 데려갈 수 있게 도와주세요."

대답이 돌아왔다. "너희 때문에 애먹었어. 나는 애먹이는 사람들을 좋아하지 않아." 덩치가 더 크고 뚱뚱한 남자가 그 뒤에 나타났다.

작은 남자가 카메라처럼 생긴 물건을 들더니 나를 겨눴다. 내 기억은 그게 마지막이었다.

제 3 부

7

놈들이 우리를 무한궤도차에 태우고 그 지루한 길을 돌아왔는지, 아니면 벌레머리가 우주선을 보내줘서 싣고 왔는지 나는 모른다. 내가 뺨을 맞고 깨어났을 때는 우주선 안에 누워 있었다. 빼빼 마른 놈이 내 뺨을 때리고 있었다. 뚱뚱한 조크가 팀이라고 부르던 마른 늙은이였다. 나는 반격을 하려고 했지만 이내 그럴 수 없다는 사실을 깨달았다. 꽁꽁 묶은 구속복이 나를 미라처럼 감싸고 있었다. 나는 고함을 질렀다.

팀이 내 머리카락을 움켜잡고 머리를 치켜들더니 큰 알약을 내 입에 집어넣으려 했다.

나는 팀을 물어뜯으려고 발버둥 쳤다.

팀은 내 뺨을 세게 때리더니 다시 알약을 쑤셔 넣었다. 놈은 표정의 변화가 전혀 없었다. 내내 비열한 얼굴이었다.

소리가 들렸다. "이 녀석아, 먹어." 내가 눈을 돌리자 조크가 다른 쪽에 있었다. "삼키는 게 좋을 거야." 조크가 말했다. "안 먹으면 앞으로 닷새를 끔찍하게 보내야 돼."

나는 알약을 삼켰다. 그 충고 때문이 아니라, 팀이 한 손으로 내 코를 잡아서 숨을 헐떡일 때 다른 손으로 입에 알약을 쑥 집어넣었기 때문이다. 조크가 내게 알약을 삼키라며 물잔을 내밀었다. 나는 물을 거부하지 않았다. 내겐 물이 필요했다.

팀이 말한테나 놓을 법한 커다란 피하주사 바늘을 내 어깨에 찔러 넣었다. 나는 평소에는 거의 사용하지 않는 가장 심한 욕으로 팀에 대한 내 생각을 떠들었다. 팀은 귀가 먹먹해졌을 것이다. 조크가 낄낄거리며 웃었다. 나는 그에게 눈을 돌리고 소리쳤다. "당신도!" 그리고 약하게 덧붙였다. "당신도 똑같은 놈이야."

조크가 비난하듯이 혀를 끌끌 찼다. "넌 우리가 네 생명을 구해줬는데도 고마워할 줄을 몰라." 그가 덧붙였다. "아무튼, 널 구하는 게 내 생각은 아니었어. 넌 우리를 엿 먹였잖아. 그가 널 살려주라고 했어."

"닥쳐." 팀이 말했다. "이 녀석의 머리를 묶어."

"모가지가 부러지게 내버려둬요. 우리 몸이나 묶는 게 나아요. 그는 기다리지 않을 거예요." 그러면서도 조크는 팀의 말에 복종했다.

팀이 자기 시계를 쳐다봤다. "4분 남았어."

조크가 허겁지겁 내 머리를 묶고 나서 둘이 아주 빨리 움직였다. 알약을 삼키고 서로에게 피하주사를 놔줬다. 나는 그 모습을 놓치지 않고 지켜봤다.

나는 다시 그 우주선으로 돌아와 있었다. 천장은 그전처럼 빛이 났고, 벽도 똑같아 보였다. 여긴 이 두 녀석이 사용하는 방이었다. 둘이 사용하는 침대가 양쪽에 있었고, 나는 그 사이에 있는 부드러운 소파에 묶인 상태였다.

둘은 서둘러서 각자의 침대 위로 올라가더니 침낭 같은 것으로 단단히 감싸고 지퍼를 채우기 시작했다. 그리고 각자 머리를 묶으면서 모든 과정이 끝났다. 나는 그들에겐 전혀 관심이 없었다. "이봐! 피위는 어떻게 한 거야?"

조크가 키득거렸다. "팀, 저 소리 들었어요? 착한 녀석이라니까요."

"닥쳐."

"당신 말이야⋯." 내가 막 조크의 인간성을 묘사하려던 찰나, 머릿속이 어질어질해지더니 혀가 딱딱하게 굳었다. 난 엄마생물에 대해서도 물어보려던 참이었다.

나는 한마디도 더 뱉지 못했다. 갑자기 몸이 엄청나게 무거워지면서 소파가 바위처럼 딱딱해졌다.

✳

아주 오랜 시간 동안, 나는 깨어나지도 않고 완전히 잠들지도 않은 상태로 있었다. 처음에는 끔찍한 중력 외에는 아무것도 느껴지지 않았다. 그러더니 온몸이 아파서 비명을 지르고 싶었다. 하지만 그럴 힘조차 없었다.

서서히 고통이 사라지면서 아무것도 느껴지지 않았다. 내 몸이 사라졌다. 모든 게 사라지고 나라는 존재만 남았다. 꿈을 엄청나게 많이 꾸었다. 어느 것 하나 말이 되지 않았다. 나는 학부모회에서 반대하던 만화책에 갇힌 기분이었다. 그리고 악당들은 내가 아무리 애를 써도 나보다 한발 앞서 있었다.

소파가 요동치더니 갑자기 내게 몸이 생겼다. 몸이 빙글빙글 도는 것 같았다. 얼마 지나지 않아 나는 우주선이 '뒤집기'를 하고 있다는 사실을 어렴풋이 깨달았다. 맑은 정신이 돌아온 잠깐의 시간 동안 나는 어딘가로 아주 빠르고 끔찍하게 높은 가속도로 가고 있다는 생각이 들었다. 나는 중간지점에 도착한 게 틀림없다고 진지하게 결론을 내리면서 두 번에 걸친 '영원'이 얼마나 긴 시간인지 계산해보려 했다. 계산 결과가 자꾸 85센트 더하기 부가가치세로 나왔다. 금전등록기가 '판매 중단'이라며 땡땡거렸다. 그래서 나는 처음부터 다시 계산을 시작했다.

✳

조크가 내 머리를 묶었던 줄을 풀었다. 줄에 달라붙었던 피부가 벗겨졌다. "정신 차려, 인마. 꾸물거리지 마."

내가 할 수 있는 거라곤 툴툴거리는 것뿐이었다. 팀이 나를 묶었던 줄을 풀었다. 다리가 축 늘어지고 아팠다. "일어나!"

나도 그러려고 했지만, 몸이 말을 듣지 않았다. 팀이 내 다리를 하나 붙잡더니 주무르기 시작했다.

나는 비명을 질렀다.

"내가 할게요." 조크가 말했다. "내가 한때 운동 코치였거든요."

조크는 제법 잘 주물렀다. 조크의 엄지손가락이 종아리를 파고들 때 내가 헉 소리를 내자 놈이 손을 멈췄다. "너무 셌나?" 나는 대답을 할 수 없었다. 놈은 나를 계속 마사지하면서 쾌활하게 말했다. "지구 중력의 여덟 배로 닷새를 보내는 건 그리 즐거운 여행은 아니지. 그래도 괜찮아질 거야. 팀, 혹시 바늘 있어요?"

팀이 내 왼쪽 허벅지를 세게 내질렀다. 나는 거의 느낌이 없었다. 조크가 나를 앉히더니 잔을 건넸다. 나는 물인 줄 알았지만 아니었다. 나는 캑캑거리다가 입에서 그대로 뿜어냈다. 조크가 잠시 기다리더니 다시 내게 내밀었다. "조금만 마셔." 나는 시키는 대로 했다.

"좋았어. 일어서. 휴식 시간은 끝났어."

바닥이 흔들거려서 나는 흔들거림이 멈출 때까지 조크를 붙잡아야만 했다. "여기는 어디야?" 나는 쉰 소리로 물었다.

조크가 엄청나게 재미있는 농담을 시작하려는 듯 씩 웃었다. "당연히 명왕성이지. 아주 사랑스러운 곳이야. 여름 휴양지로 아주 딱 맞지."

"닥쳐. 저 녀석 끌고 가."

"인마, 꾸물대지 마. 그를 기다리게 하면 안 돼."

명왕성이라니! 그럴 리가 없다. 지금껏 그렇게 멀리 갈 수 있었던 사람은 없었다. 인간은 아직 목성의 달까지도 못 갔다. 명왕성은 그보다 훨씬 더 멀었다.

내 머리는 아직도 제대로 돌아가지 않았다. 조금 전까지의 경험이 나를 너무도 끔찍하게 흔들어놔서, 내가 틀렸다는 사실을 바로 그 경험이 증명한다는 사실조차 받아들일 수가 없었다. 그래도 명왕성이라니!

내겐 궁금할 시간조차 주어지지 않았다. 우리는 곧장 우주복을 입었다. 나는 그때까지 모르고 있었지만, 오스카가 그 방 안에 있었다. 나는 오스카를 다시 만났다는 사실이 너무 기뻐서 순간적으로 다른 문제들을 다 잊어버렸다. 오스카는 옷걸이가 아니라 바닥에 아무렇게나 내던져진 상태였다. 나는 몸을 숙이고 (모든 근육이 동시에 비명을 질렀다) 오스카를 점검했다. 손상된 부분은 없는 것 같았다.

"입어. 꾸물거리지 마." 조크가 명령했다.

"알았어." 나는 흔쾌히 대답했다. 그러고는 머뭇거렸다. "그런데 난 공기가 없어."

"다시 봐." 조크가 말했다. 내가 살펴봤더니 등에 충전된 산소-헬륨 공기통이 있었다. "그가 명령을 내리지 않았다면 너한텐 국물도 없었을 거야. 넌 우리한테서 공기통 두 개랑 돌망치, 그리고 지구 돈으로 4달러 95센트짜리 밧줄을 훔쳐 갔잖아." 조크가 적대감을 드러내지 않으며 말했다. "언젠가는 꼭 그 대가를 진하게 받아낼 거야."

"닥쳐." 팀이 말했다. "출발해."

나는 오스카를 활짝 열고 꿈틀거리며 안으로 들어가서 혈색 감지기를 달고 개스킷을 잠갔다. 그리고 일어나서 헬멧을 채웠다. 그 안으로 들어가니 훨씬 마음이 편해졌다.

"단단히 잠겼어?"

[단단해!] 오스카가 답했다.

"우린 집에서 아주 멀리 떠나왔어."

[그래도 공기가 있잖아! 턱 바싹 들고 기운 내, 친구.]

그 말을 듣고는 턱에 달린 밸브를 점검해야겠다는 생각이 들었다. 모든 게 잘 작동했다. 내 칼이 없어졌고 망치와 밧줄도 없어졌지만, 그것들은 부수적인 문제였다. 우리는 다시 단단히 하나가 됐다.

나는 팀을 따라가고 조크는 내 뒤에 따라왔다. 우리는 복도에서 벌레머리를 지나쳤다. 어쩌면 다른 벌레머리였을지도 모른다. 난 몸서리를 쳤지만, 오스카가 나를 감싸고 있으므로 나를 건들 수 없을 거라는 생각이 들었다. 에어로크에서 다른 생물과 마주쳤다. 나는 두 번을 쳐다보고 나서야 그게 우주복을 입은 벌레머리라는 사실을 깨달았다. 우주복의 재질은 미끈했으며 우리의 우주복처럼 두툼하지 않았다. 잎이 떨어진 앙상한 나뭇가지와 두꺼운 뿌리가 달린 죽은 나무줄기 같아 보였다. 하지만 무엇보다 '헬멧' 부분이 가장 발전된 형태로 보였다. 유리처럼 매끈한 돔 형태였는데, 한쪽에서만 보이는 유리인 모양이었다. 헬멧 안이 보이지 않았다. 그런 우주복을 입고 있으니 벌레머리가 무섭기보다는 오히려 괴상하게 우스꽝스러워 보였다. 하지만 난 필요 이상으로 다가가지 않았다.

에어로크의 공기압력이 떨어지기 시작해서, 우주복이 부풀어 오르는 걸 막기 위해 공기를 빠르게 내보냈다. 그러자 내가 가장 알고 싶었던 사실들이 떠올랐다. 피위와 엄마생물은 어떻게 됐을까? 그래서 나는 무전기를 켜고 송신했다. "무전기 점검, 알파, 브라보, 코카…."

"쓸데없는 짓 그만하고 닥쳐. 넌 우리가 시키는 것만 해."

에어로크의 외부문이 열렸다. 그러자 명왕성의 풍경이 처음으로 눈에 들어왔다.

내가 어떤 걸 기대했었는지는 모르겠다. 명왕성은 너무나 멀어서 달에 있는 관측소에서도 깔끔한 사진을 찍을 수 없었다. 명왕성에 관해서는 〈사이언티픽 아메리칸〉의 기사를 읽었고 〈라이프〉에 실린 '사진'을 봤다. 체슬리 본스텔이 사진처럼 그린 정밀묘사였다. 그리고 명왕성이 여름에 다가가고 있다는 사실이 기억났다. 꽁꽁 얼어붙었던 기체들을 녹이는 수준의 온도를 '여름'이라고 부를 수 있다면 말이다. 그 사실이 떠올랐던 건 명왕성이 태양이 가까워지면서 대기가 나타나기 시작했다는 기사 덕분이었다.

하지만 나는 그동안 명왕성에는 거의 관심이 없었다. 밝혀진 사실은 거의 없고, 추측이 너무 많았으며, 너무 멀고, 인간의 관심을 끄는 주거지도 아니었기 때문이다. 명왕성에 비하면 달은 교외의 주택단지라고 해도 좋을 정도였다. 톰보 교수(달의 '톰보 기지'가 그의 이름을 따른 것이다)는 구겐하임 재단의 지원을 받아 명왕성의 사진을 찍을 거대한 전자 망원경을 개발 중이었는데, 그로서는 명왕성에 특별히 관심을 가질 만했다. 내가 태어나기 전에 명왕성을 발견한 사람이니까 말이다.

외부문이 열릴 때 내가 처음으로 느낀 건 헬멧에서 들려오는 딸각… 딸각… 딸각… 그리고 네 번째의 딸각 소리였다. 오스카의 난방장치가 최대한으로 작동되면서 내는 소리였다.

태양이 저 멀리 있었다. 사실 처음엔 그게 뭔지 몰랐다. 태양은 지구에서 보이는 금성이나 목성보다 크지 않았다. 그보다 훨씬 밝기는 했지만 말이다. 태양은 원반의 형태가 아니라 전기 방전 불꽃처럼 보였다.

조크가 내 허리를 쿡 찔렀다. "정신 차리고, 빨리 가."

문에 연결된 도개교는 약 2백여 미터 떨어진 산등성이로 올라가는 구름다리로 이어졌다. 구름다리는 가늘고 긴 지지대들로 받친 모양이었는데, 땅의 높낮이에 따라 50센티미터에서 4미터까지 땅에서 떨어져 있었다. 땅을 덮은 눈은 눈곱만 한 태양의 빛만으로도 하얗게 반짝거렸다. 지지대가 가장 높은 부분은 구름다리의 중간쯤으로 개울 위를 건너는 부분이었다.

저건 대체 무슨 '물'일까? 메테인? 저 '눈'은 뭘까? 고체 암모니아? 이 지옥같이 추운 명왕성의 '여름'에 어떤 게 고체이고, 어떤 게 액체이고, 또 어떤 게 기체 상태로 있는지 정리된 일람표를 본 적이 없었기 때문에 알 수 없었다. 내가 아는 거라곤 명왕성의 겨울은 너무 추워서 기체와 액체가 다 사라져버리고 달처럼 진공이 된다는 사실뿐이었다.

나는 기꺼이 빨리 갔다. 왼쪽에서 불어오는 바람은, 오스카가 최선을 다했는데도 왼쪽 몸뚱이를 얼어붙게 하는 수준을 넘어서 걸음걸이까지 위태롭게 만들었다. 저 '눈' 위로 떨어질 바에는 차라리 다시 달로 돌아가 강행군을 하는 게 훨씬 안전할 것 같았다. 저 위로 떨어지면 살려고 발버둥을 치다가 몸뚱이와 우주복이 산산이 부서져버릴까, 아니면 닿는 순간 죽게 될까?

위태로운 바람에 더해서 난간도 없는 구름다리는 우주복을 입은 벌레머리들로 북적였는데, 놈들은 우리보다 두 배는 빨리 움직이며 다리를 거의 독차지했다. 팀조차 우스꽝스러운 걸음걸이로 움직일 수밖에 없었고, 나는 세 번이나 아슬아슬하게 위기를 넘겼다.

구름다리 길은 터널 안으로 이어졌다. 터널로 들어가자 3미터 안에 금속판이 있었는데 우리가 다가가자 순식간에 사라졌다. 6미터쯤 들어가자 금속판이 하나 더 있었는데, 역시 똑같이 순식간에 사라지더니 우리 뒤에서 다시 닫혔다. 약 20여 개의 금속판이 더 있었다. 각각의 금속판은 빠르게 움직이는 미닫이문처럼 작동됐다. 그리고 금속판을 하나씩 지날 때마다 공기의 압력이 조금씩 높아졌다. 터널 안에도 빛나는 천장에서 불빛이 비쳤지만, 금속판들을 작동시키는 장치는 보이지 않았다. 그러다 마침내 우리는 튼튼하게 생긴 에어로크를 통과했다. 하지만 공기의 압력은 이미 충분한 상태였으므로, 에어로크의 문은 열린 채로 있었다. 거길 통과하자 커다란 공간이 나왔다.

벌레머리가 안에 있었다. 그가 하는 독특한 영어발음으로 짐작건대 바로 '그 벌레머리'일 것 같았다. "따라와!" 난 헬멧을 통해 그 소리를 들었다. 하지만 그 말을 한 사람이 그인지는 확신하기 힘들었다. 다른 벌레머리들도 주변에 있었기 때문이다. 차라리 흑멧돼지들을 데려다 놓고 구별하는 게 더 쉬울 거다.

벌레머리가 빠르게 멀어져갔다. 그는 우주복을 입고 있지 않았다. 그가 고개를 돌리자 꿈틀거리는 입을 쳐다보지 않아도 되어서 마음이 놓였다. 하지만 사실 그다지 크게 나아진 건 아니었다. 그의 뒷눈을 쳐다봐야 했다.

워낙 빨라서 그를 따라가는 건 쉽지 않았다. 그는 복도를 따라가다가 오른쪽으로 꺾어서 열려 있는 문을 두 개 통과하더니, 마침내 하수구 맨홀처럼 생긴 바닥의 구멍 바로 앞에서 우뚝 멈췄다. "벗어!" 그가 명령했다.

조크와 팀이 헬멧을 벗었다. 그래서 여기가 안전하다는 사실은 알게 됐지만, 나는 오스카 속에 계속 머물고 싶었다. 벌레머리가 근처에 있는 한.

뚱뚱한 조크가 내 헬멧의 잠금장치를 풀었다. "벗어, 인마. 빨리!" 빼빼 마른 팀이 내 벨트를 풀었다. 내가 이리저리 몸을 틀며 방해했는데도 둘은 오스카를 빠르게 벗겨냈다.

벌레머리가 기다렸다. 오스카가 다 벗겨지자 그가 구멍을 가리켰다. "내려가!"

나는 숨이 컥 막혔다. 우물처럼 깊어 보이는 그 구멍으로 내려가는 건 썩 내키지 않았다.

"내려가." 그가 다시 말했다. "당장."

"내려가, 인마." 조크가 말했다. "뛰어내리지 않으면 밀어버릴 거야. 그가 화내기 전에 구멍으로 내려가."

나는 도망치려 했다.

벌레머리가 나를 막더니 내가 제대로 출발하기도 전에 나를 몰아붙였다. 나는 급하게 발을 멈추고 뒤로 물러섰다. 그리고 나는 뒤쪽으로 추락하기 직전에 간신히 몸을 돌리며 꼴사납게 뛰어내렸다.

바닥까지는 꽤 오래 걸렸다. 바닥에 닿을 때 지구에서보다는 덜 아팠지만, 발목을 삐끗했다. 별로 중요한 문제는 아니었다. 어차피 지금으로선 갈 곳도 없으니까. 천장에 있는 구멍이 유일한 출구였다.

감방은 각 면이 약 6미터 정도인 정사각형 방이었다. 단단한 바위를 파서 만든 것 같았는데, 벽과 바닥, 천장이 우주선 내부처럼 칼끝도 안 들어가는 재질인지는 알 수 없었다. 천장은 절반이 빛을 내는 판으로 덮여 있어서 책도 읽을 수 있었다. 거긴 읽을 만한 게 아무것도 없다는 게 문제였지만 말이다. 그 외에는 벽에 있는 구멍에서 뿜어져 나오는 물줄기가 있었다. 그 물줄기는 세숫대야 정도 크기로 폭 파인 웅덩이로 떨어진 뒤에 알 수 없는 곳으로 빠져나갔다.

감방에 침대나 이불 같은 물건은 전혀 없었지만 따뜻했다. 어쩌면 여기서 오랫동안 지내게 될 거라고 이미 결론을 내린 상태이긴 했지만, 식사와 잠을 어떻게 해결해야 할지 의문이었다.

나는 이런 말도 안 되는 상황에 완전히 질렸다. 난 그저 우리 집 뒤에서 내 일을 하고 있었을 뿐이었다. 그 외에는 모조리 그 벌레머리의 잘못이다! 나는 바닥에 주저앉아서 그놈을 천천히 죽일 방법을 생각했다.

그러다 결국 그런 바보 같은 생각을 그만뒀다. 그리고 피위와 엄마생물의 안부가 궁금해졌다. 명왕성에 있을까? 아니면 톰보 기지와 산 사이 어딘가에서 죽었을까? 침울하게 이런 생각을 반복하는 동안, 불쌍한 피위로서는 두 번째 혼수상태에서 차라리 깨어나지 않는 게 나았을지도 모르겠다는 생각이 들었다. 엄마 생물에 대해서는 잘 모르니 그녀에 대해서는 확신이 들지 않았지만 피위의 경우는 확실히 알 수 있었다.

내가 처한 곤경은 확실히 필연적인 결과였다. 모험을 찾는 기사는 언젠가 지하 감옥에 떨어지기 마련이다. 하지만 원래대로라면 잡혀 있는 성의 탑에 아름다운 아가씨가 잡혀 있어야 했다. 미안하다, 피위. 난 아무래도 모험을 찾는 기사라기보다는 그저 순진한 음료수 판매원에 불과한가 보다. 아니면 그냥 바보이든 가. "그의 힘은 10등급이다. 그는 마음이 순수하니까."*

이건 별로 재미없다.

나 자신을 책망하는 것도 지겨워져서 지금 몇 시나 됐을지 생각해봤다. 별로 중요한 일은 아니었지만, 자고로 죄수라면 벽에 줄을 그어서 며칠이나 잡혀 있었는지 표시해야 하는 법이다. 그래서 나도 제대로 시작해보고 싶다는 생각이 들었다. 손목시계가 있긴 했지만 돌아가지 않았고 나는 어떻게 해야 다시 작동시킬 수 있을지도 몰랐다. 이 시계는 충격 방지, 방수, 자기력 차단까지 되고 매카시즘의 광풍으로부터도 안전했지만, 지구 중

---

* 시인 알프레드 테니슨의 〈갤러해드 경〉에서 인용하면서 '나'를 '그'로 바꿨다.

력의 여덟 배는 무리였던 모양이다.

잠시 후 나는 드러누워서 잠들었다.

덜거덕 소리에 잠에서 깼다.

통조림이 바닥에 부딪히는 소리였다. 위에서 떨어지는 정도로는 통조림이 열리지 않았지만, 깡통따개가 붙어 있어서 그걸로 통조림을 열었다. 소금에 절인 쇠고기였는데 맛이 아주 좋았다. 빈 깡통을 이용해서 물을 마셨다. 물에 독성이 있을지도 모르지만 어쩌겠는가. 물을 마신 후 깡통을 씻어서 통조림 냄새를 제거했다.

물이 따뜻해서 목욕을 했다.

지난 20년간 미국 시민 중에 나보다 목욕이 간절했던 사람은 없었을 것이다. 목욕을 마친 뒤 옷을 빨았다. 셔츠와 팬티, 양말은 빨래해서 바로 입을 수 있는 합성섬유였다. 바지는 두꺼운 면직이라 마르는 데 오래 걸렸지만 상관없었다. 집의 벽장에 쌓아놓은 스카이웨이 비누 2백 개 중 하나라도 지금 내게 있으면 좋겠다는 생각이 들었다. 명왕성에 오게 될 줄 알았더라면 하나 챙겨놨을 텐데.

빨래하는 김에 내가 가진 물건들의 목록을 만들었다. 나는 손수건과 잔돈 67센트, 땀에 젖어 너덜너덜해져서 워싱턴의 그림을 알아보기 힘든 1달러 지폐, '시내에서 가장 진한 맥아 음료를 파는 제이의 드라이브인!'이라고 찍혀 있는 샤프 연필(헛소리다. 우리 동네에서 가장 진한 맥아 음료를 만드는 사람은 나다), 그리고 엄마 심부름으로 사다줄 식료품 목록이 적힌 종이가 있었는데 차튼 씨네 약국의 빌어먹을 에어컨이 고장 나는 바람에 심부름을 못 했었다. 그 목록은 셔츠 주머니에 넣어두었던 덕에 1달러만큼 너덜너덜하지 않았다.

나는 물건들을 줄줄이 늘어놓고 쳐다봤다. 아무리 쳐다봐도 터뜨려서 탈출로를 만들고, 우주선을 훔치고, 내게 우주선 조종법을 가르쳐주고, 영웅적으로 돌아가 대통령에게 경고해서 나라를 구하는 데에 사용할 만한 기적의 무기로 재조립할 수 있는 물건들로는 보이지 않았다. 물건들을 다시 정렬해봤지만 역시 아니었다.

내 생각이 맞았다. 아무리 봐도 그럴 물건들이 아니었다.

✳

나는 끔찍한 악몽에 시달리다가 깼는데, 내가 어디에 있는지 깨닫고는 차라리 악몽 속으로 돌아가고 싶었다. 시무룩하게 누워 있다가 이윽고 눈물이 흐르며 턱이 덜덜 떨렸다. 나는 "애처럼 울지 말라"는 구박을 한 번도 듣지 않고 자랐다. 아빠는 눈물을 흘리는 건 아무런 문제가 없다고 했다. 단지 우리 사회에서 받아들여지지 않을 뿐이라며, 어떤 사회에서는 눈물을 흘리는 게 오히려 사교적인 예의로 받아들여진다고 했다. 하지만 호러스맨 초등학교에 다닐 때는 울보가 되어서 좋을 게 하나도 없었기 때문에, 난 몇 년 전부터 더 이상 울지 않았다. 게다가 울고 있으면 지치기만 할 뿐 아무것도 해결해주지 못한다. 나는 흘러내리는 눈물을 멈추고 상황을 다시 점검했다.

내 행동 계획은 다음과 같다.

1. 이 감방에서 탈출한다.

2. 오스카를 찾아서 입는다.

3. 밖으로 나간다. 우주선을 조종할 방법을 알아내면 우주선을 훔쳐 집으로 간다.

4. 무기를 찾거나, 벌레머리와 싸워 물리칠 전략을 세우거나, 몰래 빠져나가서 우주선을 탈취할 때까지 놈들을 바쁘게 만들 방법을 찾는다. 어려울 게 전혀 없다. 순간이동을 할 수 있거나, 이런저런 초능력을 가진 슈퍼맨이라면 얼마든지 가능하다. 다만, 계획은 간단하고 확실해야 하며, 보험료를 제대로 냈는지 아닌지를 미리 확인해두면 도움이 되겠다.

5. 최우선 사항: 이국적인 명왕성의 낭만적인 해변과 친근하고 생기 있는 원주민들에게 작별 인사를 하기 전에, 피위나 엄마생물이 이 기지에 있는지 확인한다. 여기에 있다면 데리고 간다. 몇몇 의견들과는 달리 비열하게 생존하는 것보다는 차라리 영웅처럼 죽는 게 나은 법이다. 죽는다는 게 성가시고 귀찮은 일이긴 하지만, 비열하게 살아남더라도 언젠가는 죽기 마련이다. 게다가 죽을 때까지 자기가 왜 그런 선택을 했는지 해명해야만 한다. 영웅적인 역할을 해야 할 때마다, 내가 중얼거리는 이 주문이 그다지 쓸모가 없다는 사실은 이미 잘 알고 있지만, 비열한 사람이 되는 건 그보다도 더 끌리지 않았다.

피위가 이 우주선을 조종할 수 있다거나, 엄마생물이 나를 가르쳐줄 수 있을 것이라는 사실을 계산에 넣고 하는 이야기가 아니다. 딱히 증명할 방법은 없지만, 아무튼 나는 내가 그렇게 계산적인 사람이 아니라는 사실을 안다.

부차적인 사항: 놈들의 우주선 조종 방법을 배우더라도 내가 중력가속도 8g에서 과연 우주선을 조종할 수 있을까? 벌레 머리에게는 그저 동그랗게 구부러진 지지대만 있어도 되겠지만, 8g가 내게 무슨 짓을 했었는지 기억하고 있다. 자동 운항? 그렇게 하려면 우주선에 지시를 내려야 할 텐데, 그게 영어로 가능할까? (바보 같은 소리 하지 마, 킵!)

부차적인 사항 보충: 중력가속도 1g로 가속하면서 이동할 경우 지구까지 얼마나 걸릴까? 50년? 아니면 딱 굶어 죽기 좋을 정도?

6. 이 문제에서 벗어나지 못하게 되었을 때 마음의 안정을 찾기 위한 작업 요법이 필요하다. 정신이 완전히 붕괴하는 걸 피하려면 이런 게 꼭 필요했다. 오 헨리는 감옥에서 소설을 썼고, 사도 바울도 로마에서 감금됐을 때 최고의 서간문을 썼으며, 히틀러 역시 감옥에서《나의 투쟁》을 썼다. 다음에는 타자기와 종이를 가져와야겠다. 이번에는 마방진을 계산해보거나 체스 문제를 만들어내면 될 것 같다. 뭘 하더라도 낙담한 상태로 있는 것보다는 낫다. 사자들도 동물원 우리를 견뎌내는데, 내가 사자보다는 영리하지 않을까? 뭐, 쪼끔이라도?

자, 일을 시작해보자. 첫째, 이 구덩이에서 어떻게 빠져나갈까? 솔직하게 이야기하자면 전혀 방법이 없었다. 이 감방은 한 면이 6미터고, 천장의 높이는 약 4미터 정도 된다. 벽은 갓난아기의 뺨처럼 매끄러우며 빚 받으러 다니는 조폭들처럼 바늘 하나 들어갈 틈새가 없었다. 그 외에는 2미터는 족히 뛰어야 닿는 천장의 구멍과 물줄기, 물이 담기는 웅덩이, 천장에 빚을 내는 판이 있었다. 앞서 살펴봤던 내 물건들은 거의 무게가 나가지 않았으며, 날카로운 것도 없고, 폭발물도 없었고, 뭔가를 부식시킬 수 있는 것도 없었는데, 그 외에는 옷가지와 빈 깡통뿐이었다.

내가 얼마나 높이 뛸 수 있는지 시험해봤다. 농구팀에서 후보 선수이긴 했지만, 후보 선수도 다른 사람들보다는 제자리높이 뛰기를 잘하는 법이다. 천장에 손이 닿았다. 지구 중력의 약 절반 정도 된다는 의미였다. 6분의 1의 중력에서 끝도 없는 시간을 보낸 후에 중력가속도 8g에서 영겁의 시간을 보냈더니, 명왕성의 중력은 얼마나 되는지 짐작이 되지 않았었다. 반사 신경이 너무 혹사당했던 탓이다.

천장에 손이 닿더라도 공중부양을 하거나 거꾸로 매달려서 천장을 밟고 걸어 다닐 수 있는 건 아니었다. 그 정도 높이까지 뛸 수 있더라도 생쥐조차 매달리기 힘들 정도로 매끄러웠다.

뭐, 내 옷을 찢어서 밧줄을 만들 수는 있겠지만, 저 구멍 위에 그걸 묶을 수 있는 게 가까이 있을까? 내 기억에는 저 밖에도 매끄러운 바닥밖에 없었다. 뭔가 붙잡을 게 있다고 가정하더라도, 그다음엔 어떻게 하지? 발가벗은 채 철퍼덕거리며 돌아다니다가 벌레머리가 나를 발견하고 다시 이 감옥으로 몰아넣으면 그때는 옷도 없이 지내야 한다. 벌레머리와 그 종족을 꺾을 방법을 생각해낼 때까지 밧줄 만들기는 일단 보류하기로 했다.

나는 한숨을 쉬며 주변을 돌아봤다. 이제 남은 거라곤 물줄기와 바닥의 웅덩이뿐이었다.

크림 그릇에 빠진 개구리 두 마리 이야기가 있다. 한 마리는 완전히 절망에 빠져서 포기하고 빠져 죽는다. 다른 한 마리는 너무 미련해서 절망적이라는 사실조차 모르고 계속 첨벙거렸다. 그 개구리가 몇 시간 동안 마구 휘저었더니 버터가 많이 생겼고, 버터는 섬처럼 둥둥 떴다. 그래서 버터 위로 올라간 개구리는 젖 짜는 아가씨가 와서 쫓아낼 때까지 시원하고 편하게 둥둥 떠다녔다.

저 물은 쏟아져 들어와서 흘러나간다. 흘러나가지 않으면 어떻게 될까?

나는 웅덩이의 바닥을 살펴봤다. 배수구는 우리가 지구에서 쓰는 세면대의 배수구보다 컸지만 막을 수 있을 것 같았다. 이 감방에 물이 차올라 저 구멍까지 흘러넘쳐 빠져나갈 수 있을 때까지 내가 둥둥 떠 있을 수 있을까? 뭐, 그건 계산해볼 수 있다. 내겐 깡통이 있으니까.

깡통은 0.5리터 정도 들어갈 것 같았다. 1세제곱미터의 물은 1,000리터이고, 지구에서는 1톤이다. 하지만 나는 확실히 할 필요가 있었다. 내 발은 28센티미터다. 발 크기는 내가 10살 때부터 그대로다. 나는 바닥에 1센트짜리 동전 두 개로 28센티미터를 표시했다. 1달러 지폐의 폭이 약 6.5센티미터이고, 25센트 동전은 약 2.5센티미터이다. 곧 나는 이 감방의 부피를 꽤 정확하게 계산할 수 있었다.

나는 물줄기 아래에 깡통을 대놓고, 왼손으로 깡통을 톡톡 쳐서 초를 재면서 물을 채운 후 빠르게 쏟아냈다. 마침내 이 감방을 물로 채우려면 얼마나 오래 걸릴지 계산해냈다. 하지만 계산 결과가 마음에 들지 않았기 때문에 다시 해봤다.

저기에 있는 구멍까지 감방을 물로 채우려면 14시간이 걸렸다. 거기에 엉성한 계산을 고려하면 1시간 정도 추가해야 한다. 그렇게 오래 물에 떠 있을 수 있을까?

당신은 할 수 있다고 큰소리칠 것이다. 나도 해야 한다면 할 수 있다. 그리고 지금은 해야만 하는 상황이었다. 공황상태에만 빠지지 않으면 사람은 얼마든지 오래 떠 있을 수 있다.

나는 바지를 둘둘 말아서 물이 빠져나가는 곳에 쑤셔 넣었다. 바지가 물에 쓸려나갈 뻔해서 깡통에 바지를 감은 뒤에 마개로 이용했다. 바지로 만든 마개를 고정하고 다른 옷가지로 틈새를 막았다. 그런 후 나는 우쭐한 기분을 느끼며 기다렸다. 물이 흘러넘치면 신나게 놀 수 있는 오락거리가 생길 수도 있다. 웅덩이에 서서히 물이 차올랐다.

3센티미터 정도만 더 차오르면 웅덩이의 물이 감방 바닥으로 흘러넘쳐 흐를 텐데, 그때 물이 멈췄다.

아마도 압력으로 조정되는 스위치가 달린 모양이었다. 중력가속도 8g에 도달한 상태에서도 끊임없이 속도를 높일 수 있는 우주선을 만들 수 있는 생물이라면 '자동안전장치'를 만들어놨을 거라고 미리 짐작을 해야 했다. 우리에게도 이런 기술이 있으면 좋겠다.

물에서 옷가지를 다시 꺼내다가 양말 한 짝을 잃어버렸다. 옷을 바닥에 널어서 말렸다. 잃어버린 양말이 펌프 같은 걸 망가뜨리면 좋겠지만 어림도 없겠지. 놈들은 뛰어난 공학자들이니까.

나는 사실 개구리 이야기를 믿지 않는다.

놈들이 또 통조림 깡통을 아래로 던졌는데, 이번엔 구운 고기와 설익은 감자였다. 배가 부르긴 했지만, 문득 복숭아가 먹고 싶어졌다. 통조림에는 '달에서 정부보조 재판매 가능'이라고 인쇄되어 있었다. 조크와 팀은 달에서 이 음식들을 가져온 것이었다. 과연 놈들이 자기네 식량을 내게 나눠주고 싶었을까? 벌레 머리가 놈들의 팔을 비틀어서 내게 식량을 나눠주도록 했을 게 틀림없었다. 그러자 문득 궁금해졌다. 벌레머리는 왜 나를 살려 두려는 걸까? 나야 좋지만, 벌레머리가 왜 그러는지는 알 수 없었다. 나는 그 통조림 배급을 '하루'로 보고, 빈 깡통들을 달력으로 삼았다.

덕분에 자동항법 장치를 이용해서 8g의 가속도를 낼 수 없을 때 1g의 가속도로 지구까지 며칠이나 걸릴지 계산해보지 않았다는 사실이 떠올랐다. 나는 감방에서 탈출하려던 계획이 한 차례 좌절되었기 때문에, 명왕성을 혹시 벗어난다면(정정: 명왕성을 벗어났을 때) 어떻게 할지 전혀 생각하지 않고 있었다. 하지만 나는 탄도학을 할 수 있었다.

책은 필요 없었다. 요즘 시대에도 항성과 행성을 구별하지 못하고 천문학적인 거리를 그저 '멀다' 정도로 생각하는 사람들이 있다. 나는 그런 사람들을 보면 숫자가 네 개만 있었던 원시인들이 떠오른다. 하나, 둘, 셋, '많다.' 그러나 보이스카우트는 새내기들조차도 기초적인 사실에 대해 알고 있으며, 나 같은 우주 마니아들은 훨씬 많은 사실을 알고 있다. 태양계 행성의 순서와 거리는 이렇게 외우면 된다.

"엄마는 잔소리를 하지 않고 아주 정성스럽게 젤리 샌드위치를 만들었다.(Mother Very Thoughtfully Made A Jelly Sandwich Under No Protest)." 몇 번만 따라 하면 잊어먹지 않을 것이다. 자, 이제 이걸 정리해보면 이렇게 된다.

Mother	수성Mercury	0.39달러
Very	금성Venus	0.72달러
Thoughtfully	지구Terra	1.00달러
Made	화성Mars	1.50달러
A	소행성Asteroids	(다양한 가격, 중요하지 않음)
Jelly	목성Jupiter	5.20달러
Sandwich	토성Saturn	9.50달러
Under	천왕성Uranus	19.00달러
No	해왕성Neptune	30.00달러
Protest	명왕성Pluto	39.50달러

'가격'은 태양에서의 거리를 천문단위(AU)로 나타낸 것이다. 천문단위란 지구와 태양 사이의 거리를 의미하는데, 1AU는 약

1억5천만 킬로미터이다. 몇백만이나 몇십억처럼 큰 숫자보다는 작은 숫자나 모든 사람이 아는 단위로 바꾸는 게 기억하기 쉬운 법이다. 내가 달러 표시를 붙인 이유는 돈으로 생각하는 게 훨씬 좋았기 때문이다. 물론, 아빠가 알면 비통해하실 일이다. 그래도 우리 이웃에 대한 일이니까 어떤 식으로든 기억해두는 게 좋다.

이제부터가 어려운 부분이다. 저 목록에 따르면 태양에서 명왕성까지 거리는 태양에서 지구까지 거리의 39.5배이다. 그런데 명왕성과 수성은 아주 긴 타원형 궤도로 도는데, 그중 명왕성이 훨씬 더 심하다. 명왕성이 태양에 가장 가깝게 갔을 때(근일점)와 가장 멀어졌을 때(원일점)의 차이가 약 31억 킬로미터 정도인데, 이 차이는 태양에서 천왕성까지의 거리보다도 크다. 명왕성은 살금살금 해왕성 궤도의 안쪽까지 들어갔다가 다시 밖으로 나온 뒤 2백 년 가까이 해왕성의 궤도 밖에서 머무른다. 명왕성은 1천 년에 네 번밖에 공전하지 않는다.

다행히 나는 명왕성이 '여름'으로 들어가고 있다는 기사를 읽었던 적이 있었다. 그래서 명왕성이 지금 해왕성의 궤도로 다가가고 있으며, 그 여름이 내 남은 평생(센터빌에서 기대수명으로 계산해봤을 때 말이다. 센터빌은 그리 위험한 동네가 아니니까) 계속 진행되리라는 사실을 안다. 그건 쉽게 계산할 수 있다. 명왕성은 지금 태양에서 약 30AU 떨어져 있다.

가속도 계산은 간단하다. $s = \frac{1}{2} at^2$. 이 식은 가속도에 경과 시간의 제곱을 곱한 값을 반으로 나누면 거리와 같다는 의미이다. 우주항해가 이렇게 단순한 문제라면 고등학교 2학년짜리라도 로켓 우주선을 조종할 수 있겠지만, 중력장과 사방에서 동시에 움직이고 있는 모든 것들을 고려해야 하므로 문제가 복잡해진다. 하지만 나는 중력장과 행성의 움직임은 무시할 수 있다. 벌레머리 우주선의 속도에서는 행성에 아주 가까이 근접하기 전까지는 고려하지 않아도 되는 요소이기 때문이다. 나는 대충 계산하고 싶었다.

내 계산자가 간절했다. 아빠는 계산자를 사용할 줄 모르는 사람은 문화적인 문맹이나 다름없으므로 투표권을 줘서는 안 된다고 주장했다. 내 계산자는 K&E사에서 나온 20인치 로그-로그 양면자였다. 아빠는 내가 10인치짜리 계산자를 익히고 나자 이 계산자를 내밀어서 나를 놀라게 했었다. 우리는 그 주 내내 감자 수프만 먹었다. 하지만 아빠는 언제나 사치품에 예산을 먼저 책정해야 한다고 하셨다. 나는 그 계산자가 지금 어디에 있는지 안다. 집의 내 책상 위에 있다.

상관없었다. 나에겐 숫자와 공식, 연필, 종이가 있었다.

먼저 문제를 살펴봤다. 뚱뚱이 조크는 '명왕성', '닷새', '중력 가속도 8g'를 언급했었다.

이 문제는 둘로 나눠야 한다. 중간시간(혹은 중간지점)까지 가속했다가, 우주선 뒤집기를 한 후 나머지 절반의 시간(혹은 절반의 거리) 동안 감속하기 때문이다. 그러므로 아까의 그 공식에 전체 거리를 대입하면 안 된다. 전체 시간이 제곱이 되어버리기 때문이다. 이건 그 공식과 달리 포물선을 그린다. 지금 지구에서 볼 때 명왕성은 태양의 건너편에 있을까, 아니면 90도 각도에 있을까? 아니면 같은 쪽에 있을까? 명왕성을 본 사람은 아무도 없었다. 그러니 명왕성이 어디쯤 있을지 내가 어떻게 안단 말인가. 아, 뭐, 평균 거리는 30AU이다. 그 정도면 충분한 근사값을 계산할 수 있을 것이다.

전체 거리의 절반을 미터로 계산하면 $\frac{1}{2} \times 30$(AU) $\times$ 150,000,000(1AU의 길이) $\times$ 1,000(킬로미터를 미터로)이다.

중력가속도 8g는 $8 \times 9.8/sec^2$이다. 뒤집기를 할 때까지 우주선은 매초 초속 78.4m씩 빨라지고, 뒤집기 후에는 똑같은 비율로 감속한다. 그렇다면…

$$\frac{1}{2} \times 30 \times 150,000,000 \times 1,000 = \frac{1}{2} \times 8 \times 9.8 \times t^2$$

그리고 나머지 절반의 여행은 그 시간을 그대로 뒤집으면 되니까 전체 여행은 그 시간의 두 배이다. 여기서 초 단위로 나온 계산 결과 t를 3,600으로 나눠서 시간으로 바꾸고, 다시 24로 나누면 며칠인지 계산할 수 있다. 계산자만 있으면 이런 문제는 40초면 충분히 계산할 수 있다. 게다가 소수점까지 딱 맞췄을 것이다. 부가가치세 계산하는 것만큼이나 간단했을 것이다.

계산하는 데에 거의 1시간이나 걸리고, 수식의 순서를 바꿔서 검산하는 데에 또 그만큼 걸렸다. 그런데 결과값이 일치하지 않아서 세 번이나 다시 계산했다. 좌변에 1,000을 곱하는 걸 빼먹어서 우변은 미터로 계산하고 좌변은 킬로미터로 계산한 탓이었다. 수학에는 왕도가 없다. 그러고는 나 스스로 확신이 들지 않아서 네 번째로 다시 계산했다. 내가 장담하건대 계산자는

신이 여성을 발명한 이래로 가장 위대한 발명품이다.

아무튼, 계산 결과가 나왔다. 5.5일. 여긴 명왕성이었다.

아니면 해왕성일 수도….

아니다. 해왕성이었다면 4미터 높이의 천장까지 뛰어오를 수 없다. 명왕성만이 모든 사실에 부합했다. 그래서 나는 계산 결과를 지우고 중력가속도 1g로 가속하는 여행을 뒤집기를 포함해서 계산했다.

15일 걸렸다.

중력가속도 1g로 여행하면 적어도 8배, 아니 64배 정도는 걸릴 줄 알았다. 그러자 나는 해석기하학까지 억지로 공부했던 게 기뻤다. 도표를 대충 그려본 후 어떻게 된 건지 이해됐다. 그 공식에서 시간을 제곱하는 부분이 그 시간 차이를 줄여준다. 추진력을 올릴수록 여행 시간은 짧아지는데, 여행 시간이 짧아지면 고속으로 올린 속도를 이용할 수 있는 시간도 짧아진다. 시간을 절반으로 줄이기 위해서는 4배의 추진력이 필요하다. 4분의 1로 시간을 줄이려면 16배의 추진력이 필요하다. 그러므로 시간을 줄이기 위해 계속 추진력을 올리다간 시간은 별로 안 줄어들고 파산하게 된다.

중력가속도 1g의 가속으로 2주 정도면 집에 갈 수 있다는 사실을 알게 되자 기뻤다. 2주 사이에 굶어 죽을 리는 없었다. 만일 우주선을 훔칠 수 있다면, 만일 도망칠 수 있다면, 만일 이 구덩이에서 기어 올라갈 수 있다면, 만일…. '만일'이 아니라 '언제' 할 거냐가 문제였다. 올해 대학에 가기엔 어차피 너무 늦었다.

15일 더 늦어진다고 해도 상관없었다. 첫 문제를 풀다가 우주선이 뒤집힐 때의 속도를 알게 됐다. 초속 1만7천 킬로미터 이상이었다. 아무리 우주라고 해도 무척 빠른 속도다. 덕분에 가장 가까운 항성인 프록시마 센타우리가 떠올랐다. 센타우리까지의 거리는 4.3광년으로, 퀴즈쇼에 워낙 자주 나오는 문제다. 중력가속도 8g로는 거기까지 얼마나 걸릴까?

비슷한 문제이지만 숫자가 엄청나게 크니까 소수점을 찍을 때 주의해야 했다. 1광년은… 잊어먹었다. 그래서 초속 300,000 킬로미터(빛의 속도)를 1년간 초(365.25 × 24 × 3600)로 곱하면 약 9,470,000,000,000킬로미터가 나온다.

여기에 다시 4.3년을 곱하면

약 40,700,000,000,000이 나온다.

대충 40조 킬로미터라고 하자. 와우!

계산 결과 1년 5개월이 걸린다. 이건 지난 세기에 남미 끝까지 다녀오는 여행보다도 짧다.

잠깐만, 이 괴물들은 항성 간 여행을 한다!

내가 왜 새삼 놀랐는지는 잘 모르겠다. 그건 이미 명백한 사실이었다. 나는 벌레머리가 자기 고향 행성으로 데려왔다고 생각했으므로, 벌레머리가 명왕성인이거나 명왕성 주민이거나 뭐 그런 거라고 짐작했다. 하지만 그럴 리가 없었다.

벌레머리는 공기를 호흡했다. 또한 내게 적당한 정도로 우주선을 따뜻하게 유지했다. 그리고 급하지 않을 때는 중력가속도 1g에 가깝게 항해했다. 또한 내 눈에 적절한 밝기로 조명을 이용했다. 그렇다면 벌레머리는 내가 태어난 지구와 비슷한 행성에서 온 것이었다.

프록시마 센타우리는 두 항성이 마주 도는 쌍성이다. 십자말 퀴즈를 열심히 풀어봤다면 여러분도 알 것이다. 그중 하나는 우리의 태양과 쌍둥이처럼 닮아서 크기, 온도, 특성까지 비슷하다. 그 항성에 지구와 비슷한 행성이 있을 수 있다는 생각이 억측일까? 벌레머리의 고향 주소를 알아냈다는 직감이 왔다.

벌레머리가 어디에서 오지 않았는지는 확실하게 알 수 있다. 공전하는 동안 2백 년 가까이 절대 영도까지 온도가 떨어져서 공기도 전혀 없고, '여름'이 와도 몇몇 기체는 녹지만 물은 단단한 바위 같으며, 심지어 벌레머리 자신도 우주복을 입어야 하는 행성에서는 오지 않았다. 태양계에서 온 건 아니다. 벌레머리는 우리의 지구와 같은 행성에서만 고향에 온 느낌을 받을 것이라는 사실은, 때만 되면 내야 하는 세금만큼이나 확실하다. 놈의 생김새는 신경 쓸 필요 없다. 거미도 우리처럼 생기지 않았지만, 우리가 좋아하는 것들을 좋아한다. 집집마다 거미가 천 마리씩은 있을 것이다.

벌레머리와 그 종족은 지구를 좋아할 것이다. 놈들이 지구를 무척 좋아할까 봐 걱정되었다.

그런데 프록시마 센타우리 문제 계산을 살펴보다가 다른 문제를 깨달았다. 우주선을 뒤집을 때의 속도가 초속 1,800,000 킬로미터였다. 이건 빛의 속도의 여섯 배에 달한다. 상대성이론에 따르면 이런 속도는 불가능하다.

아빠와 이 문제를 이야기하고 싶어졌다. 아빠는《우울증의 해부》부터《악타 마테마티카》와《파리 마치》까지 다 읽으며, 갓돌에 앉아 8페이지로 이어진 기사를 읽기 위해 쓰레기를 쌌던 축축한 신문을 펼쳐놓는 사람이다. 아빠라면 책을 한 권 꺼내서 나와 함께 찾아볼 것이다. 그리고 아빠는 그 책과 의견이 다른 책들을 네다섯 권 더 확인해보려 할 것이다. 아빠는 '이게 사실이 아니라면 책으로 찍어냈을 리가 없어'라고 믿는 부류의 사람이 결코 아니다. 아빠는 어떤 생각도 신성하게 여기지 않는다. 한번은 펜을 꺼내서 내 수학책에 적힌 내용을 바꿔버려서 난 처음에 충격을 받았었다.

설령 광속이 한계라고 하더라도 4, 5년 여행하는 건 불가능하지도 않고 비현실적이지도 않다. 우리는 항성 간 여행, 심지어 가장 가까운 항성까지의 여행조차도 수 세대의 시간이 걸릴 거라는 이야기를 아주 오랫동안 들어왔지만, 아마도 그건 잘못된 관점에서 접근한 이야기일 것이다. 달의 산에서 1킬로미터는 긴 여행이지만, 텅 빈 우주 공간에서의 1조 킬로미터는 그렇지 않을 수도 있다.

그런데, 벌레머리가 명왕성에서 뭘 하고 있는 거지?

다른 항성계를 침략하려면 어떻게 시작할까? 난 농담을 하는 게 아니다. 명왕성의 지하 감옥은 농담할 만한 곳이 못 되고, 벌레머리는 우스갯거리가 아니다. 그냥 불쑥 침략을 시작하겠는가, 아니면 선전포고를 먼저 하겠는가? 설령 상대가 공학 분야에서 월등히 앞서 있더라도 시간을 앞질러 침략을 알 방법은 없다. 그 항성계에서 아무도 방문하지 않는 어떤 지역에 보급 기지를 짓는 게 영리한 전략 아닐까?

그다음엔 행성을 관찰하기 좋은, 공기 없는 위성 같은 곳에 전진 기지를 세운다. 그렇게 하면 거기에서 목표가 되는 행성의 표면을 정찰할 수 있다. 정찰 기지를 잃을 경우에는 보급 기지로 후퇴에서 새로운 공격을 진행하면 된다.

우리에게는 명왕성이 먼 곳에 떨어져 있지만 벌레머리에게는 달에서 겨우 닷새밖에 걸리지 않았다는 사실을 기억하라. 속도가 훨씬 느렸던 제2차 세계대전을 생각해보자. 주력 기지는 적이 닿지 않는 지역에 안전하게 있었다(미국/명왕성). 하지만 전진 기지까지는 닷새밖에 걸리지 않았으며(영국/달), 전진 기지에서 전투 지역까지는 3시간밖에 걸리지 않았다(프랑스와 독일/지구). 작전은 느리게 진행되었지만 2차 대전 당시 연합국들에는 유용한 전략이었다.

이런 전략이 벌레머리 패거리들에게는 그다지 유용하지 않기를 바랄 뿐이다.

하지만 놈들의 침략을 막을 방법이 전혀 떠오르지 않았다.

또 통조림이 하나 떨어졌는데, 스파게티와 미트볼이 들어 있었다. 그게 복숭아 통조림이었더라면, 다음 일을 진행할 불굴의 용기가 솟지 않았을 것이다. 나는 뚜껑을 열기 전에 먼저 통조림을 망치로 사용했다. 그걸로 전날 먹었던 빈 깡통을 납작하고 예리한 모양으로 두들겨서 한쪽을 뾰족하게 만들었다. 그리고 물웅덩이의 가장자리에 모서리를 갈았다. 일을 마쳤을 때 내 손에는 단검이 있었다. 좋은 칼은 아니었지만 그걸 가지고 있으니 그나마 덜 무기력하게 느껴졌다.

그러고 나서야 통조림을 먹었다. 졸음이 와서 따뜻한 빛을 받으며 잠이 들었다. 아직 잡혀 있는 신세였지만 내겐 무기가 있으며 내가 맞닥뜨린 문제가 뭔지 알고 있다고 확신했다. 문제를 파악했다면 이미 3분의 2는 해결한 것이다. 나는 악몽을 꾸지 않았다.

*

다음에 구멍에서 떨어진 건 통조림이 아니라 뚱뚱한 조크였다. 곧이어 마른 팀이 조크 위로 떨어졌다. 나는 뒤로 물러나서 단검을 쥐고 싸울 태세를 취했다. 팀은 나를 무시하고 벌떡 일어나더니 주위를 둘러보고 물줄기로 가서 물을 마셨다. 조크는 뭘 할 수 있는 상태가 아니었다. 그는 숨이 멎은 것 같았다.

나는 조크를 바라보며 고약한 소포라는 생각을 했다. 그러다, 아, 이게 대체 무슨 일이지, 라는 생각이 들었다. 조크는 내가 아쉬울 때 나를 마사지해줬다. 나는 조크의 배 위로 올라가서 인공호흡을 시작했다. 네다섯 번 누르자 조크의 근육이 꿈틀대기 시작하더니 숨을 쉬었다. 조크가 헐떡이며 말했다. "그만해!"

나는 뒤로 물러나며 칼을 꺼냈다. 팀은 벽에 기대고 앉아 우리를 못 본 척했다. 조크가 내 조잡한 무기를 보더니 한마디 했다. "그거 치워. 이제 우리는 같은 편이야."

"우리가 어쨌다고?"

"인간끼리는 단결해야 해." 조크가 비참한 얼굴로 한숨을 뱉었다. "우리가 지금껏 그를 위해 일했더니, 이게 감사 인사야!"

"그게 무슨 뜻이야?" 내가 따졌다.

"어? 내 말 그대로야. 그에게 이제 우리 도움은 필요 없다는 거지. 은혜를 이렇게 갚은 거야."

"닥쳐." 팀이 기운 없는 목소리로 말했다.

조크가 입을 삐죽 내밀며 투정부리듯 말했다. "당신이나 닥쳐. 닥치라는 소리에 아주 질렸어. 이래도 닥쳐, 저래도 닥쳐. 온종일 닥치라는 소리. 지금 우리가 어디에 있는지 보라고요."

"내가 닥치라고 했지."

조크가 입을 다물었다. 조크는 같은 설명을 두 번 하는 법이 없었기 때문에 나는 무슨 일이 일어난 건지 결국 이해하지 못했다. 팀은 닥치라는 그 지겨운 명령을 반복하거나, 그보다 더 도움이 안 되는 한 음절의 소리를 뱉을 때 외에는 입을 열지 않았다. 그러나 한 가지는 분명했다. 이들이 악당 보조나 제5열, 혹은 자기 종족을 죽이려는 놈들의 앞잡이 자리에서 잘렸다는 사실이다. 조크가 다시 입을 열었다. "사실, 이건 네 잘못이야."

"내 잘못이라고?" 나는 깡통 단검을 잡았다.

"네 잘못이야. 네놈이 불쑥 끼어들지만 않았어도 그가 화를 내지는 않았을 거야."

"난 아무 짓도 안 했어."

"헛소리하지 마. 네가 그의 가장 소중한 포획물을 둘이나 훔쳤잖아. 그게 문제였다고. 그가 서둘러서 명왕성으로 막 이동하려던 참에 네가 방해를 한 거야."

"아, 그래도 그게 당신들 잘못은 아니잖아."

"나도 그렇게 이야기했지. 네가 한번 이야기해봐. 그리고 그 멍청한 손톱깎이 같은 건 내려놔." 조크가 어깨를 으쓱하더니 말을 이었다. "내가 늘 이야기하듯이 지나간 일은 그냥 지나가게 내버려둬."

나는 가장 알고 싶었던 사실을 마침내 알게 됐다. 내가 피위에 대해 다섯 번 거푸 물어보자 조크가 대답했다. "그 귀찮은 꼬마에 대해서 뭐가 알고 싶은 건데?"

"그 애가 죽었는지 살았는지만 알면 돼."

"아, 살아 있어. 적어도 내가 마지막으로 봤을 때는 살아 있었어."

"그게 언젠데?"

"궁금한 거 참 많네. 여기서 봤어."

"그 애가 명왕성에 있다고?" 내가 간절하게 물었다.

"그렇다고 했잖아. 온 사방을 싸돌아다녀서 아주 거치적거려. 네가 궁금할까 봐 말해주자면, 공주가 따로 없어." 조크가 이를 쑤시면서 인상을 찌푸렸다. "나는 그가 걔는 귀여워하면서 우리는 왜 이렇게 취급하는지 모르겠어. 날 때리기까지 했다니까. 이건 옳지 않아."

내 생각에도 그렇긴 했지만, 다른 이유가 있을 것이다. 난 씩씩한 피위가 벌레머리의 버릇없는 귀염둥이가 됐다는 사실을 도저히 믿을 수 없었다. 뭔가 이유가 있을 것이다. 아니면 조크가 거짓말을 하고 있든가. "그러면 그 애를 가둬놓지 않았단 말이야?"

"뭐하러 그러겠어? 어차피 갈 데도 없잖아."

나는 곰곰이 생각해봤다. 어디로 갈 수 있을까? 바깥문을 나서는 건 자살이다. 설령 피위에게 우주복이 있더라도(아마 그 우주복은 빼앗겼을 것이다), 우주선이 가까이에 있더라도, 피위가 밖으로 나갔을 때 우주선이 비어 있더라도, 피위가 우주선으로 들어간다고 하더라도, 피위에게는 우주선의 열쇠 같은 작은 장치인 '두뇌'가 없었다. "엄마생물은 어떻게 됐어?"

"엄… 뭐?"

"엄…." 나는 망설였다. "음, 내 우주복 안에 있던 비인간형 생물 말이야. 알잖아. 너도 거기에 있었으니까. 아직 살아 있어? 여기 있어?"

조크가 골똘히 생각에 잠긴 표정을 짓더니 퉁명스럽게 말했다. "난 벌레 같은 놈들한테는 관심 없어." 나는 조크에게서 더는 대답을 끌어낼 수 없었다.

하지만 피위는 살아 있었다. 내 속에 꽉 막혔던 덩어리가 갑자기 쑥 빠져나간 기분이었다. 피위가 명왕성에 있다! 피위도 잡혀 있는 몸이긴 했지만, 달에 있을 때보다는 훨씬 기회가 많았다. 어쨌거나 나는 피위가 가까이 있다는 사실을 알게 되자 거의 황홀할 지경이었다. 피위에게 메시지를 전달할 방법을 생각하기 시작했다.

조크가 슬쩍 흘린 이야기에 따르면 피위는 벌레머리와 친하게 지내고 있다. 나는 그 이야기가 아무렇지도 않았다. 피위는 무슨 짓을 할지 예측할 수 없는 아이다. 때로는 버르장머리가 없고, 종종 사람을 화나게 하고, 우쭐대고, 거만하고, 잘난 척하고, 노골적으로 유치찬란할 때도 있다. 하지만 피위는 배신자가 되느니 차라리 산 채로 불에 타는 걸 택할 아이다. 잔 다르크도 불굴의 의지만으로 이루어진 사람은 아니었다.

✳

우리 셋은 불안한 휴전 상태를 유지했다. 나는 놈들을 피하면서 한쪽 눈을 뜬 채로 잠들었고, 놈들이 먼저 잠들기 전에는 자지 않았으며, 항상 손에 단검을 들고 있었다. 놈들이 내려온 이후로는 목욕을 하지 않았다. 싸움에 불리하기 때문이었다. 늙은 팀은 나를 무시했지만, 조크와는 거의 친해진 듯했다. 조크는 내 보잘것없는 무기를 두려워하지 않는 척했지만, 나는 놈이 두려워한다는 걸 알았다. 내가 그렇게 생각하는 건 우리의 음식이 처음 내려왔을 때부터였다. 위에서 통조림 세 개를 떨어뜨렸다. 팀이 하나를 집고, 조크가 하나를 가졌다. 하지만 내가 세번째 통조림을 가지려고 그들을 피해 접근할 때 조크가 그 통조림을 가로챘다.

나는 말했다. "통조림 줘. 부탁이야."

조크가 씩 웃었다. "대체 뭘 근거로 이게 네 거라는 거야, 애송아?"

"음, 캔 세 개에 세 사람이잖아."

"그래서? 내가 좀 배가 고파서 말이지. 너한테 나눠줄 생각이 없어."

"나도 배고파. 이성적으로 굴어."

"으음…." 조크가 생각해보는 것 같더니 말했다. "이렇게 하자. 이 통조림을 너한테 팔게."

나는 망설였다. 그 말에는 교활한 논리가 담겨 있었다. 벌레 머리가 달기지의 매점으로 걸어 들어가서 이 통조림들을 살 수는 없었을 테니 조크나 팀이 샀을 것이다. 차용증을 쓰는 건 아무것도 아니다. 통조림 하나에 백 달러든, 천 달러든, 백만 달러든, 돈은 더 이상 의미가 없었다. 녀석의 비위를 맞춰주지, 뭐.

아니다! 내가 굴복하면, 내가 통조림을 놈과 흥정해야 하는 상황을 받아들이면, 놈은 나를 소유하게 된다. 나는 놈의 시중을 들어줘야 하고, 놈이 말하는 건 뭐라도 해야 한다. 그저 먹기 위해서. 나는 양철 단검을 내보였다. "덤벼."

조크가 내 손을 슬쩍 보더니 방긋 웃었다. "농담도 못 하나?"

조크가 내게 통조림을 던졌다. 그 뒤로는 식사 시간에 아무런 문제도 없었다. 우리는 이동식 동물원에서 종종 보듯 사자를 양과 한 우리에 넣은 '행복한 가족'처럼 살았다. 놀라운 구경거리이긴 하지만, 동물원에서는 양을 자주 바꿔줘야 한다. 조크는 말하는 걸 좋아해서 놈에게서 정보들을 주워들었다. 물론 내가 놈의 말 중에서 거짓말과 진실을 구별할 수 있게 된 이후의 이야기다. 조크의 본명은 (자기 말로는) 자크 드 바르 드 비니였다. 늙은 팀의 본명은 전에 운전면허증에서 본 대로 티모시 존슨이었다. 하지만 놈들의 진짜 이름은 아마 우체국의 게시판에 붙은 수배명단을 꼼꼼히 살펴봐야만 알 수 있을 거라는 짐작이 들었다. 조크는 모든 걸 다 아는 만물박사라도 되는 양 굴었지만, 나는 놈이 벌레머리가 어디서 왔는지 전혀 모르고, 벌레머리의 계획과 목적에 대해서도 거의 모른다는 사실을 금세 눈치챘다. 벌레머리는 '하등 동물'과는 그런 문제에 관해 대화를 나누지 않는 모양이었다. 벌레머리는 그냥 이들을 이용했다. 우리가 가축을 이용하듯이 말이다.

조크가 한 가지는 기꺼이 인정했다. "그래. 우리가 그 건방진 계집애를 납치했어. 우리는 달에 우라늄을 캐러 갔는데, 달에는 우라늄이 없었어. 그저 잘 속는 멍청이들을 꾀려는 이야기였을 뿐이야. 우리가 시간을 낭비한 거지. 하지만 인간은 먹고살아야 해, 그렇지 않냐?"

나는 구태여 말대꾸를 하지 않았다. 내가 원하는 건 정보였기 때문이다. 팀이 말했다. "닥쳐!"

"에이, 그게 뭐 어째서요, 팀? FBI가 무서워요? 정부가 잡으러 올까 봐서요? 명왕성까지?"

"내가 닥치라고 했다."

"어쩌지, 난 입이 막 근질거리네. 말해버리지, 뭐." 조크가 계속 말했다. "아주 쉬웠어. 그 건방진 꼬마는 고양이 일곱 마리보다 호기심이 많은 애였거든. 그는 여자애가 나오리라는 사실과 언제 나올지도 알았어." 조크가 생각에 잠긴 얼굴로 계속 말했다. "그는 항상 알아. 그를 위해 일하는 사람들이 많아. 심지어 고위층에도. 나는 그저 달도시로 가서 그 애한테 아는 척한 게 다야. 팀은 나처럼 친근한 느낌을 주지 않으니까 내가 접촉했지. 나는 걔랑 이야기를 나누면서 콜라를 사주고, 달에 있는 우라늄을 찾는 이야기 같은 그런 시시한 이야기들을 지어내서 해줬어. 그러다 내가 한숨을 쉬면서, 나와 내 동료의 광산을 보여줄 수 없어서 많이 아쉽다고 했지. 그걸로 끝이었어. 관광객들이 톰보 기지를 방문했을 때, 그 애는 도망쳐서 에어로크를 몰래 빠져나왔어. 그 부분은 걔가 자기 혼자 해낸 거야. 아주 교활한 애지. 우리는 그저 그 애와 만나기로 한 장소에서 기다렸을 뿐이야. 그 애가 광산까지 무한궤도차를 타고 가는 길이 내가 말했던 것보다 멀다며 걱정하기 전까지는 거칠게 대할 필요도 없었지." 조크가 씩 웃었다. "그 계집애는 덩치에 비해 아주 잘 싸우더라. 나도 몇 군데 할퀴였어."

불쌍한 우리 피위! 피위가 조크를 갈기갈기 찢어버렸어야 했는데! 하지만 그 이야기는 진짜처럼 들렸다. 딱 피위가 했을 법한 행동이었다. 자신감이 넘치고, 아무도 두려워하지 않고, '교육적인' 경험에 대한 호기심을 떨쳐버리지 못하는 아이였다.

조크가 계속 말했다. "그가 원한 사람은 그 건방진 꼬마가 아니었어. 꼬마의 아빠를 원했지. 그래서 그 사람을 속여서 달로 데리고 오려고 했지만 잘 안 됐어." 조크가 씁쓸한 표정으로 웃었다. "안 좋은 시기였지. 그의 마음대로 되지 않은 때는 별로 분위기가 좋지 않아. 하지만 어쩔 수 없이 건방진 꼬마로 만족해야 했지. 팀이 그때 교환을 할 수 있다는 사실을 지적했거든."

팀이 외마디 소리를 던졌는데, 나는 그걸 전면적인 부인으로 이해했다. 조크가 인상을 찌푸렸다. "저 더러운 성질머리 좀 봐. 아주 예의가 바른 분이지, 안 그래?"

나는 사실을 알고 싶은 거지 철학을 하자는 게 아니니까 가만히 침묵을 지키는 편이 나았을지도 모르겠다. 하지만 나는 피위의 불행을 나의 불행으로 받아들였다. 나도 이해가 안 되는 게 있을 때는 그 이유를 알고 싶어서 온몸이 근질거린다. 조크가 왜 그런 짓을 했는지 이해가 되지 않았다(실은 지금도 이해가 안 된다). "조크? 왜 그런 짓을 했던 거야?"

"응?"

"이거 봐. 당신도 인간이잖아(최소한 그렇게 보이기는 했다). 우리 인간끼리는 단결해야 한다며. 그런데 왜 어린 여자애를 납치해서 그놈에게 넘겨주는 짓을 한 거냐고."

"인마, 너 미쳤어?"

"안 미친 거 같은데."

"지금 미친 소리를 하잖아. 그가 시키는 걸 거부할 수 있을 것 같아? 네가 한번 해봐."

나는 무슨 말인지 이해가 됐다. 벌레머리의 명령을 거부하는 건 토끼가 뱀의 눈에 침을 뱉는 행위나 마찬가지일 것이다. 나도 잘 알고 있었다. 조크가 계속 말했다. "넌 다른 사람의 관점을 이해해야 해. 내가 늘 말하듯이, 그냥 살아. 그리고 살게 놔둬. 우리는 우라늄 원광을 찾아서 이리저리 헤매고 다니다가 붙잡혔는데, 그 뒤로는 옴짝달싹 못 했어. 권력과 맞서 싸워봐야

부질없는 짓이야. 그래서 우리는 협상을 했어. 그의 심부름을 해 주는 대신 우리에게는 우라늄을 주기로 했지."

그나마 어렴풋이 남아 있는 동정심이 싹 사라졌다. 구역질이 울컥 치밀어 올랐다. "그래서 받았어?"

"글쎄…. 장부에 달아났다고 보면 될 거야."

나는 감방을 둘러봤다. "불공평한 협상이었네."

조크가 인상을 찌푸렸는데, 꼭 부루퉁한 아기 같았다. "그럴 수도 있어. 하지만 이성적으로 생각해봐. 어찌할 수 없는 존재에 게는 협력하는 도리밖에 없어. 이 녀석들은 지구로 이동하고 있고, 결국은 자기네가 원하는 걸 갖게 될 거야. 너도 봤잖아. 사람이라면 자기 몫을 챙기기 마련이야. 그렇지 않아? 이건 다른 사람에게는 주어지지 않는 기회란 말이야. 내가 너보다 어렸을 때 이런 일을 본 적이 있어. 덕분에 교훈을 얻었지. 우리 마을은 오랫동안 조용한 동네였는데, 마을의 거물들이 늙어가면서 통제력을 상실하기 시작했어…. 그런데 어느 날 세인트루이스에서 젊은 사람들이 마을로 들어왔어. 한동안은 뭐가 어떻게 돌아가는지 혼란스러웠지. 사람은 자고로 어디로 발을 뻗어야 하는지 알아야 하는 법이야. 그러지 못하면 어느 날 아침에 관 속에서 눈을 뜨는 사태를 피할 수 없지. 돌아가는 상황을 제대로 읽는 사람은 살아남는 거고, 파악하지 못한 사람은…. 뭐, 내가 늘 말하듯이, 세상의 흐름을 거슬러서 좋을 게 없어. 무슨 말인지 알겠지?"

나는 조크의 '논리'를 따를 수도 있었다. '살아 있는 진드기'로서의 기준을 받아들이기만 한다만 말이다. 하지만 조크는 핵심적인 내용을 빠뜨리고 있었다. "조크, 그렇다 하더라도, 어떻게 어린 여자애한테 그런 짓을 할 수 있는지 이해가 안 돼."

"뭐? 우리도 어쩔 수 없었다고 방금 설명해줬잖아."

"어쩔 수 있었어. 그놈에게 맞서서 명령을 거부하는 게 몹시 어렵다는 사실을 인정하더라도, 당신에겐 도망칠 완벽한 기회가 있었잖아."

"그게 뭔 소리야?"

"그놈이 피위를 찾으라고 당신네를 달도시로 보냈다고 했잖아. 돌아오면 그놈이 뭔가 주겠다고 했겠지. 나도 그런 게 어떻게 돌아가는지는 알아. 당신은 그놈의 손이 닿지 않는 그곳에 그냥 눌러앉아서 다음 우주선 타고 지구로 가면 끝나는 일이었어. 그러면 그놈이 시킨 더러운 일을 할 필요도 없었어."

"하지만⋯."

나는 조크의 말을 잘랐다. "달의 사막에서는 당신도 어쩔 수 없었겠지. 심지어 톰보 기지 안에서도 별로 안전하다는 생각이 안 들었을 수 있어. 그래도 달도시로 보내졌을 때는 기회가 있었어. 그 어린 여자애를 납치해서 그, 그 벌레 눈깔이 박힌 괴물한테 넘겨줄 필요는 없었다고!"

조크가 당황한 표정을 짓더니 재빨리 대답했다. "킵, 난 네가 좋아. 넌 착한 애야. 그런데 영리한 아이는 아니네. 넌 이해 못 해."

"이해할 수 있거든!"

"아니, 넌 이해 못 해." 조크가 내 쪽으로 몸을 기울이더니 내 무릎을 손으로 짚었다. 나는 뒤로 물러났다. 조크가 계속 말했다.

"너한테 이야기 안 한 게 있어…. 내가 그러니까, 뭐, 좀비 같은 그런 거라 생각하고 겁을 먹을까 봐서 말이야. 놈들이 우리한테 수술을 했어."

"응?"

"우리한테 수술했다고." 조크가 그럴듯하게 계속 떠들어댔다. "놈들이 우리 머리에 폭탄을 심었어. 미사일처럼 무선 조종 폭탄이지. 우리가 어떤 선을 벗어나면… 그가 버튼을 눌러. 펑! 두뇌가 터져나가서 천장에 온통 범벅 되는 거지." 조크가 자기 목덜미를 손으로 더듬었다. "흉터 보여? 내 머리가 조금 길기는 하지만… 가까이 와서 보면 보일 거야. 완전히 없어졌을 리는 없으니까. 보이지?"

나는 찾아보기 시작했다. 내가 그 이야기를 사실로 받아들였는지도 모르겠다. 최근에는 그보다도 더 가능성 없는 것들까지도 믿어야만 했으니까 말이다. 그때 팀이 외마디를 빽 내질러서 헤매고 있던 내 판단력을 제자리로 돌려놨다.

조크가 움찔하더니 다시 기운을 차리고 말했다. "저 사람 말은 신경 쓰지 마!"

나는 어깨를 으쓱하고 옆으로 물러났다. 조크가 '그날'은 더 이상 말을 하지 않았다. 나로서는 만족스러웠다.

✳

다음 날 아침 조크가 내 어깨를 흔들어서 잠에서 깨어났다. "일어나, 킵! 일어나!"

나는 장난감 같은 내 무기를 찾아 손을 더듬었다. "그거 저쪽 벽에 있어." 조크가 말했다. "하지만 그게 있어 봤자 이제 아무 소용없어."

나는 단검을 찾아서 움켜쥐었다. "그게 무슨 말이야? 팀은 어디 갔어?"

"넌 안 깨고 계속 잤어?"

"응?"

"이게 내가 두려워하던 거야. 인마! 그럼 내 이야긴 전혀 안 들은 거야? 그 와중에도 계속 잤단 말이야?"

"그 와중이라니, 무슨 말이야? 그런데 팀은 어디 갔어?"

조크가 부들부들 떨면서 식은땀을 흘렸다. "놈들이 우리에게 파란 불빛을 쐈어. 그 파란 불빛 말이야. 그리고 팀을 데려갔어." 조크가 덜덜 떨었다. "팀을 데려가서 다행이야. 내 생각엔, 뭐, 아무튼, 너도 내가 조금 통통한 걸 알아차렸겠지만…놈들은 지방을 좋아하거든."

"대체 무슨 말이야? 놈들이 팀한테 무슨 짓을 했다는 거야?"

"불쌍한 늙은이 팀. 물론 팀도 잘못했어. 그렇지만 잘못 없는 사람이 어딨어. 하지만… 이제 팀은 수프가 됐을 거야…. 그렇게 된 거야." 조크가 다시 떨었다. "놈들은 뼈다귀 수프를 좋아해."

"난 그 이야기 안 믿어. 나 겁주려는 거지?"

"그래?" 조크가 나를 위아래로 훑어봤다. "다음엔 널 데려갈 거야. 인마, 네가 조금이라도 머리가 돌아가는 녀석이라면, 그 장난감 칼을 놈들의 여물통까지 챙겨 가서 너 스스로 혈관을 그어버려. 그게 훨씬 나아."

내가 말했다. "당신이 하지그래? 자, 내가 빌려줄게."

조크가 고개를 가로저으며 벌벌 떨었다. "난 영리한 놈이 못돼."

난 팀이 어찌 됐는지 모른다. 벌레머리들이 사람을 먹는지 안 먹는지도 나는 모른다. 하지만, '식인종'이라고 불러선 안 된다. 우리는 가축일 뿐이다. 놈들에게는 말이다. 나는 특별히 두렵지는 않았다. 이미 오래전에 내 '두려움' 회로의 모든 퓨즈가 다 타버린 모양이었다.

내가 죽고 난 후에 몸뚱이가 어찌 되든, 난 상관없다. 하지만 조크에겐 그게 중요했으므로, 그 문제에 관해 병적인 공포가 있었다. 조크가 겁쟁이라고는 생각하지 않는다. 겁쟁이였다면 달까지 가서 광물 시굴자가 되지도 않았을 것이다. 조크는 자기 이야기를 진짜로 믿었고, 이성을 잃어버렸다. 조크는 또 내가 모르는, 자기에게는 그 이야기를 믿을 만한 이유가 있다고 했다. 그는 그전에도 한 번 명왕성에 왔었는데, 그때 같이 있던(혹은 끌려왔던) 사람들이 다시 돌아오지 않았다고 했다.

식사 시간이 됐을 때 통조림이 두 개 내려왔다. 조크는 배가 고프지 않다며 자기 통조림을 내게 줬다. 그날 밤 조크는 자리에 앉아서 잠을 자지 않고 깨어 있었다. 결국 나는 조크가 잠들기 전에 먼저 잠자리에 들어야 했다.

나는 몸이 움직이지 않는 꿈을 꾸다가 깨어났다. 그 꿈은 사실이었다. 바로 그 직전까지 파란 불빛을 쐰 게 틀림없었다.

조크가 사라졌다.

그 뒤로 다시는 두 사람을 보지 못했다.

✳

　어쩐지 난 그 사람들이 그리워졌다…. 팀은 몰라도 조크는. 그래도 온종일 경계해야 할 사람들이 없어지자 마음이 편안해졌다. 목욕을 하니 아주 상쾌했다. 하지만 우리에 혼자 갇힌 채 서성거리는 건 몹시 지겨웠다.

　나는 그들에 대한 환상이 전혀 없었다. 감방에 함께 갇혀 있기에는 그들보다 훨씬 나은 사람들이 적어도 30억 명은 있을 것이다. 그들은 그래도 인간이었다.

　팀은 호의를 가질 만한 구석이 전혀 없었다. 그는 단두대만큼이나 차갑고 악의가 넘쳤다. 하지만 조크는 조금이나마 옳고 그른 것에 대한 인식이 있었다. 그렇지 않다면 자신을 변명하려 애쓰지도 않았을 것이다. 그저 의지가 약한 사람이었을 뿐이다.

　그러나 나는 이해하면 용서하게 된다는 생각에도 동의하지 않는다. 그런 생각에 동의하게 되면, 살인자나 강간범, 유아 납치범에 대해 동정심을 갖게 되는 대신 피해자들을 잊어버리게 된다. 그건 잘못된 일이다. 나는 피위 같은 피해자들을 위해서는 눈물을 흘리겠지만, 범죄자들을 위해서는 그러지 않을 것이다. 나는 조크와 나눴던 대화가 그립긴 했지만, 그런 인간을 태어날 때 없애버릴 방법이 있다면, 나는 기꺼이 사형집행인으로서의 내 책임을 다하겠다. 팀에게는 그러고 싶은 마음이 그 두 배였다.

그들이 괴물들의 수프가 되어 생명을 마감했다면, 솔직히 별로 유감스럽지 않았다. 설령 내일 내 순서가 온다고 하더라도 말이다.

　그들은 수프가 됨으로써 평생 가장 착한 시간을 보냈을 것이다.

8

나는 깜짝 놀라 멍한 두뇌에서 빠져나왔다. 폭발 소리와 날카롭게 깨지는 소리, 둔중한 우르릉 소리, 그리고 압력이 빠져나가는 쉭! 소리에 벌떡 일어났다. 한 번이라도 우주복에 생명을 의지했던 사람이라면 압력이 빠져나가는 그 소리에 결코 무심할 수 없다.

나는 놀라서 헐떡이며 혼잣말을 했다. "대체 무슨 일이야! 보초를 똑바로 서야 할 텐데…. 안 그러면 우리 모두 희박하고 차가운 공기를 들이마시게 될 거야." 기지 밖에는 산소가 없었다. 나는 그렇게 확신했다. 아니, 천문학자들이 그렇게 확신하지만 내가 직접 시험해보고 싶은 생각은 없었다.

내가 덧붙였다. "누가 폭탄을 터뜨렸나? 그랬으면 좋겠네. 아니면 지진이었나?"

그냥 심심해서 해보는 생각은 아니었다. 〈사이언티픽 아메리칸〉은 기사를 통해, 명왕성에서는 '여름'이 되면 온도가 상승하면서 '지각의 급격한 재배열'이 일어날 거라고 예측했다. 아마 그건 "모자 꼭 붙잡아! 굴뚝이 쓰러진다!"를 점잖게 표현한 말일 것이다.

나는 예전에 샌타바버라에서 지진을 당해본 적이 있었다. 캘리포니아 사람들은 이미 다 알고 있고, 다른 사람들도 한 번만 경험해보면 배우게 되는 사실을 굳이 다시 경험해볼 필요는 없었다. 땅이 춤을 추면 밖으로 나가라!

하지만 그건 지금 내가 유일하게 할 수 없는 일이었다.

쏟아져 나온 아드레날린 덕분에 4미터가 아니라 7미터를 뛸 힘이 생겼을지 몇 분간 시험해봤다. 시험은 성공하지 못했다. 30분 동안 내가 한 일은 그게 다였다. 나머지 시간은 손톱을 물어뜯으며 보냈다.

그때 내 이름을 부르는 소리가 들렸다! "킵! 킵!"

"피위!" 내가 절규했다. "여기야! 피위!"

심장이 세 번 뛰는 동안의 침묵이 영원처럼 느껴졌다. "킵?"

"여기야, 아래쪽!"

"킵? 이 구멍 아래에 있어?"

"그래! 내가 보이니?" 위에서 비치는 불빛을 받은 피위의 머리가 보였다.

"어, 이제 보인다. 아, 킵! 너무 기뻐!"

"그런데 왜 울어? 나도 기뻐!"

"내가 언제 울었다고 그래." 피위가 엉엉 울면서 말했다. "아, 킵… 킵!"

"나를 꺼내줄 수 있겠니?"

"음…." 피위가 감방의 깊이를 살펴봤다. "거기 그대로 있어."

"가지 마…." 피위는 벌써 사라진 뒤였다.

피위가 떠나 있던 시간은 2분이 채 되지 않았지만, 일주일은 지난 기분이었다. 이 귀염둥이가 나일론 밧줄을 가지고 돌아왔다!

"꽉 잡아!" 피위가 날카롭게 소리쳤다.

"잠깐만, 줄은 어디에 묶었는데?"

"내가 당길 거야."

"안 돼. 그러면 우리 둘 다 이 구덩이로 떨어질 거야. 밧줄 묶을 곳을 찾아봐."

"들어 올릴 수 있어."

"묶어! 빨리!"

피위가 밧줄의 한쪽 끝을 내 손에 남긴 채 다시 사라졌다. 잠시 후 아주 희미하게 소리가 들렸다.

"묶었어!"

내가 소리쳤다. "당겨볼게!" 그리고 늘어진 밧줄을 당겼다. 밧줄에 몸무게를 실어봤는데 줄이 무게를 버텼다. "올라간…." 나는 '다!' 소리까지 채 내뱉기도 전에 구멍까지 올라갔다.

피위가 내게 몸을 날렸다. 한쪽 팔에는 퐁파두르 부인을 끌어안고, 나머지 팔로 내 목을 끌어안았다. 나는 양팔로 피위를 끌어안았다. 피위는 내가 기억하던 모습보다 더 작고 마른 것 같았다. "아, 킵, 정말 끔찍했어."

나는 피위의 비쩍 마른 어깨를 토닥이며 말했다. "그래, 나도 알아. 이제 뭘 해야 하지? 그런데 벌…."

내가 다시 말했다. "벌레머리는 어디에 있어?" 그런데 피위가 눈물을 펑펑 흘렸다.

"킵…. 그녀가 죽은 거 같아!"

내 머릿속이 삐걱거렸다. 아마도 감방 생활로 머리가 살짝 정상이 아니었던 모양이다. "뭐? 누구?"

피위는 혼란스러워하는 내 모습에 놀란 모양이었다. "이런, 엄마생물 말이야."

"아." 슬픔이 홍수처럼 밀려왔다. "피위, 확실한 이야기야? 엄마생물은 마지막까지 나한테 괜찮을 거라고 말했었어. 그리고 나도 안 죽었잖아."

"도대체 무슨 말을 하는…. 아, 난 그때 이야기하는 거 아니야. 킵, 지금 이야기야."

"응? 엄마생물이 명왕성에 있었어?"

"당연하지. 명왕성이 아니면 어디에 있겠어?"

바보 같은 소리였다. 이 우주가 얼마나 넓은데. 나는 이미 엄마생물이 명왕성에 있을 리가 없다고 결론 내렸었다. 엄마생물에 관해 물었을 때 조크가 내 질문을 무시해버렸기 때문이다. 엄마생물이 명왕성에 있었다면, 조크는 엄마생물이 여기에 있다고 말해주거나 나를 놀려먹으려고 거짓말을 꾸며냈을 거라고 짐작했다. 그렇다면 조크는 엄마생물을 담당해본 적이 없었던 것이다. 어쩌면 조크는 내 우주복에서 불룩하게 튀어나온 모습 외에는 엄마생물을 한 번도 본 적이 없었을 수도 있었다.

나는 내 '논리'에 너무 푹 빠져 있던 탓에, 그 편견을 벗어던지고 새로운 사실을 받아들이는 데에 시간이 한참 걸렸다. "피위." 내가 숨을 죽이고 말했다. "난 진짜 우리 엄마를 잃어버린 기분이야. 확실한 사실이야?"

"그런 거 같아." 피위가 멍한 얼굴로 대답했다. "확… 확실히는 모르겠어…. 하지만 엄마생물은 밖에 있어. 그러니까 틀림없이 죽었을 거야."

"잠깐만. 엄마생물이 밖에 있다고? 우주복 입었지? 안 입었어?"

"응, 안 입었어! 엄마생물에게는 우주복이 없어. 놈들이 엄마생물의 우주선을 파괴했을 때 같이 사라졌거든."

나는 점점 더 혼란스러워졌다. "그러면 놈들은 엄마생물을 우주선에서 여기로 어떻게 데려왔어?"

"자루에 넣고 밀봉해서 옮겼어. 킵, 이제 어떡하지?"

몇 가지 답변할 말이 떠오르긴 했지만 모두 현재 상황에서는 맞지 않았다. 감방에 늘어져 있던 동안 생각한 계획들이었다. "벌레머리는 어디 있어? 벌레머리들은 다들 어디에 간 거야?"

"아, 다 죽었을 거야."

"네 말이 맞으면 좋겠다." 나는 주변을 둘러보며 무기를 찾았다. 그렇게 아무것도 없이 휑한 복도는 처음 봤다. 내 장난감 칼이 4미터 아래에 있었지만, 그걸 가지러 다시 내려갈 기분은 내키지 않았다. "왜 그렇게 생각해?"

피위에겐 그렇게 믿을 만한 나름의 이유가 있었다. 엄마생물은 종이 한 장도 찢기 힘들 정도로 약해 보이지만, 근육이 부족한 대신 두뇌가 빵빵했다. 엄마생물이 내가 하려던 일을 해냈다. 놈들 모두와 싸울 방법을 찾아낸 것이다. 엄마생물은 서두르지 않았다. 그녀의 계획에는 수많은 요소가 그물처럼 맞물려 있었는데, 대부분은 엄마생물이 마음대로 할 수 없는 것들이었기 때문이다. 엄마생물은 기회가 올 때까지 기다려야 했다.

첫째, 엄마생물은 벌레머리들이 몇 마리 남지 않은 때를 기다렸다. 이 기지는 커다란 보급 기지이면서 우주 공항이고 중계소였지만, 벌레머리 일꾼들이 많을 필요는 없었다. 내가 봤던 때는 우리를 태운 우주선이 막 들어왔기 때문에 드물게 벌레머리들이 북적거리던 순간이었다.

둘째, 벌레머리들의 우주선이 없어야 했다. 엄마생물로서는 우주선에 맞서 싸울 수 없을 뿐 아니라 우주선을 차지할 수도 없었기 때문이다.

셋째, 작전 시간은 벌레머리들의 식사 시간 중이어야 했다. 벌레머리들은 식당을 교대로 이용해야 할 정도로 숫자가 많지 않을 때는 모두 모여서 함께 식사했다. 벌레머리들이 커다란 통을 떼거리로 둘러앉아서 그 안의 음식을 흡입하는 모습이 떠올랐다. 단테의 《신곡》에 나오는 지옥의 모습이었다. 그렇게 되면 공학자나 통신담당 한두 마리 정도는 빠질 수도 있겠지만, 그 외의 모든 적이 한 지점에 모이게 된다.

"잠깐만!" 내가 피위의 말을 가로막았다. "아까 놈들이 전부 죽었다고 하지 않았어?"

"글쎄…. 잘 모르겠어. 난 아직 한 마리도 못 봤어."

"내가 싸울 만한 무기를 찾을 때까지 일단 다른 일은 하지 마."

"그래도…."

"중요한 것부터 하자, 피위."

나는 무기를 찾아봤지만 하나도 눈에 띄지 않았다. 복도는 내가 들어가 있던 감방과 비슷한 구덩이 몇 개 빼고는 아무것도 없었다. 그래서 피위가 그 구덩이로 나를 찾아왔던 것이다. 피위가 마음대로 돌아다닐 수 없었던 곳들이 몇 군데 있었는데, 이 구덩이들이 있는 구역도 그중 하나였다. 조크가 한 가지에 대해서는 옳았다. 피위와 엄마생물은 1등급 죄수였다. 둘은 모든 특권을 부여받았다. 자유만 빼고…. 그에 반해서 조크와 팀과 나는 3등급 죄수였거나 (혹은 그와 동시에) 수프용 뼈다귀에 불과했다. 피위와 엄마생물은 포로가 아니라 인질이었다.

나는 구덩이 하나를 내려다봤다가 인간의 해골을 본 뒤로는 구덩이들을 들여다보지 않았다. 아마도 놈들은 그 사람에게 음식을 던져주는 게 지겨웠나보다. 내가 고개를 들었을 때 피위가 물었다. "왜 몸을 떨어?"

"아무것도 아니야. 가자."

"나도 보고 싶어."

"피위, 지금은 매 순간이 중요해. 우리는 수다만 떨고 있었잖아. 가자. 내 뒤를 따라와."

나는 간신히 피위가 해골을 보는 걸 막아냈다. 지금까지 이 조그만 호기심꾸러기에 대한 가장 큰 승리였다. 해골을 보더라도 피위에게는 그다지 영향이 없었겠지만 말이다. 피위는 오로지 자기가 내킬 때만 감상적이 되는 아이였다.

"내 뒤를 따라와"라는 말은 용감한 소리였지만 이성적인 소리는 아니었다. 나는 후방에서 있을지도 모를 공격을 잊고 있었다. 나는 이렇게 말했어야 했다.

"나를 따라오면서 뒤를 살펴봐."

어쨌든 피위는 시키는 대로 했다. 그러다 비명을 듣고 몸을 돌렸더니, 카메라 비슷하게 생긴 거로 나를 겨누고 있는 벌레머리 한 마리가 보였다. 팀이 내게 그걸 사용한 적이 있긴 했지만, 나는 그게 뭔지 전혀 몰랐다. 잠시 나는 공포로 얼어붙었다.

하지만 피위는 그렇지 않았다. 피위는 공중을 날아서 양손과 양발로 벌레머리를 공격했다. 용감하고 대담하면서도 새끼 고양이처럼 지극히 무모한 공격이었다.

그 공격이 나를 살렸다. 피위의 공격은 다른 새끼 고양이 말고는 아무것도 해치지 못하겠지만, 놈을 혼란스럽게 만들어서 하려던 일, 즉 나를 마비시키거나 죽이는 일을 끝내지 못하게 만들었다. 놈은 피위의 발에 걸려서 넘어졌다.

그래서 나는 놈을 밟았다. 맨발로 마구 짓밟았다. 그 바닷가재 대가리처럼 끔찍하게 생긴 놈의 머리를 양발로 짓밟았다.

놈의 머리가 으깨졌다. 끔찍하게 나쁜 느낌이었다.

딸기가 가득한 상자를 발로 밟으며 뛰는 느낌과 비슷했다. 머리는 쪼개지고 으깨져서 산산조각이 났다. 몹시도 놈들과 싸우고 죽이고 싶어 했는데도, 그 느낌이 너무 싫었다. 나는 벌레들을 밟아 뭉갠 뒤 옆으로 펄쩍 뛰었다. 구역질이 올라왔다. 나는 피위를 보듬어서 일으켜 세웠다. 싸움을 하기 이전처럼 깨끗하게 씻고 싶다는 생각이 간절했다.

그런데도 벌레머리는 죽지 않았다. 그 기묘한 순간에 나는 다시 돌아가서 밟아줘야 한다는 생각을 했다. 그때 그 벌레머리가 살아 있기는 해도 우리를 알아보지 못한다는 사실을 알아챘다. 벌레머리는 방금 목이 잘린 닭처럼 퍼덕거리다가 조용해지더니, 의지를 가진 것처럼 움직이기 시작했다.

하지만 그놈은 앞을 보지 못했다. 내가 눈을 으깨버렸기 때문이다. 귀까지 망가졌는지는 모르겠지만, 그 끔찍한 눈이 아작 난 건 확실했다.

그놈은 조심스럽게 바닥을 짚더니 다리로 일어섰다. 으깨져서 망가진 머리를 제외하고는 거의 피해를 보지 않은 듯 보였다. 이제 세 번째 다리에 의지해 삼각대처럼 흔들림 없이 버티고 서서 공기의 흐름을 느끼는 것 같았다. 나는 피위를 당겨서 멀리 물러났다.

그놈이 걷기 시작했다. 우리 쪽은 아니었다. 우리 쪽으로 왔다면 나는 비명을 질렀을 것이다. 놈은 우리에게서 멀어졌다. 벽에 부딪히자 경로를 똑바로 수정하면서 우리가 왔던 길로 돌아갔다. 그러다 놈들이 죄수들을 가뒀던 구덩이 쪽으로 가는가 싶더니 그 안으로 떨어졌다. 나는 한숨을 뱉었다. 그리고 그제야 내가 피위를 숨도 쉬기 힘들 정도로 꽉 움켜잡고 있다는 사실을 깨달았다. 나는 피위를 내려놨다.

"저기에 네가 쏠 무기가 있네." 피위가 말했다.

"응?"

"저기, 바닥에 있잖아. 내가 퐁파두르 부인을 떨어뜨린 곳 바로 뒤에. 저 기계 말이야." 피위는 그쪽으로 가서 인형을 집어 들고 벌레머리의 잔해를 털어내더니 카메라 같은 물건을 집어서 내게 건넸다. "조심해. 너나 나한테 겨누지는 마."

"피위." 내가 힘없이 말했다. "혹시 신경 마비 공격을 받아 본 적 있어?"

"당연히 있지. 지금은 그럴 여유가 없어. 이거 어떻게 작동시키는지 알아?"

"아니. 넌 알아?"

"알 수도 있을 것 같아. 난 그 총을 한 번 봤었어. 그리고 엄마생물이 총에 관해 말해줬던 적이 있어." 피위가 총을 가져가서 태연히 손에 들었지만, 우리에게는 겨누지 않도록 조심했다. "위에 있는 이 구멍 중 하나를 열면 기절시키는 거야. 전부 다열면 죽일 수 있어. 여기를 누르면 발사돼." 피위가 거길 누르자 파란 빛이 튀어나와서 벽에 뿌려졌다. "이 불빛 그 자체는 아무역할도 하지 않아." 피위가 덧붙였다. "불빛은 조준용이야. 저벽 너머에 아무도 없었으면 좋겠어. 아니야, 누군가 있으면 좋겠다. 내가 무슨 말 하는 건지 알지?"

총은 렌즈가 삐딱하게 달린 휴대용 카메라처럼 생겼는데, 대충 만든 것 같았다. 나는 총을 받아 들고, 총구의 방향에 조심하면서 살펴봤다. 그리고 시험 삼아 발사했다. 실수로 최대출력 상태였다.

파란빛이 허공에서 번쩍했다. 그리고 빛이 닿은 벽이 달아오르더니 연기가 나기 시작했다. 나는 총을 껐다.

"동력을 허비했잖아." 피위가 잔소리했다. "나중에 필요해질지도 몰라."

"음, 그래도 한 번은 사용해봐야 하잖아. 자, 가자."

피위가 자신의 미키 마우스 손목시계를 쳐다봤다. 그 시계는 말짱한데 내 근사한 시계는 멎어버려서 살짝 짜증이 났다. "시간이 거의 없어. 킵. 아까 그놈만 마지막으로 살아남고 나머지는 다 죽은 거로 치면 안 될까?"

"뭐? 그러면 안 돼! 놈들이 모조리 죽었다는 걸 확인하기 전까지는 다른 일을 할 수 없어. 가자."

"그래도…, 알았어. 내가 앞서갈게. 나는 길을 알지만 넌 모르잖아."

"안 돼."

"돼!"

그래서 피위가 광선총을 들고 앞장섰다. 나는 뒤쪽을 맡았는데, 벌레머리처럼 세 번째 눈이 달렸으면 좋겠다는 생각이 들었다. 내가 그놈들보다 반사 신경이 빠르다고 주장하기도 힘들었고, 피위가 나보다 그 무기에 대해서 잘 알았기 때문에, 내가 따질 말은 없었지만, 그래도 짜증이 났다.

기지는 엄청나게 컸다. 이 산의 절반을 벌집으로 만들어놓은 모양이었다. 우리는 박물관 전시물들처럼 복잡하고 그보다 두 배는 흥미를 끄는 물건들을 무시하고 빠른 걸음으로 이동하면서 남은 벌레머리가 있는지 확인했다. 피위는 무기를 언제든지 사용할 수 있도록 준비한 상태에서 달렸다. 그리고 쉴 새 없이 떠들면서 나를 재촉했다.

엄마생물의 계획에 필요했던 요소들은 텅 빈 기지와 우주선이 없을 것, 벌레머리의 식사 시간 외에도 하나 더 있었다. 그 모든 일이 명왕성의 밤 특정한 시간 직전에 일어나야 한다는 조건이었다.

"왜?" 내가 헐떡이며 물었다.

"그래야 엄마생물이 자기네 종족에게 신호를 보낼 수 있기 때문이야. 당연하잖아."

"하지만…." 나는 입을 닫았다. 엄마생물의 종족에 대해서 궁금했지만, 나는 벌레머리만큼이나 엄마생물에 대해서도 아는 게 별로 없었다. 엄마생물의 모든 면이 그녀를 엄마생물로 만든다는 사실을 제외하고는 말이다. 이제 엄마생물은 죽었다. 피위의 말대로 엄마생물이 우주복도 없이 밖으로 나갔다면 틀림없이 죽었을 것이다. 그 작고 부드러운 생물은 극단적인 기후에서 단 2초도 버티지 못했을 것이다. 굳이 질식과 허파출혈까지 언급할 필요도 없었다. 나는 목이 메었다.

물론 피위가 틀렸을 수도 있다. 피위가 틀린 적이 거의 없었다는 사실을 인정해줄 수밖에 없긴 하지만 말이다. 그래도 이번 경우가 바로 그 드문 틀린 경우일 수 있다…. 그런 경우라면 우리는 기지 안에서 엄마생물을 찾아낼 것이다. 하지만 우리가 엄마생물을 찾지 못한다면 그녀는 밖에 있는 것이고…. "피위, 내 우주복이 어디 있는지 알아?"

"응? 당연하지. 내가 이거 가져온 곳 바로 옆에 있어." 피위가 허리에 감아서 나비매듭으로 묶어둔 나일론 밧줄을 두드리며 말했다.

"벌레머리를 깨끗이 없애버렸다는 게 확인되면, 그 즉시 나가서 엄마생물을 찾아볼게!"

"그래, 좋아! 하지만 내 우주복도 찾아야 해. 나도 같이 나갈래."

피위라면 당연히 그렇게 말할 거라 생각했다. 하지만 뼛속까지 얼어붙는 바람이 닿지 않는 터널 안에서 기다리라고 설득해볼 수 있을지도 모른다. "피위, 엄마생물은 왜 밤에 메시지를 보내야 한대? 명왕성의 자전주기 궤도에 우주선이 있어? 그게 아니면…."

우르릉 소리 때문에 내 말이 끊겼다. 사람들과 동물들 모두를 공포에 빠지게 하는 진동을 일으키며 바닥이 흔들렸다. 우리는 제자리에 섰다. "이게 뭐지?" 피위가 낮게 말했다.

나는 마른침을 꿀꺽 삼켰다. "이 난리도 엄마생물이 계획한 게 아니라면…."

"아니었던 거 같아."

"그렇다면 이건 지진이야."

"지진?"

"명왕성 지진. 피위, 여기서 빠져나가야 해!"

나는 어디로 가야 할지는 생각하지 못했다. 그저 지진에서 벗어나야 한다는 생각뿐이었다. 피위가 눈물을 삼키며 말했다. "우리는 지진을 걱정할 틈이 없어. 시간이 없어. 서둘러, 킵, 빨리!" 피위가 달리기 시작해서 나도 이를 악물고 그 뒤를 따랐다. 피위가 지진을 무시할 수 있다면 나도 할 수 있다. 침대에 올라온 방울뱀을 무시하는 기분이긴 했지만 말이다.

"피위… 엄마생물의 종족… 그 사람들의 우주선이 명왕성 주변을 돌고 있어?"

"뭐? 아, 아니야! 그들은 우주선에 타고 있지 않아."

"그러면 왜 밤이어야 된대? 명왕성에도 전파를 반사하는 헤비사이드 전리층 같은 게 있나? 그 종족의 기지는 여기서 얼마나 멀어?" 나는 명왕성에서 인간이 얼마나 멀리까지 걸어갈 수 있을지 궁금해졌다. 달에서는 60킬로미터가 우리의 한계였다. 여기서는 6백 미터라도 걸어갈 수 있을까? 60미터는? 어쩌면 발은 단열재로 감쌀 수도 있을 것이다. 하지만 바람은…. "피위, 엄마생물 종족이 명왕성에 있는 건 아니지?"

"뭐? 무슨 바보 같은 소리야! 그들에게는 자기들의 아주 멋진 행성이 있어. 킵, 네가 바보 같은 질문을 계속해대니까 시간만 잡아먹잖아. 입 닥치고 그냥 들어."

나는 입을 다물었다. 다음 이야기는 우리가 달려가는 동안 틈틈이 주워들은 것들이고, 일부는 나중에 알게 된 사실도 있다. 엄마생물이 붙잡혔을 때 우주선과 우주복, 발신기 등 모든 걸 다

잃었다. 벌레머리가 그 모든 것들을 파괴했다. 협상 도중에 휴전 협정을 위배하고 협상 상대방을 포로로 잡는 배신을 저지른 것이다. "벌레머리는 서로 '타임아웃'을 외친 상황에서 엄마생물을 납치해버린 거야." 피위가 분개했다. "그건 못된 짓이야! 약속을 어긴 거잖아."

벌레머리에게 배신은, 독도마뱀에게 독이 있듯이 타고난 특성일 것이다. 오히려 나는 엄마생물이 위험을 무릅쓰고 그놈과 협상을 했다는 사실이 더 놀라웠다. 그러다 엄마생물은, 우리의 우주선을 달구지로 보이게 만드는 수준의 우주선과 '살인 광선'부터 상상하기도 힘든 물건들과 기지, 조직, 보급품까지 갖춘 무자비한 괴물에게 사로잡힌 신세가 되고 말았다.

엄마생물에게 남은 건 자신의 두뇌와 가늘고 연약한 손밖에 없었다.

엄마생물이 기회를 잡기 위해서는, 이에 필요한 여러 가지 환경 조건들이 일치하는 지극히 드문 상황이 필요했을 뿐만 아니라, 그 전에 발신기(나는 그게 '무전기'일 거라고 짐작했지만, 그 이상이었다)를 적당한 자리에 가져다 놓고 무기도 확보해야 했다. 엄마생물은 발신기와 무기를 스스로 만들어내는 수밖에 없었다.

엄마생물에게는 아무것도 없었다. 심지어 머리핀 하나도 없었다. 가진 거라곤 소용돌이가 새겨진 삼각형 장신구 하나뿐이었다. 그녀가 뭐라도 만들려면 특별한 방에 들어갈 수 있는 허락을 받아내야 했다. 내가 볼 때 그 방은 전자공학 실험실 같았다. 전자 장비들을 어지럽게 널어놓은 내 작업대와는 다르게 생겼지만, 전자는 항상 같은 논리로 움직이기 마련이다. 전자를 이용해서 원하는 걸 만들려고 하면, 만드는 이가 인간이든, 벌레머리든, 혹은 엄마생물이든 구성 요소들이 아주 비슷하게 보일 수밖에 없다. 도파관은 자연의 법칙에 따라 모양이 만들어지고, 유도기 역시 특정한 기하학적인 형태를 갖추기 마련이라는 의미이다. 기술자가 누구인지는 상관없이 말이다.

그래서 그 방은 전자공학 실험실처럼 보였다. 아주 훌륭한 실험실이었다. 나로서는 알 수 없는 장비도 있었지만, 시간만 충분하면 이해할 수도 있을 것 같았다. 하지만 그저 슬쩍 둘러볼 시간밖에 없었다.

엄마생물은 그 실험실에서 아주 많은 시간을 보냈다. 본래 엄마생물은 대체로 자유롭고 하고 싶은 것들을 대부분 마음대로 할 수 있는 특별한 인질이었으므로 피위와 둘만 지낼 수 있는 방까지 얻었지만, 그 실험실에 들어가는 허락은 얻어내지 못했었다. 아마도 벌레머리는 엄마생물이 사로잡힌 신분이긴 해도 그녀를 두려워했던 것 같았다. 벌레머리는 엄마생물을 불필요하게 자극하려 하지 않았다.

하지만 엄마생물은 놈들의 탐욕을 이용해서 그 실험실을 맘대로 사용할 수 있는 자격을 얻어냈다. 엄마생물의 종족이 기계장치와 발명품, 편리한 물건 등 벌레머리가 갖지 못한 많은 것들을 가지고 있었던 덕분이었다. 엄마생물은 훨씬 효과적인 방법이 있는데 왜 그런 식으로 일하는지 벌레머리에게 물어보기 시작했다. 전통인가요? 아니면 종교적인 이유 때문인가요?

그러고는 벌레머리들이 그게 무슨 뜻이냐고 물으면, 엄마생물은 난감한 표정을 지으며 설명은 해줄 수 없지만, 간단하고 만들기 쉬운 물건이라 안타깝다고 대답했다.

그 뒤로 엄마생물은 밀착 감시를 받으며 물건을 만들었다. 그 장치는 잘 작동했다. 그리고 다른 물건도 만들었다. 이윽고 엄마생물은 매일 실험실로 가서 벌레머리를 위해 물건들을 만들어서 그들을 기쁘게 해주었다. 엄마생물은 계속 뭔가를 만들어냈다. 그녀의 특권은 그 일 덕분이었다.

하지만 각 장비는 사실 엄마생물 자신에게 필요한 부품들이었다.

"엄마생물은 부품들을 조금씩 주머니에 넣어서 훔쳤어." 피위가 말했다. "그래서 놈들은 엄마생물이 정확히 뭘 하는 건지 알지 못했지. 엄마생물은 물건을 다섯 개 만들면 여섯 번째는 주머니에 집어넣었어."

"주머니가 있었어?"

"당연하지. 지난번에 우리가 우주선을 훔쳤을 때 우주선의 '두뇌'를 바로 그 주머니에 감춰뒀어. 몰랐어?"

"엄마생물에게 주머니가 있는 줄은 몰랐어."

"뭐, 저놈들도 몰랐어. 엄마생물이 실험실 밖으로 물건을 가져나가지 못하게 지켜보고 감시하면서도 말이야. 물론 엄마생물은 보이는 곳에서는 절대로 그러지 않았지."

"음, 피위, 엄마생물이 유대류야?"

"어? 주머니쥐처럼? 꼭 유대류만 주머니가 있는 건 아니야.

다람쥐 봐. 다람쥐도 볼 안에 주머니가 있잖아."

"음, 그렇지."

"엄마생물은 틈틈이 조금씩 훔쳤어. 나도 물건들을 슬쩍했지. 그리고 쉬는 시간에 엄마생물이 우리 방에서 그 물건들을 조립했어."

엄마생물은 명왕성에 온 뒤로 한숨도 자지 않았다. 엄마생물은 공식적으로는 벌레머리에게 필요한 물건들을 만들어주며 오랜 시간 일했다. 담뱃갑만 한 스테레오 전화기와 아무 데나 놔두기만 하면 기어 다니는 딱정벌레 같은 장치를 만들어서 하나로 합치고, 다른 많은 물건도 만들었다. 하지만 휴식을 위해 따로 떨어져 있는 시간에는 어둠 속에서 자신을 위해 작업을 했다. 그 가느다란 손가락들이 눈먼 시계공처럼 바쁘게 움직였다.

엄마생물은 폭탄 두 개와 장거리용 발신기를 만들었다.

우리가 기지를 뛰어다니는 동안 피위가 이 이야기를 다 해준 건 아니었다. 당시 피위는 그저 엄마생물이 무선 발신기를 만들어냈으며, 내가 아까 느꼈던 폭발을 일으킨 장본인이라고 말했을 뿐이다. 그리고 계속 재촉했다. 서둘러야 해, 빨리, 서둘러!

"피위." 내가 헐떡대며 말했다. "왜 그렇게 서둘러? 엄마생물이 밖에 있다면, 나는 그녀를, 아니 그녀의 시체를 안으로 데리고 들어오고 싶은 것뿐이야. 그런데 너는 마치 우리에게 마감 시간이 있는 것처럼 행동하고 있잖아."

"마감 시간이 있어!"

그 발신기는 특정한 시간대에 맞춰서 설치해야 했다(명왕성의 하루는 지구 시간으로 약 일주일이다. 천문학자들이 옳았다). 그래야만 전파가 명왕성에 막혀서 태양계 밖으로 나가지 못하는 사태를 피할 수 있었다. 하지만 엄마생물에게는 우주복이 없었다. 피위와 엄마생물은, 피위에게 우주복을 입혀서 밖에 내보내 발신기를 설치하는 문제를 논의했었다. 발신기는 피위가 발사 장치를 누르기만 하면 작동되도록 설계된 상태였다. 하지만 먼저 피위의 우주복이 있는 위치를 알아내야만, 벌레머리들을 처리한 뒤에 그 장소로 가서 우주복을 입을 수 있었다.

하지만 둘은 결국 피위의 우주복을 찾지 못했다. 엄마생물이 차분하게 말했다. 나는 머릿속에서 그 확신이 담긴 음정이 들려오는 듯했다. 「괜찮아. 내가 나가서 설치하면 돼.」

"엄마생물! 그건 불가능해요!" 피위가 항의했었다. "밖은 춥단 말이에요."

「오래 걸리지 않을 거야.」

"숨도 못 쉴 거예요."

「아주 잠깐은 숨을 쉬지 않아도 돼.」

그걸로 논쟁은 마무리됐다. 엄마생물은 자기만의 특유의 대화방식을 사용했지만, 벌레머리만큼이나 논쟁하기 쉽지 않은 상대였다.

폭탄이 만들어지고, 발신기가 완성됐다. 필요한 모든 조건이 갖춰진 시간이 다가왔다. 우주선은 없고, 벌레머리가 몇 마리 남지 않고, 명왕성이 적당한 방향으로 자전했고, 벌레머리들의 식사 시간이 됐다. 하지만 그때까지도 피위의 우주복이 어디에 있는지는 알아내지 못했다. 이미 파괴된 건지도 몰랐다. 엄마생물은 자신이 가기로 했다.

"엄마생물은 겨우 몇 시간 전에야 내게 오늘이 '작전의 날'이라고 이야기해주면서 이렇게 말했어. 자기가 10분 내로 돌아오지 않거나 해내지 못하면, 내가 우주복을 찾아서 발신기를 켜줬으면 좋겠다고 말이야." 피위가 울음을 터뜨렸다. "그때 처, 처… 처음으로 엄마생물이 자기가 해낼 수 없을지도 모른다고 인정한 거야!"

"피위! 뚝! 그래서 어떻게 됐어?"

"나는 폭발을 기다렸는데, 폭발음이 들렸어. 연이어 소리가 들려왔어. 그래서 나는 그동안 가보지 못했던 장소들을 뒤지기 시작했어. 그래도 우주복을 못 찾았어! 그때 널 찾아낸 거야. 아, 킵, 엄마생물이 저 밖에서 거의 1시간이나 있었어!" 피위가 손목시계를 쳐다봤다. "이제 20분밖에 안 남았어. 그때까지 발신기를 못 켜면 엄마생물은 그 온갖 고생을 하고도 아무 보람도 없이 죽, 죽게 되는 거야! 엄마생물은 그걸 원하지 않았을 거야."

"내 우주복 어디 있어!"

벌레머리는 더 이상 눈에 띄지 않았다. 틀림없이 한 마리만 당번을 세워놓고 다른 벌레머리들은 모두 식사를 했던 모양이었다. 피위가 에어로크처럼 생긴 문을 가리켰다. 그 문 뒤에는 식당이 있었는데, 공기가 통하지 않는 문들이 자동으로 닫혀 있는 동안 폭탄이 벌레머리들을 산산조각 내버리고 그 구역을 결딴낸 모양이었다. 우리는 식당을 빠르게 지나갔다.

늘 그렇듯이 논리적인 피위가 내 우주복을 찾아냈다. 오스카는 인간형 우주복 10여 벌 사이에 있었다. 이 식인 괴물들이 수프를 얼마나 많이 요리해 먹었을지 궁금해졌다. 어쨌거나 이제 다시는 못 먹는다! 허비할 시간이 없었다. 나는 "안녕, 오스카!"라고 간단하게 인사하고 입기 시작했다.

[친구, 그동안 어디 있었어?]

오스카는 완벽한 상태를 유지하고 있는 듯했다. 조크의 우주복이 오스카 바로 옆에 있고 팀의 우주복은 그 옆에 있었다. 나는 오스카를 입으면서 그 우주복들에 내가 사용할 만한 장비가 있을지도 모른다는 생각을 했다. 피위가 팀의 우주복을 보더니 말했다. "나는 이 우주복을 입으면 되겠다."

그 우주복은 오스카보다 훨씬 작았지만 그래도 어른용이라 피위가 입기에는 너무 컸다. "바보 같은 소리 하지 마! 닭발에 양말을 신겨놓은 꼴일 거야. 나를 도와줘. 그 밧줄을 벗어서 감은 다음에 내 벨트에 달아줘."

"밧줄은 필요 없을 거야. 엄마생물은 발신기를 구름다리에서 백 미터쯤 걸어가서 내려놓을 생각이었어. 엄마생물이 해내지 못했더라도, 넌 그것만 하면 돼. 그러고 나서 위에 달린 단추를 비틀기만 하면 돼."

"따지지 마! 시간은 얼마나 남았어?"

"넵, 알았습니다. 18분."

내가 덧붙였다. "바람이 거세서 밧줄이 필요할 거야." 엄마생물은 무게가 얼마 나가지 않았다. 혹시 엄마생물이 바람에 쓸려나갔다면 그녀의 시체를 찾기 위해서라도 밧줄이 필요할 것이다.

"조크의 우주복에 있는 망치를 나한테 줘."

"즉각 대령하겠습니다!"

나는 일어났다. 오스카가 나를 감싸니 기분이 좋아졌다. 그제야 우주선에서 걸어 나올 때 내 발이 얼마나 추웠는지 기억났다. "석면 장화가 있으면 좋았을 텐데."

피위가 놀란 표정을 지었다. "잠깐만 기다려!" 피위는 내가 붙잡을 새도 없이 사라져버렸다. 나는 피위 걱정을 하며 우주복을 잠갔다. 피위는 광선총조차 들고 가지 않았다. 잠시 후 내가 말했다. "오스카, 단단히 잠겼어?"

[단단해, 친구!]

턱 밸브 이상 무, 혈색 이상 무. 무전기는… 필요 없을 것이다. 물탱크가 비어 있었다. 상관없다. 목마를 때까지 있을 시간도 없었다. 턱의 밸브를 조작해서 압력을 낮췄다. 바깥의 압력이 극도로 낮다는 사실이 떠올랐기 때문이다.

피위가 새끼 코끼리를 위한 발레화처럼 생긴 걸 들고 돌아왔다. 그리고 내 안면부에 가까이 대고 소리를 질렀다. "그놈들이 신는 신발이야. 신을 수 있겠어?" 그럴 것 같지는 않았지만, 나는 안 맞는 양말에 발을 억지로 집어넣듯이 발을 욱여넣었다. 그리고 일어섰더니 발의 마찰력이 더 좋아진 걸 알게 됐다. 꼴사납기는 했지만 걷는 데는 힘들지 않았다.

잠시 후 우리는 이 기지에 처음 왔을 때 봤던 큰 방의 출구에 도착했다. 엄마생물의 폭탄 때문에 지금은 에어로크가 닫혀 있었다. 엄마생물이 그 뒤쪽의 터널에 설치한 폭탄이 미닫이문처럼 움직이는 금속판들을 날려버린 모양이었다. 피위는 식당에 폭탄을 설치하고 자기네 방으로 돌아가 숨어 있었다. 엄마생물이 어떻게 그사이에 폭탄을 두 개나 터뜨렸는지, 혹은 원격 조종으로 격발시켰는지 모르겠지만, 지금으로선 중요하지 않았다. 아무튼 그 폭탄들이 벌레머리의 멋진 기지를 아수라장으로 만들어버렸다.

피위가 에어로크에서 공기를 빼내는 방법을 알았다. 내부문이 열렸을 때 내가 소리쳤다. "시간은?"

"14분 남았어." 피위가 손목시계를 보며 말했다.

"내가 했던 말 기억해. 여기 그대로 있어. 움직이는 게 있으면 파란 광선부터 쏘고 나서 생각해."

"기억할게." 키위가 대답했다.

나는 에어로크 안으로 들어가 내부문을 닫았다. 외부문의 배출 밸브를 찾아서 작동시킨 뒤 공기가 다 빠져나가서 바깥과 압력이 같아질 때까지 기다렸다.

커다란 에어로크에서 공기가 빠져나가는 2, 3분 동안 나는 우울한 생각으로 시간을 보냈다. 피위를 혼자 남겨두고 싶지 않았다. 벌레머리가 모두 죽었을 거라고 짐작하긴 했지만 확신할 수는 없었다. 우리는 허둥지둥 수색을 마쳤다. 우리가 한쪽에서 수색하는 사이에 놈들이 다른 쪽에 있을 수도 있었다. 놈들은 아주 빠르게 움직이니까.

게다가 피위는 나한테 이렇게 답했다. '기억할게.'

피위는 이렇게 말했어야 했다. '알았어. 킵, 그렇게 할게.' 말이 잘못 나온 걸까? 벼룩 뜀뛰기 하듯 변덕스러운 피위는 자기가 원할 때는 언제라도 '잘못'을 저지른다. '기억할게'와 '그렇게할게'는 하늘과 땅 차이다.

게다가 나는 바보 같은 동기 때문에 이 일을 하고 있었다. 엄마생물의 시체를 거두러 나가는 것이지만, 그건 바보 같은 짓이었다. 내가 엄마생물을 안으로 데리고 오면 시체는 부패하기 시작할 것이다. 차라리 자연의 급속 냉동 상태로 놔두는 게 오히려더 신중한 조치일 수도 있다.

하지만 나는 그런 상황을 견딜 수가 없었다. 엄마생물을 추운바깥에 내버려둘 수 없었다. 엄마생물은 너무도 작고 따스했었다…. 그리고 생명력이 넘쳤었다. 나는 엄마생물을 안으로 데려와 따스하게 해줘야 했다.

스스로 바보 같은 짓이라고 생각하는 행동을 감정에 치우쳐서 하게 되는 건 그다지 아름다운 모습은 아니다.

게다가 더 안 좋은 건 내가 너무 앞뒤 안 가리지 않고 서두른다는 사실이었다. 그건 엄마생물이 특정한 시간이 되기 전에 발신기를 설치하길 원했기 때문인데, 이제 12분밖에 남지 않았다. 어쩌면 10분도 안 남았을 수도 있었다. 어쨌든 나는 그 일을 하겠지만, 이게 과연 분별력 있는 행동일까? 엄마생물의 고향 행성이 가까이 있다고 쳐도, 아, 그래, 프록시마 센타우리가 엄마생물의 고향이고 벌레머리는 더 멀리서 왔다고 치더라도, 또 엄마생물이 만든 발신기가 작동한다고 하더라도, 그녀의 동료들에게 SOS 신호가 닿는 데에만 4년이 넘게 걸린다!

엄마생물에겐 그래도 괜찮을 것이다. 나는 그녀의 수명이 아주 길다는 인상을 받았다. 엄마생물에게는 구출될 때까지 몇 년 기다리는 정도는 아무렇지도 않았을 것이다. 그러나 피위와 나는 엄마생물과는 종류가 다른 생물이다. 광속으로 기어간 메시지가 프록시마 센타우리에 닿기 전에 우리는 죽을 수도 있다. 나는 피위를 다시 만나서 기뻤지만, 앞으로 우리에게 어떤 일이 닥칠지 알고 있었다. 죽음이다. 며칠이나 몇 주 안에, 아무리 길어도 몇 달 안에 공기가 떨어지고, 물과 음식이 떨어져서 죽을 것이다. 어쩌면 벌레머리의 우주선이 우리가 죽기 전에 도착할지도 모른다. 그러면 사악한 악마의 축제 같은 싸움이 펼쳐질 것이다. 그때는 그나마 빨리 죽으면, 운이 좋은 거다.

어떻게 포장을 하더라도 발신기를 설치하는 건 '죽은 자의 유언 들어주기'밖에 안 된다. 장례식장에 가면 그런 이야기를 들을 수 있다. 감상적인 바보짓이다.

외부문이 열리기 시작했다. 부디, 엄마생물에게 경의를!

바깥은 추웠다. 아직 바람 부는 곳까지 나가지도 않았는데 살을 에듯 추웠다. 천장의 불빛을 비추는 판은 아직도 작동 중이어서 엉망진창인 터널이 보였다. 공기의 압력을 분산 차단하던 20여 개의 판이 귀의 고막처럼 찢겨 있었다. 도대체 어떤 폭탄이기에 훔친 부품으로 얼기설기 만들어서 몸에 달린 주머니에 무선 장비와 함께 두 개나 감출 수 있을 정도로 작았는데도 저 금속판들을 저렇게 날릴 수 있었는지 궁금해졌다. 그 폭발 때문에 여기서 수백 미터 떨어진 단단한 바위 아래 구덩이에 있던 내 이까지 덜거덕거렸었다.

처음 십여 개의 판들은 폭발 때문에 안쪽으로 휘어져 있었다. 엄마생물이 폭탄을 터널 중간쯤에 설치했었나? 그렇게 큰 폭발은 엄마생물을 깃털처럼 날려버렸을 것이다. 틀림없이 그녀는 폭탄을 저기에 설치한 후 안으로 들어와서 원격 조종으로 터뜨린 뒤, 조금 전 내가 했듯이 에어로크를 통해 다시 밖으로 돌아갔을 것이다. 내 생각에는 그게 유일하게 가능한 방법이었다.

한 발을 내디딜 때마다 점점 더 추위가 심해졌지만, 발은 아직 그리 춥지는 않았다. 그 볼썽사나운 장화가 괜찮았다. 벌레머리는 단열을 제대로 이해했다. "오스카, 모닥불 피우고 있지?"

[최고로 올렸어, 친구. 추운 밤이잖아.]

"내 말이 그 말이야!"

가장 바깥쪽의 파열된 금속판을 지나자마자 엄마생물이 눈에 들어왔다.

엄마생물은 구름다리 쪽으로 꼬꾸라진 상태였다. 너무 지쳐서 더는 가지 못한 것 같은 모습이었다. 양팔은 앞쪽으로 뻗어 있었다. 그리고 조그만 손가락과 조금 떨어진 바닥 위에 작고 둥근 상자가 있었다. 화장대 위에 올려두는 파우더통만 한 크기였다.

엄마생물의 얼굴은 차분했다. 눈은 뜨고 있었지만 눈꺼풀 안에 있는 두 번째 눈꺼풀인 순막이 닫혀 있었다. 내가 우리 집 뒤의 목초지에서 엄마생물을 처음 봤을 때와 똑같았다. 그게 며칠 전인지, 몇 주 전인지, 혹은 천 년 전인지 가물가물했다. 그때 엄마생물은 아팠다. 당시는 내 눈에도 아파 보였다. 나는 엄마생물이 순막으로 가려진 눈을 다시 뜨고 나를 반갑게 맞아주는 노래를 불러주기를 바랐다.

내가 엄마생물을 쓰다듬었다.

엄마생물은 얼음처럼 딱딱하고, 얼음보다 훨씬 차가웠다.

나는 눈을 깜빡거려 눈물을 삼켰다. 낭비할 시간이 없었다. 엄마생물은 백 미터 떨어진 구름다리 위에 그 작은 상자를 놔두고 윗부분을 눌러서 비틀려고 했었다. 그리고 그 일은 이제 내가 6, 7분 안에 해내야 했다. 상자를 주워 들었다. "좋아요, 엄마생물! 이제 갈게요!"

[친구, 서둘러!]

「고마워, 애야….」

나는 유령을 믿지 않는다. 하지만 나는 엄마생물이 고맙다고 노래하는 소리를 들었다. 엄마생물의 노래를 너무 여러 번 들어서 머릿속에서 울린 게 틀림없었다.

몇 걸음 가지 않아 터널의 입구에 도착한 나는 걸음을 멈췄다. 바람이 거세게 나를 때렸다. 바깥의 바람이 너무 차서 터널 안에서의 끔찍했던 냉기가 여름 날씨처럼 느껴질 정도였다. 나는 눈을 감고 30초를 세면서 별빛에 익숙해질 때까지 기다렸다. 그사이 바람이 불어오는 쪽의 터널 벽을 더듬거리면서 터널 입구의 구름다리 지지대로 갔다. 밧줄을 지지대에 두르고 획 잡아당겨서 묶었다. 밖이 밤이라는 사실은 알았지만, 하늘에 가득한 별빛을 받아 하얗게 반짝거리는 '눈' 위로 구름다리가 검은 띠처럼 두드러지게 보이리라 기대했다. 바람을 맞더라도 구름다리의 가장자리가 어디쯤인지 알 수 있다면 훨씬 안전할 거라는 생각이 들었다. 헤드램프로 가장자리를 보려면 몸뚱이를 계속 이리저리 움직여야 해서 힘들었다. 그렇게 하면 불편한 데다 균형을 잃고 바람에 내던져지거나 이동 속도가 떨어지게 된다.

나는 이 상황을 신중하게 생각했다. 정원을 한가로이 걸어 다니는 거로는 절대로 여기지 않았다는 뜻이다. 지금은 밤이고, 여기는 명왕성이다! 그래서 나는 30초를 세면서 줄을 묶고 눈이 별빛에 익숙해질 때까지 기다렸다가, 눈을 떴다.

염병할 것들이 하나도 안 보였다!

별이 보이지 않았다. 하늘과 땅조차 구별할 수 없었다. 뒤쪽의 터널에서 새어 나오는 불빛이 헬멧에 그림자를 드리웠다. 길이 보여야 했지만 보이지 않았다. 전혀.

고개를 돌렸더니, 검은 하늘인지, 아까 느꼈던 지진을 일으켰던 활화산인지 모를 뭔가가 얼핏 보였다. 그게 5킬로미터 떨어져 있는지 50킬로미터 떨어져 있는지조차 짐작이 되지 않았지만, 활화산인 게 분명했다. 톱니처럼 들쭉날쭉한 분노의 붉은 흉터가 하늘에 낮게 떠 있었다.

하지만 난 그걸 쳐다보기 위해 멈추지 않았다. 헤드램프를 켜고 바람이 불어오는 오른쪽의 가장자리를 비췄다. 그리고 빠른 걸음으로 어기적거리며 나가기 시작했다. 오른쪽 가장자리에 계속 붙어서 갔다. 그래야만 넘어졌을 때 바람이 나를 쓸어버리기 전에 구름다리 전체의 폭을 이용해서 자세를 잡을 수 있었다. 밧줄 똬리를 왼손에 쥐고 가면서 조금씩 풀어서 아주 팽팽하게 유지했다. 손가락 사이로 팽팽한 밧줄이 느껴졌다.

바람은 겁이 났을 뿐만 아니라 아팠다. 냉기가 너무 강해서 불꽃처럼 느껴졌다. 바람이 내 몸을 태우고 마구 두들겨댔다. 곧 감각이 없어졌다. 공격을 집중적으로 받은 오른쪽의 감각이 사라지기 시작하더니 곧 왼쪽이 오른쪽보다 더 아프기 시작했다.

밧줄이 더 이상 느껴지지 않았다. 나는 멈춰서 앞으로 몸을 기울이고 밧줄을 헤드램프로 비췄다. 우주복에서 고쳐야 할 게 하나 더 있다! 헤드램프를 이리저리 회전시킬 수 있도록 만들어야 한다.

밧줄은 반쯤 풀렸다. 대충 50미터 정도 온 것이다. 이 밧줄은 백 미터짜리 등산용 밧줄이었으므로, 난 밧줄을 믿었다. 즉, 밧줄 끝까지 가면 엄마생물이 원하던 곳까지 갈 수 있다는 의미였다. 서두르자, 킵!

[이봐, 서둘러! 여긴 추워.]

나는 다시 멈췄다. 내가 상자를 챙겼던가?

상자가 느껴지지 않았다. 하지만 헤드램프를 비춰보자 내 오른손이 상자를 움켜쥐고 있었다. 손가락들아, 꼼짝하지 마! 나는 발걸음을 세면서 서둘렀다. 하나! 둘! 셋! 넷!….

40걸음을 셌을 때 멈췄다. 그리고 가장자리 너머로 봤더니, 개울을 지나는 부분이었다. 여기는 구름다리가 바닥에서 가장 높이 떠 있는 곳이었다. 내 기억에 거긴 구름다리의 중간쯤이었다. 구름다리 아래 개울물이(메테인일까?) 단단하게 얼어붙었다. 추운 밤이었다.

왼손에 있는 밧줄 똬리가 몇 바퀴 남지 않았다. 이 정도면 충분히 왔다. 나는 줄을 놓고 구름다리의 중간 부분으로 조심스럽게 이동했다. 무릎과 왼손으로 바닥을 짚고 상자를 내려놓기 시작했다.

손가락이 펴지지 않았다.

나는 왼손으로 오른손 주먹을 억지로 펴서 상자를 빼냈다. 극악한 바람이 상자를 쳤다. 굴러가려는 상자를 겨우 붙잡았다. 그리고 양손으로 상자를 조심스럽게 세웠다.

[손가락을 움직여, 친구. 양손을 마주쳐!]

그렇게 했다. 손가락을 구부리려니 눈물이 날 정도로 아팠지만, 팔뚝의 근육에 힘이 들어갔다. 왼손을 이용해 서툰 동작으로 상자를 고정하고 꼭대기에 있는 작은 손잡이를 오른손으로 더듬었다.

느낌은 없었지만, 손가락을 상자 위에 간신히 갖다 대자 한 번 만에 쉽게 돌려졌다. 돌아가는 모습이 눈에 보였다.

상자는 생명이 돌아온 모양인지 부웅 소리를 냈다. 상자를 감싸고 있던 손가락으로는 진동이 느껴지지 않았다. 아마도 장갑과 우주복을 통해 진동소리를 들었을 것이다. 나는 허둥지둥 상자를 놓고, 어정쩡하게 일어선 자세로 뒤로 물러났다. 그래서 몸을 앞으로 더 숙이지 않아도 헤드램프로 상자를 비춰볼 수 있었다.

내가 할 일은 끝났다. 엄마생물이 하려던 일을 끝냈다. 마감 시간 전이었다(그러길 바랐다). 내게 티끌만큼이라도 이성이란 게 있었다면, 몸을 돌려서 올 때보다 서둘러 터널을 향해 돌아갔을 것이다. 하지만 난 넋을 놓고 그 상자의 움직임을 바라봤다.

상자는 혼자 흔들거리더니 거미처럼 가늘고 작은 다리 세 개가 바닥에서 뻗어 나왔다. 그리고 그 다리들이 작은 삼각대처럼 자세를 잡고 30센티미터 정도 상자를 들어 올렸다. 그러더니 다시 혼자 흔들렸다. 어쩌면 바람 때문인지도 모른다. 거미 같은 다리를 쭉 뻗어서 구름다리의 표면을 파고드는 것 같더니 바위처럼 단단하게 자리를 잡았다.

그리고 뭔가가 올라오더니 위쪽에 펼쳐졌다.

그건 마치 꽃잎처럼 열리며 지름이 약 20센티미터가 될 때까지 펼쳐졌다. 손가락처럼 생긴 게 올라왔다. 안테나일까? 그 손가락이 뭔가를 찾는 듯 오락가락하더니 한쪽 하늘을 안정되게 가리켰다.

그때 발신기의 전원이 켜졌다. 내가 본 거라고는 불빛이 한 번 번쩍하는 모습뿐이었지만, 나는 무슨 일이 일어났는지 알 수 있었다. 틀림없이 그 불빛은 보조적인 기능을 하는 광선이었을 것이다. 그 한 번의 불빛으로는 하늘에 화산 구름이 없더라도 멀리 가기 힘들었을 것이다. 아마 그 불빛은 엄청나게 센 전자파를 켤 때 부수적으로 발생하는 불빛인데, 엄마생물에게 그걸 없애거나 덮을 시간이나 장비, 물질이 없었던 탓에 놔뒀을 것이다. 그 불빛의 밝기는 아주 조그만 사진기 플래시 정도밖에 되지 않았다.

그래도 나는 계속 발신기를 쳐다보고 있었다. 자동편광기는 그렇게 빨리 작동할 수 없었다. 그때 눈앞이 깜깜해졌다.

처음엔 헤드램프가 꺼진 줄 알았다. 그러다 녹색을 띤 자주색의 눈부신 거대한 원반이 눈을 가려서 볼 수 없다는 사실을 깨달았다.

[친구, 진정해. 빛의 잔상일 뿐이야. 기다리면 사라질 거야.]

"기다릴 수 없어! 얼어 죽겠단 말이야!"

[팔뚝을 밧줄에 걸어. 벨트에 걸려 있어. 줄을 당겨.]

나는 오스카가 내게 말한 대로 밧줄을 찾고 몸을 돌린 후 양쪽 팔뚝에 감기 시작했다.

그때 밧줄이 부서졌다.

밧줄은 생각지도 못했던 형태로 부서졌다. 유리가 깨질 때와 똑같았다. 밧줄은 그런 물질이었다. 즉, 밧줄이 유리와 같았다는 의미다. 나일론과 유리는 둘 다 과냉각된 액체였다.

이제는 '과냉각'의 뜻을 이해한다.

하지만 당시 내가 아는 거라곤 생명의 마지막 고리가 사라져 버렸다는 사실뿐이었다. 나는 볼 수도 없고, 들을 수도 없었다. 나는 집에서 수십억 킬로미터 떨어진 황량한 구름다리 위에 혼자 서 있었다. 그리고 깊숙한 얼음의 지옥에서 올라온 바람이 감각조차 거의 사라진 (그나마 감각이 남아 있는 부분은 불에 덴 듯 뜨거웠다) 내 몸에 마지막 남은 생명을 빼앗아 가고 있었다.

"오스카!"

[친구, 난 여기 있어. 넌 해낼 수 있어. 자, 앞에 뭐라도 보이는 거 있니?]

"아니!"

[터널 입구를 찾아봐. 터널 안에는 불빛이 있어. 헤드램프를 꺼. 당연히 넌 할 수 있어. 똑딱이 스위치야. 손을 헬멧의 오른쪽에서 뒤쪽으로 밀면 돼.]

나는 그렇게 했다.

[보여?]

"아직 안 보여."

[머리를 움직여. 눈가로 봐봐. 눈의 정면에는 눈부신 빛의 잔상이 있잖아. 잘돼?]

"뭔가 보이는 거 같아!"

[불그스름하지 않니? 들쭉날쭉하기도 하고. 그건 화산이야. 이제 우리가 어느 쪽을 보고 있는지 알 거야. 천천히 몸을 돌려서 터널의 입구를 찾아.]

나는 천천히 몸을 돌릴 수밖에 없었다. "저기 있다!"

[좋았어. 이제 집으로 가. 손과 무릎으로 바닥을 짚고 왼쪽옆으로 천천히 움직여. 몸을 돌리면 안 돼. 구름다리의 왼쪽 가장자리까지 옆으로 가서 그쪽을 꽉 붙잡고 터널까지 기어가.]

나는 바닥을 짚었다. 손으로는 바닥이 느껴지지 않았지만 팔을 통해 압력이 느껴졌다. 손과 발은 이미 내 것이 아닌 인공물을 붙여놓은 것 같았다. 왼손이 미끄러져서 가장자리까지 왔다는 사실을 알게 됐다. 거의 떨어질 뻔했지만, 간신히 다시 중심을 잡았다. "내가 제대로 된 방향을 보고 있는 거지?"

[물론이야. 몸을 돌리지 않았잖아. 옆으로 왔을 뿐이야. 머리를 들어서 터널을 볼 수 있겠니?]

"음, 일어서기 전에는 볼 수 없어."

[그러지 마! 다시 헤드램프를 켜봐. 이제 눈이 괜찮아졌을 거야.]

나는 헬멧의 오른쪽을 손으로 쓸었다. 스위치를 켠 게 틀림없었다. 갑자기 둥그런 빛이 눈에 들어왔지만, 가운데가 흐릿하고 뿌옇게 보였다. 빛은 구름다리 왼쪽 가장자리에서 잘려나갔다.

[잘했어! 아니야, 일어서지 마. 넌 지금 힘이 없고 어지러워서 넘어질지도 몰라. 기어가. 손을 디딜 때마다 숫자를 세. 3백 번까지는 세야 할 거야.]

나는 숫자를 세면서 기어가기 시작했다.

"먼 길이야, 오스카. 우리가 해낼 수 있을까?"

[당연하지! 우린 해낼 수 있어! 네 생각엔 내가 여기 바깥에 있는 걸 좋아할 것 같아?]

"내가 너와 함께 있을게."

[잡담은 그만해. 숫자를 헷갈릴 수 있어. 서른여섯…, 서른일곱…, 서른여덟….]

우리는 함께 기었다.

[백 번이야. 이제 두 배만 더 가면 돼. 백 하나…, 백 둘…, 백 셋….]

"이제 훨씬 나은 것 같아, 오스카. 따뜻해진 것 같아."

[뭐라고?]

"살짝 따뜻해진 느낌이야."

[따뜻해진 게 아니야. 넌 동상에 걸린 거야, 바보야! 그건 동사로 죽어가는 사람이 느끼는 거란 말이야! 빨리 기어가! 턱의 밸브를 쳐서 공기를 더 많이 넣어. 딸가닥 소리가 날 때까지 턱 밸브를 쳐봐.]

나는 너무 지쳐서 말싸움할 여력이 없었다. 턱의 밸브를 서너 번 치자 쓰라린 바람이 얼굴로 훅 불어왔다.

[자, 속도를 내자. 이제 진짜 따뜻해지고 있어! 백 아홉…, 백 열…, 백 열하나아…, 백 열두울…. 빨리 움직여!]

2백이 되었을 때 나는 잠시 쉬어야 할 것 같다고 말했다.

[안 돼, 그러지 마!]

"그래도 난 쉬어야겠어. 잠깐만 쉴게."

[그럴 거야, 어? 어떻게 될지 잘 알잖아. 피위는 어떡하고? 피위가 저기서 널 기다리고 있어. 네가 늦어져서 벌써 걱정하기 시작했단 말이야. 피위가 어떻게 하겠니? 대답해!]

"어…. 팀의 우주복을 입으려고 하겠지."

[맞았어! 정답이 중복될 때에는 우체국 소인이 먼저 찍힌 사람에게 상을 주는 거야. 피위가 얼마나 멀리 나올 수 있을까? 대답해.]

"어…. 터널 입구까지 나오겠지. 그러면 바람에 날아가버릴 거야."

[내 생각에도 그래. 그러면 모든 가족이 하나로 모이겠네. 너

랑 나, 엄마생물, 피워까지. 편안하네. 얼어서 뻣뻣해진 가족 일동이라니.]

"하지만⋯."

[그러니까 조금씩이라도 움직여. 조금만 더⋯, 조금만 더⋯, 조금만 더⋯, 조금만 더⋯, 이백 다서엇⋯, 이백 여서엇⋯, 이배액 일고오옵⋯.]

언제 구름다리 아래로 떨어졌는지는 기억이 나지 않는다. 개울에 흐르던 '눈'이 어떤 느낌이었는지도 기억나지 않는다. 그 끔찍한 숫자 소리가 멈추고 쉴 수 있게 되어서 기뻤다는 기억만 난다.

하지만 오스카는 나를 가만 놔두지 않았다. [큅! 큅! 일어나! 다시 '바른 생활'로 올라가!]

"꺼져!"

[난 꺼져버릴 수 없어. 나도 그러고 싶어. 네 앞에서 사라졌으면 좋겠어. 가장자리를 잡고 기어 올라가. 이제 얼마 안 남았어.]

내가 간신히 고개를 들었더니, 헬멧의 50센티미터쯤 위에 헤드램프의 불빛을 받은 구름다리의 가장자리가 눈에 들어왔다. 나는 다시 털썩 누웠다. "너무 높아." 내가 힘없이 말했다. "오스카, 우리는 이제 끝난 것 같아."

오스카가 콧방귀를 뀌었다. [그래? 며칠 전에 너무 지쳐서 일어나지 못하던 어리고 조그만 여자애를 꾸짖었던 게 누구더라? '혜성 제독'이었던가? 내가 제대로 불렀나? '우주의 골칫거리' 쓸모없고 게으른 우주의 떠돌이. '우주복 있음. 출장 가능' 제독님

254

잠들기 전에 사인 좀 해주시죠! 제가 진짜 살아 있는 우주 해적을 만난 건 처음이라서요…. 우주선을 납치하고 어린 소녀들을 납치하는 분이시라니….]

"정말 이러기야!"

[알았어, 알았어. 네가 날 싫어하는 거 잘 알아. 하지만 내가 꺼지기 전에 한 가지만 말할게. 피위는 그렇게 작아도 덩치만 큰 너보다 훨씬 배짱이 두둑한 아이야. 넌 게으르고 뚱뚱하고 느려 터진 돼지 새끼야! 안녕. 이제 맘대로 자.]

"오스카! 가지 마!"

[응? 내 도움이 필요해?]

"그래!"

[그렇단 말이지. 너무 높아서 닿지 않으면 망치를 손에 쥐고 그걸 저 구름다리의 가장자리 위로 걸어. 그리고 당겨서 올라가.]

나는 눈을 껌뻑거리며 생각했다. 그렇게 하면 될 것 같았다. 나는 손을 허리춤으로 내렸다. 손에 느껴지지는 않았지만, 망치가 있다는 건 알았다. 망치를 풀어서 양손으로 붙잡고 위에 있는 가장자리에 걸어서 당겼다.

그런데 바보 같은 망치가 밧줄처럼 부서졌다. 강철로 된 망치가 산탄총에서 쏟아져 나온 총알처럼 산산이 부서졌다.

그걸 보니 화가 치솟아 올랐다. 나는 몸을 일으켜서 앉았다. 그리고 양 팔꿈치를 구름다리의 가장자리 위로 올리고 발버둥을 쳤다. 낑낑거리고 땀을 왕창 쏟은 뒤에야 구름다리 위로 몸을 굴려 올려왔다.

[그래야 착한 녀석이지! 숫자는 잊어버려. 저 빛을 향해 그냥 기어가!]

터널이 눈앞에서 어른거렸다. 나는 숨을 쉴 수가 없었다. 그래서 턱 밸브를 쳤다.

아무 일도 일어나지 않았다.

"오스카! 턱 밸브가 고장 났어!" 나는 다시 시도했다.

오스카가 아주 느리게 대답했다. [아니야, 친구. 밸브는 고장 안 났어. 공기 호스가 얼었어. 마지막에 공급했던 공기에 수분이 있었나 봐.]

"나한테는 더 이상 공기가 없어!"

오스카가 다시 천천히 말했다. 하지만 대답은 확신에 차 있었다. [아니야, 네게 공기가 있어. 우주복 가득히 공기가 있잖아. 몇 미터 안 남았으니까 그 정도면 충분해.]

"난 못 해낼 거야."

[몇 미터밖에 안 남았어. 저기 엄마생물이 있다. 네 바로 앞에 있어. 계속 움직여.]

나는 머리를 들었다. 과연, 엄마생물이 있었다. 나는 계속 기어갔다. 그사이 엄마생물이 점점 크게 보였다. 마침내 내가 말했다. "오스카…. 이게 내 한계야."

[안타깝지만 그런 거 같아. 난 널 실망시켰어…. 하지만 나를 밖에 놔두고 가버리지 않아서 고마워.]

"넌 날 실망시키지 않았어…. 넌 훌륭했어. 실패한 사람은 나야."

[내 생각엔 우리 둘 다 실패한 거 같아…. 그래도 다른 사람들에게 우리는 노력했다고 이야기해줄 수 있어! 안녕, 파트너.]

"안녕. 다시 만나자, 친구!" 나는 간신히 짧은 두 걸음을 더 기어가서 엄마생물의 머리 가까이에 내 머리를 대며 쓰러졌다.

엄마생물이 미소 지었다. 「안녕, 킵. 애야.」

"난 못… 해냈어요. 엄마생물. 미안해요."

「넌 해냈단다!」

"네?"

「우리가 힘을 모아서 함께 해낸 거야.」

난 한참 생각한 후에 말했다. "오스카도 함께 했어요."

「그렇지, 오스카도.」

"피위도요."

「그리고 언제나 그렇듯 피위도. 우리 모두가 함께 해냈어. 이제 우리는 쉬어도 돼, 애야.」

"잘 자요…. 엄마생물."

지독하게 짧은 휴식이었다. 나는 엄마생물이 내가 잘해냈다고 생각한다는 사실에 마음이 따뜻해지며 행복하게 막 눈을 감았는데, 피위가 내 어깨를 흔들어댔다. 피위가 헬멧을 댔다. "킵! 킵! 일어나. 제발 일어나."

"응? 왜 그래?"

"내 힘으로는 너를 끌고 갈 수 없으니까! 해봤는데 못 하겠어. 넌 너무 무거워!"

나는 그 이야기를 곰곰이 생각했다. 당연히 피위는 나를 끌고 갈 수 없다. 얘는 도대체 무슨 근거로 그런 바보 같은 생각을 했던 걸까? 나는 피위의 두 배다. 내가 피위를 데리고 갈 거다…. 한숨 돌리고 나면.

"킵! 제발 일어나." 이제 피위는 엉엉 울면서 말했다.

"그래, 당연히 일어나야지." 내가 부드럽게 말했다. "네가 원한다면 말이야." 나는 일어나려 했지만 꼴사납게도 힘들었다. 피위가 거의 나를 들다시피 했다. 상당히 많은 도움이 됐다. 내가 일단 일어서자 피위가 넘어지지 않게 붙잡았다.

"돌아서 걸어."

피위가 거의 나를 끌고 가다시피 했다. 피위는 어깨로 내 오른팔을 받치고 계속 앞으로 나아갔다. 폭발로 날아간 금속판을 지날 때마다 피위는 넘어갈 수 있도록 도와주거나, 그냥 나를 금속판 너머로 밀어버린 다음에 다시 일으켜 세웠다.

마침내 우리는 에어로크에 도착했다. 피위가 내부의 공기로 에어로크를 채웠다. 피위가 나를 놓자마자 나는 바닥에 주저앉았다. 내부문이 열리자 피위가 몸을 돌려 뭐라고 말하더니 서둘러서 내 헬멧을 벗겼다.

나는 깊게 숨을 들이쉬었다. 그러자 현기증이 몰려오며 불빛들이 흐릿해졌다.

피위가 날 쳐다봤다. "이제 괜찮아?"

"나? 당연하지! 아무렇지도 않아."

"안으로 들어가게 도와줄게."

난 피위가 왜 그러는지 이해가 되지 않았지만, 그 애가 도와

췄고 내겐 그 도움이 필요했다. 피위는 나를 문에서 가까운 벽에 등을 기대어 앉혔다. 나는 눕고 싶지 않았다. "킵, 난 너무 겁이 났었어!"

"왜?" 나는 피위가 뭘 걱정했다는 건지 이해가 되지 않았다. 엄마생물이 우리가 다 잘해냈다고 얘기해주지 않았나?

"글쎄, 아무튼 난 겁났어. 너를 내보내지 말았어야 해."

"그래도 발신기는 설치했어야지."

"아, 그래도…. 설치했어?"

"당연하지. 엄마생물이 기뻐했어."

"나도 엄마생물이 당연히 기뻐했을 거라 생각해." 피위가 진지하게 말했다.

"기뻐했어."

"내가 뭘 해주면 좋을까? 우주복 벗는 거 도와줄까?"

"어… 아니야, 아직은 아니야. 마실 물 좀 줄래?"

"바로 갖다 줄게!"

피위가 돌아와서 내게 물을 내밀었다. 나는 생각보다 목이 덜 말랐다. 물을 넘기는 게 약간 힘들었다. 피위가 잠시 나를 살펴보더니 말했다. "내가 잠깐 어디 다녀와도 될까? 괜찮겠어?"

"나? 당연히 괜찮지." 나는 괜찮지 않았다. 몸이 아파오기 시작했지만, 피위가 해줄 수 있는 건 아무것도 없었다.

"금방 돌아올게." 피위가 헬멧을 잠그기 시작했다. 나는 그애를 무심한 눈으로 쳐다보다가 자기 우주복을 입고 있다는 사실을 알아챘다. 조금 전까지는 피위가 팀의 우주복을 입고 있는 줄 알았다.

나는 피위가 에어로크로 향하는 모습을 보면서 그 애가 어디로 가고 있으며, 왜 가는 건지 알아차렸다. 피위에게 엄마생물은 안으로 데려오지 않는 게 낫다고 이야기해주고 싶었다. 엄마생물이 여기로 오면… 엄마생물이 오면…. 나는 혼잣말로도 차마 "썩는다"는 이야기를 하고 싶지 않았다.

하지만 피위는 가버렸다.

피위가 5분 이상 밖에 나가 있지는 않았던 것 같다. 하지만 나는 눈을 감고 있었기 때문에 확실하지 않다. 내부문이 열리는 게 느껴졌다. 피위가 엄마생물을 기다란 장작나무처럼 팔에 안고 그 문으로 들어왔다. 엄마생물은 뻣뻣했다. 피위는 엄마생물을 내가 마지막 봤던 그 자세 그대로 바닥에 내려놓고 헬멧을 벗더니 큰 소리로 엉엉 울었다.

나는 일어설 수 없었다. 다리가 너무 아팠다, 팔도. "피위….제발. 애야, 그래도 소용없어."

피위가 고개를 들었다. "이제 다 울었어. 더 이상 울지 않을 거야."

그러더니 피위가 진짜로 울음을 멈췄다.

✳

우리는 한동안 거기에 앉아 있었다. 피위가 다시 내게 우주복 벗는 걸 도와주겠다고 했다. 하지만 우주복을 벗으려고 했을 때 끔찍하게 아팠다. 특히 손과 발이 너무 아파서 피위에게 그만하라고 요구할 수밖에 없었다. 피위가 걱정스러운 눈으로 쳐다봤다. "킵…. 동상에 걸렸을까 봐 걱정돼."

"그럴지도 모르지. 하지만 지금으로선 할 수 있는 일이 없어." 나는 고통 때문에 움찔거리다가 이야기 주제를 바꿨다. "네 우주복은 어디서 찾았어?"

"아!" 피위가 분개한 얼굴을 하더니 곧 즐거운 표정으로 바뀌었다. "짐작도 못 할걸. 조크의 우주복 안에 있었어."

"그래, 짐작도 못 했어. 《도둑맞은 편지》였네."

"도둑… 뭐라고?"

"아니야. 늙은 벌레머리에게 그런 유머 감각이 있는 줄은 몰랐어."

곧 지진이 느껴졌다. 심한 지진이었다. 기지에 샹들리에가 있었더라면 위아래로 마구 흔들거렸을 것이다. 바닥이 울렁거렸다. 피위가 소리를 질렀다. "아! 마지막 지진만큼이나 심하네."

"훨씬 심하지. 처음의 지진은 이번 거에 비하면 아무것도 아니었어."

"아니야. 네가 밖에 있을 때도 지진이 났었어."

"지진이 또 났었어?"

"못 느꼈어?"

"응." 나는 기억해내려 했다. "아마 내가 눈에 떨어졌을 때였나 보다."

---

* 에드거 앨런 포의 소설로, 중요한 편지를 일부러 지저분한 봉투에 넣어 눈에 잘 띄는 곳에 아무렇게나 꽂아두어서 다른 사람들이 못 찾게 하는 이야기가 나온다.

"눈 위로 떨어졌었어? 킵!"

"괜찮아. 오스카가 날 도와줬어."

다시 땅이 흔들렸다. 나는 신경 쓰지 않으려 했지만, 흔들릴 때마다 통증이 심해졌다. 나는 마침내 멍하던 정신이 돌아와서 더는 아프지 않아도 된다는 사실을 깨달았다.

자, 보자. 알약들은 오른쪽에 있었는데 진통제 분배기는 그중 가장 뒤쪽에 있었다. "피위? 물 좀 더 가져다줄 수 있겠니?"

"그럴게!"

"진통제를 먹을 거야. 약을 먹으면 잠들 텐데 괜찮겠니?"

"잘 수 있다면 자야 해. 지금 너한테는 잠이 필요해."

"그렇겠지. 지금 몇 시야?"

피위의 이야기를 듣고 난 믿을 수가 없었다. "12시간도 더 지났다는 거야?"

"응? 언제부터?"

"이 일이 일어나기 시작한 때부터."

"킵, 무슨 말인지 모르겠어." 피위가 자기 손목시계를 봤다.

"내가 너를 구덩이에서 찾은 뒤로 딱 1시간 30분 지났어. 엄마생물이 폭탄을 터뜨린 뒤로는 2시간이 채 안 됐고."

그 말 역시 믿기지 않았다. 하지만 피위는 자기가 옳다고 우겼다.

진통제를 먹으니 기분이 훨씬 나아졌다. 그리고 졸음이 쏟아지기 시작했을 때 피위가 말했다. "킵, 무슨 냄새 나지 않아?"

나는 코를 킁킁댔다. "성냥 냄새 같은데?"

"내 말이 그 말이야. 공기의 압력이 떨어지고 있는 것 같아. 킵…. 자려면 헬멧을 쓰는 게 좋겠어."

"알았어. 너도 쓸 거지?"

"응. 어, 내 생각엔 이 기지의 공기가 새어 나가기 시작한 것 같아."

"그래, 네 말이 맞을 거야." 폭발과 지진이 계속 발생한 상황에서 어떻게 안 그럴 수 있겠는가. 하지만 그게 어떤 의미인지 잘 알면서도 나는 너무 피곤하고 아프고 약 때문에 졸음이 쏟아져서 이 상황을 걱정할 힘이 없었다. 지금 당장 죽든, 지금부터 한 달 후에 죽든 무슨 상관이랴. 엄마생물은 다 잘됐다고 했다.

피위가 내 헬멧과 자기 헬멧을 잠갔다. 우리는 무전기를 점검했다. 피위는 나와 엄마생물을 바라보며 앉았다. 피위는 한동안 말이 없었다. 그러다 이런 소리가 들렸다. "피위가 풍뎅이에게…."

"수신했다. 피위."

"킵? 그동안 즐거웠어. 대체로. 그렇지 않아?"

"응?" 고개를 들어 계기판을 흘끗 쳐다봤더니 내게는 4시간 정도 분량의 공기가 남아 있었다. 나는 공기압력을 두 번 떨어뜨렸다. 우리에게 마지막 남은 공기였으므로 우주복의 공기압력을 그 방의 압력에 맞추기 위해서였다. "그래, 피위. 멋졌어. 세상 전부와도 바꾸고 싶지 않은 경험이었어."

피위가 한숨을 쉬었다. "난 네가 나를 원망하지는 않는지 알고 싶었어. 자, 이제 자자."

＊

막 잠이 들려는 참에 피위가 벌떡 일어나는 모습이 눈에 들어왔다. 그리고 무전기가 울렸다. "킵! 문으로 뭔가 오고 있어!"

나는 그게 무슨 의미인지 깨닫고 정신이 번쩍 들었다. 놈들은 왜 우리를 그냥 놔두지 못할까? 그저 몇 시간만 그냥 두면 되는데 말이다. "피위, 당황하지 마. 문에서 멀리 떨어져. 파란 광선총 가지고 있지?"

"응."

"놈들이 들어오면 총으로 쏴."

"킵, 그 자리에서 비켜줘. 네가 있는 그쪽에서 올 거야!"

"난 못 일어나겠어." 나는 오래전부터 팔조차 움직일 수 없었다. "전력을 낮춰. 그러면 나를 스쳐도 괜찮을 거야. 내 말대로 해! 빨리!"

"알았어, 킵."

내부문이 열리자 하나가 다가왔다. 피위가 총을 겨누는 모습이 눈에 들어왔다. 내가 무전기로 소리쳤다. "쏘지 마!"

그런데 내가 소리를 지르는 사이 이미 피위는 광선총을 떨어뜨리고 앞으로 뛰어나가고 있었다.

그들은 '엄마생물'의 종족이었다.

＊

여섯 명이 나를 운반했다. 엄마생물을 운반하는 데는 두 명

으로 충분했다. 그들은 들것을 조립하는 내내 노래로 나를 달
랬다. 나는 그들이 들어 올리기 전에 진통제를 하나 더 삼켰다.
그들의 움직임이 부드러웠는데도 움직일 때마다 아팠다. 우주
선을 터널 입구에 바짝 붙여놓아서 얼마 지나지 않아 우주선으
로 들어갔다. 우주선이 구름다리를 납작하게 으깨버렸을 것이
다. 난 그랬길 바랐다.

내가 안전하게 안으로 들어가자 피위가 내 헬멧을 벗기고 우
주복의 앞부분을 열어줬다. "킵! 이분들 정말 놀랍지 않아?"

"응." 나는 약 때문에 점점 더 몽롱하긴 했지만, 그래도 기분
이 훨씬 좋아졌다. "우주선은 언제 이륙한대?"

"벌써 이륙했어."

"우리 집으로 데려다준대?" 나는 차튼 씨한테 진통제가 크게
도움이 되었다고 말해주고 싶었다.

"응? 아, 이런, 아니야! 우리는 베가로 가."

난 정신을 잃었다.

제 4 부

나는 집에 돌아간 꿈을 꾸었다. 그러다 음악 소리에 화들짝 깼다. "엄마생물!"

「애야, 잘 잤니? 네 상태가 나아진 것 같아서 기쁘구나.」

"아, 아주 좋아요. 밤새 푹 쉬었어요…." 난 엄마생물을 뚫어지게 바라보다가 무심코 툭 뱉었다. "…당신은 죽었잖아요!" 나는 참지 못하고 말했다.

엄마생물의 대답은 따뜻하고 상냥하고 유머가 스며 있었다. 흔히 실수하기 마련인 어린아이의 잘못을 고쳐줄 때의 목소리였다. 「아니야, 애야. 나는 그저 동상을 입었을 뿐이야. 난 네가 생각하듯 그렇게 허약하지 않단다.」

나는 눈을 깜빡이고 다시 엄마생물을 바라봤다. "그러면 그게 꿈이 아니었던 거예요?"

「응. 꿈이 아니었어.」

"난 집에 온 줄 알았어요. 그리고⋯." 나는 앉으려고 했지만, 고개만 겨우 들었다. "집에 왔군요!" 내 방이었다! 왼쪽에 옷장이 있고, 엄마생물 뒤로 복도로 나가는 문이 있었다. 오른쪽에는 내 책상이 있었는데, 위에는 책들이 쌓여 있고, 그 위로 센터빌 고등학교의 교기가 걸려 있었다. 그리고 그 뒤에 있는 창문을 가린 늙은 느릅나무에는 산들바람에 흔들리는 나뭇잎들에 햇빛이 부서져 내렸다.

계산자는 내가 두었던 바로 그 자리에 있었다.

상황이 혼란스러웠지만, 그제야 나는 깨달았다. 마지막의 바보 같은 부분만 꿈이었던 것이다. 베가라니, 내가 진통제에 취해서 어지러운 상태였기 때문이다. "집에 데려다줬군요."

「우리가 너를 집에 데려오긴 했는데⋯ 다른 집이야. 여긴 우리 집이야.」

침대가 움직이기 시작했다. 나는 침대를 꽉 붙잡으려 했는데 팔이 움직이지 않았다. 엄마생물이 아직 노래하고 있었다. 「너에게 맞는 둥지가 필요했어. 그래서 우리가 이 방을 준비했어.」

"엄마생물, 무슨 말인지 이해가 안 돼요."

「우리는 새들이 자신의 둥지에 있어야 빠르게 잘 자란다는 사실을 알아. 그래서 우리가 네 둥지를 만든 거야.」 엄마생물이 '새'와 '둥지'라는 단어를 노래한 건 아니었지만, 이 단어들이 그녀가 말하려던 의미에 가장 가까웠다.

나는 마음을 가라앉히려고 깊게 숨을 들이쉬었다. 나는 엄마 생물의 말을 이해했다. 타인에게 자신을 이해하게 하는 데는 엄마생물을 따라올 존재가 없었다. 여긴 내 방이 아니고, 나는 집에 돌아온 게 아니었다. 그저 비슷하게 보이는 것뿐이었다. 하지만 나는 여전히 몹시 혼란스러웠다.

나는 주변을 둘러보고는, 왜 내가 착각했었는지 도리어 의아해졌다.

창문에 비치는 햇빛은 잘못된 방향에서 들어왔다. 천장에는 내가 지붕 밑에 비밀 공간을 만드느라 망치로 회반죽을 내리치는 바람에 새로 메꾼 자국이 없었다. 커튼도 달랐다.

책들은 너무 잘 정돈되고 깨끗했다. 마치 과자 상자를 전시해 놓은 것 같았다. 책은 제본된 선이 보이지 않았다. 전체적으로 비슷했지만 세세한 부분들은 달랐다.

「난 이 방이 마음에 드는구나.」 엄마생물이 노래했다. 「여긴 꼭 너 같아, 킵.」

"엄마생물, 이걸 어떻게 만든 거예요?" 내가 힘없이 물었다.

「너한테 물어봤어. 그리고 피위가 도와줬지.」

"피위도 내 방을 본 적이 없는걸요." 하지만 그때 여기서는 피위가 미국인의 가정에 대해 조언을 해줄 만한 전문가로서 자격이 충분하다는 생각이 들었다. "피위도 여기 있어요?"

「곧 이리 올 거야.」

피위와 엄마생물과 함께 있을 수 있다면 그리 나쁘지 않았다. 하지만…. "엄마생물, 내 팔과 다리가 움직여지지 않아요."

엄마생물이 가늘고 따스한 손을 내 이마에 올리고는, 여우원숭이처럼 커다란 눈동자가 모든 걸 가려버릴 때까지 내 얼굴 가까이 고개를 숙였다. 「네가 많이 다쳤었어. 지금 너는 잘 자라고 있어. 걱정하지 마.」

엄마생물이 걱정하지 말라고 이야기하면 걱정이 사라져버린다. 아무리 해도 따질 생각이 들지 않는다. 그녀의 눈을 들여다보는 것만으로도 편안해졌다. 그 눈에 풍덩 뛰어들어서 헤엄치며 돌아다녔다. "알았어요, 엄마생물." 그때 다른 일이 떠올랐다. "그런데… 엄마생물도 꽁꽁 얼었었죠? 그렇지 않나요?"

「응. 그랬지.」

"하지만…. 몸 안의 액체가 얼면 살아 있는 세포들이 파괴된댔어요."

엄마생물이 단호하게 말했다. 「내 몸은 절대로 그렇게 되지 않아!」

"하긴…." 나는 그 문제에 대해 생각했다. "그래도 저를 액체 공기에는 담그지 마세요! 우린 그런 식으로 만들어지지 않았단 말이에요."

엄마생물의 노래가 다시 장난스럽고 너그러워졌다. 「너를 다치지 않게 하려면 우리가 노력을 많이 해야겠는걸.」 엄마생물이 고개를 들었다. 그녀의 몸이 살짝 커지더니 버드나무처럼 흔들거렸다. 「피위가 느껴져.」

노크 소리가 들렸는데, 역시 내 방의 노크 소리와 달랐다. 가벼운 나무로 만들어진 실내의 문을 두드리는 소리가 아니었다.

피위가 소리쳤다. "들어가도 되죠?" 피위는 대답을 기다리지 않고 들어왔다. 대답을 기다릴 아이가 아니었다. 피위 뒤로 우리집의 2층 복도 같은 모습이 잠깐 눈에 들어왔다. 그들의 일 처리는 철저했다.

「얘야, 어서 오너라.」

"당연하지, 피위. 벌써 들어와버리긴 했지만."

"까다롭게 굴지 마."

"햐, 이게 누구야. 안녕, 꼬마야!"

"너도 안녕."

엄마생물이 미끄러지듯 옆으로 이동했다. 「피위, 너무 오래 있지는 마. 킵을 피곤하게 하면 안 돼.」

"금방 갈게요. 엄마생물."

「그럼, 얘들아 안녕.」

내가 물었다. "여기 병실의 병문안 시간은 어떻게 돼?"

"당연히 엄마생물이 원할 때는 언제든지 가능해." 피위가 허리에 양손을 짚고 나를 바라봤다. 피위는 우리가 만난 이래 처음으로 깨끗해진 모습이었다. 긁힌 자국이 있는 발그레한 뺨과 솜털 같은 머릿결. 10년 이내로 피위는 아름다운 아가씨가 될 것이다. 옷은 평소처럼 입었지만 새 옷 같았다. 단추가 모두 달렸고 찢긴 부분도 말끔하게 수선되어 있었다.

피위가 숨을 몰아쉬며 말했다. "아무튼, 너는 당분간 몸조리를 잘해야 할 거야."

"내가? 난 아주 건강해. 너는 어때?"

피위가 인상을 찌푸렸다. "동상만 조금. 그 외에는 괜찮아. 하지만 넌 완전 엉망진창이었어."

"내가 그랬어?"

"엄마가 '숙녀답지 못하다'고 싫어할 만한 말을 사용하지 않고서는 도저히 적절하게 표현할 방법이 없을 정도였어."

"아, 숙녀다운 소녀에게 그런 짓을 하게 만들 순 없지."

"비꼬지 마. 너도 신사다운 소년은 아니잖아."

"그럼 너를 상대로 연습해보면 안 될까?"

피위는 평소의 모습대로 그 말을 되받아치려다가, 갑자기 그만두고 미소를 짓더니 가까이 다가왔다. 나는 피위가 나한테 뽀뽀하려는 게 아닌가 하는 생각에 잠시 긴장했다. 하지만 피위는 그저 이부자리를 토닥이더니 진지하게 말했다. "그렇게 해도 돼, 킵. 넌 비꼬아도 되고, 나한테 심술궂게 굴거나, 비열한 소리를 하거나, 잔소리를 해도 돼. 뭐든지 맘대로 해. 난 징징대지 않을게. 심지어 엄마생물에게 말대꾸를 해도 돼."

난 딱히 그러고 싶은 생각은 들지 않았다. "피위, 진정해. 그러다간 머리 위로 천사의 후광이라도 비추겠다."

"네가 아니었다면 아마 지금쯤 하나 가지고 있었을 거야. 너 때문에 천사 시험에서 떨어져버린 셈이지."

"그래? 내 기억엔 너만 한 어떤 아이가 나를 거의 업다시피 해서 안으로 끌고 들어갔던 거 같은데, 그건 어쩌지?"

피위가 말을 얼버무렸다. "그건 아무것도 아니야. 네가 발신기를 설치했잖아. 그게 중요해."

"음, 나랑은 의견이 다른 거 같네. 아무튼, 명왕성은 춥더라."

그런 이야기를 계속하자니 서로 민망한 거 같아서 내가 주제를 바꿨다. 발신기 이야기 때문에 다른 일이 떠올랐다. "피위, 여긴 어디야?"

"응? 당연히 엄마생물의 고향이지." 피위가 주변을 둘러보며 말했다. "아, 깜빡했다. 킵, 여긴 진짜 네 방이…"

"그건 알아." 내가 조급하게 말했다. "가짜지. 누구라도 알아볼 수 있어."

"그래 보였어?" 피위가 풀이 죽은 목소리로 말했다. "난 우리가 완벽하게 해낸 줄 알았는데."

"믿기 힘들 정도로 잘했어. 도대체 어떻게 이렇게까지 했는지 짐작도 안 돼."

"아, 네가 아주 세세한 부분까지 기억했어. 넌 카메라처럼 한 번만 보면 기억하는 눈을 가진 게 틀림없어." 틀림없이 나는 마음속에 있던 생각마저 다 털어놓았을 것이다! 나는 혼잣말로 투덜댔다. 내가 그것 말고 또 무슨 말을 했을까? 게다가 피위도 들었을 텐데. 물어볼 엄두가 나지 않았다. 누구나 사생활은 보호받아야 하는 거잖아.

"그래도 이건 가짜야." 내가 계속 말했다. "나도 엄마생물의 고향이라는 건 알아. 그런데 그게 어디야?"

"아." 피위가 눈을 동그랗게 떴다. "내가 너한테 말해줬었어. 아마 기억을 못 하나 보다. 졸려서 그랬을 거야."

"나도 기억나." 내가 느리게 대답했다. "조금은. 하지만 그건 말이 안 돼. 네가 나한테 베가로 가고 있다고 했잖아."

"음, 아마 행성 일람표에는 '베가 제5행성'이라고 나올 거야. 하지만 이 사람들은 여기를⋯." 피위가 고개를 뒤로 젖히더니 뭔가 발음했다. 러시아 오페라 〈금계〉에 나오는 닭의 울음소리 주제음악을 다시 듣는 기분이었다. "하지만 난 이렇게 말해줄 수는 없었어. 그래서 베가라고 했지. 어쨌든 가장 가까운 별이니까."

나는 다시 일어나 앉으려다 실패했다. "너는 거기에 서서 여기가 베가라고, 아니 '베가의 행성'이라고 그러는 거야?"

"뭐, 나보고 앉으라고 하지는 않았잖아."

나는 피위의 말대꾸는 무시했다. 나는 창문으로 쏟아져 들어오는 '햇빛'을 바라봤다. "저 빛이 베가에서 오는 거란 말이야?"

"저거? 저건 인공 햇빛이야. 진짜로 밝은 베가의 빛을 비추면 정말 끔찍할 거야. 아크방전 불빛을 맨눈으로 보는 거 같다니까. 베가는 색등급도에서 한참 위에 있거든."

"그래?" 나는 베가의 스펙트럼이 어떻게 되는지 몰랐다. 이전에는 그걸 알아야 한다는 생각을 해본 적도 없었다.

"응, 맞아! 조심해, 킵. 몸이 나은 뒤에 말이야. 10초면 마이애미에서 겨울 휴가 내내 지내는 거보다 더 많이 탈 거야. 그리고 10분이면 죽을 수도 있어."

나는 힘든 기후와 얽히는 재능이 있는 모양이었다. 항성 분류에서 베가는 어디에 속할까? A형 계열일까? 어쩌면 B형 계열일지도 모르겠네. 베가에 대해 내가 아는 거라곤 밝고 큰데, 태양보다도 크다. 그리고 거문고자리에 예쁘게 자리 잡고 있다는 사실뿐이었다.

그래서 대체 여기가 어디라는 거야? 아인슈타인의 상대성이 론이 있는데, 어떻게 우리가 여기까지 왔다는 거지? "피위, 베가 는 얼마나 멀어? 태양에서 얼마나 멀리 떨어져 있느냐는 거야. 혹시 넌 아니?"

"당연하지." 피위가 비웃으며 말했다. "25광년이야."

어이쿠, 이게 대체 뭔 소리야! "피위, 저기 있는 계산자 좀 집 어봐. 계산자 사용법은 알지? 내 손을 사용할 수는 없을 것 같아 서 말이야."

피위가 불안해 보였다. "음, 그걸로 뭘 하게?"

"킬로미터로는 얼마나 되는지 알고 싶어."

"아, 내가 계산해줄게. 계산자는 필요 없어."

"계산자를 쓰면 훨씬 빠르고 더 정확하게 계산할 수 있어. 사 용방법을 모른다고 부끄러워할 필요는 없어. 나도 네 나이 때는 몰랐어. 내가 사용방법을 가르쳐줄게."

"나도 당연히 사용할 줄 알아!" 피위가 화난 얼굴로 말했다. "넌 내가 바보인 줄 알아? 그래도 내가 계산할 거야." 피위가 입술을 조용히 들썩거렸다. "약 2.37 곱하기 10의 14승 킬로미터야."

나는 얼마 전에 프록시마 센타우리 문제를 풀어봤기 때문에 1광년이 몇 킬로미터인지 기억했다. 그래서 머릿속으로 대충 검 산을 해봤다. 대충 25 곱하기 10을 하면 250이 나온다. 어디에 다 소수점을 찍어야 하지? "네 답이 대충 맞는 거 같아." 이런 237,000,000,000,000킬로미터라니! 0이 너무 많아서 불안할 지경이었다.

"당연히 내가 맞지!" 피위가 대꾸했다. "난 항상 맞아."

"어이쿠! 완전히 걸어 다니는 백과사전이시네."

피위가 얼굴을 붉히며 눈을 부릅떴다. "나는 천재가 되고 싶어서 된 줄 알아?"

나는 피위의 과거 실수들을 늘어놓으며 따질 참이었는데, 피위가 이 상황을 불편해하는 게 느껴졌다.

예전에 아빠가 했던 말이 떠올랐다. '중간이 최고보다 낫다고 주장하는 사람들이 있어. 그런 사람들은 자기가 날지 못하니까 다른 사람의 날개를 꺾어버리려고 하지. 그리고 두뇌를 경멸해. 자기들한테는 없으니까. 푸하!'

"미안해, 피위." 나는 정중하게 사과했다. "나도 네가 천재가 되고 싶어서 된 게 아니라는 걸 알아. 그리고 내가 천재가 아니라는 것도 어쩔 수 없는 사실이고…. 그건 내 덩치가 크고 네가 작은 것처럼 어쩔 수 없는 일이라는 걸 알아."

피위의 표정이 풀리더니 다시 진지한 얼굴이 됐다. "내가 또 잘난 척을 해버렸지." 피위가 단추를 비비 꼬았다. "어쩌면 네가 우리 아빠처럼 나를 이해해준다고 생각해서 그런지도 몰라."

"그 이야긴 칭찬으로 받아들일게. 내가 그럴 수 있을지는 모르겠지만, 이제부터라도 노력할게."

피위는 걱정하는 표정으로 계속 단추를 비비 꼬았다. "킵, 너도 아주 똑똑해. 그건 알지?"

내가 씩 웃었다. "내가 똑똑했으면 여기에 이러고 있겠니? 난 손재주도 없고, 다른 사람들의 말도 잘 안 들어. 이봐, 피위, 혹시 괜찮으면 그 계산자로 네가 한 계산을 검산해보면 어떨까? 난 진짜로 해보고 싶어." 무려 25광년이라니. 여기서는 태양이 보이지 않을 것이다. 태양은 별로 대단할 게 없는 별이기 때문이다.

하지만 내가 피위가 다시 불편하게 만든 모양이었다. "음. 킵, 저 계산자는 별로야."

"뭐? 아니야, 최고급이라 얼마나 비싸게 주고 산….'

"킵, 제발 그만해! 저건 책상의 일부분이라고. 계산자가 아니란 말이야."

"뭐?" 나는 부끄러웠다. "내가 깜빡했어. 음, 그러면 저 복도도 그리 멀리까지는 이어지지 않겠네?"

"딱 네 눈에 보이는 곳까지만. 우리한테 시간만 충분했으면 진짜 계산자를 만들 수도 있었을 거야. 그들도 로그를 잘 알거든. 아, 그 사람들은 정말로 잘 알아!"

'시간만 충분했으면'이라는 말이 신경 쓰였다. "피위, 우리가 여기 올 때까지 얼마나 걸렸어?" 25광년이라니! 설령 광속으로 이동한다고 해도 아인슈타인의 이론에 따라 내게는 그리 오래 걸리지 않았겠지만, 센터빌에서는 다르다. 아빠는 벌써 돌아가셨을 수도 있다! 엄마보다 나이가 많은 아빠는 이제 할아버지라고 불러도 될 연세가 되었을 것이다. 다시 25년을 돌아가면, 이런, 아빠는 백 살도 넘는다. 그때는 엄마도 돌아가셨을 것이다.

"여기까지 오는 시간? 음, 전혀 안 걸렸어."

"아니, 그게 아니라…. 물론 그렇게 느꼈겠지. 너는 나이를 먹지 않았고, 나도 아직 동상 때문에 누워 있는 걸 보면 말이야. 그렇지만 적어도 25년은 걸렸을 거야. 그렇지 않아?"

"킴, 무슨 이야기야?"

"물론 상대성이론 이야기지. 그 이론은 들어봤지?"

"아, 그거야 당연히 들어봤지. 하지만 이 사람들에게는 상대성이론이 적용되지 않아. 시간이 전혀 걸리지 않았어. 아, 명왕성의 대기를 빠져나오는 데 15분 걸리고 여기 대기를 돌입하는 데 비슷한 시간이 걸리긴 했어. 하지만 그 시간 빼고는, 풋! 0이야."

"광속으로 이동하면 그렇게 생각될 거야."

"그게 아니야, 킴." 피위가 인상을 찌푸렸다. 그러더니 다시 표정이 밝아지며 입을 열었다. "네가 발신기를 설치한 후 그들이 우리를 구조하러 올 때까지 얼마나 걸렸지?"

"응?" 그 이야기에 뒤통수를 맞는 기분이었다. 아빠는 돌아가시지 않았다! 엄마는 아직 흰머리조차 나지 않았을 것이다. "1시간 정도 걸렸던 것 같아."

"조금 더 걸렸어. 그들이 우주선을 준비해둔 상태였다면 더 적게 걸렸을 거야…. 그러면 터널에서 내가 아니라 그들이 너를 발견했겠지. 여기까지 메시지가 전달되는 시간은 전혀 걸리지 않았어. 우주선을 준비하느라 30분이 허비되어서 엄마생물이 엄청나게 화를 냈어. 난 엄마생물이 그렇게 화를 낼 수 있을 줄 몰랐어. 본래 우주선이 대기하고 있어야 하는 거였대."

"엄마생물이 부르기만 하면 즉시 움직일 수 있도록?"

"언제라도, 즉시. 엄마생물은 중요한 존재거든. 그리고 나머지 30분은 대기권을 통과하느라 보낸 시간이야. 그게 다야. 그들은 실시간으로 이동한 거야. 이상한 시간의 수축이 어쩌고 하는 것도 없이."

난 그 이야기를 이해하려고 애썼다. 그들은 25광년을 1시간 만에 이동하고도 꾸물거렸다고 야단을 맞았다. 틀림없이 아인슈타인 박사는 묘지의 이웃들 사이에서 '경박한 알베르트'라는 소리를 듣고 있을 것이다. "하지만 어떻게?"

"킵, 혹시 기하학에 대해 좀 알아? 유클리드 기하학 말고 말이야."

"음…. 열리거나 닫힌 구부러진 공간에 대해서는 조금 알아. 그리고 벨 박사의 대중서도 읽었어. 그래도 내가 기하학에 대해 아주 잘 안다고 이야기하긴 힘들지."

"적어도 두 점 사이의 최단거리가 반드시 직선일 필요는 없다는 이야기에 펄쩍 뛰지는 않겠네." 피위가 양손으로 자몽을 눌러서 짜는 듯한 몸짓을 했다. "우주에서 두 점 사이의 최단거리는 직선이 아니니까, 공간을 찌그러뜨리면 모든 점과 만나게 돼. 우주를 잘 접으면 물통에도 넣을 수 있고, 운이 좋으면 골무에도 집어넣을 수 있어."

우주가 짓눌려서 찻잔으로 들어가고, 원자핵과 전자들이 진짜로 단단하게 뭉쳐진 (우라늄의 핵조차 수학적으로 별것 아닌 것으로 보일 정도로 진짜로 꽉 찬) 모습이 떠올라서 현기증이 났다. 우주생성론자들이 우주의 팽창을 설명할 때 이용하는 '원시 원자'의 상태 같았다. 뭐, 아마 우주는 한데로 모이고 팽창했을 것이다. 마치 '입자-파동 이중성' 역설처럼 말이다. 입자는 파동이 아니고, 파동은 입자가 될 수 없다. 하지만 모든 게 그 둘의 특성을 함께 가지고 있다. 입자-파동 이중성을 믿을 수 있게 되면 뭐라도 믿을 수 있게 된다. 그걸 믿지 않으면 아무것도 믿을 수 없게 된다. 심지어 자기 자신조차도. 왜냐하면 우리도 바로 '입자-파동'으로 존재하기 때문이다. "차원은 몇 개야?" 내가 힘없이 물었다.

"몇 차원이었으면 좋겠어?"

"나? 음, 20차원 정도? 처음의 4차원에다 각 차원에 4차원씩 더 붙이고, 모서리마다 여유분으로 1차원씩 더 붙여주면."

"20차원으로는 어림도 없어. 킵, 나도 모르겠어. 나도 기하학은 잘 몰라. 예전엔 잘 안다고 생각했었는데 말이야. 그래서 내가 그들을 좀 괴롭혔지."

"엄마생물을?"

"엄마생물? 아, 맙소사, 아니야! 엄마생물은 기하학을 잘 몰라. 우주선을 조종해서 공간이 접힌 부분으로 들어갔다가 나오는 정도에 불과해."

"겨우 그 정도야?" 나는 그저 손가락으로 그리는 그림이나 배우는 게 좋았을 것이다. 아빠의 꼬드김에 빠져서 공부해보겠다는 엄두를 내지 말았어야 했다. 공부는 도대체 끝이 없었다. 배우면 배울수록 배워야 할 게 더 늘어난다. "피위, 너는 그 발신기가 어디에 쓰는 건지 알고 있었지?"

"나?" 피위가 천진난만한 표정을 지었다. "뭐…, 그렇지."

"넌 우리가 베가로 오게 되리라는 것도 알고 있었지?"

"음…. 발신기가 제대로 작동되면, 그리고 그게 제시간에 작동하게 된다면 그럴 거라 생각했지."

"자, 이제 중요한 질문이야. 왜 나한테는 말 안 했어?"

"그거야…." 피위가 다시 단추를 비비 꼬기 시작했다. "네가 수학을 얼마나 잘할지 몰랐고, 네가 남자랍시고 잘난 척하면서 상식이 어떻고 하면서 꼰대질을 할 수도 있었으니까. 내가 말했어도 네가 믿었을까?"

라이트 형제에게 '그 기계는 절대로 못 난다'고 이야기하던 사람들이 얼마나 많았던가. "아마 안 믿었겠지. 그래도 혹시 다음에 '나를 위해서' 뭔가를 말해주지 말아야겠다는 생각이 들거든, 내가 무지한 상태에 집착하는 사람은 아니라는 사실에 한번 운을 걸어보겠니? 나도 내가 천재가 아니라는 건 알지만, 열린 마음을 유지하려고 노력할게. 네가 뭘 하려는지 나한테 말해주면 내가 도움을 줄 수도 있잖아. 그리고 단추 좀 그만 비틀어."

피위가 허둥지둥 단추에서 손을 뗐다. "알았어, 킵. 기억해둘게."

"고마워. 또 하나 진짜 궁금한 게 있어. 내 상태가 많이 안 좋았니?"

"응? 그걸 말이라고 해? 엄청나게 심각했어!"

"그랬구나. 이들한테는 어디든 즉시 갈 수 있는, 그러니까, '공간을 접는 우주선' 어쩌고 하는 게 있잖아. 왜 넌 이들에게 지구로 폴짝 뛰어서 나를 병원에 넣어달라고 요구하지 않았어?"

피위가 우물쭈물하며 내게 물었다. "지금은 좀 어때?"

"응? 괜찮은 것 같아. 척추 아래로 마비 같은 게 있는 것 같긴 하지만."

"그 비슷한 상태야." 피위가 내 말에 맞장구쳤다. "그래도 낫고 있는 것 같지 않아?"

"이런, 지금도 아주 좋아."

"지금은 아니야. 하지만 앞으로 나아질 거야." 피위가 나를 뚫어지게 쳐다봤다. "내가 솔직하게 말해도 돼?"

"해봐."

"그들이 널 지구로 데려가서 최고의 병원에 내려줬으면 넌 '사지 절단'을 당했을 거야. 무슨 말인지 알겠어? 팔도 없고 다리도 없어졌을 거라고. 하지만 여기서는 완벽하게 회복될 거야. 아무것도 절단하지 않아도 돼. 발가락 하나도."

엄마생물이 나를 위해 준비해준 모양이었다. 나는 그저 이렇게 물었을 뿐이다. "정말?"

"그렇고말고. 이제 좋아질 거야." 피위가 갑자기 인상을 찌푸렸다. "아, 넌 정말 엉망진창이었어! 내가 봤다니까."

"그렇게 안 좋았어?"

"끔찍했어. 난 아직도 악몽을 꿔."

"네가 보지 못하게 막았어야 했는데."

"이 사람들도 나를 막을 순 없었어. 난 너한테 가장 가까운 친족이니까."

"뭐? 그들한테 네가 내 동생이나 뭐 그런 거라고 말한 거야?"

"응? 여기서 내가 너한테 가장 가까운 친족 맞잖아."

나는 피위에게 "너 미쳤구나"라고 이야기하려다 혀가 꼬였다. 우리는 지구에서 237조 킬로미터 떨어진 곳에 있는 유일한 인간이었다. 언제나처럼 이번에도 피위의 말이 맞았다.

"그래서 난 허락해줄 수밖에 없었어." 피위가 계속 말했다.

"무슨 허락을 해줘? 그들이 나한테 무슨 짓을 한 거야?"

"음, 먼저 그들을 널 액체 헬륨에 집어넣었어. 한 달 동안 너를 거기에 넣어두고 나를 실험재료로 사용했어. 그리고 사흘 전에, 지구 시간으로 사흘이란 이야기야, 너를 해동해서 치료를 시작했어. 넌 그 후로 쭉 회복되고 있어."

"그럼, 지금 내 상태가 어떤데?"

"음…. 글쎄, 넌 다시 자라나는 중이야. 킵, 이건 침대가 아니야. 그렇게 보일 뿐이지."

"그럼 뭐야?"

"우리한테는 거기에 해당하는 단어가 없어. 그리고 내가 그들의 말을 흉내 내기엔 음이 너무 높아. 하지만 여기서부터 아래로…" 피위가 침대 시트를 툭툭 쳤다. "…그 아래에 있는 방까지 모든 것들은 너를 치료하기 위한 시설이야. 네 몸에는 오디오 마니아 집의 지하에 있는 음향실처럼 온갖 선들이 이리저리 연결되어 있어."

"나도 보고 싶어."

"안타깝지만, 넌 볼 수 없어. 그게 어떤 모습인지 상상하기도 힘들 거야, 킵. 그들은 네 우주복을 잘라내야 했어."

나는 내 몸이 엉망이었다는 이야기를 들었을 때보다 더 감정이 복받쳤다. "뭐? 오스카는 어디 있어? 그를 망가뜨렸어? 내 우주복 말이야."

"네가 무슨 말을 하는지 나도 알아. 늘 네가 '오스카'에게 헛소리를 하고 혼자 답변까지 했잖아. 난 가끔 네가 정신분열증이 아닐까 걱정했어."

"아무렇게나 생각나는 대로 말하지 마, 인마. 네 말 때문에 오히려 내 자아가 둘로 쪼개지겠다. 아무튼 너야말로 편집증 환자야."

"아, 나도 오래전부터 편집증이 있다는 걸 알았어. 하지만 아주 잘 통제하고 있지. 오스카 보고 싶어? 네가 깨어나면 오스카를 가까이 두고 싶어 할 거라고 엄마생물이 그랬거든." 피위가 옷장을 열었다.

"야! 아까는 오스카가 갈기갈기 찢겼다고 했잖아!"

"아, 그들이 수리했어. 새것처럼 말끔해. 오히려 새것보다 조금 더 좋을 거야."

「얘야, 시간 됐어! 내가 했던 말 기억하지?」

"가요, 엄마생물! 잘 있어, 킵. 곧 다시 들를게. 진짜로 자주 올 거야."

"알았어. 오스카를 볼 수 있게 옷장을 열어둔 채로 둬."

피위는 종종 왔지만, '진짜로 자주'는 아니었다. 그 때문에 기분이 많이 상한 건 아니었다. 피위는 온 사방에 흥미롭고 '교육적인' 물건들이 넘쳐흘러서 여기저기 들쑤시고 다녔다. 그 애한테는 모두 새롭고 매혹적인 것들이어서 슬리퍼를 씹어대는 강아지처럼 바쁘게 쏘다녔다. 피위 때문에 이 행성의 주인들이 고생이었다. 그리고 나도 지루하지 않았다. 나는 점차 회복되고 있었고, 온종일 거기에 매달려야 했다. 행복할 때는 지루하지 않은 법이다. 난 행복했다.

　　엄마생물도 자주 보지 못했다. 난 그제야 엄마생물에게도 해야 할 일이 있다는 사실을 깨닫기 시작했다. 그래도 내가 요구하기만 하면 1시간이 채 되기 전에 나를 보러 와주었고, 급하게 떠나려는 기색도 비치지 않았다.

　　엄마생물은 내 담당 의사도 아니고 간호사도 아니었다. 대신 내게는 '수의사'가 배치되어 심장 박동 하나까지 주의 깊게 살폈다. 의사들은 내가 부르지 않는 이상 (그들은 내가 소곤대기만 해도 소리를 지르는 것과 마찬가지로 반응했다) 병실에 들어오지 않았지만, 곧 나는 '내 방'이 도청되고 있으며, 시험 비행을 하는 우주선처럼 각종 원격 계측 장비로 관찰되고 있다는 사실을 알게 됐다. 내 '침대'는 거대한 기계 덩어리였다. 우리의 '인공 심장'과 '인공 허파', '인공 신장'을 그 장치에 비교하는 건 록히드 사의 초음속 수송기를 유모차에 비교하는 것이나 마찬가지였다.

나는 그 장치를 한 번도 못 봤다. 그들은 내가 잠들어 있을 때 외에는 절대로 침대 시트를 들추지 않았다. 하지만 그들이 무슨 일을 하는지는 알았다. 그들은 내 몸이 스스로 치료되도록 자극했다. 상처에 흉터가 생기며 아물게 하는 게 아니라 본래의 세포 조직을 되살리는 방식이었다. 바닷가재는 이렇게 한다. 불가사리는 재생능력이 워낙 뛰어나서 잘게 자르면 각 조각이 수천 개의 불가사리로 다시 재생된다.

사실 이건 모든 동물이 할 수 있는 묘기다. 모든 세포에 동일한 유전 패턴이 담겨 있기 때문이다. 하지만 수백만 년 전에 우리는 그 능력을 잃어버렸다. 과학이 그 능력을 다시 회복하려 한다는 사실은 모두 알고 있다. 아마 여러분도 이에 대한 기사를 읽어봤을 것이다. 〈리더스 다이제스트〉에는 낙관적인 기사가 실려 있고, 〈사이언티픽 먼슬리〉에는 비관적인 기사가 실려 있다. 그리고 수습기자 과정을 공포 영화에 관한 기사를 쓰느라 보낸 듯한 '과학부 편집자'들이 일하는 잡지들에는 말도 안 되는 엉터리 기사들이 실려 있다. 하지만 아무튼 우리는 연구를 계속하고 있다. 병원에 가는 길에 과다 출혈로 죽는 경우 외에는 사람이 사고로 죽지 않는 날이 언젠가 올 것이다.

여기서 나는 그 기술에 대해 알아볼 완벽한 기회를 얻었다. 하지만 그러지 못했다.

나도 시도는 해봤다. 그들의 치료 과정에 대해서는 전혀 걱정하지 않았다(엄마생물은 내게 걱정하지 말라고 했다. 그리고 병문안을 올 때마다 내 눈을 바라보며 그 소리를 반복했다). 그래도 나는 피위와 마찬가지로 그 기술에 관해 알고 싶었다.

정글 깊숙한 곳에 살면서 '할부 구매'가 뭔지도 모르는 야만인을 떠올려보라. 그의 아이큐가 190이고 피위만큼이나 호기심이 넘치는 사람이라고 치자. 그 사람을 브룩헤이븐 원자력연구소에 던져놓으면 얼마나 배울 수 있을까? 가능한 모든 지원을 다 해준다고 치면? 그 사람은 어느 복도가 어느 방으로 이어지는지를 배울 수 있을 것이다. 그리고 자주색의 나뭇잎 세 장 그림의 의미도 알게 될 것이다. '위험!'

그게 전부다. 그의 능력이 모자라서가 아니다. 이 사람이 슈퍼 천재였다는 사실을 기억하라. 하지만 올바른 질문을 던지고 그 대답을 이해하기 위해서는 20년의 학교 교육이 필요하다.

나는 질문을 할 때마다 항상 답변을 들었으며, 그 의미를 대충 이해했다. 하지만 그 이야기들을 여기에 기록하지는 않을 것이다. 그 이야기들은 야만인이 원자력 장비의 설계와 작용에 대해 대충 이해하듯, 혼란스럽고 모순적이었기 때문이다. 무전기로 대화를 나눌 때 잡음이 어느 수준 이상으로 올라가면 어떤 정보도 전달되지 못하는 상황과 비슷하다. 내가 배운 건 전부 다 '잡음'이었다.

그중 몇몇은 말 그대로 진짜 '잡음'이었다. 내가 질문을 하면 의사 중 한 명이 대답을 해줬는데, 그 대답을 내가 부분적으로 이해하더라도, 중요한 핵심 부분이 나올 때가 되면 내게 들리는 건 그저 새의 노랫소리에 불과할 때가 많았다. 엄마생물이 중간에서 소통을 도와줄 때조차도 내게 배경지식이 없는 경우에는 카나리아가 흥겹게 재잘거리는 소리로밖에 들리지 않았다.

이제 의자에 똑바로 자세를 잡고 앉아서 한번 들어보라. 내가 이해하지 못했던 일에 관해 이야기해보려고 한다. 엄마생물은 입으로 영어를 발음하지 못하고, 우리는 엄마생물처럼 노래를 하지 못할 뿐만 아니라 그들의 언어를 배우지도 않았는데, 피위와 나는 어떻게 엄마생물과 대화를 나눴을까. 참고로 나는 앞으로 그들을 '베가인'으로 부를 텐데, 그건 우리를 '태양인'이라고 부르는 것과 비슷한 방식이다. 그들의 진짜 이름은 산들바람에 흔들거리는 풍경 소리처럼 들린다. 엄마생물도 이름이 있다. 하지만 난 콜로라투라 소프라노처럼 노래할 수 없다. 피위는 엄마생물의 비위를 맞추고 싶을 때 그 소리를 냈다. 그건 아주 효과가 좋았다. 베가인은 다른 존재를 이해하는 일에 아주 탁월했다. 텔레파시를 사용하는 건 아닌 것 같았다. 그랬다면 내가 그렇게 자주 베가인의 말을 오해하지 않았을 것이다. 아마도 그건 '공감 능력'일 것이다.

하지만 베가인들의 공감 능력은 제각기 천차만별이었다. 우리가 모두 차를 운전할 수 있더라도 극소수의 사람만이 자동차 경주에 나갈 수 있는 수준에 도달하는 상황과 비슷했다. 엄마생물의 공감 능력은 바흐가 음악을 이해하는 수준의 경지였다. 어떤 여배우가 이탈리아어를 아주 효과적으로 사용할 수 있어서 이탈리아어를 전혀 못 하는 사람에게도 자신을 이해시킬 수 있었다는 이야기를 읽었던 적이 있었다. 그 여배우의 이름은 '두체'였다. 아니, '두체'는 독재자 무솔리니를 부르던 말이었지. 아무튼 그 비슷한 이름이었다. 그녀는 틀림없이 엄마생물과 비슷한 공감 능력을 갖췄을 것이다.

내가 엄마생물과 나눈 첫 대화는 "안녕"과 "잘 가", "고마워", "어디 가니?" 같은 말이었다. 그녀는 자기가 전달하고 싶은 의미를 투영할 수 있었다. 뭐, 물론 누구든 처음 본 강아지하고도 그 정도는 소통할 수 있다. 나중에 나는 그녀의 말을 하나의 '언어'로 이해하기 시작했다. 엄마생물은 영어 단어들의 의미를 점점 더 빨리 익혔다. 그녀는 그 분야에 엄청난 능력이 있었다. 엄마생물과 피위는 감방에 갇혀 있던 여러 날 대화를 나눴다.

그러나 "환영해", "배고파", "서두르자" 같은 말들은 쉽지만, "헤테로다인 방식", "아미노산" 같은 의미를 전달하는 건 그보다 어렵다. 둘 다 그 개념을 알고 있을 때조차도 말이다. 그러니 한쪽에서 그 개념조차 모를 때는 그 대화가 제대로 될 리가 없다. 내가 그 수의사들의 말을 이해하려 할 때 일어난 문제가 바로 그것이었다. 우리가 서로 영어로 대화했더라도 나는 이해하지 못했을 것이다.

진동 회로가 어떤 무선 신호를 전송하더라도, 동일한 주파수로 진동되어 그 무선 신호를 수신할 수 있도록 맞춰진 다른 회로가 없다면 죽음과 같은 침묵만 남게 된다. 나는 베가인의 주파수에 맞춰서 올바르게 진동하지 못했다.

그렇긴 하더라도, 고도의 지식에 관한 대화가 아닐 때는 나도 베가인의 말을 이해했다. 그들은 좋은 사람들이었다. 베가인은 대화를 즐기고 많이 웃었으며 서로를 좋아하는 것 같았다. 난 엄마생물 말고는 그들을 서로 구별하기 힘들었다. 베가인도 나와 피위의 차이점에 대해서, 하나는 아프고 다른 하나는 아프지 않다는 차이만 인식할 수 있다는 사실을 나중에 알게 됐다. 베가인들은 서로를 구별하는 데에 아무런 문제가 없었다. 그들의 대화는 음악적인 이름들과 뒤섞여 있어서, 결국 〈피터와 늑대〉나 바그너의 오페라에 엉켜 들어간 느낌을 받는 지경에 이르게 된다. 그들에게는 심지어 나를 의미하는 주제곡까지 있었다. 베가인의 대화는 여름날 새벽 동틀 무렵 들려오는 새소리처럼 흥겹고 즐거웠다.

나는 다음에 카나리아를 만나게 되면, 그 새의 말을 이해할 수 있을 것이다. 설령 카나리아는 자기가 무슨 말을 하고 있는지 모른다고 할지라도 말이다.

그리고 피위를 통해 이런저런 이야기를 조금씩 얻어들었다. 병원 침대는 이 행성을 공부하기에 그다지 좋은 장소가 아니었다. 베가 제5행성의 중력은 지구의 표면 중력과 비슷했으며, 산소와 이산화탄소가 있었고, 물이 순환됐다. 하지만 인간에게 적합한 행성은 아니었다. 한낮 '태양'의 자외선이 살인적일 뿐만 아니라, 공기에 유독한 오존이 많이 포함되어 있었다. 극소량의 오존은 사람에게 활력을 주지만, 그보다 조금만 더 많아져도 청산가리 기체를 들이마시는 것이나 마찬가지다. 게다가 공기 중에는 아산화질소도 있는 것 같았는데, 이것 역시 오래 들이마시면 인간에게 좋지 않다. 내 병실은 공기 조절 장치로 공기를 걸렀다. 베가인은 우리가 마시는 공기를 마실 수 있었지만, 그들은 그 공기를 '맛이 없다'고 여겼다.

나는 다른 일을 하면서 그에 따른 부산물로 조금 배우기도 했다. 엄마생물은 내게 어쩌다 이런 일에 얽히게 되었는지 구술해 달라고 부탁했다. 내 이야기를 마치자, 엄마생물은 지구에 대해 내가 아는 모든 것들을 구술해달라고 했다. 지구의 역사와 우리가 어떻게 일하고 함께 살아가는지까지. 이건 내게 무리한 요구였다. 난 아직 구술하지 않았다. 내가 아는 게 별로 없다는 사실을 깨달았기 때문이다. 예를 들어 고대 바빌로니아의 경우 초기 이집트 문명과는 어떤 관계일까? 나는 기껏해야 어렴풋이 알고 있을 뿐이었다.

피위는 나보다 나았을 것이다. 피위는 우리 아빠가 그러듯이 듣거나 읽거나 본 것들을 모조리 기억했다. 하지만 나는 침대에 있으니 오래 붙잡아둘 수 있어도, 피위를 그리 오래 잡아두기는 힘들었을 것이다. 엄마생물은 우리가 오스트레일리아의 토착민들을 연구하는 것과 비슷한 이유로 이런 구술을 받았다. 우리의 언어를 기록해두기 위한 이유도 있었다. 나중에 알게 되었지만, 그 외에 다른 이유도 있었다.

구술이 쉬운 작업은 아니었지만, 내가 그 일을 하고 싶을 때나 지쳐서 중단하고 싶을 때마다 도와주는 베가인이 한 명 있었다. 나는 그를 조지퍼스 에그헤드 교수라고 불렀다. '교수'는 그를 묘사하는 가장 가까운 단어지만, 본명은 우리 문자로 표기할 수 없다. 나는 그를 간단히 조라고 불렀는데, 그가 나를 부를 때는 '클리퍼드 러셀, 동상을 당한 괴물'을 의미하는 주제곡으로 노래했다. 조는 엄마생물만큼이나 이해하는 능력이 탁월했다. 하지만 '관세'나 '왕'이라는 개념을, 그런 걸 한 번도 경험해보지 못한 사람에게 어떻게 전달할 수 있을까? 그럴 때 영어는 그저 잡음에 불과했다.

그러나 조는 많은 종족과 행성의 역사를 알고 있어서, 내가 전달하려는 의미가 서로 통할 때까지 입체 영상 중에서 적절한 장면들을 불러올 수 있었다. 나는 입 근처에 둥둥 떠서 내가 한 말을 녹음하는 은색 공을 띄워놓고, 조는 내 높이에 맞춘 받침대 위에 고양이처럼 웅크리고 앉아서 함께 작업했는데, 내가 구술하는 동안 조는 내가 말하는 내용에 대한 자신의 메모를 다른 공에 녹음했다. 조의 마이크에는 목소리를 낮춰주는 기능이 있어서, 조가 내게 직접 말할 때 외에는 그의 목소리가 들리지 않았다.

우리가 서로 의미가 통하지 않을 때면, 조는 구술을 중단시키고 내가 하려는 말을 최대한 추측해서 견본용 영상을 보여줬다. 영상은 내가 편안하게 볼 수 있는 허공에 나타났는데, 내가 고개를 돌리면 영상이 거기에 맞춰서 이동했다. 영상은 완벽하게 생생하고 선명한 컬러 입체였다. 뭐, 우리도 20년만 있으면 그런 기술을 현실화할 수 있을 것이다. 영사기를 감춰두고 영상이 공중에 걸린 것처럼 보여주는 게 비결이었다. 하지만 그저 입체 영상 장치일 뿐이므로 우리가 진짜로 만들고 싶다면 언제든지 만들 수 있을 것이다. 그런 장치를 만들면 우리는 손 안에 넣을 수 있는 작은 영상 장치에 그랜드캐니언의 생생한 모습을 집어넣을 수 있게 된다.

내가 감명을 받은 건 그 배후에서 이걸 가능케 해주는 조직이었다. 조에게 그 조직에 관해 물어봤더니, 그가 자신의 마이크에 노래했고, 우리는 즉시 베가인의 '의회 도서관'으로 뛰어들어 구경했다.

아빠는 과학에서 수학이 중요한 것처럼 문헌정보학은 모든 과학의 기초이며, 도서관 사서들이 일을 얼마나 잘하느냐에 우리의 사활이 달려 있다고 했다. 내게는 사서가 그리 매력적으로 보이지 않았지만, 누구나 쉽게 알 수 있는 사실을 아빠가 굳이 강조할 필요는 없었을 것이다.

이 '도서관'에는 수백 명, 어쩌면 수천 명의 베가인들이 각자 은색 공을 앞에 띄워놓고 영상을 보거나 녹음 자료를 듣고 있었다. 조는 그들이 '기억을 말하고' 있다고 했다. 이건 도서관의 도서목록에 자료를 입력하는 것과 비슷한데, 다른 점이 있다면 그 결과가 두뇌 세포 안에 있는 기억처럼 저장된다는 사실이었다. 도서관 건물의 90퍼센트가 하나의 전자두뇌였다.

'도서관' 영상을 보다가 엄마생물이 장신구처럼 달고 있던 삼각형 기호가 얼핏 눈에 들어왔지만, 너무 빠르게 다른 장면으로 넘어가버렸다. 조도 그걸 달고 있었는데, 다른 이들은 달지 않았다. 하지만 나는 영상을 멈추고 그 삼각형에 관해 물어볼 생각이 들지는 않았다. 이 놀라운 '도서관'의 모습을 보고 있으니 '사이버네틱스'라는 단어가 떠올랐다. 우리는 다시 하던 일로 돌아왔다. 나중에 나는 그 삼각형이 멘사 같은 단체의 회원 배지일 것이라고 결론지었다. 엄마생물은 베가인치고도 머리가 좋았으며, 조도 그녀에 못지않았기 때문이다.

조는 영어 단어가 몇 개씩 이해될 때마다 간지럼 타는 강아지처럼 즐거워하며 몸부림쳤다. 그는 매우 품위 있는 사람이었지만, 베가인에게 이런 행동은 품위를 해치는 짓이 아니었다. 그들의 신체는 아주 유동적이고 변화를 주기 쉬워서, 베가인들은 온몸으로 웃거나 인상을 찌푸렸다. 베가인이 몸을 전혀 움직이지 않는 모습은 화가 났거나 뭔가를 매우 걱정하는 상태라는 걸 의미했다.

조를 만나면 침대에 누워서도 여러 장소를 여행할 수 있었다. '초등학교'와 '대학교'의 차이는 뚜렷했다. '유치원'에서는 베가인 성인들은 아이들에게 꼼짝도 못 하는 것 같았다. 우유 그릇에 가려고 형제의 얼굴을 밟고 올라가는 강아지들의 순진무구한 소란이 가득했다. 하지만 '대학'은 아주 아름다운 곳으로서, 지금까지 봤던 어떤 건축물하고도 다른 초현실적인 매력이 넘치는 건물들 사이로 낯선 나무와 식물, 꽃들이 있었다. 그 건물들이 눈에 익은 모습이었다면 오히려 깜짝 놀랐을지도 모른다. 건물에는 포물선이 많이 사용됐으며, 지구에서라면 직선이었어야 할 부분들은 그리스인들이 '엔타시스'라고 불렀던 양식처럼 가운데가 불룩하게 나와 있어서 부드러운 우아함과 더불어 힘이 있었다.

하루는 조가 기쁨으로 온몸을 들썩이며 병실로 들어왔다. 그는 다른 공 두 개보다 큰 은색 공을 하나 꺼냈다. 그리고 큰 공을 내 앞에 띄우고는 자기 공을 바라보며 노래했다. 「킵, 너한테 이걸 들려주고 싶어!」

조의 말이 끝나자마자 큰 공이 영어로 말했다. "킵, 너한테 이걸 들려주고 싶어!"

조는 기쁨으로 몸부림치며 그 공을 자기 공과 바꾸더니 내게 말을 해보라고 했다.

"무슨 이야기를 하면 좋을까요?" 내가 물었다.

「무슨 이야기를 하면 좋을까요?」 큰 공이 베가인의 언어로 노래했다.

그게 조와의 마지막 만남이었다.

*

제한 없이 주어지는 지원과 자신을 이해시키는 엄마생물의 재능에도 불구하고, 나는 미군 육군사관학교의 마스코트인 군용 노새가 된 기분이었다. 수업에는 참여하지 못하는 학생회의 명예회원 말이다. 나는 베가인의 정치에 대해 전혀 몰랐다. 아, 그들도 정치 체제가 있었다. 하지만 내가 들어봤던 어떤 체제와도 달랐다. 조는 민주주의와 대의제, 선거, 법원에 대해 알았다. 그는 많은 행성에서 관련된 사례들을 찾아낼 수 있었다. 하지만 조는 민주주의를 '초보자들을 위해서 아주 좋은 제도'라고 생각했다. 잘난 체하는 소리처럼 들리겠지만, 베가인은 잘난 체하는 법이 없었다.

그리고 나는 어린 베가인을 만난 적이 없었다. 조는 어린이들이 이해심 있는 공감 능력을 배울 때까지는 '낯선 생물'을 만날 수 없다고 설명했다. 만일 내가 그전에 '이해심 있는 공감 능력'

을 조금이나마 배우지 않았더라면 그 말이 불쾌했을 것이다. 하긴 열 살짜리 인간이 베가인을 만나게 된다면, 둘 중 하나일 것이다. 도망가거나 막대기로 찌르거나.

나는 엄마생물에게 베가인의 정치에 관해 배우려고 시도해봤다. 특히 어떻게 치안을 유지하는지 알고 싶었다. 법률과 범죄, 처벌, 교통 법규 같은 것들 말이다.

그전에 시도해봤을 때와 마찬가지로 거의 완벽한 실패였다. 엄마생물은 한참 동안 생각하더니 이렇게 대답했다. 「어떻게 자신의 본성을 거슬러서 행동할 수 있지?」

베가인의 가장 큰 악덕은 바로 악덕이란 게 없다는 사실이라는 생각이 들었다. 좀 따분할 것 같았다.

*

의료진들이 오스카의 헬멧에 있는 약들에 관심을 보였는데, 우리가 주술사들의 약초에 관심을 가지는 모습과 비슷했다. 하지만 그런 관심이 가치 없는 건 아니었다. 강심제의 원료가 되는 디기탈리스와 남미 원주민들이 화살에 독으로 바르던 쿠라레를 생각해보면 말이다.

나는 베가인에게 각 약의 기능에 관해 설명해줬는데, 대부분의 경우 나는 상표명만이 아니라 국제적으로 통용되는 공식 명칭도 알고 있었다. 코데인 진통제는 아편에서 유래했으며, 아편은 양귀비에서 추출한다는 사실도 알았다. 각성제인 덱세드린이 황산염이라는 건 알았지만, 내가 아는 건 거기까지뿐이었다.

유기화학과 생화학은 언어 문제가 없더라도 쉽지 않은 학문이다. 우리는 벤젠 고리가 무엇인지에 대해 의견을 나눴다. 피위는 벤젠 고리를 그림으로 그리고 자기 의견을 이야기했다. 우리는 간신히 '원소'와 '동위 원소', '반감기'와 '주기율표'에 대한 서로의 말을 이해했다. 나는 피위의 손을 빌려서 구조식을 그리고 싶었지만, 우리 둘 다 코데인의 구조식에 대해 아는 게 없었다. 의사가 원소의 원자가를 맞춰야만 결합할 수 있는 베가인의 유치원 장난감을 가져다줬지만 그래도 할 수 없었다.

그래도 피위는 무척 즐거워했다. 베가인들은 피위에게서 별로 배우지 못했겠지만, 피위는 그들에게서 많은 것들을 배웠다.

엄마생물이 여성이 아니거나 '거의' 아니라는 사실을 내가 언제쯤 알게 됐는지는 기억나지 않는다. 하지만 그건 상관없었다. 엄마라는 존재가 되는 건 태도의 문제이지 생물학적인 문제가 아니기 때문이다.

노아가 베가 제5행성에서 방주를 띄웠더라면 각 동물을 열두 마리씩 태웠을 것이다. 그 때문에 조금 복잡했다. 하지만 엄마는 다른 이들을 돌보는 존재이다. 나는 모든 엄마가 같은 성(性)인지 잘 모르겠다. 엄마라는 존재가 되는 건 아마도 성품의 문제일 것이다.

나는 '아빠생물'을 만난 적이 있다. 여러분이라면 그를 '통치자'나 '시장'이라고 부르겠지만, 실은 '주임 사제'나 '보이스카우트 대장'에 좀 더 가까웠다. 그의 위세가 대륙을 압도하긴 했지만 말이다. 그는 내가 조와 만나고 있을 때 잠깐 들러 5분 정도 머무르면서 조에게 잘하라며 격려하고, 내게는 착하게 굴고 빨리 회복하라고 말한 후 서두르는 기색 없이 떠났다. 그는 아빠가 그러듯 따스한 자신감으로 나를 가득 채워줬다. 그가 '아빠 생물'이라는 사실은 다른 사람에게 들을 필요도 없었다. 그의 방문에는 거들먹거리는 기색 없이 '아픈 이들을 방문하는 국왕'의 정취가 있었다. 덕분에 나는 들떠서 바쁜 일정으로 다시 돌아가기가 힘들었다.

조는 내게 엄마도 아니고 아빠도 아니었다. 그는 나를 가르치면서 나를 연구했다. '교수생물'이라고 부르면 되겠다.

하루는 피위가 잔뜩 들뜬 얼굴로 나타나서 패션모델처럼 자세를 잡더니 말했다. "새로 맞춘 봄옷 어때?"

피위는 몸에 착 달라붙은 은색 옷을 입고 배낭처럼 생긴 혹을 달고 있었다. 귀엽긴 했지만 매력적이지는 않았다. 피위는 막대기 두 개를 붙여놓은 것처럼 비쩍 말랐는데, 이 복장이 그런 점을 더 두드러지게 만들었다.

"아주 멋있네." 내가 말했다. "혹시 서커스 배우기로 했니?"

"킵, 바보 같은 소리 하지 마. 이게 내 새 우주복이야. 견본이 아니라 진짜 우주복이라고."

나는 크고 부피가 커서 옷장을 가득 채우고 있는 오스카를 슬쩍 쳐다보며 살짝 말했다. "친구, 저 소리 들었어?"

[세상을 만들려면 온갖 종류의 인간과 물건이 필요한 법이잖아.]

"네 헬멧은 그 우주복에 안 맞을 것 같은데, 맞니?"

피위가 낄낄거리며 웃었다. "지금 쓰고 있어."

"쓰고 있다고? '벌거벗은 임금님'의 새 옷이야?"

"아주 비슷해. 킵, 편견을 버리고 잘 들어봐. 이건 나를 위해 새로 맞췄다는 사실만 빼면 엄마생물의 우주복이랑 같은 거야. 예전의 내 우주복은 그다지 좋지 않았잖아. 그리고 그 엄청났던 추위 때문에 폐기처분이 되기 직전이었어. 이 우주복에 대해 알면 엄청나게 놀랄걸. 헬멧을 만져봐. 너한테는 안 보이지만 헬멧은 제자리에 있어. 이건 하나의 장(場)이야. 공기가 나가거나 들어오지 않아." 피위가 내게 다가왔다. "때려봐."

"뭐로?"

"아, 깜빡했어. 킵, 빨리 나아서 침대 밖으로 나와. 너랑 산책하고 싶어."

"낫는 중이야. 의사들 말이 이제 오래 걸리지 않을 거래."

"빨리 나으면 좋겠다. 이것 봐, 내가 보여줄게." 피위가 뒤로 물러나더니 자기의 뺨을 때렸다. 피위의 손이 얼굴에서 몇 센티미터 떨어진 곳에 있는 뭔가에 세게 부딪혔다.

"자, 잘 봐." 피위가 계속했다. 손을 아주 천천히 움직이자 가로막던 뭔가를 지나 안으로 들어갔다. 피위가 엄지손가락을 코에 대고 나를 놀리며 키득거렸다.

나는 감명받았다. 얼굴을 만질 수 있는 우주복이라니! 이런 게 있었더라면, 피위가 힘들어했을 때 물과 각성제와 설탕 정제를 줄 수 있었을 것이다.

"깜짝이야! 도대체 어떻게 그러는 거야?"

"내 등의 공기통 밑에 배터리가 있어. 이 공기통은 족히 일주일은 갈 거래. 그리고 공기 호스도 전혀 문제를 일으키지 않을 거야. 이 우주복엔 호스라는 게 아예 없거든."

"음, 퓨즈가 끊어지면, 헬멧이 사라져서 진공을 들이마셔야 하겠네."

"엄마생물이 그런 일은 절대로 일어날 수 없대."

흠, 엄마생물이 단호하게 말하였으면 틀리는 걸 본 적이 없었다.

"그것뿐만이 아니야." 피위가 계속 말했다. "이건 꼭 피부 같아. 관절 부분도 편해. 그리고 춥지도 않고 덥지도 않아. 그냥 외출복을 입은 느낌이야."

"음, 지독한 햇볕에 탈 위험이 있어, 그렇지 않아? 네가 여기 햇볕이 유해하다고 그랬잖아. 달에서도 몸에 안 좋을 거야."

"아, 안 그래! 이 헬멧이 빛을 편광시켜줘. 이 장이 그런 역할을 해주는 거야. 킵, 너한테도 하나 만들어달라고 하자. 그런 후에 여기저기 돌아다니는 거야!"

나는 오스카를 슬쩍 봤다. [친구, 네가 좋을 대로 해.] 오스카가 쌀쌀맞게 말했다. [난 질투하지 않아.]

"음, 피위, 난 그냥 내게 익숙한 걸 계속 입을래. 그렇긴 해도 원숭이 같아 보이는 그 우주복을 시험 삼아 입어보고 싶긴 해."

"맞아, 이건 진짜 무슨 예복 같아!"

어느 날 아침, 나는 깨어나서 몸을 뒤척이다가 배가 고프다는 사실을 깨달았다.

그때 난 깜짝 놀라 벌떡 일어났다. 내가 침대에서 몸을 뒤척였다!

이런 날이 오리라는 이야긴 들었다. 하지만 '침대'는 이제 진짜 침대였고, 내 몸을 다시 내 마음대로 움직일 수 있게 됐다. 게다가 배가 고팠다. 내가 제5행성으로 온 이후로는 한 번도 배가 고픈 적이 없었다. 그 기계가 뭐였든 간에 먹지 않고도 영양분을 공급하는 기술이 포함되어 있었다.

나는 배고픔이라는 사치스러운 느낌을 계속 즐겼다. 머리만 있다가 몸이 돌아온 게 너무 기뻐서 그대로 있기 힘들었다. 침대 밖으로 나왔더니 갑자기 어지러웠다. 그러다 다시 회복되어 씩 웃었다. 내 손! 내 발!

이 놀라운 것들을 이리저리 움직여봤다. 하나도 변하지 않았고, 손상된 부분도 없었다.

나는 좀 더 자세히 살펴봤다. 아니, 완벽하게 똑같은 건 아니었다.

내 왼쪽 정강이에는 야구를 하다가 2루에서 수비수와 맞붙으며 운동화에 찍혀서 생긴 흉터가 있었다. 그 흉터가 사라져버렸다. 예전에 축제에서 왼쪽 팔뚝에 '어머니'라고 문신을 새겼던 적이 있었다. 엄마는 걱정스러워했고, 아빠는 짜증을 냈지만 잘난 체하지 말라는 경고로 그대로 놔두라고 했다. 그 문신이 사라졌다. 손과 발의 굳은살도 사라졌다.

나는 예전에 손톱을 물어뜯는 버릇이 있었는데, 지금은 손톱이 살짝 길었지만 완벽했다. 몇 년 전에 손도끼를 쓰다가 미끄러져서 오른쪽 새끼발톱이 빠져버렸었는데, 그 발톱도 돌아왔다.

나는 허겁지겁 맹장 수술 흉터를 찾았다. 다행히 그 자리에 있어서 안심했다. 그 흉터까지 없어졌더라면 이 몸뚱이가 정말로 나인지 의문을 가졌을 것 같았다.

서랍장 위에 거울이 있었다. 머리카락이 길게 자라서 기타를 쳐도 좋은 수준이었는데(나는 본래 상고머리 형태로 짧게 자른다), 수염은 누군가가 면도해준 모양이었다.

서랍 위에 1달러와 67센트, 샤프 연필, 종이 한 장, 내 손목시계, 손수건이 있었다. 시계는 수리되어 작동했다. 1달러 지폐와 종이, 손수건은 깨끗하게 닦고 다림질된 상태였다.

내 옷은 책상 위에 있었는데, 아주 깨끗하고 말끔하게 수선되어 있었다. 양말은 본래 내 양말이 아니었다. 천이 크리넥스 휴지보다 두껍지 않았는데 찢기지 않고 늘어나는 천으로 만들어진 느낌이었다. 바닥에는 테니스화가 있었다. 피위의 테니스화처럼 '미국 고무'라는 상표까지 새겨져 있었는데, 내 발 크기에 맞았다. 윗부분은 두툼한 펠트로 덮여 있었다. 옷과 신발을 챙겨 입었다.

내가 옷을 입고 있을 때 피위가 문을 발로 찼다. "누구 계세요?" 피위가 쟁반을 손에 들고 들어왔다. "아침 먹을래?"

"피위! 내 모습을 봐!"

피위가 말했다. "크게 나쁘진 않네. 유인원치고는. 그런데 머리 잘라야겠다."

"응. 정말 끝내주지 않아? 몸이 다 제자리로 돌아왔어!"

"몸이 분해되었던 건 아니야." 피위가 대답했다. "일부분은 그

304

러기도 했지만. 나는 매일 진행 상황을 들었어. 이건 어디에 둘까?" 피위가 쟁반을 책상 위에 올려놨다.

"피위." 내가 조금 섭섭한 얼굴로 물었다. "넌 내가 회복된 거에는 관심 없어?"

"당연히 관심 있지. 내가 왜 네 아침을 챙겨왔을 것 같아? 하지만 난 기계에서 너를 꺼낼 거라는 소식을 어젯밤에 들었어. 누가 너를 면도해주고 손톱도 깎아줬을 것 같아? 손님, 수고비는 1달러입니다. 면도비가 올랐거든요." 나는 낡은 1달러 지폐를 꺼내서 피위에게 내밀었다. 피위는 그 돈을 받지 않았다. "젠장, 넌 농담도 못 알아들어?"

"빚은 빌려주지도 말고 빌리지도 말라."

"《햄릿》에 나오는 폴로니우스의 대사지. 그 사람은 멍청한 늙은이야. 킵, 난 너한테 마지막 남은 1달러를 받을 생각이 없어. 정말이야."

"자, 이번엔 누가 농담을 못 알아듣는 거지?"

"하, 아침이나 드셔. 그 자주색 주스는 오렌지 주스 맛이야. 아주 맛있어. 스크램블드에그처럼 생긴 건 달걀 대신 먹을 만한 대용식인데, 내가 노란색으로 칠했어. 여기 달걀은 정말 끔찍하게 생겼거든. 그 달걀을 어디서 얻는지 알게 되면 왜 그렇게 끔찍하게 생겼는지 이해가 될 거야. 버터처럼 생긴 건 식물 기름이야. 그 색도 내가 칠했어. 빵은 빵이고, 내가 구웠어. 소금처럼 생긴 건 소금이야. 우리가 그걸 먹는 걸 알고 베가인들이 놀랐어. 그들은 소금을 독으로 취급하거든. 자, 먹어. 내가 시험 삼아 조금씩 다 먹어봤어. 커피는 없어."

"커피는 없어도 돼."

"난 한 번도 안 먹어봤어. 좀 더 커야지. 자, 먹어. 네 혈당 수치가 많이 떨어졌으니까 아주 맛있을 거야."

음식 냄새가 환상적이었다. "피위, 네 아침은 어디 있어?"

"난 몇 시간 전에 먹었어. 나는 네가 먹는 모습 보면서 침이나 삼킬게."

맛은 이상했지만, 병원에서 의사들이 처방할 만한 맛이었다. 그래도 내 평생에 가장 맛있는 식사였다.

나는 곧 먹는 속도를 늦추며 물었다. "나이프랑 포크, 숟가락도 있네?"

"이 행성에서는 유일한 것들이야." 피위가 이 행성의 이름을 노래로 불렀다. "손가락으로 집어 먹는 데 지쳐서 이들이 사용하는 식사 도구를 써봤는데 불편해서, 내가 그림으로 그려서 만들어달라고 했어. 이 세트는 내 것이지만, 더 만들어달라고 하면 될 거야."

냅킨도 있었다. 펠트로 만들어진 천이었다. 물은 증류수 맛이 났지만, 탄산수는 아니었다. 난 상관없었다. "피위, 네가 어떻게 나를 면도했어? 상처도 전혀 없던데."

"면도기보다 월등히 좋은 작은 기계가 있어. 이들이 그걸 어디에 쓰는지는 모르겠지만, 지구에서 특허를 내면 부자가 될 거야. 그 토스트 다 안 먹을 거야?"

"음…." 난 사실 쟁반까지도 먹을 수 있을 것 같았다. "응. 배

불러."

"그럼 내가 먹을게." 피위는 빵으로 버터를 싹싹 긁어먹었다. 그러더니 선언하듯 말했다. "난 갈래!"

"어디로?"

"우주복 입으러. 내가 널 산책에 데리고 갈게!" 피위가 갔다.

침대에서 보이지 않은 복도의 바깥 부분은 우리 집과 달랐지만, 왼쪽에 있는 문은 화장실이었다. 딱 화장실이 있어야 할 자리였다. 우리 집의 화장실처럼 꾸미려는 시도는 하지 않은 모양이었다. 밸브와 조명 같은 것들은 전형적으로 베가식이었다. 하지만 다 잘 작동했다.

내가 오스카를 점검하는 동안 피위가 돌아왔다. 베가인들이 정말로 오스카를 절단해서 내게서 벗겨냈다면 놀라운 수선 능력을 갖춘 게 틀림없었다. 내가 덧댔던 부분들조차 보이지 않았다. 오스카는 완벽할 정도로 깨끗해서 안에서도 냄새가 전혀 나지 않았다. 오스카에는 3시간 분량의 공기가 있었는데, 그 정도면 어딜 가든 괜찮을 것 같았다. "아주 보기 좋아, 친구."

[난 쌩쌩해! 여기 서비스는 정말 환상적이야.]

"응. 나도 알아." 나는 고개를 들어 피위를 쳐다봤다. 피위는 벌써 '봄옷'을 입은 상태였다.

"피위, 겨우 산책하러 나가는 건데 우주복을 입어야 할까?"

"안 입어도 돼. 산소마스크랑 선글라스랑 햇빛가리개만 가져가면 돼."

"알았어. 입을게. 그런데 퐁파두르 부인은 어디에 있어? 그 우주복 안에 퐁파두르 부인을 어떻게 넣었어?"

"전혀 문제없어. 살짝 불룩한 정도밖에 안 돼. 하지만 난 부인을 내 방에 남겨두고 왔어. 얌전히 있으라고 얘기해뒀지."

"과연 그럴까?"

"아마 안 그럴 거야. 퐁파두르 부인은 나를 닮았거든."

"네 방은 어디야?"

"바로 옆방이야. 이 집에서는 이 구역만 지구의 환경에 맞춰져 있거든."

나는 우주복을 입기 시작했다. "그런데 그 예쁜 우주복에 무전기는 달렸어?"

"네 우주복에 달린 건 다 달렸고, 추가로 몇 가지가 더 달렸어. 오스카에서 바뀐 부분 눈치챘어?"

"응? 뭐? 오스카를 수리하고 깨끗하게 만든 건 알겠는데, 다른 것들도 만졌어?"

"사소한 거야. 안테나 변경 스위치를 한 번 더 치면, 우주복을 입은 상태에서 소리를 지르지 않고도 주변에 무전기를 가지지 않은 사람들에게 말할 수 있어."

"스피커는 안 보이던데."

"베가인들은 모든 걸 크고 거추장스럽게 만들어야 한다고는 생각하지 않아."

피위의 방을 지나갈 때 슬쩍 안을 들여다봤다. 그 방은 베가식으로 꾸미지 않았다. 나는 입체 영상으로 베가 가정의 실내 모습을 본 적이 있었다. 그렇다고 피위가 지구에 있는 자기 방을 복제한 것 같지도 않았다. 피위 부모님은 분별력이 있는 분들이실 테니까 말이다. 이걸 뭐라고 해야 할지 모르겠다. 미친 왕 루트비히가 상상했던 '아라비아 하렘'에 디즈니랜드가 가미된 형태라고나 할까?

나는 그 방에 대해 아무런 논평도 하지 않았다. 난 피위의 방도 내 방처럼 '자기 방 그대로' 만들었을 줄 알았다. 그런 게 엄마생물의 행동방식에 맞을 것 같았다. 하지만 피위는 그 황금 같은 기회를 이용해서 과하게 풍부한 자신의 상상력을 마구 풀어버렸다. 아주 짧은 시간이라도 피위가 엄마생물을 속일 수 있었을 것 같지는 않지만, 아마 엄마생물은 피위의 응석을 받아주고 원하는 대로 할 수 있게 놔뒀을 것이다.

엄마생물의 집은 우리 주의 의사당보다 살짝 작은 수준이었다. 그녀의 가족은 수십 명에서 수백 명은 되는 것 같았다. '가족'은 베가인의 복잡한 관계망 안에서 여러 가지 의미로 통했다. 우리가 지내는 층에서는 어린 베가인을 한 명도 보지 못했는데, 내가 알기로는 아이들을 '괴물들'에게 접근하지 못하도록 막았기 때문일 것이다. 어른들은 모두 나를 환영하며 내 건강을 묻고 회복을 축하해줬다. 나는 반복해서 인사를 하느라 바빴다. "좋아졌어요. 고맙습니다! 이보다 더 좋아지긴 힘들 거예요."

모두 피위를 알았다. 피위 역시 그들의 이름을 노래로 부를 줄 알았다.

나를 담당했던 의사 한 명을 얼핏 본 것 같았지만, 내가 확실하게 알아볼 수 있는 베가인은 엄마생물과 조, 그리고 담당 수의

사 정도였는데, 그들은 거기에 없었다.

우리는 서둘렀다. 엄마생물의 집은 전형적으로 베가식이었다. 침대나 의자로 사용하는 30센티미터 두께에 지름이 1미터 정도 되는 동그란 방석이 많았다. 맨바닥은 매끄럽고 탄력이 있었다. 대부분의 가구는 기어 올라가면 닿을 수 있는 벽에 있었으며, 가구를 사용하는 동안 기댈 수 있는 편리한 막대와 기둥, 선반이 있었다. 그리고 정글을 집 안으로 끌고 들어온 듯 여기저기에 식물들이 자랐다. 흥겨워 보였지만 내게는 아무짝에도 쓸모가 없었다.

우리는 포물선형 아치로 이루어진 복도를 지나 발코니로 갔다. 발코니에는 난간이 없었고, 아래에 있는 테라스까지는 약 20미터 정도 될 것 같았다. 나는 뒤로 물러나서 오스카의 턱에 창이 달리지 않은 걸 또다시 아쉬워했다. 피위는 발코니의 가장자리까지 가서 가느다란 기둥에 팔을 두르고 몸을 기울인 채 밖을 내다봤다. 밖에서 쏟아지는 밝은 햇볕을 받은 피위의 '헬멧'이 우윳빛 구체가 되었다. "와서, 봐!"

"내 목을 부러뜨리고 싶니? 밧줄 같은 거로 날 붙잡아줄래?"

"이런, 흥! 높은 곳이 무서워?"

"응. 내 발이 보이지 않을 땐 무서워."

"그렇다면 어쩔 수 없지. 내 손을 잡고 기둥도 붙잡아."

나는 피위의 손을 잡고 기둥까지 가서 밖을 내다봤다.

도시는 정글로 둘러싸여 있었다. 빽빽하고 진한 녹색이 심하게 엉켜 있어서 덩굴인지 관목인지 구별이 안 되는 나무들이 사방에 퍼져 있었지만, 우리가 있는 이 건물보다 훨씬 큰 건물들이 여기저기에서 그 녹색을 막고 서 있었다. 길은 보이지 않았다. 베가인의 길은 도시의 지하에 있었고, 도시 외곽으로는 드문드문 보였다. 하지만 항공 교통이 북적였다. 베가인들은 우리의 1인용 헬리콥터나 '날아다니는 양탄자'보다 작고 약해 보이는 개인용 비행체를 타고 있었다. 그들은 우리가 서 있는 발코니 같은 곳에서 새처럼 날아오르고 내려앉았다.

진짜 새들도 있었다. 몸통이 길고 말랐으며 색이 현란했다. 앞뒤로 두 쌍의 날개가 달렸는데, 공기역학적으로는 불안정해 보였지만 그 새들에게는 잘 어울렸다.

하늘은 파랗고 맑았는데, 먼 곳에 불쑥 솟은 세 개의 모루구름이 하얀 빛을 반사하고 있었다.

"지붕 위로 올라가자." 피위가 말했다.

"어떻게?"

"이쪽으로 가면 돼."

베가인들이 계단으로 사용하는, 폭이 좁은 선반이 조금씩 비껴 올라가며 자그만 창으로 이어졌다. "경사로는 없니?"

"반대쪽으로 돌아가면 있어."

"이 선반들은 내 몸을 못 버틸 것 같아. 그리고 저 구멍은 오스카보다 작잖아."

"이런, 쪼다처럼 굴지 마." 피위가 원숭이처럼 기어 올라갔다.

나는 피곤한 곰처럼 어기적거리며 뒤를 따랐다. 선반 계단은 예쁜 생김새와 달리 튼튼했고, 구멍도 오스카에 딱 맞았다.

베가가 하늘 높이 떠 있었다. 태양에서 지구까지의 거리보다 베가에서 베가 제5행성까지의 거리가 훨씬 멀었기 때문에, 베가는 지구에서 태양을 볼 때와 비슷한 크기로 보였다. 하지만 너무 밝아서 자동 편광기를 최대한 작동시킨 상태에서도 눈이 부셨다. 내가 고개를 돌리자 차츰 눈이 적응하고 편광기가 조절돼서 다시 앞을 볼 수 있었다. 피위의 머리는 크로뮴처럼 반짝거리는 농구공 같은 것으로 둘러싸였다. 내가 물었다. "피위, 아직 거기에 있니?"

"응." 피위가 대답했다. "나는 아무 문제 없이 밖을 볼 수 있어. 풍경이 정말 근사해. 개선문 꼭대기에 올라가서 봤던 파리의 풍경이 떠오르지 않아?"

"몰라. 난 가본 적 없어."

"파리의 쭉 뻗은 대로들이 없다는 것만 달라. 여기로 착륙하려는 사람이 있나 봐."

나는 피위가 가리키는 쪽으로 고개를 돌렸다. 나는 헬멧에 가려서 터널처럼 좁다란 시야로 밖을 보았지만, 피위는 사방을 마음껏 볼 수 있었다. 내가 몸을 돌렸을 때는 그 베가인이 바로 우리 옆까지 다가온 상태였다.

「안녕, 애들아!」

"엄마생물, 어서 와요!" 피위가 엄마생물을 끌어안고 번쩍 들었다.

「얘야, 조금 기다려주겠니. 이걸 벗어야 하잖아.」 엄마생물이 벨트를 벗고 비행체에서 빠져나와서 몸을 부르르 떨더니 비행체를 우산처럼 접어 한쪽 팔에 걸쳤다.「킵, 건강해 보이는구나.」

"네, 아주 좋아요, 엄마생물! 돌아오셔서 기뻐요."

「나도 네가 침대에서 나올 때 돌아오고 싶었어. 아무튼, 네 담당 의사가 내게 매분 네 상태를 알려줬단다.」엄마생물이 작은 손을 내 가슴에 대더니 몸을 곧추세워 눈을 내 헬멧 안면부에 가까이 가져다 댔다.「몸은 괜찮니?」

"최고예요."

"킵은 정말로 다 나았어요, 엄마생물."

「잘됐구나. 너도 괜찮다고 하고, 내가 보기에도 괜찮고, 피위도 그렇다고 하고. 무엇보다 너를 담당했던 의사도 네가 나았다고 하니. 자 그럼, 즉시 출발하자.」

"네?" 내가 물었다. "엄마생물, 어디로요?"

엄마생물이 피위를 돌아다봤다.「얘야, 아직 킵에게 이야기 안 해줬니?」

"이런, 엄마생물, 그럴 기회가 없었어요."

「괜찮아.」엄마생물이 나를 돌아봤다.「킵, 우리는 지금 회의에 참석해야 돼. 질문을 받고 대답을 하면 결정이 내려질 거야.」엄마생물이 우리 둘을 쳐다보며 말했다.「떠날 준비 됐니?」

"지금요?" 피위가 말했다. "뭐, 저는 준비가 된 것 같긴 한데, 퐁파두르 부인을 데리고 와야 해요."

「그러면, 데리고 오너라. 킵, 넌 어떠니?」

"어…." 아까 세수를 하고 나서 시계를 다시 찼는지 기억나지 않았다. 오스카가 두꺼워서 만져서는 시계를 찼는지 알 수가 없었다. 그래서 엄마생물에게 그렇게 말했다.

「괜찮아. 얘들아, 각자 방에 달려갔다가 와. 그사이 나는 우주선을 가지고 올게. 여기서 만나자. 오갈 때 꽃을 피하느라고 머뭇거릴 필요는 없어.」

우리는 경사로로 내려갔다. "피위, 너 또 나한테 말 안 해줬지."

"젠장, 아니야!"

"그럼, 지금 이게 뭔데?"

"킵, 내 말을 제발 들어봐! 엄마생물이 네가 아플 때는 말해주지 말라고 했단 말이야. 아주 단호하게 말했어. 엄마생물은 네 몸이 자라는 동안에는 절대로 널 혼란스럽게 만들지 말랬어."

"무슨 일인데 내가 혼란스러울 거라는 거야? 이게 대체 다 무슨 일이야? 회의라니? 질문은 또 뭐야?"

"글쎄, 회의는 일종의 재판이야. '형사 재판'이라고 할 수 있어."

"어?" 나는 재빨리 내 양심에 거스른 일을 했던 적이 있었는지 떠올렸다. 하지만 나는 2시간 전까지 무력한 아기나 다름없었기 때문에 뭔가 잘못을 저지를 시간이 없었다. 그렇다면 문제는 피위였다. "꼬마야." 나는 험악한 얼굴로 말했다. "이번엔 도대체 무슨 짓을 저지른 거야?"

"나? 아무 짓도 안 했어."

"잘 생각해봐."

"아니야, 킵. 아, 그래, 아침 식사 때 말해주지 않은 건 미안해! 하지만 우리 아빠는 커피를 두 잔 마시기 전까지는 어떤 소식도 전하지 말라고 늘 말했단 말이야. 그리고 난 걱정거리에 관해 이야기를 나누기 전에 잠깐 산책이라도 하면 좋겠다고 생각했어.
그 후에 너한테 말해줄 작정이었어."

"계속 이야기해봐."

"우리가 지붕에서 내려가자마자 이야기해줄 계획이었어. 난
아무 짓도 안 했어. 이건 늙은 벌레머리에 대한 재판이야."

"뭐? 난 그놈이 죽은 줄 알았는데."

"죽었을 수도 있고 안 죽었을 수도 있어. 하지만 엄마생물의
이야기에 따르면, 그래도 질문할 게 있고, 뭔가 결정을 내려야 한
대. 아마 벌레머리 종족이 이제 한계에 도달한 게 아닐까 싶어."

나는 이상하게 생긴 방들을 지나 지구 환경으로 만들어진 우
리 방으로 이어진 에어로크에 도착할 때까지 그 문제에 대해 생
각했다. 중범죄와 경범죄… 우주항에서의 부정행위. 그래, 벌레
머리가 벌을 받게 될 상황일 것이다. 베가인이 벌레머리를 붙잡
았으면 말이다…. 놈에 대해 재판을 하려는 걸 보면 틀림없이 놈
을 붙잡았을 것이다.

"그런데 우리는 뭐로 참여하는 거야? 증인인가?"

"아마 그런 거 같아."

벌레머리가 어찌 되든 나는 전혀 상관없었다. 하지만 베가인
에 대해 더 많이 배울 기회가 될 수도 있을 것 같았다. 특히 재판
이 먼 곳에서 벌어진다면 우리는 여행하면서 이 나라를 구경해
볼 수 있을 것이다.

"근데 그게 다는 아니야." 피위가 걱정스러운 얼굴로 말했다.

"또 뭔데?"

피위가 한숨을 뱉었다. "실은 이것 때문에 먼저 멋진 풍경을 보고 싶었어. 음…."

"말 돌리지 말고 빨리 말해."

"그게…. 우리도 재판을 받아야 해."

"뭐?"

"아마 '조사'라고 하는 게 더 맞을 것 같아. 나도 모르겠어. 하지만 이건 알아. 우리는 재판을 받기 전에는 절대로 집에 못 가."

"우리가 무슨 짓을 했다고!" 내가 벌컥 소리를 질렀다.

"나도 몰라!"

머릿속에서 생각이 복잡하게 엉켰다. "재판 받고 나면 집에 보내준다는 건 확실해?"

"엄마생물이 거기에 관해서는 이야기를 피해."

나는 걸음을 멈추고 피위의 팔을 붙잡았다. "그렇다면 결론적으로 말해서." 내가 씁쓸한 얼굴로 말했다. "우리가 체포됐다는 거네. 그렇지?"

"응…." 피위가 울먹거리며 덧붙였다. "킵, 내가 말했잖아. 엄마생물은 경찰이라고!"

"대단하네. 우리가 불구덩이에서 빼내주니까, 이제 우리를 체포했다는 거지. 그리고 재판까지 받아야 하고. 우리는 심지어 이유도 모르는데! 베가 제5행성, 참 좋은 행성이네.《원주민은 친절하다》* 같잖아." 그들이 나를 치료한 것은, 우리가 교수형을

---

* 2차 대전 당시 영국군이었던 존 F. 리밍이 전쟁포로로 잡힌 뒤 정신병자 흉내를 내서 탈출한 뒤 그 실화를 담은 책의 제목

시키기 위해 악당을 치료해주는 것과 같은 일이었다.

"하지만, 킵…." 이제 피위는 엉엉 울고 있었다. "난 괜찮을 거라고 믿어. 그녀가 경찰일지는 몰라도… 그래도 '엄마생물'이 잖아."

"과연 그럴까? 난 의심스러워." 피위는 말로는 걱정하지 않는 다면서 계속 울었다. 피위는 아무것도 아닌 일을 괜히 걱정하는 아이가 아니었다. 절대로 그럴 애가 아니었다.

내 시계는 세면대 위에 있었다. 나는 내부 주머니에 시계를 넣 으려고 개스킷을 풀었다. 내가 밖으로 나오자 피위가 퐁파두르 부인을 우주복 안에 집어넣고 있었다. "이리 줘." 내가 말했다. "내가 데리고 갈게. 내 우주복에 여유가 훨씬 많잖아."

"고맙긴 하지만, 괜찮아." 피위가 우울한 목소리로 답했다. "난 부인이 필요해. 특히 지금 같은 때에는."

"음, 피위, 법정은 어디야? 이 도시? 아니면 다른 도시?"

"내가 말 안 했나? 아니야, 말 안 해줬구나. 우리가 가야 할 법 정은 이 행성이 아니야."

"내가 알기엔 이 항성계에서는 베가 제5행성에만 유일하게 지 적생명체가…."

"베가 항성계에 있는 행성도 아니야. 다른 별이야. 심지어 우 리 은하도 아니야."

"뭐라고? 다시 말해줄래?"

"소마젤란 성운 어딘가에 있대."

10

나는 저항하지 않았다. 237조 킬로미터 안에는 우리를 도와줄 사람이 아무도 없는데 무슨 수로 싸우겠나. 하지만 엄마생물의 우주선에 올라탈 때 나는 엄마생물에게 한마디도 하지 않았다.

우주선은 구식 벌통처럼 생겼다. 그리고 우리를 우주항까지 데려다주기에 적당할 정도의 크기밖에 안 되는 것 같았다. 피위와 나는 함께 바닥에 앉고, 엄마생물은 앞쪽에 웅크리고 앉아서 주판처럼 생긴 반짝거리는 선반을 만지작거렸다. 우주선은 이륙하자마자 위로 곧장 올라갔다.

몇 분이 채 지나기 전에, 뿌루퉁하게 앉아 있던 나의 분노가 점점 커져서 나중엔 걷잡을 수 없게 됐다.

"엄마생물!"

「잠시만, 애야. 일단 대기권 밖으로 나가자.」 엄마생물이 뭔가를 누르자 우주선이 흔들리더니 곧 안정됐다.

"엄마생물." 내가 다시 불렀다.

「킵, 고도를 낮출 때까지만 기다리려무나.」

나는 기다리는 수밖에 없었다. 조종사를 방해하는 건 달리는 자동차의 운전대를 획 잡아채는 것만큼이나 바보짓이다. 작은 우주선이 마구 흔들렸다. 대기권 상층부의 바람이 심한 모양이었다. 하지만 엄마생물은 무리 없이 조종했다.

이윽고 부드럽게 덜컥거리는 느낌이 들었다. 우주항에 도착한 모양이었다. 엄마생물이 고개를 돌렸다. 「킵, 그래. 네가 두려워하고 분노한다는 거 잘 알아. 너희 둘은 절대로 위험하지 않을 거라고 말해주면 도움이 되겠니? 내가 온몸으로 너희를 보호해줄 거라고 하면? 너희가 나를 보호해줬듯이 말이야.」

"네. 그렇지만…."

「일단 상황을 보자꾸나. 말로 설명해주는 것보다는 직접 보는 게 이해하기 쉬울 거야. 헬멧은 안 써도 돼. 여기의 대기는 너희 행성이랑 비슷하거든.」

"어? 우리가 거기 도착했다는 말이에요?"

"내가 말했잖아." 피위가 팔꿈치를 툭 치며 말했다. "그냥 획! 하면 도착한다니까."

나는 대꾸하지 않았다. 나는 지구에서 얼마나 멀리 있는지 계산해보려고 했다.

「얘들아, 가자.」

우리가 출발한 곳은 대낮이었는데, 내린 곳은 밤이었다. 우주선은 보이지 않는 곳까지 뻗어 있는 승강장 위에 내려앉아 있었다. 눈앞의 별들이 수놓는 별자리가 낯설었다. 하늘에 비스듬하게 드리워진 가느다란 별의 무리는 은하수였다. 그렇다면 피위가 오해했던 것이다. 지구에서 멀긴 했지만, 아직 우리 은하에서 나가지 않았다. 어쩌면 그저 베가 제5행성에서 밤 쪽으로 넘어간 건지도 모른다.

피위의 헉 소리를 듣고 고개를 돌렸다.

나는 헉 소리를 낼 힘조차 잃어버렸다.

하늘을 뒤덮고 있는 건 수백만, 어쩌면 수십억 개의 별로 이루어진 거대한 소용돌이였다.

혹시 안드로메다 대성운의 사진을 본 적이 있는가? 두 개의 구부러진 팔로 이루어진 거대한 소용돌이가 비스듬히 보인다. 하늘의 사랑스러운 천체 중에 안드로메다가 가장 아름답다. 이 소용돌이는 바로 그렇게 생겼다.

다만 우리는 사진도 아니고 망원경도 없이 그 모습을 봤다. 게다가 너무 가까워서('가깝다'는 단어가 적당한지는 모르겠지만), 지구에서 보이는 북두칠성 별자리의 두 배 크기로 펼쳐져 있다. 중심의 두툼한 부분과 두 개의 거대한 가지가 둘둘 감기며 서로를 쫓는 모습이 보일 정도로 가까웠다. 지구에서 안드로메다를 볼 때처럼 비스듬하게 보였기 때문에 타원형으로 보였다. 그래서 그 깊이가 느껴졌고 모양도 그대로 보였다.

나는 그제야 우리가 지구에서 아주 먼 곳에 왔다는 사실을 깨달았다. 저기 수십억 개의 빼곡한 별들 사이에 우리의 지구가 있었다.

잠시 후 오른쪽에 또 다른 이중나선이 눈에 들어왔다. 넓게 퍼져 있긴 했지만 약간 기울어져 있고 별로 밝지 않아서, 우리 의 멋진 은하에 비하면 창백한 유령 같았다. 그때 이 두 번째 은 하가 대마젤란 성운일지도 모르겠다는 생각이 서서히 떠오르기 시작했다. 실제로 우리가 소마젤란 성운에 있고, 앞서 봤던 저 이글거리는 소용돌이가 우리의 은하라면 말이다. 아까 내가 처 음에 '은하수'라고 생각했던 건 소마젤란 성운의 안쪽에서 바라 보는 은하수였던 것이다.

나는 고개를 돌려 다시 은하수를 쳐다봤다. 은하수는 모양이 나쁘지 않았고, 하늘을 가로지르는 길처럼 보였지만, 지구에서 보이는 우리의 은하수에 비해 흐릿하고 옅은 우윳빛이었다. 흐 린 날 밤에 보이는 은하수 같았다. 적도나 남반구에서나 볼 수 있는 마젤란 성운을 나는 본 적이 없었기 때문에 이 은하수가 어 떻게 보여야 하는지는 나도 몰랐다. 나는 리오그란데강 아래로 는 내려가본 적이 없었다. 하지만 이 성운들이 실제로는 은하이 며, 우리 은하에 비해 작지만, 우리 은하와 하나의 집단으로 묶 여 있다는 사실은 잘 알고 있었다.

나는 다시 우리의 빛나는 나선을 바라봤다. 그리고 여섯 살 때 이후 처음으로 향수병을 느꼈다.

피위는 엄마생물에 기대어 불안한 마음을 달랬다. 엄마생물 은 몸을 곧추세워 피위를 팔로 끌어안았다. 「그래, 그래, 애야. 나도 아주 어렸을 때 처음 저 모습을 봤는데, 너와 똑같은 느낌이었어.」

"엄마생물?" 피위가 소심하게 물었다. "지구는 어디쯤이에요?"

「애야, 저 소용돌이의 오른쪽 부분을 보렴. 바깥쪽의 나선팔
이 밖으로 점차 사라지는 부분 보이지? 우리는 중심에서 바깥으
로 3분의 2지점에서 왔어.」

"아니, 말고요! 베가 이야기가 아니에요! 태양이 어디 있는지
알고 싶다고요!"

「아, 너희 별 말이구나. 그런데 애야, 이 정도 거리에서 보면
태양과 베가는 별로 차이가 없단다.」

✳

우리가 도착한 라나도르 행성이 태양에서 얼마나 멀리 떨어
져 있는지 알게 됐다. 16만7천 광년이었다. 엄마생물이 우리에
게 직접 그 거리를 이야기해주기는 힘들었다. 엄마생물은 '1년',
즉 지구가 태양을 한 바퀴 도는 데에 어느 정도의 시간이 걸리
는지 알지 못했기 때문이다. 엄마생물이 그 숫자를 한 번 정도
사용해봤을 수도 있고 아닐 수도 있지만, 설령 사용해봤다고 할
지라도 그 숫자를 기억한다는 건 우리가 다른 나라의 땅콩값을
기억하는 것이나 마찬가지였을 것이다. 하지만 엄마생물은 베
가에서 태양까지의 거리를 알고 있었으므로, 그 거리를 기준으
로 삼아서 라나도르에서 베가까지의 거리를 우리에게 알려줬다.
6,680배였다. 6,680 곱하기 25광년 하면 약 16만7천 광년이 나
온다. 엄마생물은 친절하게도 자신들이 사용하는 단위인 5팩토

리얼(5!, $1 \times 2 \times 3 \times 4 \times 5 = 120$)을 이용하지 않고, 우리가 사용하는 십진수로 알려줬다. 16만7천 광년은 약 15.8×10^{17}킬로미터이다. 그렇다면….

1,580,000,000,000,000,000킬로미터.

이것이 베가에서 라나도르까지의 거리였다. 사실 태양에서 라나도르까지의 거리라고 해도 상관없었다. 이 정도 규모의 거리에서는 베가와 태양이 옆집이나 다름없었다.

158경 킬로미터라니.

나는 그렇게 터무니없이 큰 숫자로 뭔가를 계산해보겠다는 생각을 그만뒀다. 우주적인 규모의 거리에서는 이것도 '가깝다'고 할지 모르겠지만, 자칫하다간 두개골 안의 회로가 과부하로 타버릴 수도 있었다.

우리가 착륙한 승강장은 한 변이 수 킬로미터씩 되는 거대한 삼각형 건물의 지붕이었다. 여러 곳에서 반복해서 삼각형 모양을 봤는데, 항상 각 모서리에 이중나선이 그려져 있었다. 엄마 생물이 달고 있는 장신구와 같은 모양이었다.

이건 '세 개의 은하, 하나의 법률'을 상징했다.

내가 조금씩 주워들은 내용을 풀어보면 이렇다. '세 은하 연맹'은 '자유국가연합'이나 '국제연합(UN)' 혹은 그보다 더 이전에 있었던 '국제연맹'과 비슷했다. 라나도르에는 '세 은하 연맹'을 위한 사무실과 법정과 자료들이 모여 있었다. 즉, 연맹의 수도인 셈이었다. 뉴욕에 자유국가연합 건물이 있고, 스위스에 국제연합 건물이 있던 것과 비슷했다. 이는 역사에서 유래했다. 라나도르의 주민들이 '구 종족'이고, 이곳에서 문명이 시작되었기 때문이다.

세 은하는 하와이주처럼 일종의 군도 형태를 이루고 있었다. 그들에게는 자신들 외에는 가까운 이웃이 없었다. 문명은 소마젤란 성운에서 퍼져나간 뒤 대마젤란 성운으로 퍼지고, 우리 은하로 느리게 조금씩 퍼졌다. 우리 은하에서는 시간이 훨씬 많이 걸렸다. 두 성운에 비해 열다섯 배에서 스무 배 가까이 별이 많았기 때문이다. 엄마생물은 자신의 고향에서는 굉장히 중요한 인물이었지만, 여기서는 하급 관리에 불과했다. 그녀가 할 수 있는 일이라곤 우리를 데려오는 것뿐이었다. 그래도 나는 한동안 엄마생물에게 예의를 갖추기는 했지만 차가운 태도로 대했다. 우리를 고향으로 도망치게 해주고 그사이 다른 방법을 찾아볼 수도 있지 않았겠는가.

그들은 엄청나게 큰 건물에 우리의 숙소를 제공해줬는데, 이 건물을 '단기 투숙용 호텔'이라고 부를 수도 있겠지만, 오히려 그 보다는 '구치소'나 '감옥'에 가까울 것이다. 나로서는 숙소에 대해 불평할 게 없었지만, 새로운 장소에 도착할 때마다 갇혀 있어야 한다는 사실이 지긋지긋했다. 로봇이 우리를 마중 나와서 건물 안으로 데리고 갔다. 라나도르에는 어디에나 로봇이 있었다. 《오즈의 마법사》에 나오는 '양철 나무꾼'처럼 생긴 로봇이 있다는 의미는 아니다. 어디에서나 기계들이 일을 도와준다는 뜻이다. 예를 들어 우리를 방까지 안내해준 로봇은 안내를 마친 뒤 마치 팁을 기다리는 사환처럼 우리 주변을 서성댔다. 그 로봇은 바퀴가 세 개 달린 카트처럼 생겼으며, 위에는 짐을 올릴 수 있도록 커다란 바구니가 달려 있었다. 로봇은 우리를 마중 나왔을 때 엄마생물에게 베가인 언어로 지저귀더니, 우리를 안내해서 승강기로 내려간 뒤 넓고 끝도 없이 긴 복도로 데려갔다.

나는 다시 '내 방'을 부여받았다. 짝퉁의 짝퉁이었다. 모든 오류는 그대로 남았고 새로운 오류들이 추가됐다. 그 방을 보니 오히려 불안해졌다. 이건 그들이 우리를 가능한 한 오래, 그들이 원하는 만큼 오래 가둬둘 계획이라는 의미였기 때문이다.

하지만 그 방은 오스카를 위한 옷장까지 완벽했다. 심지어 바깥의 화장실도 그대로였다. '내 방'의 바로 뒤에는 다른 종류의 짝퉁이 있었다. 피위가 베가 제5행성에서 머물렀던 '아라비안나이트'의 복사판이었다. 피위는 기뻐하는 것 같았다. 그래서 나는 이게 무슨 의미인지 지적하지 않았다.

엄마생물은 우리가 우주복을 벗는 동안 옆에서 서성거렸다.

「편안하게 지낼 수 있겠니?」

"그렇겠죠." 난 시큰둥하게 대답했다.

「혹시 먹고 싶은 음식이나 필요한 게 있으면 말만 하렴. 바로 가져다줄 거야.」

"그래요? 전화로 해야 하나요?"

「원하는 걸 말하기만 하면 된단다. 그러면 네 말을 들을 거야.」

나는 엄마생물을 믿는다. 하지만 나는 갇혀 지내는 것만큼이나 감시당하는 방에 질린 상태였다. 사람에게는 사생활이 필요하다.

"전 지금 배고파요." 피위가 말했다. "아침을 일찍 먹었거든요."

우리는 피위의 방에 있었다. 뒤쪽에 자주색 커튼이 올라가더니 벽에서 빛이 났다. 2분쯤 지났을 때 벽의 한쪽이 사라지더니 식탁 높이의 판이 혀를 쑥 내밀듯 튀어나왔다. 그 판 위에 접시와 식탁 용구, 치즈와 고기, 과일, 빵, 버터, 김이 모락모락 올라오는 코코아 한 잔이 있었다. 피위는 박수를 치며 환호했다. 나는 부루퉁한 얼굴로 음식을 쳐다봤다.

「봤지?」엄마생물이 미소를 지으며 말했다. 「필요한 걸 말하렴. 나를 부르면 내가 올 거야. 하지만 지금은 가봐야겠다.」

"아, 엄마생물, 가지 마요."

「피위, 가야 한단다. 곧 다시 만날 거야. 그건 그렇고, 여기에 너희 종족이 두 명 더 있어.」

"네?" 내가 끼어들었다. "누구요? 어디에요?"

「옆방에 있어.」엄마생물이 미끄러지듯 빠르게 사라졌다. 사환 로봇이 엄마생물을 앞서 가려고 속도를 높였다.

내가 고개를 돌렸다. "저 이야기 들었지?"

"당연히 들었지!"

"음, 넌 배고프면 먹고 있어. 난 다른 인간들 찾으러 갈래."

"킵! 기다려!"

"배고프다며?"

"그래도….." 피위가 음식을 쳐다봤다. "잠깐만." 피위는 허겁지겁 빵 두 장에 버터를 바르더니 내게 하나를 내밀었다. 나도 서두를 필요는 없었으므로 빵을 받아서 먹었다. 피위는 자기 빵을

게걸스럽게 먹더니 코코아를 벌컥벌컥 마시고 내게도 잔을 내밀며 말했다. "좀 마실래?"

코코아라고 하기엔 조금 달랐다. 고기 맛도 느껴졌다. 그래도 괜찮았다. 내가 잔을 다시 건네주자 피위가 남은 걸 마셨다. "이제 살쾡이가 덤벼도 싸울 수 있어. 킵, 가자."

'옆방'은 우리 방의 세 배만 한 로비를 지나 복도를 15미터 정도 간 뒤에야 나왔다. 우리는 아치형 입구에 도착했다. 나는 피위를 뒤로 물러나게 하고 조심스럽게 안을 들여다봤다.

그 안에는 입체 영사기로 투사한 가짜 풍경이 펼쳐져 있었다. 박물관에서 봤던 것보다 좋았다. 관목 사이로 야생 지역의 조그만 공터가 보였다. 끝부분에는 석회암 더미가 있었다. 흐릿한 하늘과 바위에 있는 동굴 입구가 보였다. 바닥은 비가 온 듯 축축했다.

원시인이 동굴 근처에 쭈그리고 앉아 있었다. 그는 작은 동물의 사체를 뜯어먹고 있었는데, 다람쥐 같았다.

피위가 나를 밀치고 앞으로 나가려 해서 내가 막았다. 원시인은 아직 우리를 눈치채지 못한 모양이었다. 나는 그 상태를 유지하는 게 좋겠다는 생각이 들었다. 그는 다리가 짧았지만, 몸무게가 내 두 배는 될 것 같았다. 근육은 역도 선수처럼 튼튼했다. 팔뚝은 짧고 털이 북슬북슬했으며 이두박근과 장딴지가 울퉁불퉁했다. 머리는 거대했다. 내 머리보다도 크고 길었지만, 앞이마와 턱은 좁았다. 이빨은 크고 노란색이었는데, 앞니 하나가 부러진 상태였다. 뼈를 오도독 씹는 소리가 들렸다.

박물관이었더라면 '네안데르탈인—마지막 빙하기 즈음'이라는 안내판이 보였을 것이다. 하지만 멸종 생물의 밀랍 인형은 뼈를 씹어 먹지 않는다.

피위가 항의했다. "이봐, 나도 보여줘."

원시인이 그 소리를 들었다. 피위가 원시인을 노려보자 그 역시 우리를 노려봤다. 피위가 팩 소리를 지르자 원시인이 몸을 돌려 동굴 속으로 도망쳤다. 어기적거렸지만 속도는 빨랐다.

내가 피위를 움켜잡았다. "여기서 나가자!"

"잠깐만 기다려봐." 피위가 조그맣게 말했다. "저 사람이 금세 나오진 않을 거야." 피위가 관목을 옆으로 밀치며 나가려고 했다.

"피위!"

"여기 만져봐." 피위가 손으로 허공을 밀며 말했다. "저 사람은 우리에 갇혀 있어."

내가 만져봤다. 뭔가 투명한 게 아치형 입구를 막고 있었다. 그 장벽이 손으로 약간 밀리긴 했지만 2, 3센티미터 이상은 밀리지 않았다. "플라스틱인가?" 내가 말했다. "투명한 합성수지 같은데 탄력이 있네?"

피위가 말했다. "음…. 내 우주복의 헬멧이랑 더 비슷한 재질 같아. 그보다 더 튼튼하기는 하지만. 틀림없이 빛이 한 방향으로만 통과할 거야. 그렇다면 저 사람은 우리를 못 봐."

"알았어. 우리 방으로 돌아가자. 그들과 맞닥뜨릴지도 몰라."

피위가 그 장벽을 계속 만졌다. "피위!" 내가 날카롭게 말했다. "왜 내 말을 안 들어!"

"무슨 소리를 하는 거야?" 피위가 차분하게 말했다. "내가 무슨 말을 안 들었다는 거야?"

"피위! 지금은 까다롭게 굴 시간 없어."

"꼭 우리 아빠처럼 이야기하네. 저 사람은 먹던 쥐를 떨어뜨렸으니까 다시 돌아올 거야."

"저 사람이 다시 돌아오더라도 그때 넌 여기에 없을 거야. 내가 널 끌고 갈 테니까. 네가 날 물면, 나도 물 거야. 경고했다."

피위가 약간 열받은 표정으로 돌아봤다. "난 너 안 물어. 킵, 네가 무슨 짓을 하든 관심 없어. 하지만 계속 케케묵은 꼰대 소리를 해대면…. 아, 뭐, 1시간 내로 저 사람이 돌아올 것 같지는 않으니까, 나중에 다시 오자."

"그래." 내가 피위의 길을 열어줬다.

하지만 우리가 그 자리에서 채 떠나기 전에 큰 휘파람 소리와 고함지르는 소리가 들려왔다. "이봐, 이놈들아! 여기야!"

그 말은 영어가 아니었지만 나는 충분히 알아들었다. 그 고함 소리는 복도 건너편에서 조금 더 들어간 아치 통로에서 들려왔다. 나는 망설이다가 그쪽으로 갔다. 피위가 벌써 그쪽으로 가버렸기 때문이다.

마흔다섯 살 정도 되어 보이는 남자가 입구에서 어슬렁거리고 있었다. 그는 네안데르탈인이 아니라 문명화된 사람처럼 보였다. 일종의 킬트식 의상처럼 길고 묵직한 모직 튜닉을 두르고 허리에 벨트를 찼다. 그 아래의 다리에는 양털을 두르고 두툼하고 짧은 장화를 신었는데, 많이 닳았다. 벨트 부위에는 어깨에서 늘어뜨린 줄에 달린 짧고 무거운 검이 있었고, 벨트의 다른 쪽에는 단도를 찼다. 남자는 전체적으로 깨끗했으며 머리카락이 짧았다. 며칠 동안 자르지 못한 회색의 짧은 수염이 얼굴을 덮었다. 그의 얼굴은 친근하지도 않고 적대적이지도 않았다. 하지만 빈틈없이 경계하는 눈빛이었다.

"고맙다." 그가 걸걸한 목소리로 말했다. "너희가 간수냐?"

피위가 헉 소리를 냈다. "이럴 수가, 라틴어잖아!"

고대 로마군단의 병사를 만나면 어떻게 해야 할까? 그것도 원시인을 만난 직후에? 내가 대답했다. "아니요, 우리도 죄수예요." 나는 스페인어로 말한 뒤, 아주 깔끔한 고대 라틴어로 다시 말했다. 내가 스페인어로 말한 이유는 라틴어라는 피위의 말이 정확하게는 맞지 않았기 때문이다. 그가 사용하는 말은 라틴어가 아니었다. 적어도 고대 로마 시인 오비디우스나 율리우스 카이사르 황제가 사용하던 라틴어는 아니었다. 사실 스페인어도 아니었다. 사투리가 심하고 다른 언어가 섞인 스페인어와 라틴어 중간쯤 되는 언어였다. 하지만 나는 무슨 뜻인지 대충 짐작할 수 있었다.

로마 병사가 입술을 핥더니 대답했다. "좋지 않군. 사흘 내내 주의를 끌려고 애썼더니 굴러들어온 게 다른 죄수라니. 주사위라는 게 그렇게 구르는 법이지. 그건 그렇고, 네 억양이 아주 웃기네."

"미안해요, 친구. 하지만 나도 당신 말을 이해하기 힘들긴 마찬가지야." 나는 그의 말투에 대충 맞춰서 말한 후 라틴어로 다시 말했다. 그리고 급조한 링귀 프랭커어*로 덧붙였다. "천천히 말해줄래요?"

"난 내가 말하고 싶은 대로 말한다. 그리고 나를 '친구'라고 부르지 마라. 난 로마 시민이야. 그러니까 건방지게 굴지 마."

이건 의역이다. 그가 던지는 명령은 훨씬 저속했다. 아주 저속한 스페인어 구절에 가까운 말이었다.

"뭐라는 거야?" 피위가 물었다. "라틴어지? 통역해줘!"

나는 피위가 못 알아듣는다는 사실이 기뻤다. "이럴 수가, 피위, '시와 과학의 언어'를 몰랐단 말이야?"

"이런, 잘난 체하지 마! 말해줘."

"보채지 마. 나중에 말해줄게. 지금은 저 말을 따라가는 것만 해도 벅차."

"저 야만인이 뭐라고 꿀꿀대는 거냐?" 로마인이 즐겁다는 듯 말했다. "언어로 말하라, 소년아. 안 그러면 검의 넓적한 부분으로 열 대 때려줄 거야."

그는 아무것도 없는 허공에 기대어 있는 것 같았다. 그래서 내가 허공을 만져봤더니 딱딱했다. 그래서 나는 그의 위협을 더 이상 걱정하지 않기로 했다. "난 최선을 다해서 말하고 있어요. 우리는 우리들의 언어로 서로에게 이야기한 것뿐이에요."

"돼지나 꿀꿀대는 거야. 라틴어로 말하라. 네가 할 수 있다

---

* 지중해 지역에서 이탈리아어, 프랑스어, 그리스어, 스페인어, 터키어 등을 혼합
에서 사용하는 혼성어

면." 그는 이제야 피위가 있다는 사실을 알아차린 양 피위를 쳐다보며 말했다. "네 딸이냐? 저 애를 나한테 팔래? 뼈에 살만 더 붙어 있었더라면 반 디나리오는 줄 수 있었을 텐데 말이야."

피위의 인상이 확 구겨졌다. "저건 무슨 말인지 이해했어!" 피위가 사납게 말했다. "이리 나와, 덤벼!"

"라틴어로 말해봐." 내가 피위에게 충고했다. "그가 네 말을 이해하면, 너를 때리려고 할걸."

피위가 불안한 표정으로 말했다. "설마 저놈이 그런 짓을 하도록 구경만 하지는 않을 거지?"

"내가 안 그럴 거라는 건 너도 알잖아."

"돌아가자."

"그러게 내가 아까 돌아가자고 했잖아." 나는 피위를 호위하며 원시인의 동굴을 지나 우리 숙소로 향했다.

"피위, 나는 돌아가서 그 잘난 로마인이 무슨 말을 하는지 들어봐야겠어. 그래도 되겠지?"

"당연히 안 되지!"

"이성적으로 굴어. 그들이 우리를 해칠 수 있다면 엄마생물도 알았을 거야. 아무튼, 그들이 여기 있다는 사실을 말해준 사람이 엄마생물이잖아."

"나도 같이 갈래."

"뭐하러? 내가 뭔가를 알아내면 너한테 다 말해줄게. 이 바보 같은 일들이 왜 일어나고 있는 건지 알아낼 기회일지도 몰라. 그는 여기서 뭘 하는 걸까? 이들이 수천 년 동안 그를 얼려

놓았던 걸까? 그가 깨어난 지는 얼마나 됐을까? 그는 우리가 모르는 사실에 대해 뭔가 알고 있을까? 우리는 지금 상황이 안 좋아. 그러니까 우리에게 필요한 자료를 전부 다 긁어모아야 해. 지금은 네가 물러나 있는 게 오히려 도움이 돼. 무서우면 엄마 생물을 불러."

피위가 입을 삐죽 내밀었다. "난 안 무서워. 알았어. 네 마음 대로 해."

"그래. 저녁 먹고 있어."

✳

털북숭이 원시인은 보이지 않았다. 나는 그의 문을 멀리 피해서 지나갔다. 우주선이 시간을 들이지 않고 아무 데나 갈 수 있다면, 차원을 뛰어넘어 아무 시간이나 갈 수도 있을까? 그런 경우 어떻게 계산을 해야 하지? 로마 병사는 아직도 문 근처에서 어슬렁거리고 있었다. 그가 고개를 들었다. "꼼짝 말고 그대로 있으라는 내 말 못 들었어?"

"들었어요." 내가 인정했다. "하지만 당신이 계속 그런 태도로 나오면 전혀 도움이 안 돼요. 난 당신의 소유물이 아니에요."

"어이쿠, 잘났네!"

"평화적으로 이야기를 나눌래요, 아니면 그냥 가버릴까요?"

로마 병사가 나를 훑어봤다. "평화적으로 하자. 그래도 건방지게 굴지 마, 야만인아."

그는 자신의 이름이 '이우니오'라고 했다. 스페인과 갈리아에서 복무한 뒤 '승리의 6군단'에 전속되었다고 했다. 그는 야만인이라면 6군단이 어떤 존재인지 알고 있어야 한다고 믿는 것 같았다. 그는 영국에서 에보라쿰(현재의 요크 지역)과 론디니움(현재의 런던) 북부에서 주둔했다고 했다. 그리고 명예 백인대장(百人隊長)으로서 선봉대를 맡았다는데, 정식 계급은 상사 정도 됐던 모양이었다. 그는 나보다 덩치가 작았지만, 골목길이나 성벽 위에서 마주치고 싶은 사람은 아니었다.

로마 병사는 영국인과 나를 포함한 모든 야만인과 여성, 영국의 날씨, 로마군단의 고급 장교들, 성직자들을 깔봤다. "개인적인 감정은 없어. 나랑 친한 친구 중에 몇몇은 야만인이야." 하지만 카이사르와 로마, 신들, 그리고 자신의 전문적인 능력에 대해서는 높게 평가했다. 그는 군대가 예전 같지 않으며, 외인부대를 로마 시민들과 똑같이 대하기 시작하면서 몰락이 시작됐다고 했다.

그는 야만인들(몰래 다가와서 사람의 목을 따고 먹어치우는 끔찍한 패거리들)을 저지하는 성벽을 지키고 있었다. 그런데 이제 지옥에 떨어졌으므로 자신도 그런 일을 당해서 죽었을 거라고 믿어 의심치 않았다.

나는 그가 이야기하는 성벽이 잉글랜드 북부에 있는 '하드리아누스의 방벽'이라고 짐작했다. 그는 성벽에서 사흘 동안 북쪽으로 행진하면 바다들이 가장 가까워지는 곳이 있다고 했다. 그곳 날씨는 끔찍했고, 원주민들은 온몸에 색칠하고 피에 굶주린 짐승들이었으며 문명을 이해하지도 못했다고 했다. 원주민들은 로마군이 그들의 하찮은 섬을 빼앗으려는 줄 알았을 것이라고 했다. 이우니오는 그들이 나 같은 촌놈들이라고 하면서, 악의적으로 하는 이야긴 아니라고 했다.

그럼에도, 그는 어린 야만인을 사서 아내로 삼았다. 그리고 에보라쿰에서 수비를 계속 맡기를 바랐다. 그때 이 일이 일어났다. 이우니오가 어깨를 으쓱하며 말했다. "내가 부정한 일을 조심하고 제물을 잘 바쳤더라면 이런 불운한 일을 안 당했겠지만, 병사는 주어진 임무를 해내고 자기 몸뚱이 지키고 무기 깨끗하게 관리하면 되는 거야. 나머지는 장교가 알아서 하는 거지. 그문 조심해. 거기에 마법이 씌었어."

로마 병사와 이야기를 나누는 시간이 길어질수록 그의 말을 쉽게 이해할 수 있었다. 그는 '-us'로 끝나는 단어를 '-o'로 변형해서 말했고, 사용하는 어휘들도 율리우스 카이사르가 쓴《갈리아 전기》에 나오는 어휘와 달랐다. 그가 사용하는 관용구들은 이해하기 힘들었다. 게다가 그의 라틴어는 수십 개의 '야만인'의 언어들과 혼합되었다. 하지만 신문에서 세 단어마다 하나씩 지우더라도 기사의 요점은 이해할 수 있는 법이다.

나는 그들의 일상생활과 로마 6군단 내부의 정치에 대해서는 알게 됐지만, 정작 내가 알고 싶었던 것들에 대해서는 알아내지 못했다. 이우니오는 자신이 어떻게 여기로 잡혀 왔는지 몰랐고, 왜 잡혀 왔는지도 몰랐다. 그는 자신이 죽었으며, 이제 지옥의 어딘가에 있는 신병 대기 부대에서 배치를 기다리고 있다고 생각했다. 나로서는 아직 받아들일 생각이 없는 이론이었다.

로마 병사는 자신의 '사망' 연도를 알았다. 황제 8년, 로마 건설 899년이었다. 나는 확실하게 확인하기 위해 로마식 숫자를 써서 보여줬다. 하지만 나는 로마가 건설된 시기가 정확히 언제인지 몰랐고, 그 황제가 누구를 말하는 건지도 알 수 없었다. 고대 로마 시대의 황제가 너무 많은 탓이었다. 하지만 하드리아누스의 방벽을 건설하고 로마가 아직 영국을 지배하던 시대였다면, 이우니오는 서기 3세기 즈음에서 왔을 것이다.

로마 병사는 복도 건너편에 있는 원시인에는 관심이 없었다. 그에게 원시인은 최악의 야만인이 육체화되어 나타난 존재였다. 겁쟁이 같으니라고. 나는 그에 대해 왈가왈부하지 않았지만, 칼날 같은 이빨을 가진 호랑이들이 문 앞에서 구슬프게 울어대면 나라도 겁을 먹었을 것 같긴 하다. 원시인에게 칼날 같은 이빨이 있었던가? '동굴에 사는 곰'이라고 해두자.

이우니오가 안으로 들어갔다가 딱딱한 검은 빵과 치즈, 컵을 가지고 돌아왔다. 그는 내게 권하지도 않았다. 장벽 때문에 그런 것 같지는 않았다. 그는 바닥에 앉아 음료수를 조금 마시더니 우걱우걱 먹기 시작했다. 바닥은 진흙이고, 벽은 거친 바위였으며, 천장은 나무로 만든 대들보로 받쳤다. 아마도 영국 지배 시기의 주거지를 본뜬 것일 테지만, 나는 그 분야에 대해 잘 몰랐다.

나는 오래 머무르지 않았다. 빵과 치즈를 보자 배가 고파졌을 뿐만 아니라, 내가 이우니오를 화나게 만들었기 때문이다. 그가 무엇 때문에 화가 났는지는 정확히 모른다. 하지만 나는 식사 습관과 조상들, 외모, 행동, 돈벌이에 대해 그와 솔직하게 이야기를 나눴다. 이우니오는 내가 자신에게 동의해주고, 모욕을 모른 체해주고, 그를 존중해주는 동안에는 즐거워했다. 많은 어른이 이런 걸 원한다. 심지어 39센트짜리 땀띠약을 살 때조차 말이다. 아이들은 아무 생각 없이 그런 요구에 응하는 걸 배운다. 그러지 않으면 버르장머리 없는 애라든가 비행 청소년이 될 녀석이라는 소리를 듣게 된다. 존경받을 구석이 없는 노인네일수록 젊은이 들에게 요구하는 게 더 많은 법이다. 이우니오에게 더는 얻을 게 없다고 판단이 되자 나는 그 자리를 떠났다. 내가 돌아가는 도중 에 원시인이 동굴에서 밖을 내다보는 모습이 보였다. "이봐, 안 심해." 나는 원시인에게 말하고는 가던 길을 계속 갔다.

나는 우리 방으로 이어진 아치형 복도에서 보이지 않는 장벽 에 부딪혔다. 나는 장벽을 만지며 조용히 말했다. "안으로 들어 갈래." 장벽이 사라졌다. 그리고 내가 안으로 들어가자 그 자리 에 장벽이 다시 생겼다.

내 신발의 고무바닥은 소리가 나지 않았다. 피위가 잠들었을 지도 몰라서 불러내지 않고, 방문이 열려 있길래 슬쩍 들여다봤 다. 피위는 그 비현실적인 동양의 긴 소파에 책상다리를 하고 앉 아서 퐁파두르 부인을 흔들며 울고 있었다.

나는 뒷걸음질로 물러났다가 휘파람을 불고 떠들썩하게 피위 의 이름을 부르면서 돌아왔다. 피위가 문에서 웃는 얼굴을 내밀 었다. 눈물의 흔적은 없었다. "안녕, 킵! 오래 걸렸네."

"그 녀석이 말이 많더라고. 새로운 소식은 없니?"

"없어. 난 저녁을 먹고 네가 돌아오지 않아서 잠깐 눈을 붙였어. 너 때문에 깼잖아. 뭐 알아낸 건 없어?"

"저녁을 주문한 다음에 먹으면서 이야기해줄게."

✳

내가 마지막 국물까지 싹싹 비우고 있을 때 사환 로봇이 왔
다. 지난번 봤던 로봇과 비슷했지만, 앞쪽에 세 개의 소용돌이
와 삼각형이 금빛으로 빛났다. "따라오십시오." 로봇이 영어로
말했다.

내가 피위를 쳐다봤다. "엄마생물이 올 거라고 하지 않았어?"

"글쎄, 그랬던 것 같은데."

기계가 다시 말했다. "따라오십시오. 당신들은 출석 요구를
받았습니다."

나는 그 소리를 무시했다. 나는 지금까지 수많은 명령을 들었
고, 그중에는 내가 따르지 않아도 되는 명령도 있었다. 하지만
기계 쪼가리에게 명령을 받아본 적은 한 번도 없었다. "꺼져! 데
려가고 싶으면 네가 끌고 가."

로봇에게 할 말은 아니었다. 로봇은 진짜로 나를 끌고 갔다.

피위가 소리쳤다. "엄마생물! 어디 있어요? 도와줘요!"

엄마생물의 새소리가 로봇에서 나왔다. 「애들아, 괜찮아. 그
하인이 너희를 내게 데려올 거야.」

나는 저항을 멈추고 걸어가기 시작했다. 가전제품 대리점에
서 도망쳐 나온 것처럼 생긴 그 녀석은 우리를 승강기에 태운
뒤 복도로 데려갔다. 우리가 복도로 들어서자마자 벽이 휙휙 지

나갔다. 로봇은 윗부분에 삼각형과 소용돌이들이 그려진 거대한 아치길로 우리를 밀어넣더니 가까운 벽에 있는 울타리로 몰았다. 우리가 움직이기 전까지는 그게 울타리인지도 몰랐다. 그 짜증 나는 투명한 장벽이었던 것이다.

그 방은 내가 지금까지 봤던 가장 큰 공간이었다. 삼각형 모양이었는데, 시야를 가로막는 기둥 같은 것도 없었다. 천장은 너무 높고 벽들도 너무 멀어서 방 안에 있는 구름에서 천둥번개가 쳐도 이상하지 않을 것 같았다. 그 거대한 공간에서 나 자신이 개미처럼 느껴졌다. 우리가 벽에 가까운 곳에 있어서 기뻤다. 빈 공간이 아니었다. 안에 수백 명이 있었지만, 모두 벽에 가까이 붙어 있어서 텅 빈 것처럼 보였다. 엄청나게 큰 바닥이 휑했다.

그런데 중앙에 벌레머리 세 마리가 있었다. 벌레머리의 재판이 진행 중이었다.

우리가 아는 그 벌레머리가 거기 있었을지도 모르겠다. 하지만 벌레머리들이 가까이 있었더라도 난 알아보지 못했을 것이다. 벌레머리 두 마리의 차이란, 목이 잘린 사람과 머리가 잘린 사람의 차이와 비슷했다. 아무튼 우리가 알다시피, 범죄자가 참여했는지는 재판에서 거의 중요하지 않다. 벌레머리는 재판을 받고 있었다. 참석했든 말든, 살았든 죽었든.

엄마생물이 발언하고 있었다. 그녀의 자그마한 모습이 보였다. 그녀도 역시 중앙에 나가 있었지만 벌레머리들과는 떨어져 있었다. 엄마생물의 새소리가 내게 희미하게 닿았지만, 그녀의 말은 영어로 또렷하게 들렸다. 가까운 어딘가에서 통역된 말이 우리에게 전달됐다. 영어로 통역되어도 그녀의 새소리에 담겼던 느낌은 똑같이 전달됐다.

엄마생물은 자신이 아는 벌레머리의 행위에 대해 현미경에 보이는 물체를 묘사하듯 감정을 신지 않고 발언했다. 마치 교통경찰이 증언하는 느낌이었다. "5일 9시 17분, 근무 중에…." 기타 등등. 감정을 배제하고 사실에 대해서만 발언했다. 엄마생물이 마지막으로 명왕성에서 일어난 사건들에 관한 설명을 했다. 그녀는 폭발이 일어난 시점에서 증언을 끝냈다.

다른 목소리가 들렸다. 역시 영어였다. 단조로운 코맹맹이 소리였는데, 내가 어릴 적 어느 여름에 버몬트에 놀러 갔을 때 봤던 식료품 가게 주인의 말투가 떠올랐다. 그 사람은 웃지도 않고 얼굴을 찡그리지도 않았다. 그리고 별로 말이 없는 그는 "저 여자는 좋은 여자야." 혹은 "저 남자는 자기 아들한테 사기를 쳤어." 혹은 "달걀은 59센트입니다"와 같은 이야기를 모두 똑같은 어조로 말했는데, 현금 출납기의 기계 소리처럼 차가웠다. 이 목소리도 그런 부류였다.

그 목소리가 엄마생물에게 말했다. "증언은 끝났는가?"

"네, 끝났습니다."

"다른 증언을 들어보겠다. 클리퍼드 러셀…."

나는 깜짝 놀랐다. 사탕을 몰래 꺼내 먹다가 식료품 가게 주인에게 붙잡힌 기분이었다.

그 목소리가 계속 말했다. "…주의해서 들어라." 곧 다른 목소리가 나오기 시작했다.

내 목소리였다. 내가 베가 제5행성에서 병실에 누워 구술했던 이야기였다.

하지만 구술 내용 전부는 아니었고, 벌레머리에 관한 사항들만 나왔다. 형용사와 문장들이 통째로 잘려나갔다. 누군가가 테이프에 가위질을 한 것 같았다. 사실들만 남았고, 그들에 대한 내 의견은 사라졌다.

우리 집 뒤에 있는 목초지에 우주선들이 착륙하는 부분에서 시작되어서, 마지막 벌레머리가 눈이 먼 채로 발부리에 걸려 구멍으로 떨어지는 부분에서 끝났다. 워낙 많이 잘려나갔기 때문에 별로 길지는 않았다. 예를 들어 달에서의 도보 여행 같은 부분이 잘렸다. 벌레머리에 대한 내 묘사는 남았지만, 너무 많이 잘려나가서 마치 내가 가장 흉측한 생물이 아니라 '밀로의 비너스'에 대해 묘사하는 느낌이 들었다.

녹음된 내 내 목소리가 끝나자 식료품 가게 주인의 목소리가 말했다. "이게 당신 목소리 맞는가?"

"네? 네, 맞습니다."

"진술은 정확한가?"

"네, 그렇지만…."

"정확한가?"

"네."

"진술이 완벽한가?"

나는 당연히 그렇지 않다고 말하고 싶었다…. 하지만 이 체계가 어떻게 돌아가는지 이해되기 시작했다. "네."

"그럼, 패트리시아 와이넌트 레이스펠트의…."

피위의 이야기는 조금 앞부분부터 시작됐다. 나랑 만나기 전에 벌레머리 패거리와 접촉했던 며칠간의 이야기가 담겨 있었다. 피위는 관찰력과 기억력이 좋았지만, 자신의 의견을 이야기했던 부분이 많아서인지 진술은 그다지 길지 않았다. 그 의견들역시 잘려나갔기 때문이다.

피위가 자신의 증언이 정확하며 완벽했다고 동의하자 식료품가게 주인의 목소리가 말했다. "모든 증언이 청취되었다. 알려진 모든 사실도 취합되었다. 세 개체는 변호를 시작하라."

벌레머리들이 대변인을 선임한 모양이었다. 그 벌레머리인것 같았다. 놈이 살아 있고 저기에 참석했다면 말이다. 영어로통역된 그들의 답변은 벌레머리가 영어로 말할 때처럼 후두음이 강하게 드러나지 않았다. 그럼에도 그건 틀림없는 벌레머리의 말투였다. 고도로 지적이었지만, 뼛속까지 덜덜 떨리게 만드는 사악함이 모든 음절에서 풍겨 나왔다. 한 마디 한 마디 할 때마다 주먹으로 얼굴을 두들겨 맞는 느낌이었다.

놈들의 대변인이 워낙 멀리 떨어져 있어서 그 외모 때문에 움츠러들지는 않았다. 그리고 처음에 그 목소리를 들었을 때의 위장을 뒤트는 충격이 지나가자 약간 정신을 차리고 들을 수 있었다. 그는 이 법정이 자기 종족에 대한 사법권을 갖고 있지 않다는 주장으로 변호를 시작했다. 그는 오로지 '어머니 여왕'에게만책임을 지며, 어머니 여왕은 '여왕 집단'(영어로는 그렇게 옮겨졌다)에만 책임을 진다.

그는 그것으로 변호가 충분하다고 주장했다. '세 은하 연맹'이라는 게 실제로 존재한다고 해도(그로서는 현재 법적 근거가 없는 재판에서 이 수많은 생물과 마주치기 전까지 불법적으로 감금되어 있었다는 사실 외에는 '세 은하 연맹'이라는 존재를 믿어야 할 이유가 전혀 없었다) 그 연맹은 '유일한 사람들'에 대한 사법권을 갖고 있지 않다. 첫째, 그 조직은 자신의 행성이 있는 공간까지 확장되지 않았다. 둘째, 설령 거기까지 확장되었다고 할지라도, '유일한 사람들'은 연맹에 가입한 적이 없으므로 그 법률은(설령 그 조직이 법률을 갖고 있다고 해도) 적용되지 않는다. 셋째, 자신들의 '여왕 집단'이 실제로 존재할 것 같지도 않은 이 '세 은하 연맹'과 제휴하는 일은 상상조차 하기 힘든 일이다. 사람은 동물들과 교제하지 않기 때문이다.

이 변호만으로도 충분했다.

하지만 논의를 위해 제시한 이 완벽하고도 충분한 변호를 차치하고도, 이 재판은 웃음거리밖에 안 되었다. 자칭 '세 은하 연맹'의 소위 법률에 따르더라도 범죄가 성립하지 않았기 때문이다. 벌레머리들은 유용하지만 비어 있는 행성, 즉 지구를 점령하기 위해 자신들의 공간에서 작전을 수행하고 있었을 뿐이었다. 동물들밖에 살지 않는 땅을 식민화하는 건 범죄가 될 수 없다. '세 은하 연맹'의 요원에 대해서 이야기하자면, 엄마생물이 남의 일에 불쑥 끼어든 것이다. 그녀는 어떠한 위해도 당하지 않았다. 그들은 그저 그녀가 간섭하는 걸 막고, 그녀가 소속된 지역에 돌려보낼 목적으로 붙들어두었을 뿐이었다.

벌레머리는 거기서 멈추는 게 좋았을 것이다. 이 변론들은 모두 설득력이 있었다. 특히 마지막 주장 말이다. 나로서는 인류라는 종이 '만유의 영장'이라는 생각에 익숙했다. 하지만 여기에 모인 이들이 인간의 권리를 벌레머리의 권리만큼 인정해줄지는 확신할 수 없었다. 벌레머리 종족은 우리보다 여러 가지 면에서 확실히 앞섰다. 우리가 농장을 만들기 위해 정글을 제거할 때, 거기에 우리보다 먼저 살던 비비원숭이를 걱정했던 적이 있던가?

하지만 벌레머리는 이 변론들을 철회하고, 모든 생물이 하나의 규칙에 따르는 건 어떤 관점에서 보더라도 바보 같은 짓이라는 사실을 보여주기 위한 지적인 훈련이었을 뿐이라고 해명했다. 그리고 정식으로 변론을 시작했다.

그건 공격이었다.

벌레머리의 목소리에 담긴 사악함이 높아가고 증오의 세기가 점점 커지더니 모든 단어가 주먹으로 내려치는 것 같았다.

어떻게 세 은하 연맹이 우리에게 이런 짓을 할 수 있는가? 저들은 고양이에게 방울을 달려는 생쥐이다!(어색하다는 사실을 나도 알지만, 아무튼 영어로는 이렇게 통역됐다) 저들은 먹을 수 있는 가축이거나, 제거해야 할 해충일 뿐이다. 우리는 저들에 대한 자비를 거부하며 협상도 불가능하다. 저들의 범죄는 절대로 잊지 않을 것이며 '유일한 사람'인 우리는 저들을 파괴해버릴 것이다!

나는 배심원들이 이 변론을 어떻게 받아들이는지 궁금해서 주변을 둘러봤다. 거의 비어 있는 이 방에는 수백 명의 생물이 세 벽의 주변에 흩어져 있었다. 우리와 가까운 곳에도 여럿이 있었다. 나는 넋을 잃고 재판을 보느라 그들을 훑어보지도 못했다. 하지만 이제는 벌레머리의 공격이 사람을 너무 불안하게 만들어서 주변을 둘러봤다. 내게는 주의를 돌릴 게 필요했다.

온갖 종류의 생물들이 있었다. 서로 비슷한 생물은 하나도 없는 것 같았다. 내게서 6미터 정도 떨어진 곳에 있는 생물은 벌레머리만큼이나 무섭고 놀라울 정도로 비슷하게 생겼다. 하지만 이 생물의 소름 끼치는 외모는 벌레머리만큼 역겹지 않았다. 아주 소수이긴 하지만 인간과 아주 유사한 생물들도 있었다. 나만큼이나 인간과 정말로 비슷하게 생긴 여자도 있었다. 무지갯빛 피부에 기묘하고 노출이 심한 의상을 제외하면 말이다. 그녀가 너무 예뻐서 무지갯빛 피부가 실은 화장일 거라는 생각마저 들었지만, 내 생각이 틀렸을 것이다. 저 지독한 독설이 어떤 언어로 그녀에게 전달될지 궁금했지만, 영어는 확실히 아닐 것이다.

아마도 그녀도 내 눈길을 느꼈던 모양인지 주변을 둘러보더니 웃음기 없는 얼굴로 나를 살펴봤다. 내가 우리에 갇힌 침팬지가 된 기분이 들었다. 매력을 느끼는 건 나 혼자의 일방적인 생각이었던 모양이다.

벌레생물처럼 보이는 생물부터 무지갯빛의 소녀까지 단계적으로 다양했는데, 그 사이의 단계에 있는 생물들만 있는 건 아니었다. 완전히 다른 종류도 있었다. 몇몇은 자기만의 수족관 안에 들어 있었다.

저 독설이 그들에게 어떤 영향을 주고 있는지는 알 수 없었다. 소녀형 생물은 그 독설을 조용히 들었지만, 문어 다리가 달린 바다코끼리 같은 생물에 대해서는 어떻게 알 수 있을까? 실룩거리는 건 화가 난 걸까? 웃는 걸까? 실룩거리는 부위가 간지러운 걸까?

식료품 가게 주인의 목소리는 벌레머리가 헛소리를 계속하도록 내버려뒀다.

피위가 내 손을 잡았다. 그러더니 내 귀를 붙잡고 고개를 숙이더니 속삭였다. "저놈 입이 참 더럽네." 피위의 목소리에는 두려움이 어려 있었다.

벌레머리가 증오가 가득 찬 독설로 변호를 마무리했는데, 번역기에 과부하가 되었는지 영어 대신 알아들을 수 없는 비명으로 들렸다.

식료품 가게 주인의 목소리가 단조롭게 말했다. "당신의 변호를 위해서 할 말은 없는가?"

비명이 반복됐다. 그러더니 벌레머리의 말투가 협조적으로 바뀌었다. "저는 제 변호를 했습니다. 변호가 필요 없다는 진술이 제 변호입니다."

감정이 없는 목소리가 계속 나왔다. 이번엔 엄마생물에게 한 말이었다. "저들을 변호하겠는가?"

엄마생물이 주저하며 대답했다. "존경하는 동료 여러분… 저로서는 그들의 행동이 부적당했다고…밖에는 얘기할 수 없습니다." 엄마생물의 목소리에 슬픔이 배어 있었다.

"당신은 저들이 유죄라고 판단하는가?"

"그렇습니다."

"그렇다면 당신의 의견은 들을 수 없겠다. 법이 그러하다."

"'세 개의 은하, 하나의 법률.' 저는 발언하지 않겠습니다."

단조로운 목소리가 계속 말했다. "저들을 위해 증언할 분 있는가?"

침묵이 흘렀다.

내가 고상한 말을 할 기회였다. 우리 인류가 저들의 희생자였으므로, 그들이 미래에 예의 바르게 행동하겠다고 약속하기만 한다면, 저들의 관점에서 보면 잘못한 게 없다는 사실을 지적하면서, 저들에 대한 자비를 요청한다고 거리낌 없이 말할 수 있었다.

뭐, 나는 그러지 않았다. 나는 흔히 아이들에게 강요되는 우아함과 지성의 조화에 대해 들으며 자랐다. 항상 용서해야 하고, 가장 안 좋은 부분에도 좋은 점이 있고… 등등. 하지만 난 검은과부거미를 볼 때마다 밟았다. 나는 부디 착한 거미가 되어달라고 사정하거나 제발 사람들을 중독시키지 말라고 빌지 않았다. 검은과부거미로서도 어쩔 수 없는 일일 것이다. 하지만 그게 바로 중요한 핵심이다.

그 목소리가 벌레머리에게 말했다. "당신들을 변호해줄 수 있는 다른 종족이 있는가? 그렇다면 그들을 소환하겠다."

변호를 맡은 벌레머리가 그 제안을 모욕했다. 다른 종족이 그들의 품성에 대해 증언해준다는 생각이 역겹다고 여기는 것 같았다.

"그렇다면 알겠다." 식료품 가게 주인의 목소리가 말했다. "증언된 사실들이 판결을 내리기에 충분한가?"

거의 동시에 그 목소리가 혼잣말로 대답했다. "그렇습니다."

"판결은 어떻게 되었는가?"

다시 혼잣말로 대답했다. "저들의 행성을 회전시킬 겁니다."

별 게 아닌 이야기처럼 들렸다. 젠장, 모든 행성은 회전한다. 그리고 단조로운 목소리에는 감정이 전혀 없었다. 하지만 나는 그 평결을 듣고 놀랐는데, 방 전체가 몸서리를 치는 것 같았기 때문이다.

엄마생물은 몸을 돌려 우리를 향해 왔다. 멀리 떨어져 있었지만 금세 다가왔다. 피위가 엄마생물에게 몸을 날렸다. 우리를 가두고 있던 투명한 장벽이 더욱 단단해지더니 은색의 반구로 변하며 우리 셋만의 공간을 만들어주었다.

피위가 벌벌 떨면서 말을 제대로 못 하자, 엄마생물이 그 애를 달랬다. 피위가 안정되자, 내가 초조하게 물었다. "엄마생물, 그게 무슨 뜻이에요? 행성을 회전시키다니?"

엄마생물은 피위를 안은 채 나를 바라봤다. 그녀의 커다랗고 부드러운 눈이 몹시 슬퍼 보였다. 「그들의 행성을 너와 내가 인지하고 있는 시공간 밖으로 90도 돌린다는 의미란다.」

엄마생물은 플루트로 장송곡을 연주하는 것처럼 노래했다. 아직도 내겐 그 평결이 그렇게 비극적으로는 들리지 않았다. 엄마생물의 말은 영어보다는 베가인의 언어로 들을 때 훨씬 의미가 명확하게 전달되지만, 나도 엄마생물이 무슨 말을 하는지는 이해했다. 평면 위에 있는 도형을 90도로 세우면, 그 평면 도형은 더 이상 평면 위에 있지 않게 된다.《플랫랜드》*의 '정사각형 씨'는 영원히 평면에서 사라지게 되는 것이다.

하지만 존재를 없애는 건 아니다. 본래 있던 시공간에 더는 존재하지 않게 되는 것뿐이다. 벌레머리들이 너무 쉽게 빠져나갔다는 사실에 오히려 난 충격을 받았다. 나는 그들의 행성을 폭파한다든가, 뭔가 그 비슷한 수준의 극심한 벌을 받기를 어느 정도 기대했었다. 난 '세 은하 연맹'이 그럴 수 있으리라는 사실을 의심하지 않았다. 물론 벌레머리 종족은 추방된 뒤에 다시는 돌아오지 못할 것이다. 우주에는 수없이 많은 차원이 있기 때문이다. 하지만 그들은 전혀 타격을 받지 않을 것이다. 그저 추방당한 것뿐이니까 말이다.

하지만 엄마생물의 말투는 내키지 않는 교수형에 참여한 사람 같았다.

그래서 내가 엄마생물에게 다시 물었다.

「착한 킵, 넌 판결을 이해하지 못한 거야. 그들은 자기네 별을 가져가지 못한단다.」

"아⋯." 내가 할 수 있는 말은 그게 다였다.

피위의 얼굴이 하얗게 질렸다.

별은 생명의 원천이다. 행성은 그저 생명이 담긴 그릇일 뿐이다. 별을 없애버리면⋯ 행성은 점점 차가워지고⋯ 차가워지고⋯ 차가워지고⋯ 더 차가워질 것이다.

---

* 에드윈 애벗의 고전 SF로서 2차원 평면의 세상에 사는 기하학적 도형들의 사회에 대한 이야기를 담고 있다.

공기가 얼어붙을 때까지 얼마나 걸릴까? 절대 영도에 도달할 때까지 몇 시간 혹은 며칠이나 걸릴까? 나는 오한이 끼치며 소름이 돋았다. 명왕성보다 더 극악했다….

"엄마생물? 얼마나 있다가 그걸 집행하나요?" 나는 아무리 벌레머리라고 해도 그건 심한 벌이라는 이야기를 해야 하는 게 아닌가 하는 불안감이 솟았다. 차라리 터뜨려버리든지 총을 쏴라, 얼려 죽이지는 마라.

「이미 집행됐어.」 엄마생물은 여전히 장송곡처럼 노래했다.

"네?"

「판결의 집행을 맡은 요원이 명령을 기다리고 있었어…. 우리가 판결을 듣자마자 요원에게도 메시지가 전달됐어. 내가 너희에게 몸을 돌리기도 전에 그들의 행성은 우리의 세상 밖으로 돌려졌을 거야. 차라리 그게 나아.」

나는 숨을 죽이고 내 마음속에서 들려오는 소리를 들었다. "…매도 빨리 맞는 게 낫다."

하지만 엄마생물이 빨리 덧붙였다. 「더 이상 그 문제에 대해서는 생각하지 마. 이제는 너희가 용감해져야 할 때야!」

"네? 엄마생물, 왜요? 무슨 일이에요?"

「너희가 곧 소환될 거야. 너희에 대한 재판이 열릴 거야.」

나는 엄마생물을 뚫어지게 쳐다보고만 있었다. 말이 입에서 나오지 않았다. 나는 모두 다 끝났다고 생각했었다. 피위는 여전히 약하고 창백하게 질린 상태였지만 울지는 않았다. 피위가 입술을 축이더니 조용히 물었다. "엄마생물, 저희랑 같이 갈 거죠?"

「아, 얘들아! 난 같이 못 간단다. 너희 스스로 감당해야 해.」

내 입에서 불쑥 말이 튀어나왔다. "그런데 우리가 무슨 일 때문에 재판을 받는 거예요? 우리는 아무도 해치지 않았고, 아무 짓도 안 했잖아요."

「너희 개인들에 대한 건 아니야. 너희 종족이 재판을 받는 거야. 너희를 통해서.」

피위가 엄마생물에서 고개를 돌려 나를 쳐다봤다. 우리가 궁지에 몰린 순간 피위가 엄마생물이 아니라 같은 인류인 내게 고개를 돌렸다는 데에 비극적인 자긍심이 느껴져서 가슴이 설레었다.

나는 피위도 나와 똑같은 모습을 떠올리고 있다는 사실을 알았다. 우주선이었다. 지구 가까이에 대기하고 있는 우주선, 즉시 출동할 수 있는 우주선. 어쩌면 레이더도 닿지 않고, 원거리 조기 경보도 닿지 않는, 공간이 접힌 수조 킬로미터 밖의 지역에 있을지도 모르겠다.

지구, 녹색과 황금색의 지구, 태양의 따스한 빛을 받으며 느긋하게 돌고 있는 사랑스러운 지구.

무미건조한 목소리가 말한다…. 더 이상 태양은 없다.

더 이상 별은 없다.

고아로 남은 달은 한 번 흔들거린 후 인간의 희망을 담은 묘비가 되어 태양의 주변을 계속 돌 것이다. 달기지와 달도시와 톰보 기지에 있는 소수의 사람은 몇 주, 혹은 몇 달을 더 살 수도 있다. 그들이 마지막으로 살아남은 인류가 될 것이다. 그리고 질식으로 죽지 않는다면, 슬픔과 외로움으로 죽어갈 것이다.

피위가 새된 소리로 말했다. "큽, 엄마생물이 진지하게 하는 말은 아니지? 아니라고 말해줘!"

나도 잠긴 목소리로 말했다. "엄마생물, 사형 집행인들이 벌써 대기하고 있나요?"

엄마생물은 내 질문에 대답하지 않았다. 엄마생물이 피위에게 말했다. 「내 딸아, 아주 심각한 상황이란다. 그래도 두려워하지 마. 나는 너희를 넘겨주기 전에 약속을 받아냈어. 상황이 너희 종족에게 좋지 않게 진행되더라도, 너희 둘은 나와 함께 돌아가서 내 집에서 너희의 짧은 생명을 살아가게 될 거야. 그러니까 당당하게 진실을 말해…. 그리고 두려워하지 마.」

단조로운 목소리가 닫힌 공간으로 들어왔다. "인류는 출두하라."

11

우리는 광활한 바닥을 걸어나갔다. 벽에서 멀어지자 나는 접시 위에 앉은 파리 한 마리가 된 기분이 들었다. 피위와 함께 있다는 사실이 도움됐다. 그럼에도, 공공장소에서 적절하지 못한 옷을 걸치고 있다는 사실을 깨닫는 악몽을 꾸는 기분이었다. 피위는 내 손을 꼭 움켜쥐고, 다른 손으로 퐁파두르 부인을 꼭 끌어안았다. 나는 오스카를 입고 있었더라면 좋았겠다는 생각이 들었다. 오스카가 나를 감싸주면 현미경으로 관찰당하는 기분은 느끼지 않았을 것이다.

우리가 출발하기 직전에 엄마생물이 내 이마에 손을 대고 눈으로 바라보기 시작했다. 나는 엄마생물의 손을 옆으로 밀치고 다른 곳으로 눈을 돌렸다. "싫어요." 내가 그녀에게 말했다. "그런 취급하지 마요! 난 그렇게…. 아, 좋은 의미로 그러는 건 알지만, 마취제는 필요 없어요. 고마워요."

엄마생물은 강요하지 않았다. 그저 피위로 몸을 돌렸다. 피위
는 어쩔 줄 모르는 표정이더니 곧 고개를 저었다. "우린 준비됐
어요." 피위가 새된 목소리로 말했다.

거대하고 황량한 바닥을 나아갈수록, 엄마생물이 뭘 하든 간
에 걱정하지 않게 만들어주도록 내버려둘 걸 그랬다는 후회가
커졌다. 최소한 피위는 조치를 받으라고 했으면 좋았을 것이다.

다른 벽에서 우리 쪽으로 다가오는 다른 파리 두 마리가 있
었다. 그들이 다가오자 누군지 깨달았다. 네안데르탈인과 로마
병사였다. 원시인은 눈을 가리고 끌려왔다. 로마인은 긴 보폭으
로 느리고 느긋하게 걸어왔다. 우리는 동시에 중앙 부위에 도
착했는데, 서로 약 6미터 정도씩 떨어진 곳에 세워졌다. 피위와
내가 삼각형의 한 점이 되고, 로마인과 원시인이 나머지 두 점
이 되었다.

내가 소리쳤다. "이우니오, 어서 와요!"

"야만인, 조용히 해." 그는 주변을 둘러보며 벽에 있는 군중
들을 어림잡아 판단했다.

로마인은 일상복 차림이 아니었다. 지저분한 각반이 사라지
고, 대신 오른쪽 정강이에 철갑판을 묶었다. 튜닉 위로 갑옷을
입고 머리에는 깃털을 꽂은 투구를 써서 화사했다. 모든 금속이
반짝거리고 모든 가죽이 깔끔했다.

그는 방패를 등에 지고 행군하는 자세로 다가왔다. 하지만 우
리가 자리를 잡고 서자, 그는 방패를 풀어서 왼팔로 치켜들었다.

검을 꺼내지는 않았지만 조심스러운 눈으로 적들을 가늠하며 오른손으로 투창을 던질 자세를 취하며 들고 있었다.

로마 병사의 왼쪽에 원시인이 쪼그리고 앉았다. 숨을 곳이 없는 짐승이 웅크리고 있는 모습이었다.

"이우니오!" 내가 소리쳤다. "내 말 들어요!" 두 사람의 모습을 보니 한층 더 걱정스러워졌다. 원시인하고는 이야기할 수 없지만, 로마인은 논리적으로 설득할 수 있을 것 같았다. "우리가 여기에 왜 왔는지 알아요?"

"알아." 그가 어깨너머로 고개를 돌리며 말했다. "오늘 신들이 자신들의 투기장에서 우리를 시험하는 날인 거야. 이건 군인과 로마 시민에게 맞는 일이야. 너는 도움이 안 되니까 옆으로 빠져. 아니야, 내 뒤를 살피다가 소리를 질러줘. 카이사르가 네게 보답해줄 거다."

내가 알아듣게 이야기를 시작하려는데 사방에서 들려온 거대한 목소리에 끊겨버렸다.

"이제 당신들의 재판을 시작하겠다."

피위가 덜덜 떨면서 내게 다가왔다. 나는 피위가 꽉 붙잡은 왼손을 비틀어서 빼고, 대신 오른손으로 피위의 손을 붙잡고 왼팔로 피위의 어깨를 감쌌다. "파트너, 고개 들어." 내가 부드럽게 말했다. "저들에게 겁먹지 마."

"난 안 무서워." 피위가 덜덜 떨면서 속삭였다. "킵, 네가 이야기해."

"그렇게 하는 게 좋겠니?"

"응. 넌 나처럼 쉽게 화를 터뜨리지 않잖아. 내가 화가 치밀어서 정신을 놓으면…. 글쎄, 생각만 해도 끔찍해."

"알았어."

우리의 이야기는 그 단조로운 코맹맹이 소리 때문에 끊겼다. 아까와 마찬가지로 목소리가 가까이에서 들렸다. "이 재판은 앞서 진행된 재판에서 파생되었다. 제3은하계의 가장자리 부위에 있는 별을 도는 작은 라나도르형 행성에서 소환한 세 시대의 표본이다. 아주 원시적인 지역으로서 문명화된 종족은 없다. 표본을 보면 알 수 있듯, 이 종족은 야만적이다. 이 행성은 이전에 두 번 조사된 적이 있지만, 앞서 진행된 재판에서 새로운 사실이 발견되지 않았다면 별도의 조사를 진행하지 않았을 것이다."

목소리가 혼잣말로 물었다. "마지막 검사는 언제 진행됐습니까?"

목소리가 혼잣말로 대답했다. "대략 토륨 230의 반감기 전이었다." 우리에게만 설명이 덧붙여졌다. "당신들의 햇수로는 약 8만 년 전이다."

이우니오가 갑자기 고갯짓하며 주변을 살폈다. 목소리가 어디서 나오는지 찾는 것 같았다. 나는 그 사람도 변형된 라틴어로 똑같은 숫자를 들었을 거라고 결론지었다. 하긴, 나도 놀랐다. 하지만 나는 그런 종류의 충격에는 이미 이골이 났다.

"이렇게 빨리 다시 조사해야 할 필요가 있습니까?"

"있다. 단절이 있었다. 이들은 예상을 뛰어넘는 속도로 발전하고 있다."

단조로운 목소리가 우리에게 계속 말했다. "나는 당신의 판사이다. 당신의 주변에 보이는 수많은 문명화된 존재가 나의 일부이다. 다른 사람들은 구경꾼이고, 몇몇은 학생이며, 소수는 내가 실수하기를 바라며 여기에 왔다." 단조로운 목소리가 덧붙였다. "그들은 당신의 햇수로 백만 년이 넘는 기간 동안 내 실수를 찾아내지 못했다."

내가 무심결에 불쑥 말했다. "당신이 백만 살이 넘는다고요?" 못 믿겠다는 이야기까지는 하지 않았다.

목소리가 대답했다. "내 나이는 그보다 많다. 하지만 내 몸의 어떤 부분도 그렇게 오래되지 않았다. 나는 부분적으로 기계인데, 그 부분은 수리가 되고 대체되고 복제된다. 나는 부분적으로 살아 있으며, 이 부분은 죽고 대체된다. 살아 있는 부분은 세 은하의 구석구석에서 모인 수십 수백 수천 개의 문명화된 존재들이다. 수십 수백의 살아 있는 부분이 내 무생물 부분과 함께 행동한다. 오늘 나는 209명의 자격을 갖춘 존재들이며, 이들은 내 무생물 부분에 축적된 모든 지식과 분석하고 취합할 수 있는 능력을 즉시 처리할 수 있다."

내가 즉시 물었다. "당신은 만장일치로 결정을 내리나요?" 나는 빠져나갈 구멍을 발견할 수도 있을 것 같았다. 나는 엄마와 아빠를 혼란시킬 수 있을 정도로 운이 좋지는 않았지만, 어렸을 때 한쪽 사람은 이렇게 대답하도록 만들고 다른 쪽은 저렇게 대답하게 만들어서 문제를 복잡하게 만들어버린 적이 가끔 있었다.

목소리가 차분하게 덧붙였다. "항상 만장일치로 결정을 내린

다. 가능하다면 나를 한 사람으로 생각하라." 그 목소리가 모든 생물에게 알렸다. "표본은 표준적인 표본 추출 과정에 따라 수집됐다. 현시대의 표본은 둘이다. 변화 과정을 점검하기 위한 중간 표본은 옷을 입은 단일 표본이며, 대략 라듐 226의 반감기 전의 공간에서 표준 무작위 추출 방식으로 선택됐다." 목소리가 덧붙였다. "당신들의 햇수로는 약 1천6백 년 전이다. 그 이전의 표본은 그 시간 간격보다 24배 이전에서 표준 절차에 따라 추출됐다."

그 목소리가 자신에게 물었다. "변화 과정의 간격이 왜 그렇게 짧습니까? 적어도 그 열두 배는 되어야 하지 않습니까?"

"이 유기체는 한 세대가 대단히 짧으므로 돌연변이가 상당히 빠르게 진행된다."

그 설명이 만족스러웠는지 계속 말했다. "가장 어린 표본이 가장 먼저 증언할 것이다."

나는 그의 말이 피위를 의미하는 줄 알았다. 피위도 같은 생각이었는지 움찔했다. 하지만 목소리가 고함을 쳤다. 그러자 원시인이 깜짝 놀랐다. 그는 대답하지 않았다. 그저 더 깊이 웅크릴 뿐이었다.

목소리가 다시 고함을 쳤다.

그러자 목소리가 스스로에게 말했다. "제가 뭔가를 알아냈습니다."

"말하라."

"이 생물은 다른 생물의 조상이 아닙니다."

그 기계의 목소리가 감정을 약간 드러내는 것 같았다. 무뚝뚝한 식료품 가게 주인이 설탕통에서 소금을 발견했을 때처럼 말이다. "표본은 적절하게 추출됐다."

"그렇다고 할지라도…." 스스로 대답했다. "정확한 표본이 아닙니다. 당신은 관련된 모든 자료를 재검토하시기 바랍니다."

약 5초 정도 침묵이 흘렀다. 그리고 목소리가 말했다. "이 가련한 생물은 다른 생물의 조상이 아니다. 이 생물은 그들의 친척일 뿐이다. 그에게는 자신의 미래가 없다. 이 생물을 그가 왔던 시공간으로 즉시 되돌려놓도록 하라."

네안데르탈인이 순식간에 끌려갔다. 나는 그가 시야에서 멀어지는 모습을 보면서 박탈감을 느꼈다. 처음엔 나도 원시인을 두려워했다. 다음엔 그를 경멸했고, 그가 수치스러웠다. 그는 겁쟁이였고 불결했으며 악취를 풍겼다. 차라리 개가 더 문명화되었을 것이다. 하지만 지난 5분 동안, 나는 그를 사랑하고 장점을 보는 게 낫겠다고 결론 내렸다. 그가 고약한 냄새를 풍기기는 해도, 그는 인간이었다. 그가 내 오래된 조상이 아닐지도 모르지만, 그가 아무리 변변치 못한 친척이라 할지라도 나는 모른 척해버릴 수 있는 기분이 아니었다.

목소리가 재판을 계속 진행할 수 있을지에 대해 혼자 논쟁을 했다. 마침내 결과를 발표했다. "조사는 계속 진행된다. 충분한 사실이 수집되지 못할 경우에는 정확한 혈통의 다른 표본을 먼 시간대에서 소환할 것이다. 이우니오."

로마인이 투창을 높이 치켜들었다. "누가 이우니오를 불렀는가?"

"앞으로 나와 증언하라."

내가 걱정했던 대로, 이우니오는 목소리에게 어디로 가라, 뭘 하라고 떠들어댔다. 그의 욕설이 피위에게 전달되지 못하도록 보호할 방법이 없었다. 그 욕설이 영어로 다시 되돌아왔기 때문이다. 하지만 피위를 '숙녀답지 못한' 영향으로부터 보호할 수 있느냐가 중요한 문제가 아니었다.

단조로운 목소리가 차분하게 말했다. "이게 당신의 목소리인가? 당신의 증언인가?"

즉시 다른 목소리가 시작됐는데, 로마인이 질문에 대답하는 소리였다. 전투에 대해 설명하고, 죄수에 대한 취급 방법을 이야기했다. 나와 피위에겐 영어로밖에 들리지 않았지만 통역된 영어에는 이우니오의 거만한 말투가 담겨 있었다.

이우니오가 소리쳤다. "마법이다!" 그리고 꽥꽥 소리를 질러댔다.

녹음된 소리가 중단됐다. "목소리는 동일하다." 기계가 건조하게 말했다. "이 기록은 취합될 것이다."

하지만 그 목소리는 이우니오를 계속 다그쳤다. 그가 누구인지, 왜 영국에 있었는지, 거기서 무슨 일을 했는지, 왜 카이사르를 위해 복무해야 했는지에 대해 자세하게 물었다. 이우니오는 짧게 대답을 했다. 그러다 분통을 터뜨리더니 더 이상 답변하지 않았다. 그는 그 거대한 방이 쩌렁쩌렁 울리도록 저항의 고함을 지르다가 몸을 뒤로 젖히더니 투창을 던졌다.

투창은 얼마 못 가고 떨어졌다. 하지만 올림픽 신기록은 깼을 것이다.

나는 어느새 이우니오를 응원하고 있었다.

이우니오는 창이 날아가는 동안 검을 뺐다. 그리고 검투사가 도전하듯 검을 높이 치켜들더니 외쳤다. "카이사르 만세!" 그리고 방어자세를 취했다.

이우니오는 그들에게 욕을 내뱉었다. 시민도 아니고, 야만인조차 못 되는 해충들에 대한 자기 생각을 늘어놨다.

나는 혼잣말을 했다. "아! 게임 끝났네. 인류는 이제 끝났다."

이우니오는 계속해댔다. 신들에게 도와달라 부르짖고, 점점 더 그악스러워지더니, 카이사르의 복수를 섬뜩할 정도로 자세하게 묘사하며 그들을 위협했다. 나는 그 말이 통역되더라도 피위가 이해하지 못하기만 바랐다. 하지만 피위는 이해했을 것이다. 대체로 너무 잘 이해하는 아이니까.

차츰 이우니오가 자랑스러워지기 시작했다. 악담을 퍼부었던 벌레머리는 사악한 존재였지만, 이우니오는 아니다. 문법이 엉망이고, 욕설을 해대고, 예의도 없었지만, 저 거칠고 늙은 상사는 용맹스러우며 인간으로서의 존엄성과 용기가 있었다. 이우니오가 늙은 악당일 수도 있겠지만, 그는 나와 같은 부류의 악당이었다.

이우니오는 그들에게 나와서 싸우라는 요구를 던지며 말을 끝맺었다. 한 번에 한 명씩 나와도 좋고, 무더기로 와도 좋다. 그는 한 번에 깡그리 처리해주겠다고 했다. "너희의 장례용 장작을 쌓아주마! 너희의 창자로 내 칼날을 담금질할 거야! 나는 곧 죽을 운명이지만, 너희에게 로마인의 무덤을 보여주마. 적들의 시체를 높이 쌓으리라!"

이우니오가 숨을 골랐다. 내가 다시 응원하자 피위가 합세했다. 이우니오가 어깨너머로 쳐다보더니 씩 웃었다. "내가 놈들을 쓰러뜨리면 네가 모가지를 따버려! 너한테도 할 일이 있어!"

차가운 목소리가 말했다. "지금 즉시 저 인간을 자기가 왔던 시공간으로 돌려보내도록 하라." 보이지 않는 손이 그를 끌고 가자 이우니오가 깜짝 놀랐다. 그는 로마의 군신 마르스와 최고의 신 주피터에게 애원하며 마구 발버둥 쳤다. 칼이 바닥에 쨍그랑거리며 떨어지더니, 저절로 들려서 칼집으로 돌아갔다. 이우니오는 신속하게 끌려갔다. 나는 손을 둥글게 모아서 입에 대고 소리쳤다. "이우니오, 잘 가요!"

"안녕, 애야! 이놈들은 겁쟁이들이야!" 그가 몸부림쳤다. "추잡한 마법일 뿐이야!" 곧 이우니오가 사라졌다.

"클리퍼드 러셀…."

"네? 여기 있습니다." 피위가 내 손을 꼭 쥐었다.

"이게 당신의 목소리인가?"

내가 말했다. "잠시만요…."

"음? 말하라."

나는 호흡을 가다듬었다. 피위가 몸을 기대더니 속삭였다. "킵, 잘해. 얘네는 장난 아니야."

"노력할게." 내가 속삭였다. 그리고 곧 발언을 시작했다. "이게 뭡니까? 당신이 인류를 재판하려 한다는 이야기를 들었습니다."

"그 말이 맞다."

"하지만 당신은 그럴 수 없습니다. 당신은 재판을 진행할 수 있을 정도로 준비되지 않았습니다. 이우니오의 말대로 '추잡한 마법'일 뿐입니다. 당신은 원시인을 데려왔습니다. 그러더니 곧 실수였다고 판단했습니다. 실수는 그것만이 아닙니다. 당신은 이우니오도 여기로 데려왔어요. 이우니오가 어떤 사람이든, 저는 그 사람이 수치스럽지 않습니다. 오히려 그가 자랑스럽습니다. 그는 현재와 아무 상관도 없는 사람입니다. 그는 2천 년 전에 죽었습니다. 당신이 그를 되돌려놓으면 곧 죽겠지요. 이우니오의 모든 특성은 그와 함께 죽었습니다. 그가 좋은 사람이든 나쁜 사람이든, 현재의 인류와는 다른 존재입니다."

"나도 안다. 당신들 둘이 현재 당신들 종의 시험 표본이다."

"네. 하지만 우리를 통해 인류를 판단해서는 안 됩니다. 피위와 저는 어떤 표본보다도 평균값에서 먼 사람들입니다. 우리가 천사라고 주장하지 않습니다. 우리 둘 다 천사는 아닙니다. 우리가 한 행동으로 우리 종족에게 유죄를 선고한다면, 엄청나게 부당한 판결을 내리는 겁니다. 차라리 우리를 재판하세요. 아니면 제가 했던 일을 가지고 저를 재판하…."

"저도요!"

"…세요. 하지만 우리 종족에게 책임을 묻지는 마세요. 그건 과학적이지 않습니다. 그건 타당한 수학도 아닙니다."

"타당한 수학이다."

"타당하지 않습니다. 인간은 분자가 아닙니다. 인류는 모두 다릅니다." 나는 사법권에 대해서는 말하지 않을 작정이었다. 벌레 머리가 그 방식을 썼다가 박살났기 때문이다.

"동의한다. 인간은 분자가 아니다. 하지만 그들은 각기 다른 개체도 아니다."

"아니요, 인간은 모두 각기 다른 개체입니다!"

"그들은 독립적인 개체가 아니라, 단일한 유기체의 일부들이다. 당신 몸의 각 세포에는 당신의 전체 유전 패턴이 담겨 있다. 당신이 인류라고 칭하는 유기체 표본을 셋만 고르더라도, 나는 그 종족이 가진 잠재적인 가능성과 한계를 예측할 수 있다."

"우리에게 한계는 없어요! 우리의 미래가 어떻게 될지 예측할 수는 없습니다."

"당신들에게 한계가 없을 수도 있다." 목소리가 동의했다. "그 한계를 측정할 것이다. 하지만 설령 한계가 없다는 게 사실이라고 하더라도, 그게 당신에게 유리한 근거가 되지는 않는다. 우리에게는 한계가 있기 때문이다."

"네?"

"당신은 이 조사의 목적을 오해하고 있다. 당신은 '정의(正義)'를 이야기하고 있다. 나도 당신이 어떤 의미로 말하는지는 안다. 하지만 모든 종족은, 그 용어를 어떻게 사용하든 상관없이, 그 의미를 모두 다르게 이해한다. 그건 내가 여기서 다루고 있는 개념이 아니다. 이건 정의를 위한 재판이 아니다."

"그럼 뭔가요?"

"당신으로서는 '안전보장이사회'라고 부르는 게 맞을 것 같다. 아니면 '자경단 위원회'라고 부를 수도 있겠지. 당신이 뭐라고 부르든 상관없다. 나의 유일한 목적은 당신의 종족을 조사해서 우리의 생존을 위협할지 알아보는 것이다. 혹시 그렇다면 즉시 당신의 종족을 없앨 것이다. 중대한 위험을 제거하는 유일하게 확실한 방법은 그 위험이 작을 때 없애는 것이다. 내가 당신에 대해 알게 된 사실은 당신들이 언젠가는 세 은하의 안전을 위협할 가능성이 있다는 것이다. 나는 이제 그 사실들을 확인하려 한다."

"그래도 아까 적어도 표본이 세 개는 있어야 한다고 했잖아요. 원시인은 잘못된 표본이었어요."

"우리는 표본을 세 개 가지고 있다. 여러분 두 명과 로마인. 하지만 표본이 하나만 있어도 그 사실은 확인할 수 있다. 세 개를 사용하는 것은 이전 시대로부터 내려온 관습으로서, 조사와 재검토 과정을 조심스럽게 진행하려는 것뿐이다. 나는 '정의'를 집행하지 않는다. 정의를 집행하는 건 오류를 만들어낼 수도 있기 때문이다."

나는 그가 백만 살이라고 할지라도, 그가 틀렸다고 말하려고 했다. 하지만 그 목소리가 계속 말했다. "조사를 계속 진행하겠다. 클리퍼드 러셀, 이게 당신의 목소리인가?"

그때 내 목소리가 울려 퍼졌다. 다시 내가 구술한 내용이었지만, 이번에는 모든 게 그대로 담겨 있었다. 화려한 형용사와 개인적인 의견, 다른 문제에 대한 언급, 모든 단어와 더듬거리는 소리까지.

나는 충분히 들었다는 생각이 들어서 손을 들었다. "알았어요, 맞아요. 제가 한 말입니다."

녹음소리가 멈췄다. "공식적으로 확인해주겠는가?"

"네? 네, 제 목소리입니다."

"혹시 추가하거나 빼거나 바꾸고 싶은 부분이 있는가?

나는 곰곰이 생각했다. 내가 나중에 집어넣은 몇몇 농담을 제외하고는 아주 솔직한 구술이었다. "아니요, 이 진술에 만족합니다."

"이것도 당신의 목소리인가?"

이건 나를 속인 짓거리였다. 이건 내가 조를 위해 지구의 모든 사실에 대해 끝도 없이 떠들어댔던 녹음이었다. 역사와 관습, 사람들까지, 전부 다. 문득 조가 엄마생물과 똑같은 배지를 달고 있었다는 사실이 떠올랐다. 이런 걸 뭐라고 하더라? '경찰 끄나풀'이라고 하던가? 착하고 지혜로운 조가 실은 몹쓸 스파이였던 것이다.

나는 구역질이 났다.

"조금 더 들려주세요."

그들이 내 요청을 받아줬다. 나는 실제로는 그 녹음을 듣고 있지 않았다. 나는 지금 들리고 있는 녹음이 아니라, 그 외에 내가 했던 말들에 대해서 기억해내려 애쓰고 있었다. 내가 말했던 사실 중에 어떤 것들이 인류에게 불리하게 이용될 수 있을까? 십자군? 노예제? 독일의 다하우 강제수용소의 가스실? 나는 얼마나 많은 말을 했던 걸까?

녹음소리가 윙윙거리며 계속 진행됐다. 젠장, 저건 녹음하는데에만 몇 주일이 걸렸었다. 우리는 다리가 풀려 주저앉을 때까지 여기에 서 있게 될 것이다.

"제 목소리입니다."

"이 진술에 만족하는가? 아니면 고치거나 수정하거나 부연할 부분이 있는가?"

나는 조심스럽게 물었다. "전체를 다시 녹음할 수도 있나요?"

"당신이 원한다면 할 수 있다."

나는 그러겠다고, 테이프를 지우고 다시 시작하자고 이야기할 뻔했다. 하지만 저들이 과연 그럴까? 저들이 두 개의 테이프를 다 놔둔 채 비교하지는 않을까? 나는 거짓말을 하더라도 양심의 가책을 느끼지 않는다. 가족과 친구들과 모든 인류의 목숨이 달린 상태에서 '과감히 진실을 말하라'는 건 결코 미덕이 될 수 없기 때문이다.

하지만 내가 거짓말을 하는지 저들이 알 수 있을까?

"엄마생물이 진실을 말하고 두려워하지 말랬어."

"엄마생물은 우리 편이 아니야!"

"아니야, 엄마생물은 우리 편이야."

나는 대답을 해야 했다. 나는 너무 혼란스러워서 생각할 수가 없었다. 나는 조에게 진실을 말하려 노력했었다…. 아마 내가 신문의 머리기사를 장식했던 끔찍한 사건들은 빼버리고 많은 일을 감췄을지도 모른다. 그래도 내가 했던 말은 본질적으로 진실이었다.

내가 압력을 받으면 더 잘 구술할 수 있을까? 저들은 처음부터 다시 시작하게 놔두고, 내가 조작해내는 선전 문구를 그대로 받아들일까? 아니면 내가 바꾼 구술을 우리 종족을 비난하는 일에 사용할까?

"이 진술에 만족합니다."

"이 진술을 취합하라. 패트리시아 와이넌트 레이스펠트…."

피위는 잠시 목소리를 들어본 뒤 자신의 녹음을 취합하도록 했다. 내 사례를 그대로 따른 것이다.

기계 목소리가 말했다. "사실들이 취합되었다. 자신들의 증언에 따르면, 이들은 야만적이고 잔인한 사람들이며, 모든 면에서 극악무도한 종족이다. 이들은 서로를 잡아먹고, 서로를 굶겨 죽이고, 서로를 살해한다. 이들에게는 예술이 없고, 가장 원시적인 수준의 과학밖에 없으며, 그렇게 적은 지식밖에 없으면서도 그 지식을 부족끼리 서로 제거하는 일에 열정적으로 사용하고 있다. 이들의 의욕이 대단하므로 어쩌면 서로 제거하는 일에 성공할지도 모른다. 하지만 혹시 운이 안 좋아서 이들이 서로를 제거하는 일에 실패한다면, 언젠가는 불가피하게 다른 별까지 손을 뻗칠 것이다. 이 가능성이 반드시 계산에 포함되어야 한다. 이들이 살아남을 경우 얼마나 빨리 우리에게 손을 뻗게 될지, 그리고 그때 이들의 잠재력은 어느 정도일지 말이다."

이어서 목소리가 우리에게 말했다. "이건 당신 종족에 대한 고발로서, 당신 종족의 뛰어난 지적능력과 결합된 야만성에 대한 고발이다. 이에 대해 어떻게 변호하겠는가?"

나는 호흡을 가다듬고 차분하게 가라앉히려고 노력했다. 나는 우리가 졌다는 사실을 안다. 그래도 노력은 해봐야 한다. 나는 엄마생물이 했던 말을 떠올렸다. "존경하는 동료 여러분⋯."

목소리가 내 말을 저지했다. "정정한다. 우리는 당신에게 존경받을 이유가 없으며, 당신은 우리와 동등한 동료였던 적도 없다. 당신이 누군가를 부르고 싶다면, 나를 '중재자'라고 불러도 좋다."

"알겠습니다. 중재자님⋯." 나는 소크라테스가 재판을 받을 때 했던 말을 떠올리려고 했다. 소크라테스는 우리와 마찬가지로 자신이 사형선고를 받게 되리라는 사실을 미리 알았다. 그는 강제로 독약을 마실 수밖에 없었지만, 결국 소크라테스가 이기고 그들이 졌다.

아니다!《소크라테스의 변명》을 인용할 수는 없다. 그가 잃은 건 자신의 목숨뿐이었지만, 이 판결에는 모두의 목숨이 달렸다.

"⋯당신은 우리에게 예술이 없다고 했습니다. 파르테논을 본 적이 있나요?"

"당신들이 전쟁 중에 폭파했지."

"우리를 회전시키기 전에 보시는 게 좋을 겁니다. 그렇지 않으면 볼 기회가 없을 테니까요. 우리의 시를 읽어본 적이 있나요? '이제 우리의 잔치는 끝났다. 아까 내가 말한 대로, 우리의 배우들은 모두 정령들이었다. 정령들은 공기 속으로, 옅은 공기 속으로 녹아버렸다. 그리고 토대가 없는 건물 같은 이 환상처럼,

구름 높이 솟은 탑들, 아름다운 궁전들, 장엄한 사원들, 거대한 이 지구 자체도… 그 자체도…, 그래, 지구가 물려받은 모든 것들이… 녹아내릴 것이다….'"*

나는 무너져 내렸다. 내 옆에서 피위가 흐느껴 우는 소리가 들렸다. 내가 왜 이 작품을 골랐는지는 모르겠다. 하지만 무의식은 절대로 '우연히' 어떤 일을 하지 않는다. 아마도 이 작품이어야만 했을 것이다.

"그 시는 좋을 수도 있겠지." 무정한 목소리가 말했다.

"우리가 뭘 하든 당신이 상관할 일은 아닐 것 같아요. 우리가 당신들을 건들지 않는 이상…." 나는 다시 말을 더듬거리며 거의 울먹거렸다.

"이건 우리의 일이다."

"우리는 당신네 정부의 지배를 받지도 않고…."

"정정한다. 세 은하 연맹은 정부가 아니다. 공간이 너무 거대하고 문화도 너무 다양해서 정부를 만들 수 있는 조건이 되지 않는다. 우리는 그저 서로의 보호를 위해 경찰 관할 구역을 만들었을 뿐이다."

"하지만 그렇다고 해도, 우리는 당신네 경찰과 문제를 일으킨 적이 없어요. 우리는 뒤뜰에서 조용히 지내고 있어요. 난 우리 집 뒤뜰에 있었다고요! 이 벌레머리가 와서 우리에게 문제를 일으켰을 때 말이에요. 우리는 당신들을 해친 적이 없어요."

---

* 셰익스피어의 《폭풍우》

나는 어떻게 이어나가야 할지 몰라서 말을 멈췄다. 나는 착하게 굴겠다고 보장할 수도 없었다. 내가 인류 전체를 보장할 수는 없는 일이니까 말이다. 기계도 그 사실을 알았고, 나도 알았다.

"질문이 있습니다." 목소리가 스스로에게 말했다. "돌연변이를 고려하면 이 생물이 '구 종족'과 동일한 생물로 보입니다. 이들이 제3은하계의 어느 부분에서 왔습니까?" 목소리가 혼자 대답했다. 나에겐 아무 의미도 없는 좌표의 이름이었다. "하지만 이들은 구 종족의 일원이 아니다. 이 종족은 수명이 짧다. 그래서 위험하다. 이들의 돌연변이는 너무 빠르다."

"구 종족이 몇 번의 토륨 230 반감기 전에 그 근처에서 우주선 한 척을 잃어버리지 않았나요? 그러면 가장 어린 표본이 이들과 일치하지 않았던 사실에 부합하지 않나요?"

목소리가 단호하게 대답했다. "이들이 구 종족의 자손인지 아닌지는 중요하지 않다. 조사는 계속 진행된다. 결정은 내려져야 한다."

"결정은 확실하게 내려져야 합니다."

"그럴 것이다." 신체가 없는 목소리가 우리에게 계속 말했다. "두 사람 중에 변호를 위해 추가할 말이 있는가?"

나는 우리 과학의 빈약한 상태에 대해 목소리가 했던 이야기를 생각하고 있었다. 나는 우리가 겨우 2백 년 만에 근육의 힘에서 원자력까지 도달했다는 사실을 지적하고 싶었다. 하지만 그 사실이 오히려 우리에게 불리하게 작용할까 봐 걱정됐다. "피위, 괜찮은 생각 없니?"

피위가 갑자기 앞으로 나가더니 허공에 대고 새된 목소리로 말했다. "킵이 엄마생물을 구한 사실은 고려하지 않나요?"

차가운 목소리가 대답했다. "하지 않는다. 그건 상관없는 일이다."

"젠장, 그건 반드시 고려해야 해!" 피위가 다시 울었다. "당신들은 부끄러운 줄 알아야 해! 나쁜 놈! 비겁한 놈! 당신들은 벌레머리보다 더 나쁜 종족들이야!"

내가 피위를 뒤로 끌어당겼다. 피위는 내 어깨에 얼굴을 묻고 떨더니 작게 말했다. "미안해, 킵. 이럴 의도는 아니었는데⋯. 내가 망친 거 같아."

"어차피 망했어. 괜찮아."

"더 할 말이 없는가?" 얼굴 없는 목소리가 집요하게 물었다.

나는 방을 둘러봤다. 구름 높이 솟은 탑들⋯. 거대한 이 지구 그 자체도⋯. "한마디만 할게요!" 내가 난폭하게 말했다. "이건 변론이 아니에요. 당신은 변론을 원하지도 않으니까. 좋아요. 우리의 태양을 가져가요⋯. 할 수 있으면 해보라고요. 맘대로 해요! 우리는 태양을 만들 거예요. 그리고 언젠가는 반드시 돌아와서 당신들을 잡으러 다닐 거야. 당신들 전부다!"

"말 잘했어, 킵! 계속 말해줘!"

내게 뭐라고 하는 사람은 아무도 없었다. 나는 갑자기 파티에서 엄청난 실수를 저지르고는 어떻게 수습해야 할지 모르는 아이가 된 기분이 들었다.

하지만 나는 하고 싶은 말을 했다. 아, 우리가 그럴 수 있을 거라고는 생각하지 않는다. 아직은 말이다. 그래도 우리는 노력할 것이다. '죽을 때까지 노력하기'는 인간이 가장 잘하는 일이다.

"당신들이 노력하면 가능할 수도 있는 일이다." 짜증 나는 그 목소리가 계속 말했다. "변호는 다 끝났는가?"

"끝났습니다." 우리는 모두 끝났다…. 우리 모두 다.

"이들을 변호할 분 있는가? 인류 여러분, 당신들을 위해 발언 해줄 종족이 있는가?"

우리가 아는 다른 종족이라고는 아무도 없었다. 개, 어쩌면 개들은 해줄지도 모르겠다.

"제가 이들을 위해 발언하겠습니다!"

피위가 깜짝 놀라 고개를 들었다. "엄마생물!"

엄마생물이 갑자기 우리 앞에 나타났다. 피위가 그녀에게 달 려가려다가 보이지 않는 장벽에 부딪혀 튕겨 나왔다. 내가 피위 를 붙잡았다. "얘야, 진정해. 엄마생물은 저기에 없어. 저건 일 종의 텔레비전이야."

"존경하는 동료 여러분…. 여러분은 다양한 정신과 높은 지식 이라는 이점을 누리고 있습니다…." 엄마생물이 노래하는 모습 을 보면서 영어로 들으니 좀 묘한 기분이었다. 통역된 영어에는 노래의 특성이 그대로 담겨 있었다.

"…하지만 저는 이들을 압니다. 이들이 폭력적인 건 사실입니 다. 특히 어릴수록 그렇죠. 하지만 이들은 그 나이에 적절한 수 준 이상으로 폭력적이지는 않습니다. 모든 구성원이 어린 나이 에 일찍 죽을 수밖에 없는 종족에게서 성인의 자제력을 기대할 수 있을까요? 그리고 우리는 폭력적이지 않습니까? 우리는 오늘 수십억 명을 죽이지 않았나요? 싸우려는 의지 없이 살아남을 수 있는 종족이 있나요? 이 생물이 종종 필요 이상으로, 그리고 분별력 없이 폭력적인 것은 사실입니다. 하지만 동료 여러분, 이들은 모두 너무 어립니다. 이들에게 배울 수 있는 시간을 주세요."

"두려운 점이 바로 그 부분이다. 그들이 배우게 될지도 모른다는 사실이다. 당신 종족은 과하게 감상적이다. 감상적인 특성이 당신의 판단을 왜곡시키고 있다."

"사실이 아닙니다! 저희는 인정이 많은 것이지 바보가 아닙니다. 저 자신이 피고에게 적대적인 판결을 얼마나 많이 지지해왔는가는 당신이 알고 있습니다. 그 사실을 다시 상기시켜드리고 싶지는 않습니다. 그리고 저는 앞으로도 그렇게 할 겁니다. 가지가 치료할 수 없을 정도로 병들었을 때는 잘라내야 하기 때문입니다. 저희는 감상적이지 않습니다. 저희는 여러분이 지금까지 찾을 수 있었던 최고의 경찰입니다. 저희는 전혀 분노를 담지 않고 그 일을 해내기 때문입니다. 저희는 악당들에게는 자비를 베풀지 않습니다. 하지만 어린아이의 실수는 사랑이 담긴 관용으로 다룹니다."

"발언이 끝났는가?"

"이 가지를 잘라서는 안 된다는 이야기입니다! 마칩니다."

엄마생물의 영상이 사라졌다. 목소리가 다시 말했다. "이들을 위해 발언해줄 다른 종족이 있는가?"

"제가 하겠습니다." 엄마생물이 서 있던 곳에 이번에는 거대한 녹색 원숭이가 서 있었다. 그는 우리를 응시하더니 머리를 절레절레 흔들었다. 그러다 갑자기 재주넘기를 하더니 다리 사이로 우리를 쳐다봤다. "저는 이들의 친구가 아닙니다. 하지만 저는 '정의'를 사랑합니다. 저는 그 문제에 대해서 이 회의에 참여한 동료들과 의견이 다릅니다." 그는 몇 차례 빠르게 빙빙 돌았다. "우리의 자매가 말씀하셨듯이, 이 종족은 어립니다. 저희 같은 고귀한 종족의 유아들도 서로 물어뜯고 할큅니다. 그 때문에 죽는 아이들도 있습니다. 한때는 저도 그런 짓을 했습니다." 그는 공중으로 뛰어오른 뒤 손으로 바닥을 짚더니 그 자세에서 공중제비를 돌았다. "하지만 여기 계신 분 중에 제가 문명화되지 않았다고 이야기하실 분이 있을까요?" 그가 멈추더니 몸을 벅벅 긁으면서 우리를 지긋이 바라봤다. "이들은 잔인하고 야만적입니다. 그래서 누구라도 이들을 좋아할 수 있을지 의문입니다. 하지만 제 의견은 이들에게 기회를 주라는 겁니다!"

그의 영상이 사라졌다.

목소리가 말했다. "판결을 내리기 전에 덧붙일 말이 있는가?"

나는 말하려고 했다. 아니다. 여기서 끝내자. 그때 피위가 내 귀를 붙잡더니 속삭였다. 나는 그 이야기를 들으며 고개를 끄덕이고 말했다. "중재자님, 혹시 평결이 우리에게 불리하게 내려지면, 저희가 고향으로 돌아갈 때까지 사형집행을 미뤄줄 수 있겠습니까? 몇 분 정도면 여러분이 저희를 고향으로 보내줄 수 있다는 사실을 저희도 알고 있습니다."

목소리의 답변에 조금 시간이 걸렸다. "그걸 원하는 이유가 뭔가? 앞서 설명했듯이 이건 여러분에 대한 개인적인 재판이 아니다. 여러분은 살려주도록 이미 정해져 있다."

"저희도 알고 있습니다. 하지만 저희는 고향으로 돌아가고 싶습니다. 그게 다입니다. 판결이 어떻게 나든지 우리는 우리 사람들과 함께 있고 싶습니다."

목소리가 다시 잠깐 머뭇거렸다. "그렇게 처리될 것이다."

"자, 그러면 판결을 내릴 수 있을 정도로 사실들이 충분히 취합되었는가?"

"그렇습니다."

"판결은 무엇인가?"

"이 종족은 열두 번의 라듐 반감기 내에 다시 조사를 받을 것입니다. 그사이에 이 종족 스스로가 만들어 낸 위험에 노출될 수 있을 것입니다. 그런 불운을 막기 위해 지원을 할 것입니다. 이 시험 기간 동안, 후견인으로⋯." 기계가 엄마생물의 베가식 이름을 지저귀었다. "⋯이 꼼꼼하게 지켜볼 것입니다. 이 경찰은 순찰하다가 불길한 변화가 보이는 즉시 보고할 것입니다. 그동안 이 종족이 높은 수준으로 나아가는 기나긴 여행을 잘 진행할 수 있기를 바랍니다."

"이들을 본래 왔던 시공간으로 즉시 돌려보내도록 하라."

12

나는 비행계획서를 제출하지도 않은 채 뉴저지의 대기권으로 내려가는 게 안전하지 않을 거라고 생각했다. 프린스턴은 중요한 군사 목표물이기 때문에 우리는 핵미사일을 맞고 모든 것을 잃은 채 추락할 수도 있었다. 엄마생물은 응석을 받아주듯 미소를 지으며 노래했다. 「우리가 그런 일을 피할 수 있으면 좋겠구나.」

엄마생물은 그렇게 했다. 그녀는 우리를 골목에 내려주고 노래로 작별 인사를 보낸 뒤 떠났다. 밤에 우주복을 입고 돌아다니거나 낡은 인형을 들고 다니는 건 불법이 아니다. 하지만 일상적으로 일어나는 일은 아니었으므로 경찰이 우리를 연행했다. 경찰이 피위의 아빠에게 전화했다. 그리고 20분이 채 되지 않아서 우리는 피위 아빠의 서재에서 코코아를 마시고 이야기를 나누며 시리얼을 먹었다.

피위의 엄마는 거의 졸도하기 직전이었다. 우리가 이야기를 들려주는 동안 그녀는 숨도 제대로 쉬지 못했다. "난 못 믿겠어!"

결국, 레이스펠트 교수가 한마디 했다. "그만해, 여보. 아니면 자러 가든가." 나는 피위 엄마를 비난할 생각이 없다. 그녀는 자신의 딸이 달에서 실종되어 죽었을 거라 믿고 포기한 상태였다. 그런데 기적처럼 지구에 다시 나타난 것이다. 하지만 레이스펠트 교수는 우리의 말을 믿었다. 엄마생물이 '이해'하듯이, 그는 '수용'했다. 그는 사실이 확인되자, 사실과 일치하지 않는 이론들을 버렸다.

교수는 피위의 우주복을 조사하고, 헬멧의 스위치를 켜더니 빛을 비춰서 헬멧을 불투명하게 만들었다. 내내 얼굴에서 옅은 미소가 떠나지 않았다. 그러더니 전화기로 손을 뻗었다. "다리오가 이걸 꼭 봐야 해."

"여보, 이 한밤중에?"

"제발, 여보. 아마겟돈은 출근 시간까지 우리를 기다려주지 않아."

"레이스펠트 교수님?" 내가 말했다.

"응, 킵?"

"음…, 다른 물건들을 먼저 보고 싶어 하실 것 같아서요."

"좋지."

내가 오스카의 주머니에서 물건들을 꺼냈다. 우리에게 하나씩 준 두 개의 발신기, 방정식들이 빼곡하게 쓰인 금속 '종이' 몇

장, '행복한 물건' 두 개, 그리고 은색 공 두 개였다. 우리는 오는 길에 베가 제5행성에 들렀는데, 나는 대부분의 시간 동안 최면 상태로 보냈다. 조와 다른 교수생물이 우리가 인간의 수학에 대해 알고 있는 것들을 뽑아냈다. 그들은 우리에게서 수학을 배우려는 게 아니었다. 당연히 아니지! 그들은 우리가 수학에서 사용하는 언어를 알고 싶었던 것이다. 근과 벡터부터 시작해서 고등 물리학에서 사용하는 이상한 기호들까지 모두 알려고 했다. 그래야만 우리를 가르칠 수 있기 때문이었다. 그 결과가 금속 종이에 쓰인 공식들이었다. 나는 먼저 레이스펠트 교수에게 발신기부터 보여줬다. "이제 엄마생물의 순찰 구역에 지구도 들어가요. 엄마생물의 도움이 필요할 때는 이걸 사용하라고 했어요. 보통 때는 가까이 있을 텐데, 멀어봐야 1천 광년 거리 안에 있을 거예요. 하지만 멀리 있을 때도 부르면 올 거예요."

"오." 교수가 내 발신기를 쳐다봤다. 그건 엄마생물이 명왕성에서 얼기설기 만들었던 것보다 훨씬 깔끔하고 작았다. "우리가 이걸 분해해봐도 될까?"

"글쎄요, 내부에 엄청난 에너지가 들어 있어서 폭발할지도 몰라요."

"그래, 그럴 수도 있겠네." 교수가 다시 돌려주며 아쉬운 눈으로 쳐다봤다.

'행복한 물건'은 설명하기가 어려웠다. 그건 작은 추상주의 조각상처럼 생겼는데, 누가 보더라도 그렇게 느낄 것이다. 내 물건은 흑요석 같았지만 따뜻하고 딱딱하지 않았다. 피위의 물건은 비취처럼 생겼다. 머리에 그걸 가져다 대면 놀라운 일이 일어난다. 나는 레이스펠트 교수에게 그렇게 하도록 권했다. 교수는 무척 놀란 모양이었다. 그렇게 하면 엄마생물이 곁에 있는 듯 따스하고 안전하고 이해받고 있다고 느껴진다.

교수가 말했다. "그녀는 너를 사랑해. 이 메시지는 나한테 온 게 아니구나. 미안하다."

"아, 엄마생물은 교수님도 사랑해요."

"응?"

"엄마생물은 작고 어리고 흐트러지고 무기력한 모든 이들을 사랑해요. 그래서 '엄마생물'인 거예요."

나는 그 소리가 어떻게 들릴지 감이 오지 않았다. 하지만 교수는 개의치 않았다. "그녀가 경찰이라고 하지 않았니?"

"글쎄요, 엄마생물은 청소년 복지담당관에 더 가까워요. 우리가 있는 이 지역은 일종의 빈민가예요. 뒤떨어지고 아주 거친 동네죠. 가끔 그녀는 자신이 싫어하는 일도 해야만 해요. 엄마는 좋은 경찰이지만, 누군가는 불쾌한 일도 처리해야 하니까요. 그녀는 책임을 회피하는 사람이 아니에요."

"나도 엄마생물이 그럴 거라 생각한다."

"다시 한 번 해보실래요?"

"그래도 되겠니?"

"그럼요. 닳는 것도 아닌데."

교수는 '행복한 물건'을 갖다 대더니 따스하고 행복한 표정을 지었다. 교수가 피위를 슬쩍 쳐다봤다. 피위는 시리얼을 먹다 말고 잠들었다. "내 딸이 자네하고 엄마생물과 함께 있을 때는 걱정할 필요가 없겠네."

"우리는 한 팀이었어요." 내가 설명했다. "우리는 피위가 없었더라면 성공하지 못했어요. 저 애는 배짱이 있어요."

"가끔은 배짱이 너무 두둑해서 문제지."

"그 두둑한 배짱이 필요할 때도 있어요. 이 공은 베가인들의 녹음기예요. 교수님, 혹시 녹음기 있으세요?"

"당연히 있지." 우리는 녹음기를 설치하고 공이 말하도록 내버려뒀다. 그 공은 한번 틀고 나면 분자들이 무작위로 다시 배열되므로 녹음을 해둘 필요가 있었다. 그 후 난 교수에게 금속 종이를 보여줬다. 나도 그 종이를 읽으려고 시도해봤었지만, 겨우 5센티미터 정도 내려가다가 포기했다. 나로서는 여기저기에 있는 기호를 알아보는 정도에 불과했다. 레이스펠트 교수는 첫 페이지의 절반 정도까지 읽다가 멈췄다. "전화를 거는 게 낫겠구나."

새벽이 되자 익숙한 은빛 달이 떠올랐다. 나는 어디쯤 톰보 기지가 있는지 찾아보려 했다. 피위는 교수의 목욕 가운을 두르고 퐁파두르 부인을 끌어안고 소파 위에서 자고 있었다. 교수는 피위를 침대로 옮기려 했지만 피위가 깨어나더니 아주 까다롭게 굴어서 소파 위에 다시 내려놨다. 교수는 담배가 다 타버린 파이프를 입에 물고 공이 교수의 녹음기에 부드럽게 속삭이는 소리를 듣고 있었다. 그러다 가끔 내게 질문을 쏟아내서 정신이 번쩍 들었다.

지오미 교수와 브룩 박사는 서재의 반대편에서 금속 종이에 대해 논쟁하며 칠판 가득 글을 쓰고 지우더니 다시 가득 채웠다. 고등연구소에는 천재들이 흔했지만, 이 둘은 아무리 봐도 천재인지 알 수 없었다. 브룩은 트럭 운전사처럼 생겼고, 지오미는 흥분한 이우니오 같았다. 그들 둘은 레이스펠트 교수처럼 '무슨 말인지 알아들었어' 류의 사람이었다. 그들은 흥분했다. 하지만 브룩 교수는 얼굴에 경련을 한 번 일으켰을 뿐이었다. 피위의 아빠는 그런 게 신경쇠약의 증거라고 내게 말했다. 물론 브룩 박사가 아니라 다른 물리학자에 대한 이야기라고 했다.

이틀 후 아침에도 우리는 여전히 서재에 있었다. 레이스펠트 교수는 면도를 했지만, 다른 이들은 하지 않았다. 나는 잠깐 눈을 붙였다가 샤워를 했다. 피위의 아빠는 녹음된 내용을 들었다. 이제 그는 피위의 테이프를 다시 듣고 있었다. 가끔 브룩과 지오미가 교수를 불렀다. 지오미는 히스테리를 부리기 직전이었고, 브룩은 멍한 얼굴이었다. 레이스펠트 교수는 항상 한두 가지 질문을 던진 후 고개를 끄덕이고 자기 의자로 돌아갔다. 나는 교수가 그 수학을 풀 수 있을 거라고 생각하지 않았지만, 그는 공식의 결과를 이해하고 다른 조각과 그 공식들을 하나로 맞출 수 있었다.

내가 더 이상 그들과 할 일이 없어서 집에 가고 싶었지만, 레이스펠트 교수가 더 머물러달라고 했다. 자유국가연합의 사무총장이 오고 있었기 때문이다.

나는 더 머물렀다. 집에 전화는 하지 않았다. 부모님을 뒤집어놓아 봤자 좋을 게 하나도 없었다. 내가 뉴욕으로 가서 사무총장을 만나는 게 나을 것 같았지만, 레이스펠트 교수가 사무총장을 여기로 초대했다. 나는 레이스펠트 교수가 요청하면 아무리 중요한 사람이라도 온다는 사실을 깨닫기 시작했다.

사무총장 반 다위벤데이크 씨는 마르고 키가 컸다. 그가 악수하며 말했다. "네가 사무엘 C. 러셀 박사의 아들이라고 들었다."

"저희 아빠를 아시나요?"

"몇 년 전에 헤이그에서 만났었지."

브룩 박사가 고개를 돌렸다. 그는 사무총장에게 고개를 슬쩍 까딱했다. "네가 사무엘 러셀의 아들이었어?"

"네, 박사님도 아세요?"

"당연하지. '불완전한 자료의 통계적 해석에 대하여'를 쓰셨잖아. 탁월한 글이었지." 그는 다시 고개를 돌리고 소매에 분필을 더 묻히는 일을 계속 진행했다. 나는 아빠가 그런 글을 쓴지도 몰랐고, 자유국가연합의 최고위층에 있는 사람을 아빠가 알 거라는 생각도 못 했다. 나는 아빠가 괴짜라는 생각만 종종 했었다.

사무총장이 두 명의 천재가 잠시 쉬는 시간을 가질 때까지 기다리다가 물었다. "특별한 거라도 있습니까?"

"네." 브룩이 말했다.

"엄청나요!" 지오미가 맞장구쳤다.

"예를 들면, 어떤 건가요?"

"글쎄요." 브룩 박사가 분필로 그은 선을 가리켰다. "저 그래프에 따르면 먼 거리에서 핵반응을 멈추게 할 수 있습니다."

"어느 정도 먼 거리에서요?"

"1만5천 킬로미터 정도는 어떠신가요? 혹시 달에서 멈추게 하고 싶으신가요?"

"아, 1만5천 킬로미터 정도면 충분할 것 같습니다."

"달에서도 할 수 있습니다." 지오미가 끼어들었다. "충분한 에너지만 있으면 가능합니다. 대단하죠!"

"그러네요." 사무총장이 동의했다. "다른 건 없나요?"

"어떤 걸 원하세요?" 브룩이 물었다. "너무 많이 원하시는 거 아닌가요?"

"글쎄요?"

"열일곱 번째 줄의 공식 보이세요? 저건 반중력일 겁니다. 제가 장담은 못 합니다만. 아니면 90도로 돌려서, 정신이 불안정한 이 이탈리아 교수는 이게 시간여행을 나타내는 것 같답니다."

"맞다니까!"

"저 친구의 말이 설령 맞더라도 족히 행성 크기의 에너지가 필요합니다. 그러니까 잊어버리세요." 브룩이 개발새발로 써놓은 글자들을 물끄러미 바라봤다. "아마도 물질-에너지 변환 문제에 대한 새로운 접근 방식인 것 같습니다. 조끼 주머니에 쏙 들어갈 만한 배터리가 원자로보다 많은 에너지로 변환된다면 어떨 것 같으세요?"

"이게 가능합니까?"

"나중에 손자한테 물어보세요. 금방 되지는 않을 겁니다." 브룩이 찌푸린 얼굴로 말했다.

"브룩 박사는 왜 그렇게 언짢은 얼굴인가요?" 사무총장이 물었다.

브룩이 얼굴을 더 찌푸리며 말했다. "이 자료를 일급비밀로 만들 건가요? 전 수학을 기밀로 취급하는 걸 좋아하지 않거든요. 그건 부끄러운 일이에요."

나는 귀를 쫑긋 세웠다. 엄마생물에게 '기밀문서'에 대해 설명해줬던 적이 있는데, 엄마생물은 그 이야기에 충격을 받은 것 같았다. 나는 세 은하 연맹과 마찬가지로 자유국가연합도 생존을 위해 비밀이 필요하다고 말해줬지만, 엄마생물은 이해하지 못했다. 마침내 엄마생물이 그렇게 비밀로 해봤자 결국에는 아무런 차이가 없을 거라고 말했다. 하지만 나는 걱정이 됐다. 과학적 사실이 '기밀'로 취급되는 것도 싫었지만, 동시에 무분별하게 다뤄지는 것도 원하지 않았기 때문이다.

사무총장이 대답했다. "나도 비밀을 좋아하지 않습니다. 하지만 어쩔 수 없이 해야 할 때가 있는 법이죠."

"그렇게 말할 줄 알았어요!"

"진정하세요. 이게 미국 정부의 프로젝트인가요?"

"네? 당연히 아니죠."

"자유국가연합의 프로젝트도 아닙니다. 잘됐네요. 당신들이 내게 방정식을 몇 개 보여줬습니다만, 난 당신들에게 그 내용을 발표하지 말라고 이야기할 수 없습니다. 그건 당신들의 방정식이니까요."

브룩이 고개를 저었다. "저희 방정식은 아닙니다." 그가 나를 가리켰다. "쟤 겁니다."

"알겠습니다." 사무총장이 나를 쳐다봤다. "킵, 난 변호사야. 네가 이걸 발표하고 싶다면 너를 막을 방법은 없는 것 같아."

"저요? 제 것도 아니에요. 저는 그저, 음, 배달부에 불과해요."

"내가 보기엔 정당한 권리를 가진 사람은 너뿐인 거 같다. 이걸 출판하고 싶니? 전부 네 이름으로?" 나는 사무총장이 이걸 출판하고 싶어 한다는 느낌을 받았다.

"음, 그렇죠. 하지만 제3저자까지 제 이름일 필요는 없었어요. 제3저자는…." 내가 망설였다. 새소리를 저자로 넣을 수는 없었다. "음…. '엄생 박사'로 해주세요."

"그게 누군데?"

"그녀는 베가인이에요. 하지만 중국인 이름인 것처럼 하면 될 거예요."

사무총장은 계속 머물면서 질문을 하고 테이프를 들었다. 그러더니 달로 전화했다. 그게 가능하다는 사실은 알았지만, 직접 보게 될 줄은 생각도 못 했다. "반 다위벤데이크입니다…. 네. 사무총장입니다. 사령관을 바꿔주세요…. 짐인가…? 짐, 연결 상태가 아주 엉망이군…. 종종 작전 훈련을 하지…? 이 전화는 비공식적인 것이지만, 계곡을 점검해주면 좋겠는데…." 사무총장이 나를 쳐다봐서, 나는 빠르게 답변했다. "…톰보 기지의 동쪽 산맥 너머에 있는 계곡 말일세. 안전보장이사회에는 상의하지 않았네. 이건 친구 간에 부탁하는 거야. 하지만 그 계곡으로 들어갈 때는 반드시 완전 무장을 하라고 강력히 권하고 싶네. 거기에 뱀들이 있을 수 있어. 뱀들은 위장하고 있을 거야. 직감이라고 해두지. 응, 애들은 잘 지내지. 베아트릭스도 잘 지내네. 곧 메리에게 연락해서 자네하고 통화했다고 전하겠네."

사무총장이 내 주소를 물어봤다. 나는 거기서 집에 어떻게 가야 할지 몰랐기 때문에 언제쯤 집에 도착할 수 있을지도 몰랐다. 나는 히치하이크를 할 생각이었지만 그렇게 말하지는 않았다. 사무총장이 눈을 크게 뜨더니 말했다. "우리한테는 너를 집까지 데려다줄 의무가 있는 것 같은데? 음, 레이스펠트 교수?"

"그 정도는 당연히 해줘야 할 것 같습니다."

"킵, 네 테이프를 들어보니까 우주에 나가기 위해 공학을 공부할 계획이라고 나오던데."

"네, 사무총장님."

"법을 공부해볼 생각은 없나? 우주에 가려는 젊은 공학자는 많지만, 변호사는 많지 않아. 하지만 법도 모든 곳에서 필요하거든. 우주법과 국제법 분야의 전문 변호사가 되면 유리한 위치에 올라가게 될 거야."

"공학하고 법학을 둘 다 하면 안 되나요?" 피위의 아빠가 제안했다. "저는 현대의 과도한 전문화가 개탄스러워서 말이에요."

"좋은 생각이네." 사무총장이 동의했다. "그러면 이 친구는 자기 용어를 이용해서 글을 쓸 수도 있겠네."

나는 전자공학을 꼭 하고 싶다는 이야기를 하려다가, 갑자기 내가 원하는 게 뭔지 깨달았다. "음, 제가 전공 두 개를 동시에 진행하긴 힘들 것 같아요."

"바보 같은 소리!" 레이스펠트 교수가 버럭 소리를 질렀다.

"하지만 저는 더 좋은 우주복을 만들고 싶어요. 좋은 생각이 몇 가지 있거든요."

"음, 그건 기계공학이야. 그리고 다른 분야도 많이 관련될 거야. 하지만 공학 석사 학위가 필요할 거야." 레이스펠트 교수가 얼굴을 찌푸리고 말했다. "네가 녹음한 내용에 따르면, 넌 대입 자격시험에는 통과했지만, 좋은 학교에서 입학 허가는 못 받았더군." 그가 손가락으로 책상을 두드리며 말했다. "사무총장님, 이건 좀 바보 같지 않아요? 마젤란 성운까지 다녀온 아이가 자기가 가고 싶은 학교엔 갈 수 없다는 거 말이에요."

"글쎄, 교수? 내가 한번 추진해볼 테니까 자네가 앞에서 끌어주겠나?"

"네, 그런데 잠깐만요." 교수가 전화기를 집어 들었다. "수지, MIT 총장에게 연결해줘. 휴일인 건 나도 알아. 난 그 사람이 봄베이에 있든, 침대에 있든 관심 없어. 연결해줘. 고마워." 교수가 전화기를 내려놨다. "수지는 연구소에서 5년째 같이 일하는데, 그전에는 대학의 교환원으로 일했어요. 그녀라면 총장을 찾아내서 연결해줄 겁니다."

나는 어리둥절하면서도 흥분됐다. MIT라니. 누구라도 이런 기회가 주어지면 덥석 붙잡을 것이다. 하지만 수업료 때문에 질려버릴지도 모른다. 나는 돈이 없다는 사실을 설명하려 했다. "이번 학기의 남은 기간과 내년 여름에 일해서 돈을 모을 거예요."

전화벨이 울렸다. "레이스펠트입니다. 안녕, 오피. 지난번 동창회 때 브룩의 얼굴 경련이 다시 시작되면 자네한테 말해달라고 하지 않았나. 일단 자리에 앉아서 듣게. 경련이 정확하게 스물한 번 있었네. 이건 기록이야…. 진정해. 아무한테도 말하지 마. 먼저 나한테 빚을 갚아야지. 자네가 학문의 자유와 알 권리가 어쩌고 하는 소리를 시작하면 전화 끊어버리고 버클리에 전화할 거야. 난 거기서도 통해. 대학 캠퍼스 무시하고 여기서 진행할 수도 있어…. 그리 큰 요구는 아니야. 4년 장학금이야. 수업료하고 비용…. 소리 지르지 마! 자네 재량으로 이용할 수 있는 기금이 있잖아. 아니면 회계 장부를 다듬어서 대충 만들어내든가. 자네도 스물한 살은 넘었잖나. 산수도 할 수 있고…. 아니, 미리 알려줄 수는 없네. 눈 질끈 감고 내 제안을 받든가, 아니면 자네 방사선 연구실이 이번 일에서 빠지든가 해. 내가 '방사선 연구실'이라고 했나? 물리학부 전체를 말하는 걸세. 자네는 남미로 쫓겨날지도 몰라. 내가 자네한테 이래라저래라 하면 안 되지…. 뭐? 나도 공금 횡령해봤어. 잠깐만 기다려." 레이스펠트 교수가 내게 말했다. "MIT에 지원했니?"

"네, 그러긴 했지만…."

"입학신청서 제출했대. '클리퍼드 C. 러셀'이야. 그 친구 집으로 편지를 보내고, 자네 팀장한테 내 사본을 가져가라고 해…. 아, 광범위한 학문 분야를 담당하는 팀을 말하는 거야. 수리물리학자가 팀장이면 좋겠네. 팔리가 괜찮겠군. 그 친구가 상상력이 좋아. 아이작 뉴턴 경의 머리 위로 사과가 떨어진 이래로 가장 큰 사건이야…. 물론, 난 협박이나 하는 사람이고, 자넨 자리만 지키고 앉아서 한가하게 떠들어대기나 하는 사람이지. 자네는 언제 학자 생활로 돌아갈 건가…? 뷸러에게 안부 전해주게. 그럼 이만."

교수가 전화를 끊었다. "처리됐어, 킵. 한 가지 신경 쓰이는 게 있는데, 그 벌레머리 괴물들이 왜 나를 원했느냐는 거야."

나는 어떻게 말해야 할지 몰랐다. 교수는 온갖 이상한 자료를 (불확실한 관찰과 우주여행에 대해 예상하지 못했던 반발, 서로 일치하지 않는 많은 일들 말이다) 서로 관련시키는 일을 해왔다고 했다. 답변을 찾고 사람들이 그의 말을 듣도록 만들 줄 아는 사람이었다. 그에게 약점이 있다면 그건 겸손함이었다. 피위에게는 유전되지 않은 특성이었다. 외계의 침략자들이 교수의 지적 호기심을 불안하게 생각하고 있다고 그에게 말해주면 교수는 콧방귀를 뀔 것이다. 그래서 나는 이렇게 말했다. "놈들은 우리에게 이야기해주지 않았어요. 하지만 교수님이 붙잡아야 할 정도로 중요한 사람이라고 생각하는 것 같았어요."

사무총장이 자리에서 일어섰다. "커트, 난 쓸데없는 소리를 듣느라 시간을 낭비할 수 없네. 킵, 네 학교문제가 처리돼서 기쁘다. 내 도움이 필요하거든 연락하렴."

사무총장이 떠난 뒤, 나는 레이스펠트 교수에게 감사인사를 하려고 했다. "저는 제힘으로 학비를 내려고 했어요. 학기가 다시 시작되기 전까지 돈을 벌 수 있을 거예요."

"3주밖에 안 남았는데? 킵, 그냥 가."

"올해 남은 기간에 일하고…"

"1년을 허비하겠다고? 안 되지."

"하지만 저는 벌써…." 교수의 머리 뒤로 정원에 있는 녹색 잎들이 눈에 들어왔다. "교수님…. 오늘이 며칠이죠?"

"응? 당연히 노동절이지."

'이들을 본래 왔던 시공간으로 즉시 돌려보내도록 하라.'

레이스펠트 교수가 내 얼굴에 물을 톡톡 튀겼다. "좀 괜찮아졌니?"

"네, 그런 거 같아요. 사실 저희는 수 주일 동안 떠나 있었거든요."

"킵, 겨우 이런 일로 놀라기엔 너무 많은 일을 겪었잖아. 그 문제를 저기 성층권에 사는 쌍둥이랑 이야기해봐…." 교수가 지오미와 브룩을 가리켰다. "…그래도 넌 이해하지 못할 거야. 적어도 난 이해가 안 돼. 16만5천 광년의 거리에 테네시 편차를 위한 틈새가 생겼다고 가정하면 어떨까? 머리카락의 굵기만큼 아주 아주 작은 틈새 말이야. 특히 시공간을 적절하지 않은 이용방법으로 여행할 경우에 말이야."

∗

내가 떠날 때 레이스펠트 부인은 내 볼에 입을 맞추고, 피위는 엉엉 울면서 퐁파두르 부인더러 오스카에게 작별 인사를 하라고 시켰다. 교수가 공항까지 태워다줬는데, 오스카는 뒷좌석에 실었다.

가는 길에 교수가 물었다. "피위가 널 좋아해."

"음, 저도 그랬으면 좋겠네요."

"너는 어때? 내가 주제넘은 질문을 하는 건가?"

"피위를 좋아하느냐고요? 당연히 좋죠! 피위는 제 목숨을 네 다섯 번이나 구해줬어요." 피위는 가끔 사람을 화나게 하기도 했지만, 용감하고 정직하며 영리한 아이였다. 게다가 배짱도 있었다.

"너도 생명구조 메달을 한두 개 딸 정도는 했잖아."

나는 그 이야기를 곰곰이 생각해봤다. "제가 시도했던 일은 다 어설펐던 것 같아요. 그래도 항상 도움을 받고 억세게 운이 좋았죠." 나는 순전히 운으로 위기에서 계속 빠져나왔던 일들을 떠올리며 오싹한 기분을 느꼈다. 진짜 가루가 될 뻔했었다.

"'운'은 언제나 생각해볼 게 많은 단어지." 교수가 대답했다. "넌 내 딸이 처음에 도움을 요청했을 때 네가 듣게 된 게 '엄청난 운'이라고 했는데, 그건 운이 아니었어."

"네?"

"네가 왜 그 주파수대에 있었지? 우주복을 입고 있었기 때문이었어. 네가 왜 우주복을 입고 있었지? 우주에 가려고 결심했기 때문이었어. 그래서 우주선이 호출했을 때 네가 대답할 수 있었던 거야. 그런 게 운이라면, 타자가 공을 칠 때마다 운이라고 해야겠지. 킵, '행운'은 꼼꼼하게 준비했을 때만 따라오는 거야. '불운'은 일을 대충 처리했을 때 따라오지. 넌 인류보다 더 오래된 법정에서 너와 네 종족을 구할 가치가 있다는 사실을 이해시

컸어. 그게 그저 운이 좋아서 그런 걸까?"

"음…. 사실을 말하자면, 저는 화가 나서 상황을 거의 망칠 뻔했어요. 저는 혹사당하는 상황에 질린 상태였거든요."

"역사에서 가장 좋은 일들은 '혹사당하는 상황에 질린' 사람들이 이뤄냈어." 교수가 인상을 찌푸렸다. "네가 피위를 좋아해서 기뻐. 피위는 지적으로는 스무 살이지만, 감정적으로는 여섯 살에 불과한 아이야. 그래서 대개 사람들에게 적개심을 불러일으키지. 그래서 피위가 자기보다 영리한 친구를 얻게 되어서 나는 기뻐."

내 입이 쩍 벌어졌다. "하지만 교수님, 피위가 저보다 훨씬 영리해요. 피위는 절 완전히 곤죽으로 만들어버리는걸요."

교수가 나를 슬쩍 쳐다봤다. "피위는 수년 동안 나도 곤죽으로 만들었어. 나도 머리가 나쁜 사람은 아니야. 킵, 너 자신을 과소평가하지 마."

"그래도 제 말은 사실이에요."

"그래서? 자신이 원하는 대로 인생경로를 살다가 스스로 적절하다고 생각했을 때 퇴직하는 것, 그건 정말 힘든 일이지, 특히 잘나가고 있을 땐 말이야. 아무튼 우리 시대의 가장 위대한 그 수리물리학자가 자신의 가장 뛰어난 제자와 결혼했어. 난 그들의 자식이 내 아이보다 머리가 나쁠 거라고는 생각하지 않아."

교수의 이야기가 내 부모님과 나를 의미한다는 사실을 깨닫기까지는 조금 시간이 걸렸다. 그때는 나도 뭐라고 말해야 할지 몰랐다. 얼마나 많은 아이가 자신들의 부모를 진짜로 알고 있을까? 확실히 난 아니었다.

교수가 계속 말했다. "피위는 나한테도 감당하기 힘든 아이야. 공항에 도착했네. 학교로 돌아가거든 우리 집에 꼭 들러. 가능하면 추수감사절에도 놀러 와. 크리스마스에는 집에 돌아갈 수 있을 거야."

"음, 고맙습니다. 다시 올게요."

"그래."

"저기, 피위 말인데요. 피위가 너무 까다롭게 굴면, 발신기를 켜세요. 엄마생물이 피위를 능숙하게 다뤄줄 거예요."

"으음, 괜찮은 생각이네."

"피위가 엄마생물을 이겨보려고 여러 차례 시도했었지만 한 번도 성공 못 했거든요. 아, 제가 잊어먹을 뻔했네요. 제가 누군가에게 이걸 이야기해도 될까요? 피위 이야기가 아니라, 일어났던 모든 이야기요."

"그건 안 물어봐도 알 수 있잖아?"

"네?"

"아무한테나 뭐든지 이야기해도 좋아. 별로 그럴 기회가 없을 거야. 네 이야기를 믿어줄 사람이 거의 없을 테니까."

나는 제트기를 타고 집으로 갔다. 정말 빨랐다. 내게 1달러 67센트밖에 없다는 사실을 알게 된 레이스펠트 교수는 10달러를 억지로 빌려줬다. 그래서 나는 버스 터미널에서 머리를 깎고 오스카를 짐칸에 넣지 않기 위해 센터빌까지 가는 표를 두 장 샀다. 짐칸에 넣으면 손상될 수도 있으니까. 장학금을 받게 되어 가장 좋은 점은 오스카를 팔 필요가 없어졌다는 사실이었다. 안 그래도 팔 생각은 없었지만.

센터빌을 다시 보게 되니 아주 좋았다. 머리 위의 느릅나무부터 발밑에 패인 구멍들까지. 오스카 때문에 버스 운전사가 우리 집 근처에 버스를 세워줬다. 오스카는 옮기기가 쉽지 않은 녀석이었다. 나는 헛간으로 가서 오스카를 걸고 나중에 보자고 인사한 후, 뒷문으로 집에 들어갔다.

엄마는 안 계시고, 아빠가 서재에 계셨다. 책을 읽던 아빠가 고개를 들고 말했다. "어서 와라, 킵."

"아빠, 안녕."

"여행은 좋았니?"

"음, 호수에 가진 않았어요."

"안다. 레이스펠트 교수가 전화해서 간략하게 설명해줬어."

"아, 괜찮은 여행이었어요. 전체적으로 보면." 아빠는 브리태니커 사전을 들고 있었는데, 펼쳐진 항목이 '마젤란 성운'이었다.

아빠가 내 눈길을 따라가더니 말했다. "난 마젤란 성운을 한 번도 못 봤어." 아빠가 애석하게 여기는 말투로 말했다. "한 번 볼 기회가 있었는데, 계속 바쁘다가 날씨가 흐리던 하룻밤에만 겨우 시간이 났지."

"아빠, 그게 언제예요?"

"남미에 갔을 때인데, 네가 태어나기 전이야."

"남미에 가보셨는지는 몰랐어요."

"비밀스러운 정부 일 때문이었다. 별로 이야기해줄 만한 건 없었어. 마젤란 성운은 아름다웠니?"

"음, 딱히 그렇진 않았어요." 나는 다른 사전을 꺼내서 '성운' 항목을 편 다음 안드로메다 대성운을 찾았다. "여긴 아름다웠어요. 우리 은하랑 비슷해요."

아빠가 한숨을 뱉었다. "틀림없이 사랑스러웠을 거야."

"그랬어요. 제가 다 말씀드릴게요. 테이프도 가져왔어요."

"너무 서두르지 마. 긴 여행에서 돌아왔잖니. 33만4천 광년인가?"

"아, 아니요. 딱 절반이에요."

"왕복 말이다."

"아, 하지만 저희는 다른 길로 돌아왔어요."

"응?"

"어떻게 설명해야 할지 모르겠지만, 이 우주선에서는, 한번 도약하면, 어떤 도약이든 상관없이, 돌아가는 지름길은 길게 돌아가는 거예요. 출발한 곳으로 돌아갈 때까지 똑바로 앞으로 가는 식이죠. 뭐, '똑바로'는 아니에요. 우주는 굽어 있으니까요. 그래도 가능한 한 똑바로이긴 하죠. 그러면 모든 게 제로로 돌아가요."

"우주적인 규모의 대권 항로 같은 거냐?"

"바로 그거예요. 직선으로 한 바퀴 도는 거죠."

"음…." 아빠가 생각에 잠긴 표정으로 얼굴을 찌푸렸다. "킵, 우주의 가장자리까지는 얼마나 먼 거니? 적색이동의 한계까지

인가?"

나는 망설이다가 대답했다. "아빠, 저도 물어봤는데요, 대답은 아무 의미도 없었어요." 엄마생물은 이렇게 말했었다. 「아무것도 없는 곳에 '거리가' 어떻게 있을 수 있겠니?」"그건 '거리'가 아니라 '상태'라는 의미에 더 가까웠어요. 저는 여행을 했던 게 아니라 그냥 갔던 거였잖아요. 살펴볼 틈이 없이 그냥 휙휙 지나갔어요."

아빠가 슬픈 표정을 지었다. "수학적인 질문을 말로 던진 내가 잘못했다."

브룩 박사가 도움될 거라는 이야기를 막 하려던 찰나, 엄마가 큰 소리로 노래했다. "안녕, 아가!"

나는 아주 잠시 엄마생물의 노랫소리인 줄 알았다.

엄마는 아빠에게 입을 맞추고 내게 입을 맞췄다. "돌아와서 기쁘구나. 얘야."

"어⋯." 내가 아빠를 쳐다봤다.

"너희 엄마도 알아."

"그래." 엄마가 응석을 받아주는 따뜻한 말투로 말했다. "난 다 큰 아들이 집까지 안전하게 돌아오기만 하면 어딜 가든 상관 안 해. 앞으로 언젠가는 네가 가고 싶은 곳으로 멀리 떠나갈 거라는 사실을 아니까." 엄마가 내 뺨을 툭툭 쳤다. "그리고 나는 언제나 네가 자랑스럽다. 나야, 또 한 끼 먹거리를 구하러 요 앞에 다녀온 게 다였지만 말이야."

다음 날 아침은 화요일이었다. 나는 일찍 일하러 나갔다. 내

예상대로 음료수대는 엉망이었다. 나는 하얀 가운을 입고 서둘러 일을 시작했다. 차튼 씨는 전화를 받고 있었다. 그가 전화를 끊더니 내게 다가왔다. "킵, 여행은 괜찮았니?"

"아주 좋았어요, 차튼 씨."

"킵, 내가 하려던 이야기가 있었어. 아직도 달에 많이 가고 싶니?"

나는 깜짝 놀랐지만, 곧 차튼 씨는 모를 거라고 결론 내렸다.

뭐, 나는 달은 거의 못 봤다. 아직도 열렬히 가고 싶었다. 예전처럼 그렇게 조급하지는 않았지만 말이다. "그럼요. 그래도 대학에 먼저 갈래요."

"내가 하려던 말이 그거야. 나는, 글쎄다, 난 자식이 없잖니. 돈이 필요하면 말해."

차튼 씨가 약학대학에 가는 게 어떠냐는 이야기를 슬쩍 흘린 적이 있긴 했지만, 이런 이야기는 처음이었다. 아빠는 어젯밤이 되어서야 내가 태어난 날 교육보험에 가입했었다는 이야기를 내게 해줬다. 아빠는 나 스스로 어떻게 해나가는지 지켜보려고 기다렸다고 했다. "와우, 차튼 씨, 정말 좋은 분이세요!"

"학교에 가려는 네 열정을 내가 인정한 거야."

"음, 수업료 문제는 제가 처리했어요. 하지만 언젠가는 그 돈을 빌려야 할지도 모르겠네요."

"빌려주는 게 아니야. 필요할 때는 언제든지 말해." 차튼 씨는 쑥스러운지 괜히 부산을 떨며 바쁜 걸음으로 나갔다.

나는 따스한 감정에 휩싸여서 일했다. 가끔 '행복한 물건'을 만지작거리다가 주머니에 넣었다. 어젯밤 엄마와 아빠에게 그걸 이마에 대보게 했다. 엄마는 울음을 터뜨렸고, 아빠는 진지하게 말했다. "킵, 이해가 되기 시작했어." 나는 기회가 생기면 차튼 씨에게도 대보라고 할 참이었다. 나는 음료수대를 반짝거리게 닦고 에어컨을 점검했다. 다 이상 없었다.

오후 나절에 에이스 퀴글이 가게로 들어와서 털썩 자리에 앉았다. "안녕, 우주 해적! 은하의 대군주께서는 아직 소식이 없으신가? 낄낄, 낄낄낄!"

이놈한테 사실대로 대답해줘야 하나? 나는 행복한 물건을 만지며 물었다. "뭐로 할래?"

"물론 늘 마시던 거로 줘. 빨리!"

"초코 몰트?"

"알잖아. 정신 차려, 애송아! 정신 차리고 너를 둘러싼 세상을 배워!"

"그래야지, 에이스."

에이스 때문에 속상해봐야 아무짝에도 쓸데가 없었다. 녀석의 세계는 귓구멍보다 좁고, 돼지우리 같은 자기 방보다 깊지 않았다. 소녀 둘이 들어왔다. 나는 그들에게 콜라를 내주면서 에이스의 초코 몰트를 혼합했다. 녀석이 소녀들을 곁눈질로 쳐다봤다. "아가씨들, 여기 있는 혜성 제독 알아?" 소녀 한 명이 킥킥 웃었다. 에이스가 능글능글 웃더니 계속 말했다. "내가 이 녀석의 매니저야. 영화 주인공이 되고 싶으면 날 만나러 와. 제독, 네가 출연할 광고를 생각해봤는데 말이야."

"뭐?"

"귓구멍 열고 잘 들어. '우주복 있음, 출장 가능.' 이 정도로는 충분하지 않아. 그 바보 같은 광대옷을 입고 돈을 벌려면 박력이 필요해. 그러니까 이렇게 덧붙이자. '주문하시면 특별 할인 가격에 벌레 눈깔의 괴물들을 몰살시키고 세계를 구해드립니다.' 이거 어때?"

내가 고개를 저었다. "싫어."

"뭐가 문제야? 돈 벌 생각 없어?"

"광고는 진실을 말해야지. 난 세계를 구하는 일로 돈을 청구하지는 않아. 그리고 주문을 받아서 하는 일도 아니야. 그냥 그런 일이 일어나는 거지. 그런데 내가 마음먹고 세상을 구하고 싶을지는 잘 모르겠어. 너를 그 세상 안에 둔 채로 말이야."

두 소녀가 키득거렸다. 에이스가 인상을 썼다. "잘난 녀석이네? 손님이 항상 옳다는 소리는 못 들어봤어?"

"항상?"

"당연하지. 기억해둬. 빨리 몰트 내놔!"

"알았어." 나는 몰트에 손을 뻗었다. 녀석이 35센트를 내게 내밀었다. 나는 그 돈을 되돌려줬다. "이건 무료 서비스야."

그리고 나는 초코 몰트를 녀석의 얼굴에 끼얹었다.

〈끝〉

400

작품 연보

장편 소설

단편 소설

1940	Coventry
1940	Blowups Happen
1940	Magic, Inc.
1941	"—And He Built a Crooked House"
1941	Logic of Empire
1941	Beyond Doubt(공저)
1941	They
1941	Solution Unsatisfactory
1941	Universe
1941	"—We Also Walk Dogs"
1941	Elsewhen
1941	By His Bootstraps
1941	Common Sense
1941	Lost Legacy
1942	"My Object All Sublime"
1942	Goldfish Bowl
1942	Pied Piper
1942	Waldo
1942	The Unpleasant Profession of Jonathan Hoag
1947	The Green Hills of Earth
1947	Space Jockey
1947	Columbus Was a Dope
1947	"It's Great to Be Back!"
1947	Jerry Was a Man
1947	Water Is for Washing
1948	The Black Pits of Luna
1948	Gentlemen, Be Seated!
1948	Ordeal in Space
1949	Our Fair City

중단편집

옮긴이 **최세진**

SF 전문번역가. 옮긴 책으로 《별을 위한 시간》, 《리틀 브라더》, 《별의 계승자 2: 가니메데의 친절한 거인》, 《별의 계승자 3: 거인의 별》, 《별의 계승자 4: 내부우주》, 《별의 계승자 5: 미네르바의 임무》, 《홈랜드》, 《크로스토크》, 《화재감시원》(공역), 《여왕마저도》(공역), 《계단의 집》, 《마일즈 보르코시건: 바라야 내전》, 《마일즈 보르코시건: 남자의 나라 아토스》, 《SF 명예의 전당 2: 화성의 오디세이》(공역), 《SF 명예의 전당 3: 유니버스》(공역), 《제대로 된 시체답게 행동해!》(공역) 등이 있다.

우주복 있음, 출장 가능

개정판 1쇄 인쇄 2020년 12월 1일
개정판 1쇄 발행 2020년 12월 5일

지은이	로버트 A. 하인라인
옮긴이	최세진
펴낸이	박은주
기획	김아린
편집	최지혜
디자인	김선예
마케팅	박동준

발행처	(주)아작
등록	2015년 9월 9일(제2020-000038호)
주소	04389 서울특별시 용산구 한강대로 26 한강트럼프월드3차 102동 1801호
대표전화	02.324.3945 **팩스** 02.324.3947
이메일	decomma@gmail.com
홈페이지	www.arzak.co.kr
ISBN	979-11-6550-887-6 03840